Eva Völler
Zeugenkussprogramm

Weitere Titel der Autorin:

Zeitenzauber – Die magische Gondel
Zeitenzauber – Die goldene Brücke
Zeitenzauber – Das verborgene Tor
Time School – Auf ewig mein
Time School – Auf ewig dein
Time School – Auf ewig uns
Kiss & Crime – Zeugenkussprogramm
Kiss & Crime – Küss mich bei Tiffany
Durch die Nacht und alle Zeiten

Titel in der Regel auch als Hörbuch und
als E-Book erhältlich

Eva Völler

Kiss & Crime

ZEUGENKUSSPROGRAMM

one

FSC
www.fsc.org
MIX
Papier | Fördert
gute Waldnutzung
FSC® C014496

Dieser Titel ist auch als Hörbuch und E-Book erschienen

Vollständige Paperbackausgabe der beim ONE-Verlag
2015 erschienenen Hardcoverausgabe

Dieses Buch wurde vermittelt durch die
Michael Meller Literary Agency GmbH, München.

Lektorat: Anna Hahn, Trier
Umschlaggestaltung: Sandra Taufer
Einband-/Umschlagmotiv: © art_of_sun / shutterstock;
Syda Productions / shutterstock; Mari Dein / shutterstock;
Karlygash / shutterstock; Supa Chan / shutterstock;
symona / shutterstock; Klavdiya Krinichnaya / shutterstock;
nereia / shutterstock
Satz: Greiner und Reichel, Köln
Gesetzt aus der Bembo
Druck und Einband: GGP Media GmbH, Pößneck

Printed in Germany
ISBN 978-3-8466-0162-4

5 4 3 2 1

Sie finden uns im Internet unter: one-verlag.de
Bitte beachten Sie auch luebbe.de

Die Bastei Lübbe AG verfolgt eine nachhaltige Buchproduktion. Wir verwenden Papiere aus nachhaltiger Forstwirtschaft und verzichten darauf, Bücher einzeln in Folie zu verpacken. Wir stellen unsere Bücher in Deutschland und Europa (EU) her und arbeiten mit den Druckereien kontinuierlich an einer positiven Ökobilanz.

Für Anne

1

Der Tag, an dem mir der gut aussehende Typ mit der Lederjacke zum zweiten Mal über den Weg lief, war ziemlich verregnet und langweilig, und meine Stimmung war nicht gerade die beste. Ich spielte mal wieder den Chauffeur für Jonas, den Freund meiner Mutter, dem irgendwie vor einer Weile der Führerschein abhandengekommen war und der heute einen Termin bei einer Anwaltskanzlei hatte. Er saß auf der Rückbank und erklärte mir den Weg. Dabei sparte er nicht mit Anweisungen und Tipps.

»Du gibst beim Anfahren zu wenig Gas«, meinte er. »Und überhaupt könntest du mal ein bisschen schneller fahren, sonst kommen wir nie an.«

»Hier ist Tempo fünfzig.«

»Ja, aber die fahren hier alle mindestens sechzig, dann kannst du das auch machen. Als Fahrer muss man sich dem fließenden Verkehr anpassen.«

Neben mir erhob Omi ihre Stimme und übertönte damit das Genörgel von Jonas. »Lady Belinda konnte kaum atmen vor Erregung«, sprach sie in ihr Diktiergerät. »Lord Goswins eindringlicher Blick schien ihr tiefstes Inneres zu berühren. In ihrem Nacken stellten sich winzige Härchen auf. Zitternd erwartete sie seinen Kuss.«

»Stopp!«, rief Jonas von hinten. »Da vorn ist die Kanzlei.

Du kannst mich hier rauslassen.« Es klang zutiefst entnervt. Er hatte nicht viel für Lady Belinda und Lord Goswin übrig. Und für Omi und ihre Liebesromane sowieso nicht. »Ihr könnt mich in einer Stunde wieder abholen.«

Ich bremste und ließ ihn aussteigen. Omi achtete gar nicht darauf, sie diktierte beschwingt weiter.

Ich fuhr wieder an, aber langsam, weil ich gerade im Außenspiegel besagten Typen hatte auftauchen sehen. Kein Zweifel, es war derselbe, der mir schon letzte Woche aufgefallen war, als ich Jonas zu seinem Stammfriseur gekutscht hatte.

Der Typ mit der Lederjacke blieb in der Nähe des Kanzleigebäudes stehen, während Jonas hineinging. Dann sah er auf die Uhr, bevor er sich mit dem Rücken gegen die Hauswand lehnte, die Hände in den Hosentaschen und einen unergründlichen Ausdruck im Gesicht. Er war ungefähr Anfang zwanzig, groß und dunkelhaarig. Und er sah wirklich *ziemlich* gut aus, was auch der Grund dafür war, dass ich mich so genau an ihn erinnerte. Davon abgesehen wirkte er irgendwie … verdächtig. Denn sonst wäre er wohl kaum schon wieder an einem Ort aufgekreuzt, wo ich gerade Jonas abgeladen hatte.

Irgendwas musste Jonas mit ihm zu tun haben. Aber gesprochen hatte er nicht darüber. Hatte er was zu verbergen? Meiner Meinung nach war das durchaus möglich, aber auf meine Meinung wurde ja kein Wert gelegt. Jedenfalls nicht von meiner Mutter, denn als ihr derzeitiger Lover und Lebensgefährte war Jonas aus ihrer Sicht über jeden Zweifel erhaben. Als Beispiel für den Spruch *Liebe macht blind* hätte meine Mutter sich perfekt geeignet. Was das anging, erfüllte sie alle Klischees. Und zwar ständig. Oder besser gesagt: immer wieder. Sie verknallte sich in völlig ungeeignete Typen, ließ sie bei uns einziehen, schwebte ein paar Monate im siebten Himmel und fiel anschließend in ein tiefes, rabenschwarzes Loch.

So war es bisher immer gewesen, zumindest bei den drei Männern vor Jonas, die in den vergangenen fünf Jahren bei uns gewohnt hatten. Ich hätte es meiner Mutter immer schon im Voraus sagen können – wenn sie mich gefragt hätte. Aber sie fragte mich ja nicht. Und wenn ich es ihr ungefragt sagte, was auch schon vorgekommen war, wollte sie es nicht hören.

Derzeit war also Jonas die Liebe ihres Lebens. Sie behauptete, dass sie verrückt nach ihm war. Ich bemühte mich sehr, ihn durch ihre Augen zu sehen, doch selbst unter der Prämisse, dass ich Typen mit Friseursträhnchen, gebleachten Zähnen und Sonnenbankbräune toll gefunden hätte, kriegte ich es nicht hin, ihn zu mögen. Ich hoffte nur, dass meine Mutter bald begriff, wie wenig der Rest der Familie ihn leiden konnte.

Dieser Rest bestand zwar, jedenfalls im engeren Sinne, nur aus zwei Personen, nämlich Omi und mir. Aber wir beide waren uns, was Jonas betraf, ziemlich einig, nur dass Omi ihre Meinung meist für sich behielt, weil sie zu höflich war. Oder zu geistesabwesend, wie gerade in diesem Moment: Sie steckte mental tief in ihrem neuesten Roman, was leicht daran zu erkennen war, dass sie schon seit zwanzig Minuten in ihr Diktiergerät sprach.

»Seine heißen Lippen glitten über ihre Schulter und suchten einen empfindsamen Punkt unter ihrem rechten

Ohr«, diktierte Omi mit geschlossenen Augen. »Seine Hände umfassten ihre zarte Taille und zogen sie an seinen muskulösen Leib.«

Ich bremste abrupt. Nicht, weil ich über Omis Text erschrocken gewesen wäre (da konnte mich nichts mehr erschüttern), sondern weil ich sonst auf den Wagen vor mir aufgefahren wäre, der gerade vor einer roten Ampel hielt. Im Außenspiegel sah ich, dass der dunkelhaarige Typ in dasselbe Gebäude ging, in dem eben Jonas verschwunden war. Letzte Woche war er ihm auch in den Friseursalon gefolgt.

»Die kennen sich«, sagte ich. »Definitiv.«

»Was?«, sagte Omi zerstreut. Dann fuhr sie fort: »Sein glühender Kuss ließ Belindas Widerstand schmelzen. Seufzend ergab sie sich in ihr Schicksal. Sie erduldete Lord Goswins Zärtlichkeiten nicht nur, sondern erwiderte sie mit derselben hingebungsvollen Inbrunst.«

»Wie groß ist die Wahrscheinlichkeit, dass in einer Millionenstadt wie Berlin zwei Typen zuerst zum selben Friseur und eine Woche später zum selben Anwalt gehen?«, fragte ich.

»Hm?«, machte Omi. Sie blickte versunken ins Leere, ehe sie weitersprach: »Belindas Herz klopfte rasend schnell. Nichts hatte sie auf diesen wilden Überschwang ihrer Gefühle vorbereitet. Nicht die gelehrsame Lektüre aus ihrer Mädchenzeit, nicht die Unterweisung durch ihre Gouvernante, nicht die Gespräche mit ihren Freundinnen an Ms Pripples Institut für junge Damen.« Omi hielt inne, um den Rest der Romanszene zu überdenken. Meine Frage hatte sie nicht wirklich wahrgenommen. Sie saß mit entrückter Miene auf dem Beifahrersitz. Wenn ich richtig mitgezählt hatte, befanden wir uns gerade im vierten Kapitel, was bedeutete, dass es zwischen Lady Belinda und Lord Goswin heute noch richtig zur Sache gehen würde. Im vierten Kapitel war das unausweichlich, hatte Omi mir mal erklärt. Nach mehreren hundert heißen Liebesromanen, die sie im Laufe der Jahre schon verfasst und für viel Geld an Verlage verkauft hatte, musste sie es ja wissen. Meist schaffte sie mindestens einen oder sogar zwei pro Monat. Jedes Mal, wenn wir zusammen mit dem Wagen unterwegs waren, sie auf dem Beifahrersitz und ich am Steuer, kam wieder ein Kapitel dazu.

Dieses Arrangement war für uns beide ungeheuer praktisch. Für mich, weil ich erst siebzehn war und deshalb nur in Begleitung fahren durfte. Und für Omi, weil sie sich gerne stundenlang durch die Gegend chauffieren ließ, egal wohin, denn während der Fahrt entfaltete ihre schriftstellerische Kreativität sich viel besser als zu Hause. Ich hatte außerdem den Eindruck, dass sie es mochte, in Jonas' Beisein zu diktieren, denn sie schaute dann hin und wieder prüfend in den Rückspiegel, um zu sehen, wie er auf ihre Texte reagierte. Je entnervter er mit den Augen rollte, desto zufriedener wirkte sie. Omi hatte definitiv eine kleine boshafte Ader, und dafür liebte ich sie noch mehr, als ich es sowieso schon tat.

Wahrscheinlich hätte Jonas lieber heute als morgen darauf verzichtet, sich von mir (mitsamt Omi und ihrem Diktiergerät) herumkutschieren zu lassen, aber nachdem er *wegen dieser dummen Sache* seinen Führerschein verloren hatte, blieb ihm nichts anderes übrig. Mama war arbeiten und konnte ihn tagsüber nicht fahren, und Taxifahren konnte er sich derzeit nicht leisten, denn er hatte nicht nur keinen Führerschein, sondern auch keinen richtigen Job. Angeblich hatte er eine Firma, die irgendwas mit Import-Export von Computersoftware machte, aber so richtig gut lief die anscheinend nicht, denn er pumpte Mama öfter mal an.

Was genau *diese dumme Sache* gewesen war, hatte ich noch nicht rausgekriegt, aber ich tippte auf notorische Geschwindigkeitsübertretung. Wie auch immer, jedenfalls hatte er vor zwei Monaten seinen getunten BMW an den Händler zurückgegeben, um sich die teuren Leasinggebühren zu sparen.

Seitdem durften Omi und ich ihn durch die Gegend fahren. Er hätte auch öffentliche Verkehrsmittel nutzen können, doch offenbar ließ er lieber Omis Liebesszenen über sich ergehen, statt die Straßenbahn zu nehmen.

»Ich habe gerade wieder diesen Typen gesehen«, erklärte ich ihr. »Er war schon letzte Woche da, als wir Jonas zum Friseur gebracht haben.«

»Was für ein Typ?«, wollte Omi wissen, einen Moment von ihrem Roman abgelenkt.

»Du hast ihn nicht gesehen, weil du gerade die Augen zuhattest.«

Omi diktierte gelegentlich mit geschlossenen Augen. Besonders bei Szenen, in denen es so richtig zur Sache ging.

»Das war noch in *Herrin der Leidenschaft*«, fuhr ich fort. »An der Stelle, als der Pferdeknecht sich an Lady Florinda ranmachen wollte und Lord Reginald sie retten musste. Im Heu«, fügte ich erläuternd hinzu.

»Hm«, machte Omi, jetzt wieder zerstreut. »Wirklich? Ich kann mich gar nicht erinnern, dass da auch ein Friseur eine Rolle spielte.«

»Ich mich auch nicht«, sagte ich. Stirnrunzelnd blickte ich zu dem Schild der Anwaltskanzlei hinüber. Es standen ziemlich viele Namen darauf, unter der fetten Überschrift *Patentanwälte*. Was wollte Jonas bei einem Patentanwalt? Ich hatte irgendwie angenommen, es ginge bei seinem Anwaltstermin um *diese dumme Sache*. Aber Patentanwälte befassten sich – nach allem, was ich wusste – doch eher mit Erfindungen als mit Führerscheinproblemen, oder?

Hinter mir hupte es. Hastig legte ich den ersten Gang ein und gab Gas. Ich zerbrach mir unablässig den Kopf über den dunkelhaarigen Typen, während ich weiterfuhr. Was hatte er mit Jonas zu schaffen?

*

Dieselbe Frage stellte ich mir tags darauf wieder. Ich hatte Nachmittagsunterricht, eine Doppelstunde Kunst, und Omi wollte währenddessen zur Fußpflege, da ging sie immer hin, wenn ich Kunst hatte. Wir trafen uns nach dem Unterricht beim Wagen und fuhren dann raus nach Lichterfelde, wo Jonas bei einem Kumpel abgeholt werden wollte. Er wartete an der vereinbarten Stelle, was eine angenehme Abwechslung war, weil Omi und ich sonst meistens auf *ihn* warten mussten.

Jonas machte einen äußerst unzufriedenen Eindruck, als er zu uns in den Wagen stieg. Anscheinend war der Besuch bei seinem Kumpel, wer immer das war, nicht sonderlich spaßig gewesen.

»Du kannst ruhig losfahren«, sagte er. »Ich bin schon angeschnallt.«

»Gleich.« Wie elektrisiert sah ich soeben im Außenspiegel den Typ mit der Lederjacke auftauchen. Etwa dreißig Meter hinter uns setzte er sich gerade ans Steuer eines dunkelblauen Passats. Ich wartete darauf, dass er losfuhr, doch der Wagen blieb stehen.

»Nun fahr schon«, sagte Jonas ungeduldig von der Rückbank.

Ich ordnete mich in den fließenden Verkehr ein, und der Passat hinter uns fuhr ebenfalls los. An der nächsten roten Ampel blieb ich stehen und blinkte links. Der Typ im Passat blinkte ebenfalls links. Die Ampel wurde grün, aber statt nach links bog ich rechts ab, und der Passat folgte uns.

»Der Typ hinter uns verfolgt uns *definitiv*«, sagte ich zu Omi, doch die war eingeschlafen. Meist hielt sie nachmittags zwischen vier und fünf ein Nickerchen, und wenn wir da gerade unterwegs waren, schlief sie eben im Auto. Eigentlich war das für eine Begleitperson unzulässig, aber weil sie auch beim Diktieren häufig die Augen zuhatte, spielte es im Grunde keine Rolle.

»Genau genommen verfolgt er *dich*«, sagte ich zu Jonas.

»Wer?«

»Der Typ in dem Wagen hinter uns.«

Jonas blickte über die Schulter nach hinten. »Welcher Wagen?«

Ich sah in den Rückspiegel. Der Passat war weg. Er hatte entweder angehalten oder war abgebogen.

»Das war so ein Typ mit 'ner Lederjacke«, erklärte ich. »Der war auch schon da, als du letzte Woche beim Friseur warst. Und gestern bei der Kanzlei hab ich ihn auch gesehen. Und gerade eben schon wieder. Der muss dir doch aufgefallen sein!«

»Nicht, dass ich wüsste«, sagte Jonas zerstreut. Er blätterte in irgendwelchen Unterlagen und wirkte dabei noch unzufriedener als vorher. »Viele Typen tragen Lederjacke. Kann man leicht mal verwechseln, wenn man nicht so genau hinschaut.«

»Ich *habe* aber genau hingeschaut.«

Jonas blickte von den Unterlagen auf. »Du solltest dich lieber auf den Verkehr konzentrieren.« Er zog die Brauen zusammen. »Pennt Gerti etwa? Muss sie als Begleitperson nicht auf dich aufpassen?«

Omi öffnete die Augen. »Ich bin hellwach. Und ich habe meinen Führerschein seit über fünfzig Jahren.« Sie lächelte freundlich. »Ohne einen einzigen Punkt in Flensburg.«

Das brachte Jonas dazu, bis auf Weiteres den Mund zu halten.

Zu Hause parkte ich den Wagen wie immer vor dem Carport – darin ging es nicht, weil dort lauter Zeug herumstand, kistenweise Hausrat von Jonas aus seiner früheren Wohnung – und holte anschließend die Post aus dem Briefkasten, während Omi und Jonas an mir vorbei ins Haus gingen. Drinnen hörte ich Luckys fröhliches Kläffen und gleich darauf Jonas' Reaktion darauf. Wie üblich ließ er dabei deutlich weniger Wiedersehensfreude erkennen als Lucky. Es klang wie *nicht auf die Schuhe sabbern*, hätte aber auch *nicht an den Schuhen knabbern* heißen können. Lucky tat beides mit unermüdlicher Hingabe, in der Regel gleichzeitig. Für einen verspielten jungen Hund war das völlig normal, aber weil er aus irgendwelchen Gründen ausschließlich Jonas' Schuhe vollsabberte und zerkaute, kam das nicht besonders gut an.

Unerklärlicherweise liebte unser Hund Jonas. Er freute sich immer wie verrückt, wenn er nach Hause kam, und sobald er irgendwo Schuhe von ihm stehen sah, ließ er dafür alles andere sofort liegen.

Ich war schon halb im Haus, da warf ich noch einmal über die Schulter einen Blick zurück – und erstarrte. Ein Stück entfernt parkte ein dunkelblauer Passat. Keine Ahnung, was mir durch den Kopf ging, als ich mit der Post in der Hand durch den Vorgarten auf die Straße und dann zu dem Wagen marschierte. Ich hatte einfach nur das Gefühl, ich müsste das jetzt regeln. Oder genauer: rausfinden, was hier los war. Das Fenster auf der Fahrerseite war offen. Als ich näher kam, glitt es nach oben. Durch die getönte Scheibe war der Fahrer nur noch als verschwommener Umriss zu erkennen, doch ich war davon überzeugt, dass es der Typ mit der Lederjacke war.

Ich klopfte gegen die Scheibe, die daraufhin ein winziges Stück heruntergiltt.

»Ja?«, fragte eine männliche Stimme durch den Spalt.

Mir lief ein kleiner Schauer über den Rücken, was mir nicht oft passiert. Jedenfalls normalerweise nicht einfach bloß beim Klang einer Stimme. Aber diese hier war irgendwie … besonders. Tief und samtig, aber trotzdem ein bisschen rau. Ich brauchte ein paar Augenblicke, um mich zu fassen und mir eine Antwort auf seine Frage zu überlegen. Leider fiel mir nur eine ziemlich dämliche Gegenfrage ein.

»Sind Sie vorhin hinter uns hergefahren?«

»Nein«, sagte die Stimme. Einfach so.

»Äh … echt nicht?«, fragte ich zweifelnd. »Ich hab doch

noch gar nicht gesagt, hinter welchem Auto.« Ach du Schande. Das war ja *noch* dämlicher.

Die Scheibe glitt wieder nach oben, und bevor ich noch was anderes tun konnte, als mit offenem Mund dazustehen, fuhr der Wagen los und verschwand um die nächste Ecke.

*

»Ist doch ganz klar, was dieser Typ mit Jonas zu tun hat«, sagte Yasemin, als ich ihr am Abend davon erzählte. »Die beiden haben was laufen.«

Es lag auf der Hand, was sie damit meinte, aber ich schüttelte sofort den Kopf. »Jonas ist eindeutig hetero. Aber so was von. Du müsstest mal sehen, was er mit meiner Mutter macht, wenn die beiden glauben, es guckt gerade keiner.« Ich erschauderte und versuchte, nicht dran zu denken.

»Bist du sicher?«, fragte Yasemin.

»Ganz sicher.«

»Hm. Dann finde ich das wirklich strange.«

»Ich auch.«

»Warum fragst du Jonas nicht einfach, wieso er heimlich diesen Lederjackentypen trifft?«

»Ich hatte nicht wirklich das Gefühl, dass sie sich treffen. Es war eher so, als würde der Typ Jonas beschatten.«

»Oh, wirklich?« Yasemin runzelte nachdenklich die Stirn. »Hm, wenn das so ist, ist der Lederjackentyp vielleicht ein Privatdetektiv.«

»Weshalb sollte ein Privatdetektiv hinter Jonas her sein?«

»Da gibt es mehrere Möglichkeiten. Erstens: Jonas hat irgendwo eine Ehefrau, die rausfinden will, wo er sich rumtreibt. Oder er hat Schulden bei einem Kredithai, und dem hat er vorgelogen, dass er kein Geld für die Rückzahlung hat. Und der Kredithai hat jetzt einen Privatdetektiv auf ihn angesetzt, damit der checkt, ob das stimmt.«

»Ich glaube nicht, dass Jonas eine Frau hat, die ihm nachspionieren lässt. Die würde höchstens pausenlos jubeln, weil er weg ist. Aber dass er kein Geld hat, stimmt auf jeden Fall. Gestern Abend hat er sogar Omi gefragt, ob sie ihm mal eben einen Fünfziger borgen kann.«

»Und was hat sie gesagt?«

»Sie hat ihm fünfzig Euro gegeben. So ist sie halt. Zu Geld hat sie kein besonderes Verhältnis.«

»Und was hat deine Mom dazu gesagt?«

»Die war nicht da.« Leider, fügte ich in Gedanken hinzu. Wenn Mama es mitgekriegt hätte, wäre ihr vielleicht schneller klar geworden, dass sie den falschen Typen liebte. Seufzend klappte ich meinen Laptop zu und erhob mich von meinem Bett. Höchste Zeit, ein Outfit für heute Abend rauszusuchen. Ich hatte noch keine Ahnung, was ich anziehen sollte. Yasemin hatte sich wieder ziemlich aufgerüscht. Wie immer war sie zu mir gekommen, bevor sie sich zurechtmachte, denn sie nahm Rücksicht auf ihren traditionsbewussten türkischen Opa, der bei ihnen mit in der Wohnung lebte und ihr am liebsten Hausarrest verpasst hätte, wenn sie sich in seiner Sichtweite in eine Partyqueen verwandelte.

Im Augenblick saß sie vor meiner Schminkkommode und malte sich Smokey Eyes. Wir wollten zusammen auf eine Geburtstagsparty. Joelle aus unserer Stufe feierte ihren Achtzehnten. Yasemin und ich kannten sie nicht besonders gut, aber sie hatte die halbe Schule eingeladen, weil ihre Eltern alles bezahlten. Sie wohnte in einer Villa in Zehlendorf und wollte es richtig krachen lassen, für uns alle also die letzte Möglichkeit, vor dem Abi noch mal auf andere Gedanken zu kommen und etwas Spaß zu haben – am kommenden Montag ging es mit den Klausuren los.

Ich durchforstete meinen Kleiderschrank und konnte mich nicht entscheiden. Egal, was ich anzog – im Vergleich mit Yasemin würde ich sowieso mehr oder weniger unsichtbar wirken. Sie war groß und langbeinig wie ein Supermodel, und mit ihren Rehaugen und der schwarzen Lockenmähne hätte sie gut auf einen Catwalk gepasst.

Es machte mir nichts aus, neben Yasemin zu verblassen, denn sie gehörte zu den Menschen, die ich am meisten liebte. Es erfüllte mich sogar irgendwie mit Stolz, dass vielen Typen beim Anblick meiner besten Freundin die Kinnlade runterfiel. Sie war wirklich bildhübsch, während ich … na ja, mich hatte außer meiner Omi noch niemand schön gefunden. Auf mich passte als Beschreibung eher das, was vielen Menschen beim Anblick von kleineren Personen eben einfällt: niedlich. Oder gerne auch mal: knuffig.

Ich entschied mich schließlich für einen kurzen Hosenrock, darin sahen meine Beine ein bisschen länger aus. Und dazu Schuhe mit Plateausohlen, damit ich Yasemin wenigstens bis zum Kinn reichte. Die Haare trug ich offen, die waren schön lang. Zwar nicht dunkel und wild gelockt wie bei Yasemin, sondern glatt und blond, aber zu dem messingfarbenen Oberteil und dem Hosenrock in Crashoptik sah es nett aus. Und mit etwas goldbraunem Lidschatten und reichlich Mascara noch netter. Eigentlich sogar ganz hübsch.

Es klopfte an der Tür, und meine Mutter steckte den Kopf herein. »Seid ihr so weit?« Sie bedachte Yasemin mit einem langen, bewundernden Blick. »Wow. Du siehst wieder traumhaft aus.«

»Danke, Frau Jensen. Das ist bloß das neue Kleid.«

»Du würdest auch in einem Sack toll aussehen«, widersprach Mama.

»Sie sehen aber heute auch wieder super aus. Sie haben einfach eine unglaublich tolle Figur.«

»Findest du? Kommt wahrscheinlich von all dem Pilates.« Mama warf sich in meinem Kommodenspiegel einen erfreuten Blick zu und drehte sich von einer Seite zur anderen. Sie wollte auch noch ausgehen. Ihre Jeans sahen aus wie auf den Körper gemalt, und das gemusterte Seidentop ließ ziemlich tief blicken. Davon abgesehen hatte Yasemin völlig recht. Meine Mutter *sah* super aus, und sie *hatte* eine tolle Figur, obwohl sie schon achtundvierzig war. Außerdem war sie groß, fast so hochgewachsen wie Yasemin, und hätte ich nicht das honigblonde Haar und die lavendelblauen Augen von ihr geerbt, würde kein Mensch auf den Gedanken kommen, dass ich ihre Tochter war. Von der Größe her kam ich leider mehr nach Omi, die genauso klein war wie ich.

»Sie haben aber schon toll ausgesehen, bevor Sie mit dem Pilates angefangen haben«, meinte Yasemin.

Ich verdrehte die Augen. »Wenn ihr mit dem gegenseitigen Geschleime fertig seid, können wir dann los?!«

Meine Mutter schien zu merken, dass ihr eigenes Kind vielleicht auch ein kleines Kompliment verdient hatte. »Oh. Du siehst aber auch wieder süß aus, Schätzchen. Ein richtig niedliches Püppchen.«

Ich sparte mir eine Erwiderung, denn sie erwartete sowieso keine, weil sie schon auf dem Weg nach unten war. Sie und Jonas würden uns zu Joelle bringen und dann selbst feiern gehen. Wahrscheinlich mal wieder auf eine Party, auf der Mama so jung wie möglich aussehen wollte. Dass sie acht Jahre älter war als Jonas, weckte bei ihr offenbar den Ehrgeiz, die Zeit ein wenig zurückzudrehen. Dabei hatte sie es überhaupt nicht nötig, denn wenn man die beiden zusammen sah, fiel der Altersunterschied kein bisschen auf.

Unten in der Diele sprang Lucky fröhlich wedelnd um Jonas herum, der schon ungeduldig auf die Uhr schaute. Als wir die Treppe runterkamen, musterte er Yasemin mit Kennerblick.

»Du könntest echt Model werden, hat dir das schon mal jemand gesagt?«

»Ja«, antwortete ich an ihrer Stelle, doch Jonas hörte gar nicht hin, sondern betrachtete als Nächstes bewundernd meine Mutter. Diesmal mit diesem speziellen Glitzern in den Augen, dem unweigerlich das übliche Gesülze folgte.

»Du siehst wieder megaheiß aus, Babe! Du bist ein richtiges Hammer-Hottie.«

Ich hatte etwas in der Art erwartet, zuckte aber trotzdem zusammen, denn ich hasste es, wenn er in meinem Beisein solche Dinge zu ihr sagte. Ich meine – hallo?! Sie war kein Hottie, sondern meine *Mutter!* Wieso konnte er sie nicht wie jeder normale Mensch *Sylvia* nennen? Aber noch schlimmer fand ich es, wenn er – so wie in diesem Moment – anfing, mit ihr rumzuknutschen. In solchen Augenblicken hätte ich ihm gern einen Eimer kaltes Wasser über den Kopf geschüttet. *Eiskaltes* Wasser.

»Wir können dann los«, sagte ich laut.

Lucky merkte, dass wir im Begriff waren, ohne ihn aufzubrechen, und fing an, herzzerreißend zu fiepen. Ich liebte meinen kleinen Hund abgöttisch, nur konnte man ihn leider schlecht allein lassen. Er winselte sofort los, wenn ihm klar wurde, dass er nicht mitkommen durfte. Zum Glück war meist irgendwer von uns daheim, sodass sich das Problem nicht allzu oft stellte.

»Gerti, wir wollen los, du musst dich um den Hund kümmern!«, rief Mama. Omi kam aus ihrem Arbeitszimmer, das Diktiergerät in der Hand. Ihrem abwesenden Blick nach zu urteilen, befand sie sich gerade in einer sehr kreativen Phase.

»Komm, mein Kleiner, du kannst mir Gesellschaft leisten«, sagte sie zerstreut, während sie Lucky ein Leckerli gab, über das er sich sofort begeistert hermachte.

»Du musst noch mit ihm raus«, sagte Mama.

»Kein Problem«, erwiderte Omi. »Bloß noch diese Szene.« Dann sprach sie in ihr Diktiergerät: »Sein stoppelbärtiges Gesicht zerkratzte ihre zarte Haut und brachte sie zum Glühen. Belinda wurde beinahe zerdrückt in Goswins bärenhafter Umarmung, sie spürte jeden Zoll seines harten und muskulösen Körpers. Die Lust durchfuhr sie wie eine heiße Stichflamme.«

»Wow«, sagte Yasemin fasziniert. »Das klingt echt spannend.«

»Kennst du einen, kennst du alle«, warf Jonas ein.

»Das stimmt nicht«, widersprach Yasemin. »Ich finde die Storys alle toll.« Sie war ein großer Fan von Omis Romanen und las jeden, der neu herauskam. Ihre Mutter und ihre

Schwester und ihre Tante ebenfalls. Sie konnten gar nicht genug davon bekommen. Nur Yasemins Opa durfte davon nichts mitkriegen.

Mama zog sich vor dem Dielenspiegel die Lippen nach und streifte ihre Jacke über, ein knapp sitzendes cremeweißes Etwas, das ihre Figur noch besser zur Geltung brachte. Jonas stellte sich dicht hinter sie, umschlang sie mit beiden Armen und küsste sie auf den Nacken. Sie lehnte sich an ihn und sah dabei aus wie die Hauptfigur aus einem von Omis Romanen. Im vierten Kapitel.

Ich bemühte mich, nicht hinzusehen und ging schon mal raus zum Wagen. Während ich das Steuer übernahm, setzte Mama sich vorschriftsmäßig als Begleitperson neben mich, weshalb Yasemin es notgedrungen hinten neben Jonas aushalten musste. Der fing sofort an, sie mit allen möglichen Fragen zu bombardieren. Was sie nach dem Abi so machen wollte, was *schönes Mädchen* auf Türkisch hieß, ob es ihr nicht manchmal komisch vorkäme, eine Freundin zu haben, die neben ihr wie ein Zwerg aussah. Vor mir sprang eine Ampel auf Rot um, und ich bremste heftiger, als es nötig gewesen wäre.

Mama wurde in den Gurt gedrückt. »Ups«, machte sie. »Das war ein bisschen zu doll, was?«

Ich musste dringend etwas von meinem Ärger loswerden.

»Der Typ hat uns heute Nachmittag übrigens *doch* verfolgt«, sagte ich patzig über die Schulter zu Jonas. »Er hat in unserer Straße geparkt, und als ich zu ihm hin bin, um zu fragen, was er will, ist er abgehauen.«

»Was für ein Typ?«, wollte Mama wissen.

»Das wüsste ich auch gern«, antwortete ich. »Aber Jonas hat ja angeblich keine Ahnung, wer er ist.«

Mama drehte sich zu Jonas um. »Wen meint Emmy denn?«

»Das weiß der Himmel, ehrlich.« Jonas' Handy klingelte, und er hob es ans Ohr und schmatzte meiner Mutter einen Luftkuss zu. »Sorry, Babe, das könnte wichtig sein.«

Die Ampel wurde grün, und ich fuhr weiter.

»Ich brauche die Software wirklich dringend«, sagte Jonas leise zu dem Anrufer. »Sonst könnte ich echten Ärger kriegen. Aber du erst recht.« Es klang beschwörend und gleichzeitig aufgebracht. Dann redete Mama dazwischen, sodass ich nicht mehr hörte, was er als Nächstes sagte.

»Was schenkt ihr Joelle denn zum Geburtstag?«, fragte sie.

»Einen iTunes-Gutschein«, sagte Yasemin.

»Cool«, meinte Mama, obwohl sie höchstwahrscheinlich keine Ahnung hatte, was iTunes war. Sie hörte Musik nur im Radio und auf dem CD-Player und las Bücher ausschließlich auf Papier. Das Internet benutzte sie vorwiegend, um neue Typen kennenzulernen (Jonas hatte sie ebenfalls in einer Singlebörse ausfindig gemacht) und um sich Schuhe zu bestellen. Leider hatte sie sich kurz nach Jonas' Einzug vor ein paar Monaten auch auf Facebook angemeldet, damit er sie nicht für rückständig hielt. Nachdem sie alle meine Statusmeldungen der letzten zwei Jahre mit ihren Likes und Kommentaren versehen und sich mit all meinen Freunden befreundet hatte, war ich schon fast so weit, sie zu sperren.

Vor der Protzvilla in Zehlendorf stiegen Yasemin und ich aus, und Mama und Jonas fuhren weiter zu ihrem eigenen Samstagabend-Event.

»Tut mir leid, dass du ihn die ganze Zeit ertragen musstest«, sagte ich zu Yasemin.

»So schlimm war es nun auch wieder nicht. Ich finde ihn nicht annähernd so ätzend, wie du es immer darstellst.«

»Echt jetzt? Das ist nicht dein Ernst, oder?«

»Wieso? Deine Mom hat ihn immerhin bei euch einziehen lassen. Ich meine, irgendwas muss doch an ihm dran sein, oder? Und damit meine ich jetzt nicht bloß dieses Belinda-und-Goswin-Ding.«

Ging es noch peinlicher? Ich hätte mir am liebsten die Ohren zugehalten und *Na-na-na-naaa-na* gerufen oder so was in der Art. Doch davon hielten mich drei Mädchen ab, die aus einem Auto stiegen und auf uns zugestöckelt kamen. Mit einer war ich zusammen im Sport-GK und begrüßte sie kurz, als sie mit den anderen an uns vorbei zum Eingang der Villa ging.

»Lass uns auch reingehen«, sagte ich zu Yasemin, doch sie blieb stehen und sah aus der luftigen Höhe ihrer eins achtzig ernst auf mich herab.

»Es hat keinen Zweck, wenn du das die ganze Zeit in dich reinfrisst, Emmy. Das geht jetzt schon seit Monaten so, seit Jonas bei euch eingezogen ist. Im Grunde ist er doch gar nicht so verkehrt. Eigentlich ist er sogar ganz nett, wenn man ein bisschen auf ihn eingeht. Du solltest ihm vielleicht einfach mal eine Chance geben. Schon allein deshalb, weil deine Mutter ihn liebt. Schau, deine Omi kommt doch auch mit ihm klar. Und sogar Lucky mag ihn.«

»Der ist noch ein Baby und weiß es nicht besser. Aber ich schon. Meine Mutter hat bereits genug von diesen Luftnummern an Land gezogen.«

»Und was willst du machen, wenn er länger bleibt? Vielleicht heiratet deine Mom ihn ja sogar. Was dann?«

»Nach dem Abi bin ich sowieso weg«, sagte ich genervt, denn ich hatte keine Lust, weiter über Jonas zu reden. »Dann braucht das ganze Thema mich zum Glück nicht mehr zu interessieren. Es interessiert mich *jetzt* schon nicht mehr. Es ist mir einfach bloß total egal.«

»Wirklich?« Yasemin zog ihre wunderschön geschwungenen schwarzen Brauen hoch. »Willst du denn gar nicht mehr rausfinden, warum der Typ mit der Lederjacke ihn verfolgt hat?«

Ich zuckte mit den Achseln, als wäre mir auch das ganz egal. Doch in Wahrheit wollte ich es *unbedingt* herausfinden. Dazu war ich wild entschlossen, seit ich durch den Spalt des Wagenfensters seine Stimme gehört hatte.

Und in dem Moment, als ich mit Yasemin zusammen rüber zu der Angebervilla von Joelles Eltern ging, wusste ich auf einmal ganz genau, dass ich ihn bald wiedersehen würde.

*

Die Party wurde wider Erwarten doch ziemlich nett, obwohl die ganze Umgebung ein bisschen zu edel war und zu viele teuer gestylte Jungs und Mädchen dort herumstanden, die nicht auf unserer Schule waren, sondern aus einem etwas vornehmeren Bekanntenkreis von Joelle stammten. Vielleicht aus ihrem Reitklub. Oder aus dem Golfklub. Aber zum Glück waren genug Leute aus der Schule da, mit denen wir uns gut verstanden, sodass schnell eine lustige Stimmung aufkam. Wir bedienten uns an dem von leckeren Delikatessen überquellenden Büfett und tranken echten Champagner, von dem überall Flaschen in Eiskühlern herumstanden.

Auf der überdachten Terrasse legte ein DJ die neuesten Songs aus den Charts auf, und es dauerte nicht lange, bis die Leute anfingen zu tanzen. Mindestens drei Typen versuchten Yasemin anzugraben, doch sie wimmelte alle ab. Sie war fest mit Jannik zusammen. Er hatte letztes Jahr Abi gemacht und studierte in Freiburg. Die beiden sahen sich sooft es ging, und es war schon seit Längerem geplant, dass sie nach der Schule zu ihm zog und sich dort ebenfalls an der Uni einschrieb.

Ein Typ versuchte es auch bei mir. Er hatte eindeutig zu viel getrunken und spuckte beim Sprechen.

»Du siehst super aus«, sagte er. »Ich finde dich toll. Wollen wir tanzen?«

Ich wischte mir das Gesicht ab. »Lieber nicht.«

Das betrachtete er einfach als Zustimmung. Er fing an, neben mir im Takt der Musik loszuhopsen und stieß dabei aufmunternd mit seiner Hüfte gegen meine. Schließlich kam ein Junge, mit dem ich zusammen Sport-GK hatte, und erlöste mich von dem Spucktyp. Wir tanzten eine Weile, dann holten wir uns was zu trinken. Ich war inzwischen von Champagner zu Saft übergegangen, denn ich vertrug nicht besonders viel Alkohol. Schon von einem Glas bekam ich rote Bäckchen, und beim zweiten kicherte ich deutlich mehr als normal. Beim dritten wurde ich so müde, dass ich nur noch ins Bett wollte. Von daher waren zwei Gläser genau die richtige Menge für eine Party. Es sei denn, es war eh zum Einschlafen langweilig. Joelles Party war zum Glück eine von der Sorte, wo man es recht lange aushalten konnte. Es war eine laute und lustige Geburtstagsfeier, bei der alle auf ihre Kosten kamen, sogar der Spucktyp. Er schleppte ein selig grinsendes Mädchen mit Pferdezähnen ab und verschwand mit ihr ins Obergeschoss, vermutlich, um sie dort in einem der Schlafzimmer näher kennenzulernen. Einige andere Paare waren auch schon auf Tuchfühlung gegangen. Die Musik wurde langsamer und leiser, und in den Ecken wurde geknutscht, womit für Yasemin und mich der Zeitpunkt gekommen war, uns zu verabschieden. Wir riefen uns ein Taxi. Mama hatte mir extra Geld dafür gegeben, weil sie nicht wusste, wann sie und Jonas heimkommen würden.

Der Taxifahrer setzte zuerst Yasemin ab und dann ein paar Straßen weiter mich. Ich bezahlte und stieg aus. Während das Taxi wegfuhr, ging ich über den bekiesten Weg durch den Vorgarten zum Haus und wollte gerade die Tür aufschließen, als ich schräg hinter mir ein Poltern hörte.

Ich drehte mich um, den Schlüssel in der Hand. Im schwachen Licht des Bewegungsmelders, der über der Haustür angebracht war, sondierte ich die Lage. Das Poltern war aus dem Carport gekommen. Zwischen den Balken waren im Halbdunkel undeutlich die Kistenstapel zu sehen. Und dann der Schatten einer Gestalt, die gleich darauf wieder verschwunden war.

Da trieb sich jemand in unserem Carport herum!

Ich schluckte. Mein Herz fing schlagartig an zu rasen. Die Entscheidung, was ich als Nächstes tun sollte, fiel mir nicht weiter schwer, denn an sich bin ich ziemlich ängstlich. Es war schon der Gipfel der Tapferkeit gewesen, dass ich am Nachmittag zu dem Passat marschiert war, um Lederjacke zu fragen, wieso er uns verfolgt hatte, und das war mitten am Tag gewesen, in Sicht- und Rufweite von allen möglichen Leuten aus der Nachbarschaft. Also tat ich beim Anblick der schattenhaften Gestalt das Naheliegende: Ich schloss die Haustür auf, stürzte in die Diele, machte die Tür wieder zu und wählte mit dem Handy den Notruf.

Es dauerte unfassbar lange, bis jemand dranging. Wäre zufällig gerade ein Serienkiller über mich hergefallen, hätte er genug Zeit gehabt, mich in aller Ruhe zu erledigen.

»Draußen vor unserem Haus ist jemand«, flüsterte ich.

»Wo?«, kam es zurück.

»Draußen vor dem Haus«, wiederholte ich. »In unserem Carport.«

»Nein, ich meinte, von wo aus rufen Sie an?«, fragte der Beamte am anderen Ende. »Nennen Sie bitte Ihren Namen und Ihre Anschrift.«

Ich nannte ihm flüsternd beides. »Ich glaube, es ist ein Einbrecher.«

»Sie meinen, es ist jemand in Ihren *Carport* eingebrochen?«, fragte der Beamte. »Ist es ein offener oder ein geschlossener Carport, also eher eine Garage?«

»Er ist offen«, sagte ich.

Ich sah förmlich, wie er sich auf der Wache zu seinen Kollegen umdrehte und an die Stirn tippte.

»Aber es stehen sehr viele Kisten da drin«, fuhr ich rasch fort. »Umzugskisten mit Hausrat und so.«

»Im Carport?«, vergewisserte sich der Beamte.

»Ja doch«, gab ich mit wachsender Ungeduld zurück. »Da will bestimmt jemand was stehlen.« Mittlerweile war ich mutiger geworden und ging im ganzen Erdgeschoss herum, um überall das Licht anzuknipsen. Damit würde sich der Dieb wahrscheinlich am schnellsten vertreiben lassen. Gleichzeitig vergewisserte ich mich, dass alle Fenster zu waren. »Ich bin allein zu Hause. Nur mit meiner alten Omi und unserem Hund. Einem sehr kleinen Hund«, fügte ich vorsorglich hinzu. Blöd, dass wir keine Rollläden hatten, bloß Jalousetten, und die waren noch nicht mal runtergelassen. Das wollte ich gerade nachholen, mit einer Hand natürlich, weil ich mit der anderen immer noch das Handy am Ohr hielt, als unversehens der schwarze Umriss einer Gestalt vor dem Fenster auftauchte.

Ich schrie auf.

»Was ist?«, fragte der Beamte alarmiert. Nun war er anscheinend doch beunruhigt.

»Der Typ ist auf unserer Terrasse«, stieß ich hervor, während ich panisch vom Fenster zurückwich, aus dem Wohnzimmer rannte und die Tür hinter mir zuknallte. Zitternd stand ich in der Diele und hatte keinen Plan, was ich als Nächstes tun sollte.

»Bleiben Sie dran«, sagte der Beamte. »Legen Sie nicht auf. Eine Streife ist schon unterwegs.«

»Ja«, sagte ich. Ich kriegte es kaum heraus, meine Kehle war wie zugeschnürt. »Was soll ich jetzt machen?«

»Verhalten Sie sich ruhig. Wo sind Sie gerade?«

»In der Diele.«

»Hören Sie irgendwas?«

Ich lauschte. Draußen wurde eine Wagentür zugeschlagen, und dann ertönte die Stimme meiner Mutter, dicht vor der Haustür. Sie lachte. Jonas lachte ebenfalls und sagte irgendwas zu ihr. Ein Schlüssel wurde von außen ins Schloss geschoben, ich hörte, wie er gedreht wurde.

»Meine Mutter kommt gerade nach Hause«, sagte ich erleichtert zu dem Beamten, während die Tür aufging und Mama im Rahmen erschien. Jonas war neben ihr, er sah sie lächelnd von der Seite an und wirkte gelöst und glücklich.

Dann sah ich hinter den beiden jemanden auftauchen. Ein schattenhafter Umriss, der sich, als das Licht aus der Diele auf ihn fiel, als dunkel gekleideter Mann entpuppte. Er trug Reeboks und eine Baseballkappe, sodass man nur den unteren Teil seines Gesichts sehen konnte. Und in seiner Hand hatte er eine Pistole, mit der er auf Jonas zielte.

Mir war vor Entsetzen das Herz stehen geblieben, denn ich fühlte, wie es stolpernd wieder zu schlagen begann und in meiner Brust hämmerte wie eine kaputte Schlagbohrmaschine.

Mama und Jonas fuhren zu dem Fremden herum.

»Oh mein *Gott!*«, rief Mama.

»Was zum Teufel soll das?«, stieß Jonas hervor.

»Was ist los?«, quäkte der Beamte in mein Ohr. »Können Sie die Situation in wenigen Worten schildern?«

Ich traute mich nicht, auch nur ein einziges Wort zu sagen, denn ich hatte Angst, dass der Typ uns kurzerhand alle umbrachte, wenn er merkte, dass ich die Polizei in der Leitung hatte.

»Du weißt, was wir wollen«, sagte Baseballkappe zu Jonas. »Gib es uns, und wir sind wieder weg.«

»Warten Sie. Ich hab Geld.« Mama fing an, in ihrer Handtasche zu wühlen.

Hatte der Typ eben *uns* und *wir* gesagt? Das war Plural.

Plural bedeutete, dass … Der Gedanke zerfaserte und wurde durch die Realität ersetzt. Ich hatte das Gefühl, einen riesigen, steinharten Brocken in der Kehle stecken zu haben, als auf einmal ein zweiter Mann auftauchte, ebenfalls mit einer Pistole in der Hand. Er war etwas jünger und größer als Baseballkappe und besser angezogen. Schwarzer Anzug, schmale Krawatte. Er schien um die dreißig zu sein und sah auf eine leicht windige Art gut aus, wie ein smarter Banker oder Makler.

»Ich zähl bis drei«, sagte er mit erkennbar osteuropäischem Akzent. »Eins. Zwei.«

»Ich kann dir nichts geben, was ich nicht habe!«, rief Jonas. Es klang verzweifelt.

»Drei.«

Mama streckte dem Fremden ihr Portemonnaie hin. »Hier, nehmen Sie das. Da sind fast hundert Euro drin.«

Der Mann schlug es ihr aus der Hand, hob die Pistole und schoss auf sie. Es klang seltsam gedämpft, nur ein kurzes dumpfes Plopp war zu hören. Vielleicht ist es gar keine richtige Pistole, dachte ich in einer verrückten Aufwallung von Hoffnung.

Doch Mama taumelte rücklings gegen die Tür, und ich sah den Blutfleck, der sich an ihrer Seite ausbreitete. Von irgendwoher kam ein schrilles Kreischen. Im nächsten Augenblick begriff ich, dass es von mir stammte. Ich schrie.

»Gott im Himmel!«, brüllte Jonas. »Wie kannst du … Du kannst doch nicht …«

»Ich kann noch mehr«, sagte der Anzugtyp. »Eins. Zwei.«

»Nicht!«, schrie Jonas.

»Drei.« Der Anzugtyp legte mit der Pistole auf Jonas an

und schoss ihm ins Bein. Jonas schrie auf und fasste sich an den Oberschenkel, blieb aber stehen.

Der Mann mit der Baseballkappe war ein Stück zurückgewichen und sah sich nervös um.

Ich hatte aufgehört zu schreien und stand wie erstarrt mitten in der Diele. Das Handy war mir aus der Hand gerutscht und auf den Boden gefallen, aber immer noch in Betrieb. Aus dem Lautsprecher hörte ich die aufgeregte Stimme des Beamten, aber ich konnte nicht verstehen, was er sagte. Mama sackte mit dem Rücken an der Tür zu Boden, die Hand in die Seite gekrampft, Blut unter ihren Fingern. Ihre cremeweiße Jacke sah aus wie in rote Farbe getaucht.

»Emily!«, sagte Jonas mit erstickter Stimme. »Lauf weg!«

»Ah, Emily heißt du. Schöner Name für ein schönes kleines Mädchen.« Der Typ im Anzug starrte mir direkt ins Gesicht. Seine Augen waren wie zwei schwarze Löcher, sein Mund ein schmaler Strich. Er hob abermals die Hand mit der Pistole, und diesmal zeigte sie in meine Richtung. »Eins.«

»Nein«, bettelte Jonas stöhnend. »Nein, *bitte* nicht!«

An seinem rechten Bein strömte das Blut herab. Unter seinem Fuß hatte sich bereits eine rote Pfütze gebildet.

»Zwei.«

Mama bewegte sich wimmernd. Kraftlos versuchte sie, nach dem Typen zu treten.

»Alles in Ordnung, Sylvia?«, kam es von oben. Omi war aufgewacht, und auch Lucky hatte angefangen zu bellen. »Was ist das für ein Krach da unten?«

Dann war aus der Ferne das Geräusch einer Polizeisirene zu hören.

»Die Bullen kommen«, sagte der Mann mit der Baseballkappe drängend. »Lass uns abhauen!«

Der Anzugtyp zielte immer noch auf mich, dann spitzte er die Lippen und machte *Pchch!*, während er gleichzeitig pantomimisch so tat, als würde er auf mich schießen.

»Heute ist dein Glückstag, kleine Emily«, sagte er.

Damit drehte er sich um und verschwand.

*

Ich saß im Gang des Krankenhauses und wartete auf Neuigkeiten aus dem OP, immer noch zitternd und verheult und ständig kurz davor, Yasemin zu schreiben, weil ich noch nie im Leben so fertig gewesen war und mich dringend bei jemandem ausweinen musste. Ich verkniff es mir nur deshalb, weil es halb vier nachts war und Yasemin darauf bestehen würde, sofort herzukommen, was unweigerlich ihre komplette Familie in Aufruhr versetzen würde, vor allem ihren Opa.

Außerdem war der Akku fast leer, und den kläglichen Rest musste ich für Omi aufsparen, die genau wie ich außer sich vor Angst und Sorge war und in der letzten Stunde schon dreimal angerufen hatte. Sie hatte mit ins Krankenhaus fahren wollen, als der Rettungswagen Mama und Jonas abholte, doch Lucky hatte wie verrückt geheult, wir hätten ihn unmöglich allein lassen können. Außerdem wimmelte es im ganzen Haus nur so von Kripo, weshalb einer von uns als Ansprechpartner vor Ort sein musste. Wahrscheinlich wäre eher ich dafür zuständig gewesen, zumal ich ja auch Tatzeugin war, aber ich hatte darauf bestanden, im Notarztwagen mitzufahren, weil ich bei Mama sein wollte. Ich war einfach mit eingestiegen. Irgendwer von der Polizei hatte mir hinterhergerufen, dass man unbedingt meine Aussage bräuchte, aber das hatte mich in dem Augenblick nicht interessiert.

Nach einer Zeit, die mir wie eine Ewigkeit vorkam, schwang die breite Glastür auf, die zu den Operationssälen führte, und ein grün gekleideter Arzt trat heraus. Ich sprang auf, als er näher kam und sich dabei mit einer erschöpften Bewegung den Mundschutz vom Gesicht zog. Genau wie in diesen grässlichen, dramatischen Szenen in Krankenhausfilmen, wenn der Arzt zu den Angehörigen kommt, die schon seit Stunden in irgendwelchen Wartezonen hocken und auf das Allerschlimmste gefasst sind. Nur dass in den Filmfluren immer Kaffee- und Donutautomaten stehen, während es hier auf diesem Gang nichts gab außer nackten Stuhlreihen und kotzgrün gestrichenen Wänden. Ich hielt die Luft an, als der Arzt vor mir stehen blieb.

»Sind Sie die Tochter von Sylvia Jensen?«, fragte er.

Ich nickte nur, denn ich kriegte kein Wort heraus.

»Ihrer Mutter geht es den Umständen entsprechend gut. Die OP verlief ohne Komplikationen.«

Ich kam mir vor wie ein Ballon, aus dem jemand langsam die Luft rausließ. »Heißt das, sie kommt durch?«, fragte ich piepsig.

»Sicher.« Der Arzt wirkte erstaunt, als hätte etwas anderes nie zur Debatte gestanden. »Es war ein glatter Durchschuss, und es wurden keine inneren Organe oder größeren Gefäße verletzt.« Jetzt zeigte sich ein Lächeln auf seinem ernsten Gesicht. »Ihre Mutter hatte eine Menge Glück.«

Ich wäre dem Typen gern um den Hals gefallen, aber ich konnte nichts weiter tun, als mich heulend zurück auf den Stuhl sinken zu lassen.

»Alles okay?«, fragte der Arzt.

Ich nickte nur und kramte mein Handy aus der Tasche, um Omi anzurufen, doch dann kam mir in den Sinn, dass ich mich vielleicht auch mal nach Jonas erkundigen sollte. Er hatte bei uns im Hausflur eine Menge Blut verloren, sehr viel mehr als Mama. Die Streifenbeamten, die nur Sekunden nach dem Abzug der Verbrecher eingetroffen waren, hatten was von arterieller Blutung gerufen und ihm als Erstes einen Druckverband angelegt. Welche zusätzlichen Notmaßnahmen die wenig später hinzugekommenen Sanitäter auf der Fahrt zum Krankenhaus ergriffen hatten, konnte ich nur ahnen, denn ich hatte vorn neben dem Fahrer der Ambulanz gesessen. Beim Aussteigen hatte ich nur Augen für Mama gehabt und nicht mehr auf Jonas geachtet.

»Wie geht es Herrn Plessberg?«, fragte ich, mit einem Hauch von schlechtem Gewissen, weil ich ihn die ganze Zeit über so vollständig vergessen hatte. »Der Mann, dem ins Bein geschossen wurde«, fügte ich hinzu.

Der Arzt wiegte den Kopf und sah wieder sehr ernst aus. »Er ist noch im OP. Über seinen Zustand kann ich zurzeit nichts sagen.«

Ich schluckte erschrocken. Das klang nicht gut.

»Wann kann ich zu meiner Mutter?«

»Sie ist noch im Aufwachraum. Sobald sie auf die Station verlegt wird, sagen wir Ihnen Bescheid.« Er musterte mich mitleidig. »Sie sehen total erledigt aus. Vielleicht gehen Sie erst mal nach Hause und legen sich ein bisschen hin.«

»Nein, ich warte hier.«

Während der Arzt zurück zu den OP-Sälen ging, putzte ich mir die Nase, wischte mir die Tränen ab und rief Omi an.

»Mama geht es gut, sie wird wieder gesund«, sagte ich. Dann konnte ich ihr gerade noch mitteilen, dass mein Akku leer war, ehe er auch schon endgültig den Geist aufgab und das Handy sich abschaltete. Vielleicht konnte ich irgendwo hier im Krankenhaus ein Ladekabel auftreiben. Schließlich nahmen Nachtschwestern und Bereitschaftsärzte auch Handys mit zur Arbeit.

Auf der Suche nach Krankenhauspersonal mit Handyequipment marschierte ich durch einsame, weitläufige Gänge. Mir war kalt. Ich fror schon seit einer Weile und hätte eine Menge für einen Pulli oder eine lange Hose gegeben. Hier im Krankenhaus kam es mir vor wie in einem Kühlschrank. Wir hatten April, und ich war für eine Party in einem warmen Haus angezogen, nicht für eine Nachtwache in einer Klinik.

Ich hatte keine Ahnung, wo ich mich befand, nicht mal, in welchem Stockwerk. Vorhin, als man Mama zum OP gerollt hatte, war ich immer nur hinterhergerannt, ohne nach rechts oder links zu schauen, bis einer der Sanitäter mir befohlen hatte, stehen zu bleiben und zu warten, ehe er mir die Tür vor der Nase zufallen ließ.

Ich bog um die Ecke und ging in die Richtung, wo ich die Aufzüge vermutete und sie schließlich auch fand. Mit einem Pling öffnete sich eine der Lifttüren. Es kamen ein paar Leute heraus, ein grauhaariger Mann um die fünfzig, eine rothaarige junge Frau. Und jemand, bei dessen Anblick mir die Luft wegblieb.

Ich blieb wie angewurzelt stehen und starrte ihn an. Er starrte zurück, während er mit den beiden anderen auf mich zukam.

Es war der Typ mit der Lederjacke.

*

»Das ist sie«, sagte er zu dem Grauhaarigen und der jungen Frau mit den roten Haaren. »Emily Jensen.«

Im ersten Impuls wollte ich mich auf dem Absatz umdrehen und so schnell wie möglich von hier verschwinden, denn bei unseren letzten Begegnungen hatte er alles andere als seriös auf mich gewirkt.

Ich musterte Lederjacke möglichst unauffällig. Dunkler Dreitagebart, kantiges Kinn, verschlossene Miene. Besonders vertrauenswürdig wirkte er wirklich nicht. Aber dafür ziemlich durchtrainiert. Unter der leicht abgeschabten Jacke zeichneten sich breite Schultern ab. Seine Jeans saß ihm zwar nachlässig auf den Hüften, doch die muskulösen Oberschenkel waren nicht zu übersehen. Er hatte die Daumen in den Gürtel gehakt und stand breitbeinig da. Abwartend blickte er mich an. Mir lief ein schwacher Schauer über den Rücken, denn er strahlte etwas Gefährliches aus.

Und dann sah ich, dass sein Hemd unter der offenen Jacke an der linken Seite eine Ausbuchtung hatte und dass sich Ledergurte von den Schultern zu den Achseln spannten. Er trug eine Pistole!

Ich wich einen Schritt zurück. Nur die Begrüßung des Grauhaarigen verhinderte, dass ich mich durch eine kopflose Flucht lächerlich machte.

»Wir sind von der Polizei.« Er trat auf mich zu und streckte mir mit einem väterlichen Lächeln die Hand hin. »Guten Abend, Emily. Ich darf doch Emily zu Ihnen sagen?«

Ich nickte überrumpelt.

»Mein Name ist Krüger. Hauptkommissar Harald Krüger von der Kripo Berlin. Meine beiden jungen Kollegen hier sind vom Landeskriminalamt. Pascal van Ackeren und Sarah Lippmann.«

»Hallo, Emily«, sagte Sarah Lippmann, während sie mir die Hand gab. Ihr Händedruck war fest und herzlich. »Ich würde sagen, wir duzen uns einfach.«

»Okay«, sagte ich ein bisschen eingeschüchtert.

Diese Sarah vom LKA war ungefähr in Lederjackes Alter und umwerfend hübsch. Ihr kinnlanges Haar lockte sich in roten Kringeln um ihr Gesicht, das von großen, leuchtend blauen Augen beherrscht wurde. Ein paar Sommersprossen sprenkelten ihre Stupsnase, und ihr breites, offenes Lächeln lenkte den Blick auf glänzend weiße Zähne. Ihre Figur wies nicht gerade Modelmaße auf, aber dafür genau die Art von Kurven, die in ihrer engen Jeans und der taillierten Jacke richtig zur Geltung kamen. Und sie war ziemlich groß, mindestens eins siebzig, was ich daran erkannte, dass sie mich ein Stückchen überragte, obwohl sie flache Sneakers trug und ich immer noch auf meinen Partyheels unterwegs war.

»Hi, Emily. Mich kannst du auch duzen.« Pascal reichte mir zur Begrüßung ebenfalls die Hand, und wieder musste ich einen leisen Schauder unterdrücken. Keine Ahnung, ob es an dieser samtig-rauen Stimme lag oder daran, dass ich bei der Berührung seiner Hand ein ungewohntes Prickeln in den Fingern spürte. Oder daran, dass ich ihm zum ersten Mal direkt in die Augen sah. Sie hatten die Farbe von Bernstein, der je nach Lichteinfall dunkler oder heller wirken und manchmal einen bräunlichen, manchmal aber auch einen goldenen Schimmer annehmen kann.

»Hi«, sagte ich. Und musste mich prompt räuspern, weil ich auf einmal einen Frosch im Hals hatte. Meine Hand kribbelte immer noch, obwohl er sie bloß kurz gedrückt hatte.

Die ganze Vorstellung hatte nur wenige Sekunden gedauert, aber ich war davon so durcheinander, dass ich für einen Augenblick völlig vergessen hatte, warum ich mich hier in der Klinik aufhielt. Im nächsten Moment fiel es mir wieder ein, und es fühlte sich an wie ein Schlag in den Magen. Meine Mutter lag schwer verletzt in einem Aufwachraum, und der Kerl, der auf sie geschossen hatte, konnte jederzeit wiederkommen und es noch mal versuchen.

Um ein Haar hätte ich mich übergeben, so wie kurz nach dem Eintreffen im Krankenhaus, als ich mich im Wartebereich hingesetzt und dabei das Blut an meinen Knien bemerkt hatte. Bei dem Anblick hatte ich meinen kompletten Mageninhalt von mir gegeben. Die Übelkeit war so schnell gekommen, dass mein Versuch, zum Klo zu rennen, schon nach zwei Schritten gescheitert war.

Es war nicht mein Blut gewesen – mir war ja nichts passiert –, sondern das von Mama. Oder von Jonas. Höchstwahrscheinlich von beiden. Ich hatte mich mitten in die Blutpfütze zwischen ihnen auf den Boden gekniet. Zum Glück waren meine Fähigkeiten in Erster Hilfe keinem Belastungstest unterzogen worden (bei dem wäre ich nämlich glatt durchgefallen), denn bevor ich mehr hatte tun können als ein paarmal »Oh mein Gott!« zu stammeln, waren auch schon die Streifenbeamten eingetroffen und hatten mich beiseitegeschoben.

Nachdem ich den Krankenhausflur vollgereihert hatte, war eine Schwester aufgetaucht. Sie hatte mir eine Tablette gegen meine Übelkeit gegeben und die ganze Bescherung weggewischt, und ich hatte im Waschraum als Erstes die dünne Strumpfhose entsorgt, die ich unter dem Hosenrock trug, und mir dann das an den Knien klebende Blut weggeschrubbt, bis mir die Haut wehtat. Aber wahrscheinlich war ich nicht alles losgeworden, denn ich bemerkte, wie Pascal van Dingsbums-Nachname-Vergessen eine Spur zu lange meine nackten Beine betrachtete.

Schließlich hob er den Blick, sah dabei aber nicht so aus, als wären ihm Blutflecke an meinen Knien aufgefallen. Sondern eher wie ein Typ, der einem Mädchen auf die Beine geguckt hat, weil es zufällig einen ziemlich kurzen Rock anhat. Sicherheitshalber inspizierte ich selbst noch mal meine Knie, die völlig sauber waren.

»Tut mir wahnsinnig leid für dich, was da passiert ist.« Sarah musterte mich mitfühlend. »Dir steckt sicher noch der Schreck in den Knochen.«

Wieder konnte ich nur stumm nicken. Ich hatte einen solchen Kloß im Hals, dass ich kaum atmen konnte. Tränen stiegen mir in die Augen. Wenn ich mich nicht zusammenriss, würde ich gleich hier vor diesen Leuten von der Polizei anfangen zu heulen wie ein kleines Kind.

»Du kannst jederzeit psychologische Betreuung in Anspruch nehmen«, sagte Sarah. »Wir kümmern uns darum, wenn du willst.«

»Danke, aber im Moment möchte ich lieber warten, bis ich weiß, wie es hier weitergeht. Falls ich das Gefühl habe, ich brauche jemanden, melde ich mich.«

»Wie geht es Ihrer Mutter, Emily?«, fragte mich Kommissar Krüger. »Waren Sie schon bei ihr?«

Seine väterliche Besorgnis brachte mich noch näher an den Rand eines Tränenausbruchs, und ich schluckte krampfhaft, während ich den Kopf schüttelte. »Ich weiß nur, dass sie durchkommt. Vorhin war ein Arzt da und sagte, dass ich zu ihr kann, sobald sie auf die Station verlegt wird.«

Alle drei machten einen erleichterten Eindruck. Ich meinte sogar, Pascal aufatmen zu hören, und als ich ihn ansah, fiel mir auf, dass seine angespannte Haltung sich lockerte.

»Hat der Arzt Ihnen auch was über den Lebensgefährten Ihrer Mutter erzählt?«, wollte Kommissar Krüger wissen.

»Nur, dass er noch im OP ist.«

»Wir müssen Ihnen ein paar Fragen zum Tathergang stellen«, sagte Kommissar Krüger. »Vielleicht fangen wir einfach damit an, dass Sie der Reihe nach alles erzählen, woran Sie sich erinnern.«

Mein Kopf fühlte sich auf einmal gähnend leer an. »Ich weiß nicht, ob ich das noch komplett zusammenkriege.«

»Lassen Sie sich Zeit. Kommen Sie, wir gehen da rüber und setzen uns.« Er deutete auf eine Warteecke mit ein paar Tischen und Stühlen. Dort gab es sogar Automaten mit Getränken und Süßigkeiten, doch bereits der Gedanke an Essen oder Trinken schnürte mir die Kehle zu.

»Sind Sie einverstanden, wenn wir das aufnehmen?«, fragte Kommissar Krüger, nachdem wir uns an einen der

Tische gesetzt hatten. »Das spart uns Arbeit beim Protokoll, das wir später schreiben müssen.«

Ich hatte nichts dagegen, denn ich wollte es einfach nur hinter mich bringen. Sarah ließ die Aufnahmefunktion an ihrem Handy mitlaufen, und ich berichtete, so gut es ging, was passiert war. Gemessen daran, dass ich vorhin noch das Gefühl gehabt hatte, überhaupt nichts mehr zu wissen, war es erstaunlich viel. Anfangs klangen meine Schilderungen ein bisschen konfus, und auch bei der Reihenfolge musste ich ein paarmal neu ansetzen und nachbessern, aber dann fielen mir immer mehr Details ein. Die Geräusche und die Schatten vorm Haus. Das Telefonat mit der Notrufzentrale. Der Gesichtsausdruck des Anzugtypen. Das Muster von seinem Schlips. Die genauen Worte, die er gesagt hatte. Sein Akzent, den ich zur Verdeutlichung nachzumachen versuchte. Die Kappe, die der andere getragen hatte und auf der sich das Emblem eines Fußballklubs befand. Ich wusste nicht, welcher Verein es war, aber ich konnte den Aufdruck auf der Mütze beschreiben.

»Borussia Dortmund«, warf Pascal ein. Anscheinend kannte er sich mit Fußball aus.

Probleme hatte ich bei der Beschreibung der Pistolen. Ich wusste nur noch, dass der Typ mit der Kappe eine große und der Anzugtyp eine kleinere gehabt hatte. Was vermutlich Glück im Unglück für Mama gewesen war, denn anscheinend hatten kleinere Pistolen ein kleineres Kaliber, was immer das genau bedeutete.

Ich erzählte und erzählte, bis mir nichts mehr einfiel. Kommissar Krüger bedankte sich und meinte freundlich, das würde fürs Erste reichen. Er wollte mich anrufen, falls noch Fragen auftauchten. Umgekehrt könne ich mich natürlich jederzeit an ihn wenden. Er drückte mir seine Visitenkarte in die Hand, bevor er aufstand und sich auf den Weg machte, um nach dem diensthabenden Arzt zu suchen, der ihm Auskunft über Jonas' Zustand geben konnte.

Im Weggehen sagte er über die Schulter zu Sarah und Pascal: »Ihr geht am besten gleich auf euren Posten.«

Ich sprang von meinem Stuhl auf. »Ich hätte jetzt aber auch mal ein paar Fragen«, platzte ich heraus.

Sarah und Pascal, die ebenfalls aufgestanden waren und Anstalten machten, ihrem älteren Kollegen zu folgen, hielten inne und drehten sich zu mir um.

Ich holte Luft und wandte mich an Pascal. »Was hast du mit Jonas zu tun? Wieso bist du uns gefolgt? Und warum hast du behauptet, es wäre gar nicht wahr, als ich dich heute Nachmittag bei uns in der Straße danach gefragt habe? Das warst doch du in dem dunkelblauen Passat, oder etwa nicht?«

»Oh-oh«, machte Sarah. Es klang amüsiert.

Pascal warf ihr einen entnervten Blick zu. »Mach du es erst mal besser.«

Sarah zuckte die Achseln und schob ihr Handy in die Handtasche.

»Ach«, sagte ich hastig. »Ist das da in deiner Tasche zufällig ein Ladekabel? Kannst du mir das vielleicht mal für 'ne Viertelstunde oder so leihen?«

Sie zog es heraus und reichte es mir, aber ich sah sofort, dass es nicht mit meinem Handy kompatibel war. Enttäuscht gab ich es ihr zurück. Dann würde ich mich wohl wieder auf die Socken machen und weitersuchen müssen.

Aber vorher sollte mir Pascal erzählen, wieso er Jonas beschattet hatte. Doch als ich mich zu ihm umwandte, war er verschwunden.

»Wo ist er hin?«, wollte ich von Sarah wissen.

»Seine Arbeit machen.«

»Und was genau ist seine Arbeit?«

Sie zögerte, dann schüttelte sie den Kopf. »Ich fürchte, darüber darf ich dir nichts sagen.«

»Du meinst, es ist geheim?«

»So könnte man es nennen.«

»Warte. Lass mich raten. Der Grund dafür, dass Pascal den Freund meiner Mutter beschattet hat, ist auch geheim, oder?«

Sie zuckte die Achseln. »Sorry, aber ich kann dir darüber keine Auskunft geben.« Mit einem entschuldigenden Lächeln fügte sie hinzu: »Ich muss dann jetzt auch los.«

»Ebenfalls deine Arbeit machen, oder wie? Über die du mir aber leider auch nichts Genaues sagen darfst, stimmt's?«

Sie zog eine perfekt geformte rötliche Braue hoch und nickte.

Ich war fassungslos. Und empört. Aber dann entsann ich mich, was Kommissar Krüger vorhin gesagt hatte. *Ihr geht am besten gleich auf euren Posten.* Eigentlich war es nicht weiter schwer, daraus den richtigen Schluss zu ziehen.

»Diese Kerle wollten irgendwas von Jonas, und das war kein Geld. Sie könnten wiederkommen, oder? Hierher ins Krankenhaus. Um ihn noch mal zu fragen. Und du und Pascal, ihr sollt das verhindern und ihn bewachen, oder? Ihr seid … Personenschützer!«

Sie gab keine Antwort, aber sie stritt es auch nicht ab, und ich sah an ihrem Gesichtsausdruck, dass ich richtig getippt hatte.

»Bis dann, Emily«, sagte sie, während sie sich abwandte.

*

Frustriert blickte ich ihr hinterher. Ich hätte mehr Fragen stellen und darauf bestehen müssen, dass sie mir beantwortet wurden. Das Einzige, was ich einigermaßen beruhigend fand: Pascal mit der Lederjacke war einer von den Guten. Den Rest würde ich auch noch herausfinden, vor allem, was dieser Kerl im Anzug von Jonas gewollt hatte.

Aber das war im Moment gar nicht so wichtig. Vorher musste ich noch mal mit Omi telefonieren. Und dann wollte ich endlich zu Mama. Ich wollte mit eigenen Augen sehen, dass es ihr gut ging. Und natürlich musste ich mich auch noch mal nach Jonas erkundigen. Oh Gott, hoffentlich hatte er seine OP ebenfalls gut überstanden! Bei dem Gedanken, wie gehässig ich noch am frühen Abend über ihn geredet hatte, krampfte sich alles in mir zusammen.

Im nächsten Moment öffnete sich die Aufzugtür, und Omi erschien. Sie war außer Atem, und das kurze graue Haar stand ihr strubbelig vom Kopf ab. Anscheinend war sie in aller Eile aufgebrochen, denn unter dem Mantel trug sie nur ein Nachthemd.

»Ich habe einem von den Beamten der Spurensicherung, die bei uns im Haus herumwuseln, einen Schlüssel in die Hand gedrückt«, informierte sie mich, bevor ich was sagen konnte. »Ich habe ihm gesagt, er soll abschließen, wenn sie fertig sind. Und dass sie auf jeden Fall das Blut wegwischen müssen, ehe sie gehen. Lucky habe ich nach nebenan zu Frau Schachtschneider gebracht. Sie hat ein bisschen rumgemeckert, weil er ein kleines Geschäft auf ihre hässliche alte Perserbrücke gemacht hat. Ich habe ihr versprochen, die Reinigung zu bezahlen und die Hauptfigur meines nächsten Romans nach ihr zu benennen, das hat sie besänftigt.«

»Die Hauptfigur deines nächsten Romans soll Irmgard Schachtschneider heißen?«, fragte ich perplex.

Omi schüttelte nachsichtig den Kopf. »Hast du je von einer englischen Regency-Dame gehört, die einen derart absurden Namen trägt? Ich werde mir selbstverständlich eine angemessene Übersetzung dafür ausdenken. Zum Beispiel Lady Iphigenia Scatterfield.«

Iphigenia Scatterfield klang nicht wirklich wie eine angemessene Übersetzung von Irmgard Schachtschneider, aber das war mir völlig egal. Die Anspannung, unter der ich die ganze Zeit gestanden hatte, verwandelte sich schlagartig in einen Nervenzusammenbruch. Ich verlor von einer Sekunde auf die nächste vollständig die Fassung und fiel meiner Omi einfach nur schluchzend in die Arme. Sie tätschelte mir tröstend den Rücken und ließ mich eine Zeit lang heulen, bis ich mich beruhigt hatte.

Danach wurden wir von einer Krankenschwester in Empfang genommen, die uns in das Stationszimmer führte, in dem Mama als einzige Patientin lag, angeschlossen an eine Reihe blinkender und piepsender Apparaturen.

»Am besten nicht so viel reden«, empfahl uns die Schwester. »Die Patientin ist noch sehr müde und muss jetzt erst mal eine Weile schlafen. Sie kann keinen zusätzlichen Stress vertragen.« Nach dieser Ermahnung machte die Schwester keine Anstalten, das Zimmer zu verlassen, sondern blieb abwartend neben dem Bett stehen, als wollte sie persönlich sicherstellen, dass wir das Stressverbot auch einhielten.

Ich hätte sowieso nicht reden können, denn ich hatte genug damit zu tun, einen weiteren Heulkrampf zu unterdrücken. Mama war kreidebleich, nur um die Augen herum hatte sie tiefdunkle Schatten. Wegen all der Geräte war rund ums Bett kaum noch Platz. Ihr Kopf bewegte sich unruhig, und ihre Lider flatterten, als ich zu ihr trat und vorsichtig ihre Hand nahm.

»Omi und ich sind hier, Mama«, sagte ich mit tränenerstickter Stimme. »Es ist alles in Ordnung mit uns. Und du hast auch alles prima überstanden, sagt der Arzt. Alles wird gut.«

Ein Seufzer entwich ihren Lippen, und auf ihrem Gesicht breitete sich ein erleichterter Ausdruck aus.

»Emmy«, murmelte sie. »Gott sei Dank. Und Jonas? Was ist mit ihm?«

»Oh … ich …« Hilfe suchend drehte ich mich zu der Krankenschwester um. »Wie geht es ihm?«

»Dem Patienten mit der Beinverletzung? Er hat die OP ebenfalls gut überstanden und befindet sich bereits im Aufwachraum.«

»Hast du das gehört, Mama? Jonas geht es gut!«

Sie machte kurz die Augen auf, als ob sie sich vergewissern wollte, dass sie nicht alles nur träumte.

»Ich bin hier, Mama«, wiederholte ich. »Alles wird gut! Ruh dich einfach nur aus.«

Der Anflug eines Lächelns entspannte ihre Züge. Und

dann schlief sie mit einem weiteren Seufzer der Erleichterung wieder ein.

*

Die nächsten beiden Stunden verbrachte ich müde, frierend und mit schmerzhaft verkrampften Rückenmuskeln auf einem unbequemen Stuhl. Omi saß auf einem zweiten Stuhl und nickte immer wieder ein. Für sie musste das Ganze noch beschwerlicher sein als für mich, schließlich war sie schon fünfundsiebzig. Irgendwann kam eine Schwester und meinte, dass wir jetzt besser heimgehen sollten, denn hier könnten wir sowieso nichts tun, außerdem sei Mama doch bei ihnen in guten Händen.

Bevor wir aufbrachen, erkundigte ich mich im Schwesternzimmer noch einmal nach Jonas und fragte, ob er auch auf dieser Station untergebracht sei.

»Ich bin nicht befugt, in dieser Sache Auskunft zu erteilen«, erklärte die Oberschwester.

»Na, so was«, sagte Omi. »Das ist ja wie in einem Krimi.« Sie musterte die Krankenschwester mit funkelnden Augen. »Wird befürchtet, dass die Täter immer noch hinter ihm her sind?«

»Ja«, warf ich ein. »Er wird vom LKA bewacht. Weil er von einer Verbrecherbande bedroht wird.«

»Wirklich? Das hast du mir gar nicht erzählt.«

»Ich wollte dich nicht beunruhigen.«

»Von mir wissen Sie das nicht.« Mit dieser Verlautbarung betrachtete die Schwester die Unterhaltung als beendet. Sie schnappte sich eine Bettpfanne und verschwand auf dem Gang. Omi und ich machten uns notgedrungen auf den Heimweg. Ich übernahm das Steuer und chauffierte uns durch die einsetzende Morgendämmerung nach Hause, während Omi auf dem Beifahrersitz schlief.

Während der Fahrt überlegte ich, ob Pascal und seine hübsche Kollegin Sarah wohl gerade vor Jonas' Krankenzimmer Wache hielten. Oder ob das LKA ihn abgeholt und woandershin gebracht hatte, um ihn vor dem Killer in Sicherheit zu bringen. Eigentlich war das alles unglaublich aufregend. Natürlich auch beängstigend und bedrohlich. Aber eben auch spannend. Wie ein Thriller, der plötzlich Realität geworden war. Mit einem selbst in der Nebenrolle, für die man gegen seinen Willen gecastet worden war.

Mit diesem beunruhigenden Gedanken ging ich ins Bett, viel zu aufgewühlt, um schlafen zu können. Lucky winselte ab und zu in seinem Hundekörbchen. Offenbar hatte er Albträume. Die ganze Aufregung war ihm schlecht bekommen. Genau wie die Leberwurst, mit der ihn Frau Schachtschneider gefüttert hatte, weil sie der Meinung gewesen war, er könnte eine kleine Zwischenmahlzeit vertragen. Er hatte anschließend nicht nur ihre Perserbrücke vollgereihert, sondern auch gleich sein großes Geschäft dort abgelegt, leider in Form von Durchfall.

»Jetzt lohnt sich die Reinigung wenigstens«, hatte Omi nur gemeint, nachdem sie Lucky sowie die zusammengerollte, stinkende Teppichbrücke bei Frau Schachtschneider abgeholt hatte.

Irgendwann – die Morgensonne leuchtete schon durch den Vorhangspalt – döste ich dann doch endlich ein, aber mein Schlaf war begleitet von blutigen, angsterfüllten Träumen.

2

Ich wachte von Luckys Schlabberzunge auf, mit der er mir übers Gesicht fuhr und dabei aufmunternd hechelte. Das bedeutete so viel wie *Los, aufstehen, ich muss raus!*

Völlig erschlagen kämpfte ich mich aus dem Bett, schlüpfte in Jogginghose und Turnschuhe, streifte mir ein Kapuzenshirt über und ging mit Lucky nach unten. Schaudernd betrachtete ich die Stelle, an der Mama zusammengebrochen war. Von dem Blut war nichts mehr zu sehen. Die Polizei hatte tatsächlich alles gründlich aufgewischt. Dafür klebten an den Klinken Spuren eines pudrigen Belags, wahrscheinlich zum Sichern von Fingerabdrücken. Die Arbeit hätten sie sich auch sparen können, denn die Verbrecher waren ja gar nicht im Haus gewesen.

Mittlerweile war es fast Mittag. Ich hatte etwa fünf Stunden geschlafen. Lucky hüpfte bereits ungeduldig herum, er musste wirklich dringend raus. Ich beeilte mich, ihm die Leine anzulegen. Die Gassi-Runde um den Block musste kürzer ausfallen als sonst, weil ich so schnell wie möglich im Krankenhaus anrufen wollte. Und ich musste endlich mit Yasemin sprechen. Ich würde noch platzen, wenn ich nicht bald mit jemandem über alles reden konnte.

Ich spazierte eilig mit Lucky um ein paar Ecken, ließ ihn sein Geschäft erledigen und ging wieder zurück zu unserem Haus. Frau Schachtschneider stand nebenan im Vorgarten und tat so, als würde sie Unkraut zupfen. In Wahrheit hatte sie nur darauf gewartet, dass ich vorbeikam.

»Morgen, Emily.«

»Morgen, Frau Schachtschneider.« Widerwillig blieb ich stehen, denn es war klar, was jetzt kam.

Ohne Umschweife kam sie auf das zu sprechen, was sie am meisten interessierte. »Hat man die Verbrecher schon geschnappt? Stimmt es, dass deine Mutter drei Liter Blut verloren hat und der Mörder ihr Herz nur um zwei Millimeter verfehlt hat?«

Du liebe Zeit, was hatte Omi ihr letzte Nacht bloß erzählt? Da war wohl die schriftstellerische Fantasie mit ihr durchgegangen.

»Keine Ahnung, ob man die Typen schon geschnappt hat. Aber meine Mutter kommt durch. Und ihr Freund auch.«

»War es ein Eifersuchtsdrama? Oder ein Raubüberfall? Oder ging es um Rauschgift?« Frau Schachtschneider senkte verschwörerisch die Stimme. »Deine Großmutter meinte, es könnte alles Mögliche gewesen sein.«

»Ich habe leider keine Ahnung, worum es ging.«

»Halt mich unbedingt auf dem Laufenden.« Sie deutete auf unsere Haustür. »Ihr habt übrigens unangemeldeten Besuch.«

Ich zuckte zusammen. Mit unangemeldetem Besuch hatte ich in letzter Zeit keine guten Erfahrungen gemacht. Doch vor unserer Haustür stand nicht der Kerl mit der Knarre, sondern nur eine harmlos aussehende Frau. Sie war ungefähr Ende dreißig und leicht übergewichtig. Ihre üppige Figur steckte in einem formellen, aber etwas zu engen grauen Kostüm, und das Haar hatte sie zu einem korrekt eingedrehten Bananenknoten hochgesteckt. Dezentes Make-up, ein edles Aktenköfferchen und hochhackige Pumps vervollständigten den gehobenen Geschäftsfrauen-Look.

»Hallo«, begrüßte sie mich, als ich näher kam. Lucky schnüffelte an ihren Beinen, worauf sie sich zu ihm runterbückte und ihn ausgiebig knuddelte. »Was für ein süßer kleiner Hund.«

Dann richtete sie sich auf und machte ein bedauerndes Gesicht. »Ich sollte das eigentlich nicht tun.«

»Was?«

»Ihn streicheln.«

»Warum nicht? Er beißt nicht.«

»Ja, ich weiß. Aber leider habe ich eine Hundehaarallergie.«

»Das tut mir leid. Kann ich Ihnen helfen? Suchen Sie jemanden?«

»Ich möchte gern mit Emily Jensen sprechen. Ich nehme an, das bist du, oder? Ich habe geklingelt, aber es hat niemand aufgemacht. Die Nachbarin sagte, dass du gerade mit dem Hund Gassi bist, da hab ich einfach hier gewartet.« Sie streckte mir die Hand hin. »Mein Name ist Barbara Wattig. Ich bin Rechtsanwältin. Opferanwältin, um genau zu sein. Es ist meine Aufgabe, mich um Verbrechensopfer zu kümmern und ihre Interessen zu vertreten. Vor Gericht, bei Behörden, privat und wo auch immer. Die Wahrnehmung von Opferrechten ist eine häufig sehr schwierige, aber dennoch dringliche Angelegenheit, die man von Anfang an umfassend wahrnehmen sollte. Schadensersatzforderungen, Vorbereitung der Nebenklage, sozialrechtliche Belange …«

»Kommen Sie vom WEISSEN RING?«, unterbrach ich sie. »Oder hat die Polizei Sie geschickt?« Vorsorglich setzte ich hinzu: »Ich müsste zuerst mit meiner Mutter sprechen, ob wir überhaupt einen Anwalt einschalten wollen. Wahrscheinlich muss das zuerst von der Rechtsschutzversicherung genehmigt werden.« Ich wusste, dass wir so eine Versicherung hatten. Mama kannte sich damit aus, denn sie war gelernte Rechtsanwalts- und Notargehilfin und seit ewigen Zeiten in der Branche tätig.

»Das geht schon in Ordnung«, beruhigte Barbara Wattig mich. »Euch fallen keine Gebühren zur Last. Ich arbeite in solchen Fällen mit der Behörde zusammen. Ich wollte nur schon mal meine Karte vorbeibringen. Damit du und deine Mutter wisst, an wen ihr euch wenden könnt, wenn irgendwelche rechtlichen Probleme auftauchen. Ihr könnt mich jederzeit anrufen, auch außerhalb der Bürozeiten. Oh, ich darf doch *Du* sagen, oder?«

»Klar«, sagte ich.

Sie drückte mir eine Visitenkarte in die Hand und schüttelte den Kopf, als Lucky sich erneut für ihre Schuhe interessierte. Mit einem bedauernden Lachen schaute sie auf ihn hinunter. »Tut mir leid, Kleiner, ich würde dich gern noch mal streicheln, aber dann würde ich am ganzen Körper juckende Pusteln kriegen.« Sie lächelte mich an. »Ein niedliches Kerlchen. Labrador?«

»Golden Retriever.«

»Oh, das verwechsle ich immer. Als Mädchen wollte ich jedenfalls auch so einen, mit diesem wuscheligen goldenen Fell und den süßen Schlappohren, das ist einfach zu niedlich. Aber damals fing es schon an mit der Allergie.«

»Ja, da kann man wohl nichts machen«, sagte ich. Diese Barbara Wattig war mir sympathisch, auch wenn sie gegen Hunde allergisch war. »Ich bespreche die ganze Sache mit meiner Mutter«, ergänzte ich.

»Tu das. Und richte ihr bitte meine besten Wünsche für eine rasche Genesung aus!«

»Danke, das mache ich. Vielen Dank, dass Sie sich die Mühe gemacht haben, extra herzukommen.«

»Das ist mein Job. Oh, warte, ich schreibe dir noch meine private Handynummer hinten auf die Karte. Da kannst du mich auch am Wochenende und abends erreichen, wenn es einmal dringend sein sollte.«

Sie zückte einen Kuli, und ich reichte ihr die Karte, damit sie ihre Nummer notieren konnte. Anschließend gab sie mir die Karte wieder zurück, zusammen mit dem Kuli, auf dem sich ein Werbeaufkleber befand: *Barbara Wattig – Ihre Rechtsanwältin für alle Fälle.*

»Kleine Aufmerksamkeit«, erklärte sie.

»Vielen Dank.«

»Keine Ursache. Werbung ist immer wichtig, auch in unserer Branche. Man muss sehen, wo man bleibt. Ich habe auch Feuerzeuge und Schlüsselanhänger. Rauchst du?«

»Nein.«

»Dann kriegst du den Schlüsselanhänger.« Sie fummelte einen aus ihrer Handtasche und reichte ihn mir.

Ich schob ihn zusammen mit dem Kuli in meine Handtasche und versuchte, einen dankbaren Eindruck zu machen.

»Tschüss, Emily, bis demnächst!« Freundlich lächelnd nickte sie mir zu und stöckelte über den Kiesweg zu ihrem Wagen, einem schnittigen Cabrio.

Ich ging ins Haus und schüttete Lucky eine Portion Trockenfutter in seinen neuen Fressnapf, über die er sich sofort hermachte und dabei in seinem Eifer den Napf durch die halbe Küche schob. Bis vor einer Woche hatte er noch aus einem Welpennapf gefressen, aber da passten die immer größer werdenden Futterrationen inzwischen nicht mehr hinein. Lucky wuchs so schnell, dass man fast dabei zusehen konnte – er war schon beinahe doppelt so groß wie an dem Tag, als er zu uns gekommen war. Jonas hatte letztens behauptet, nächstes Jahr um diese Zeit würde Lucky mir wahrscheinlich bis zur Schulter reichen. Im Zusammenhang mit meiner Körpergröße konnte ihm kein Witz unterirdisch genug sein.

Ich merkte mit schlechtem Gewissen, dass ich schon wieder sauer auf ihn war, obwohl er gerade hilflos und schwer verletzt in der Klinik lag.

Gleichzeitig erinnerte es mich daran, dass ich unbedingt im Krankenhaus anrufen musste. Von der Stationsschwester erfuhr ich, dass meine Mutter auf dem Wege der Besserung war und dass ich sie am Nachmittag besuchen durfte.

»Ihre Mutter ist wach und ansprechbar und hat auch schon nach Ihnen gefragt. Alles in allem macht sie bereits einen recht lebhaften Eindruck. Sie möchten ihr bitte ihre Handtasche mitbringen. Und ein Nachthemd und Unterwäsche und was zu lesen.«

Lebhaft! Das klang gut!

»Ich bringe alles mit«, versprach ich. Ich war so erleichtert, dass ich fast schon wieder vergessen hätte, mich nach Jonas zu erkundigen. Aber wie in der vergangenen Nacht erhielt ich keine Auskunft.

»Über diesen Patienten kann ich Ihnen leider nichts sagen.«

»Das finde ich wirklich ein bisschen übertrieben«, meinte ich. »Er wohnt ja schließlich bei uns, gehört also praktisch zur Familie. Und ich sag's auch ganz bestimmt nicht weiter.«

»Ich habe meine Anweisungen«, sagte die Schwester bedauernd.

»Vom LKA? Oder dürfen Sie das auch nicht sagen?«

»Nein«, sagte sie nur, und damit war das Gespräch beendet.

Als Nächstes telefonierte ich mit Yasemin, die geschockt aufschrie, als sie hörte, was passiert war. Sie hatte schon aus den Nachrichten erfahren, dass ein Paar in Wilmersdorf niedergeschossen worden war, aber natürlich nicht ahnen können, dass es sich dabei um Mama und Jonas handelte.

»Warum hast du mich nicht sofort angerufen?«

»Mein Akku war leer«, sagte ich. »Außerdem war es mitten in der Nacht.«

»Mein Gott, Emmy!« Sie fing an zu weinen. »Deine arme Mutter!« Schluchzend fügte sie etwas auf Türkisch hinzu.

»Sie hat die OP ja gut überstanden«, beruhigte ich sie. »Wenn sie schon ihre Handtasche haben will, geht es eindeutig aufwärts mit ihr. Was hast du vorhin noch auf Türkisch gefragt?«

»Das war keine Frage. Ich habe gerade mit meinem Opa gesprochen. Er wollte wissen, ob jemand gestorben ist. Ich habe ihm gesagt, dass deine Mutter einen Unfall hatte und im Krankenhaus liegt. Wenn er die Wahrheit hört, darf ich nie wieder zu euch. Also versprich mir, dass du dich nicht verquatschst, wenn du das nächste Mal hier bist.«

Ich versprach es ihr. Dann musste ich ihr alles haarklein berichten, und wir stellten gemeinsame Mutmaßungen darüber an, warum Typen mit Pistolen hinter Jonas her waren und wieso die Behörden eine Auskunftssperre angeordnet hatten.

Unterdessen kam Omi nach unten, in ihren alten geblümten Morgenmantel gewickelt und ihre flauschigen Pantoffeln an den Füßen. Sie machte uns Kaffee und Toast, während ich mit hochgezogenen Beinen am Küchentisch saß und mit Yasemin telefonierte. Nachdem wir den Überfall und den ganzen Rest durchgekaut hatten, fragte sie mich über Pascal van Ackeren aus. Mir war inzwischen sein Name wieder eingefallen.

»Erzähl mir, wie er aussieht«, forderte sie mich auf. »Wie groß ist er? Welche Augenfarbe hat er?«

»So genau hab ich nicht hingeschaut«, log ich. »Ich hatte ganz andere Sorgen.«

»Vielleicht siehst du ihn ja bald wieder.«

Dazu sagte ich lieber nichts.

»Wie verkraftet deine Omi das alles denn?«, wollte Yasemin wissen. »Hoffentlich kriegt sie nach dem ganzen Drama jetzt keine Schreibblockade. Ist sie gerade bei dir? Wie geht es ihr?«

»Omi, Yasemin will wissen, wie du das alles verkraftest und ob du jetzt eine Schreibblockade kriegst.«

»Ich habe letzte Nacht den Roman fertig diktiert«, erklärte Omi, während sie sich eine zweite Scheibe Toast mit Marmelade bestrich. »Statt zu schlafen. Wahrscheinlich bin ich emotional sehr robust. Ich habe eine produktive Art, Stress zu verarbeiten. Das nennt man Resilienz.«

»Ich hab's mitgehört«, sagte Yasemin. »Deine Omi ist echt der Hammer. Und was sie alles weiß! Resilienz? Das Wort kannte ich überhaupt noch nicht.« Dann fügte sie in besorgtem Ton hinzu: »Hoffentlich ist diese Resilienz irgendwie erblich. Sonst musst du dir morgen früh eine Kanne Beruhigungstee reinkippen.«

Mit einem Ruck stellte ich meine Kaffeetasse ab. Oh Gott. Die Abiklausuren! Morgen ging es los! Das hatte ich bei dem ganzen Stress komplett vergessen!

»Grüß Yasemin schön von mir«, sagte Omi.

Ich tat es und musste Yasemin versprechen, sie auf dem Laufenden zu halten. Und bis zum nächsten Tag unbedingt an meiner Resilienz zu arbeiten.

»Denk positiv«, beschwor sie mich.

»Ich versuch's.«

Ich nahm es mir wirklich vor. Nach allem, was letzte Nacht passiert war, konnte es jetzt ja nur besser werden. Und wenn ich mich in den nächsten Tagen richtig konzentrierte, würde ich auch die Klausuren schaffen. Ich musste mich nur um eine optimistische Einstellung bemühen, dann würde ich alles hinkriegen. Das redete ich mir zumindest ein, so lange, bis ich sogar einen Hauch von Zuversicht verspürte. Aber nur eine Stunde später ging der Horror erst richtig los.

*

Omi ging noch mal mit dem Hund spazieren, während ich rasch duschte und dann für Mama ein paar Sachen zusammenpackte, die wir später mit ins Krankenhaus nehmen wollten.

Mein Handy war fertig aufgeladen. Ich wollte es gerade einstecken, als ich das Kästchen mit der neuen Nachricht auf dem Display sah. Eine SMS von Omi. Doch ich erkannte sofort, dass nicht sie das geschrieben hatte, sondern jemand anders.

Hallo, schönes kleines Mädchen. Wir haben deinen Hund und die Oma. Du kannst sie beide wiederhaben. Wenn wir unser Eigentum wiederkriegen. Keine Polizei, sonst …

Ich musste mich an der Schreibtischkante festhalten, weil mir schwarz vor Augen wurde. Irgendwer schnaufte wie ein krankes Walross, und ich brauchte einen Augenblick, um zu kapieren, dass ich selbst das war. Wenn ich nicht aufhörte zu hyperventilieren, würde ich gleich wirklich in Ohnmacht fallen.

Auf einer anderen, vernünftigen Ebene wusste ich genau, dass man in solchen Fällen die Polizei anrufen musste. Aber ich befand mich nicht auf der Ebene der Vernunft, sondern wurde von blanker, panischer Angst beherrscht. Meine Finger zitterten so stark, dass ich das Smartphone auf dem Schreibtisch ablegen und meine rechte Hand mit der linken umklammern musste, um eine leserliche Antwort tippen zu können.

Welches Eigentum?

Mit angehaltenem Atem starrte ich das Display an, auf dem eine Sekunde später eine neue Zeile aufblinkte.

Jonas' Laptop.

Sein Laptop? Wenn es nur der war – den konnten sie haben. Hauptsache, ich kriegte dafür meine Omi und meinen Hund zurück.

Okay, schrieb ich zurück. *Wohin soll ich ihn bringen?*

In den Carport. Wir holen ihn.

Sofort wurde mir wieder schwarz vor Augen. Sie waren hier! Ganz in der Nähe!

Ich rannte nach unten ins Wohnzimmer, wo Jonas sich eine kleine Arbeitsecke eingerichtet hatte, mit PC-Tisch, Regal und Rollschrank.

Oh Gott. Wo war der Laptop? Sonst stand er doch immer dort! In rasender Eile warf ich alles, was auf dem PC-Tischchen lag, herunter. Computerzeitschriften, Bürokram, ein paar DVDs – aber der Laptop war nicht da. Ungeduldig zerrte ich am Griff des Rollschranks. Das blöde Ding klemmte und ließ sich nicht öffnen. Schließlich holte ich mir Hammer und Schraubenzieher aus dem Werkzeugkasten in der Abstellkammer und brach den Schrank mit Gewalt auf. Darin lagen nur ein Stapel Kopierpapier, ein Vorrat an Druckerpatronen und eine Schachtel mit Büroklammern in verschiedenen Farben und Größen.

Verzweifelt suchte ich das ganze Zimmer ab. Regale, Sideboard, Fensterbank, sogar unterm Sofa sah ich nach – nichts. Als Nächstes nahm ich mir die Küche vor und danach Mamas und Jonas' gemeinsames Schlafzimmer. Mir stieg das Blut in den Kopf, als ich im Nachtschränkchen auf Jonas' Bettseite einen Vorrat an Kondomen fand. Hin und wieder hatte ich mich zwar schon mal gefragt, wie meine Mutter wohl verhütete (ich wusste ja, dass sie noch regelmäßig ihre Tage bekam und folglich noch Kinder kriegen konnte, jedenfalls theoretisch), aber *so* genau hatte ich es nun auch nicht wissen wollen.

Wie auch immer, das war der einzige erwähnenswerte Fund im Schlafzimmer.

Der Laptop war nicht da.

Was sollte ich tun? Einen irrwitzigen Moment lang spielte ich mit dem Gedanken, einfach meinen eigenen Laptop zu opfern. Doch das würde vermutlich sofort auffliegen, denn er war weiß und mit vielen kleinen Glitzerapplikationen beklebt. Ein typischer Mädchen-Laptop eben.

Omi besaß leider keinen Laptop, sie hatte nur einen PC-Turm, der schon mindestens fünf Jahre alt war. Genau wie der von Mama, nur dass der noch antiquierter war.

Wo um Himmels willen steckte dieser blöde Laptop?

In dem Moment durchzuckte mich die Erleuchtung. Die Polizei hatte ihn mitgenommen! Wahrscheinlich zu Zwecken der Beweissicherung oder so. Da konnte ich natürlich nichts ausrichten, denn was ich nicht hatte, konnte ich nicht in den Carport bringen. Hoffentlich sahen die Verbrecher das ein.

Im Geiste überlegte ich bereits, mit welchen schonenden und möglichst deeskalierenden Worten ich ihnen das Verschwinden des Laptops erklären sollte. Auf dem Rückweg zu meinem Zimmer kam ich an der offen stehenden Tür des Badezimmers vorbei. Und voilà, da stand er! Auf der Fensterbank. Hätte ich auch gleich draufkommen können. Jonas ging nämlich gern mit dem Ding aufs Klo, so wie andere Leute sich eine Zeitung oder ein Buch mitnahmen.

Ohne zu zögern schnappte ich mir den Laptop und raste mit Lichtgeschwindigkeit nach unten. Draußen blickte ich mich nach allen Seiten um, aber es war nichts Auffälliges oder gar Verdächtiges zu entdecken. Die Straße lag in scheinbar beschaulicher Sonntagsstimmung da, eine nette Wohngegend in einem netten Viertel von Berlin.

Zitternd legte ich den Laptop im Carport auf den vorderen Kistenstapel und huschte zurück ins Haus. In der Diele tippte ich hastig: *Erledigt.*

Kaum war ich fertig, ertönte draußen Motorengeräusch. Es näherte sich rasch und wurde lauter – das Dröhnen eines Motorrads. Ein paar Sekunden lang war es direkt vor dem Haus, wo es kurz leiser wurde und im Leerlauf brummte. Gleich darauf heulte der Motor wieder auf. Ich hatte wie erstarrt dagestanden und mich nicht bewegt. Erst als das Motorrad sich wieder entfernte, riss ich die Haustür auf und sah hinaus. Doch wer auch immer gerade hier gehalten hatte, war bereits wieder verschwunden.

Genau wie der Laptop. Nachdem sich mein Herzschlag so weit beruhigt hatte, dass ich mich vor die Tür traute, stellte ich fest, dass das Ding tatsächlich abgeholt worden war. An seiner Stelle lag nun Omis Handy dort.

Im nächsten Augenblick kam sie auch schon um die Ecke gehastet, völlig außer Atem und von Lucky vorwärtsgezerrt, der wie immer das Tempo bestimmte. Die Sache mit dem Bei-Fuß-Gehen hatte er noch nicht so richtig begriffen.

Omi kam schwer atmend zum Stehen und sah mich entrüstet an. »Stell dir vor, was mir eben passiert ist! Da hat doch ein Bursche auf dem Motorrad neben mir angehalten und mich gefragt, ob ich ein Handy habe und es ihm mal kurz borgen kann, weil das Motorrad Öl verliert und er einen Abschleppwagen anrufen möchte.«

»Und da hast du es ihm gegeben und er ist damit abgehauen«, sagte ich mit schwächlicher Stimme. Die Kerle hatten sie gar nicht entführt, sondern ihr nur mit einem Trick das Handy abgeluchst!

»Woher weißt du das?«, fragte sie erstaunt. Kopfschüttelnd fügte sie hinzu: »Eigentlich hätte ich es ja sofort selbst merken müssen, denn wer hat denn heutzutage kein eigenes Handy dabei?«

Ich nickte nur, denn in dem Moment war ich einfach bloß erleichtert, dass ihr und Lucky nichts geschehen war. Doch dann wuchs mein Zorn, nicht nur auf diese Typen, sondern auch auf mich selbst. Offensichtlich war ich zu dämlich für die einfachsten taktischen Regeln. Immerhin hatte ich schon zig Filme gesehen, die von Entführungen handelten: Alle Leute, die von Entführern erpresst wurden, verlangten als Erstes, mit dem Entführungsopfer am Telefon sprechen zu dürfen, um sicher sein zu können, dass es überhaupt noch lebte. Wenigstens *das* hätte ich tun können, statt so übereifrig den schweineteuren Laptop rauszurücken!

»Ach, da ist ja mein Handy«, wunderte sich Omi.

Ich blickte auf meine Hand, die Omis vorsintflutliches Nokia immer noch umklammert hielt wie einen Rettungsanker.

»Lag es auf der Straße?«, wollte Omi wissen. »Dann hat der Kerl es wohl unterwegs weggeworfen, weil er gemerkt hat, wie alt es ist.« Mit einem leichten Grinsen schüttelte sie den Kopf. »Ich bin nur froh, dass er nicht mein Diktiergerät wollte. Die Aufnahmen von letzter Nacht sind noch nicht auf dem Computer gespeichert, und eben beim Spazierengehen habe ich schon mit dem neuen Roman angefangen.«

»Das ist toll«, sagte ich, um einen lockeren Ton bemüht. Ich hatte gerade entschieden, ihr nichts von der Erpressung zu erzählen. Das würde sie nur fertigmachen, Resilienz hin oder her. Es reichte, wenn *ich* mit den Nerven runter war.

Und vielleicht noch Yasemin, denn mit irgendwem *musste* ich darüber reden.

Vor allem natürlich mit der Polizei. Das ließ sich wohl nicht vermeiden, denn wer konnte schon wissen, was auf dem Laptop für Daten waren? Dass es den Verbrechern nicht um das Gerät gegangen war, sondern um das, was sich auf der Festplatte befand, war sonnenklar. Es musste etwas sein, das ihnen so wichtig war, dass sie Jonas und Mama niedergeschossen hatten, um es zu kriegen.

Mir wurde ganz flau im Magen. Hoffentlich bekam ich jetzt keinen Ärger wegen Unterdrückung wichtiger Beweismittel oder so! Mit wachsender Besorgnis überlegte ich, ob ich mich illegal verhalten hatte oder ob es wohl noch irgendwie unter Notwehr fiel.

Spontan beschloss ich, unsere neue Opferanwältin zu fragen. Wenn es jemand sicher wusste, dann sie. Ich verzog mich in mein Zimmer und rief sie unter der Handynummer an, die sie mir aufgeschrieben hatte.

»Hallo, hier ist Emily Jensen. Ich hätte da mal eine dringende Frage.« Ich räusperte mich. »Aber zuerst müsste ich wissen, ob die Auskunft was kostet.«

»Natürlich nicht. Wie kann ich dir helfen?«

»Es geht darum, ob man sich vielleicht strafbar macht, wenn man tut, was ein Erpresser von einem verlangt.«

»Das musst du mir genauer erklären.«

»Und es kostet ganz bestimmt nichts?«

»Ganz sicher nicht.«

Ich holte tief Luft, dann erzählte ich ihr die ganze Geschichte.

»Mein Gott, Emily!« Es klang erschüttert.

»Was ist?«, fragte ich ängstlich. »Hab ich mich jetzt strafbar gemacht, oder was?«

»Natürlich nicht. Aber du musst das unbedingt den Behörden erzählen! Die Polizei hat unverzüglich dafür zu sorgen, dass du und deine Familie vor weiteren Nachstellungen dieser Verbrecher geschützt werdet!«

»Sie meinen, die könnten sich vielleicht noch mal melden?«

»Das kann man nicht wissen. Aber du solltest es auf keinen Fall darauf ankommen lassen. Diese Gangster scheinen zu allem fähig zu sein!«

»Na gut. Ich rufe sofort die Polizei an. Ich habe ja die Nummer von diesem Kommissar Krüger.«

»Tu das. Und falls du weitere Fragen oder sonstige Probleme hast – zögere nicht, mich anzurufen. Zu jeder Tages- und Nachtzeit, wenn es sein muss.«

Es hatte eindeutig Vorteile, eine eigene Opferanwältin zu haben. Das Gespräch hatte mich aufgebaut, jetzt fühlte ich mich gewappnet, die Polizei zu informieren. Ich rief Kommissar Krüger an, der über meine Geschichte ähnlich erschüttert war wie Barbara Wattig. Allerdings auf eine Art, die nicht ganz so verständnisvoll wirkte wie bei ihr.

Er ließ ein paar unterdrückte Flüche hören. »Warum haben Sie mich nicht sofort angerufen, Emily?«

»Weil ich Angst hatte«, sagte ich wahrheitsgemäß, aber trotzdem ein bisschen kleinlaut. »Ich dachte, die würden meiner Omi und meinem Hund was antun.«

Er seufzte tief. »Das ist alles nur meine Schuld. Ich hätte das berücksichtigen müssen.«

»Was denn?«

»Eine sich möglicherweise ausweitende Gefahrenlage. Ich dachte, es wäre damit getan, Jonas Plessberg unter Schutz zu stellen. Aber anscheinend hat er uns nicht die ganze Wahrheit gesagt. Wobei sein fehlendes Mitteilungsbedürfnis natürlich auch daran liegen könnte, dass er frisch operiert und noch ziemlich k.o. ist.«

»Die ganze Wahrheit worüber? Sie haben mit Jonas gesprochen? Um was geht es eigentlich genau? Und wo ist er jetzt? Noch im Krankenhaus oder woanders?«

»Das darf ich Ihnen nicht sagen, Emily. Es ist zu Ihrem eigenen Besten, wenn Sie es nicht erfahren.«

So langsam wurde ich sauer. Diese Geheimniskrämerei ging mir zusehends auf die Nerven. »Und was sagen Sie meiner Mutter, wenn sie von Ihnen wissen will, wo er ist und wie es ihm geht?«

»Es geht ihm den Umständen entsprechend gut. Seine Verletzung war schwerer als die Ihrer Mutter, aber er wird wieder auf die Beine kommen.«

»Aber Sie wollen mir nicht sagen, warum Sie ihn verstecken, oder?«

Kommissar Krüger ließ ein weiteres Seufzen hören, offenbar war heute nicht sein Tag. Doch mein Tag war es erst recht nicht, und ich hatte keine Lust, mich noch länger mit irgendwelchen Ausflüchten abspeisen zu lassen. Nicht, wenn hier die Hütte derartig brannte.

»Was sind das für Kerle, mit denen er sich angelegt hat? Müssen wir damit rechnen, dass sie jetzt ständig hier auftauchen, oder was?«

Darauf ging er nicht ein, sondern sagte bloß: »Leider bin ich heute nicht abkömmlich, weil ich mich gerade auf einer

Familienfeier in Potsdam befinde. Es kommt aber gleich ein Beamter zu Ihnen, der sich um alles Nötige kümmert und Ihnen erklärt, was Sie wissen müssen. Er ist spätestens in einer Viertelstunde da.«

*

Ich ging wieder nach unten, immer noch reichlich durch den Wind. Als Erstes programmierte ich einen vierstelligen Zifferncode für die Tastensperre auf meinem Handy. Nur für den Fall, dass es irgendwelchen künftigen Erpressern in die Hände fiel. Dann konnten sie damit wenigstens nicht diese miese Nummer durchziehen wie mit Omis altem Nokia.

In der Küche setzte ich Teewasser auf und tippte nebenher eine Nachricht an Yasemin, um ihr die neueste Wendung aus dem Thriller zu berichten, in den mein Leben sich neuerdings verwandelt hatte. Omi hatte sich oben in ihrem Schlafzimmer für ein Stündchen hingelegt, sie hatte gemeint, nach all dem Stress sei sie nun wieder ein bisschen müde. Um vier Uhr wollten wir zum Krankenhaus fahren und Mama besuchen.

Als ich die Teepackung aus dem Schrank nahm, fiel mein Blick auf Luckys neuen Hundenapf. Er hatte auf einmal so ein komisches dunkles Muster. Im nächsten Moment krachte von der Zugluft die Wohnzimmertür zu, und ich schloss das Küchenfenster, das ich gerade zum Lüften geöffnet hatte. Beinahe gleichzeitig plingte eine Nachricht auf meinem Handy. Ich sah nicht hin, weil ich annahm, Yasemin hätte mir zurückgeschrieben. Außerdem war ich von dem Türenknallen abgelenkt.

Doch dann traf der Schock mich mit voller Wucht, denn ich erkannte, was mit dem Hundenapf nicht stimmte. Das, was ich für ein seltsames Muster gehalten hatte, waren mehrere schwarze Totenkopf-Abziehbilder, die mich aus tückischen leeren Augenhöhlen anstarrten. Jemand war hier gewesen und hatte sie da draufgeklebt. Gerade eben, als ich oben telefoniert hatte. Und die Wohnzimmertür war vielleicht gar nicht von der Zugluft zugefallen.

Ich hörte Lucky nebenan winseln.

»Lucky!«, schrie ich. Ohne an die mögliche Gefahr zu denken, rannte ich in den Flur, stieß die Wohnzimmertür auf – und brach vor Erleichterung in Tränen aus, als ich meinen kleinen Hund unbeschadet vor der offenen Terrassentür hocken sah. Er blickte mit großen Augen zu mir hoch und wedelte vergnügt mit dem Schwanz. Ich nahm ihn besorgt auf den Arm.

»Ist alles in Ordnung? War einer von den Kerlen hier? Hat er dir was getan? Dir geht's doch gut, mein Kleiner, oder?«

Die mehr oder weniger sinnlosen Fragen sprudelten nur so aus mir heraus, und Lucky beantwortete sie mit freudigem Fiepen. Klar war jemand hier gewesen. Aber er hatte Lucky nicht angerührt. Jedenfalls *diesmal* nicht.

Das Herz schlug mir bis zum Hals, während ich Lucky noch fester an mich drückte und über seinen wuscheligen Kopf hinweg die Umgebung abscannte. Draußen war niemand zu sehen, weder auf der Terrasse noch im angrenzenden Gebüsch. Wer auch immer hier im Haus gewesen war, hatte seinen miesen Job erledigt und war wieder abgehauen.

Hastig schloss ich die Terrassentür und verfluchte mich, weil ich vorhin nicht darauf geachtet hatte, dass sie offen stand. Wir hatten den ganzen Mittag über ausgiebig gelüftet, weil es noch extrem nach Desinfektionsmittel gestunken hatte. Die Polizisten mussten reichlich davon verschüttet haben, als sie das Blut weggewischt hatten.

Hektisch lief ich kreuz und quer im Erdgeschoss herum und machte sämtliche Fenster zu. Als ich anschließend bei der Polizei anrufen wollte, sah ich auf meinem Handy die Nachricht, die vorhin eingetrudelt war – und erstarrte erneut vor Entsetzen.

Hallo, schönes kleines Mädchen! Auf dem Laptop ist es nicht. Aber wir wollen Superglade X. Rückt das Programm raus, und zwar sofort. Wenn nicht, seid ihr alle tot.

Voller Panik las ich es erneut. *Superglade X* … Lieber Himmel, was für ein Programm sollte das denn sein?

In diesem Moment klingelte es an der Haustür. Ich stand mal wieder wie schockgefroren mitten in der Diele (wieso passierte ausgerechnet mir das ständig?), hielt die Luft an und starrte zur Tür. Es klingelte erneut, diesmal Sturm. Jetzt machten sie ernst! Sie wollten *Superglade X*, was immer das war, und wenn ich es ihnen nicht gab, würden wir sterben! Ich wollte die Polizei anrufen, aber meine Finger zitterten so stark, dass ich es nicht mal hinkriegte, den brandneuen vierstelligen Code meiner Displaysperre einzugeben. In meiner Aufregung übersah ich außerdem völlig, dass es für den Notruf eine extra Taste im Ziffernblock gab. Panisch drückte ich stattdessen den Sprachbutton, um die blöde Sperre zu umgehen.

»Notruf anrufen«, flüsterte ich in das Handy.

»Ich sehe Notruf nicht in deinem Adressbuch«, teilte Siri mir freundlich mit. »Soll ich nach Orten mit diesem Namen suchen?«

»Scheiße«, flüsterte ich.

»Kein Grund, gleich ausfallend zu werden«, entgegnete Siri.*

Ich dachte wie rasend nach. »Krüger anrufen!«

»Ich habe zwei Krüger im Adressbuch gefunden. Meinst du Krüger Kripo oder Krüger Lena?«

»Oh, verdammt! Kripo! Kripo!«

»Ich weiß nicht, was das bedeutet. Wenn du möchtest, kann ich im Internet nach *Oh verdammt Kripo Kripo* suchen.«

Jetzt hämmerte es an der Tür.

Omi tauchte oben an der Treppe auf. »Ist da jemand an der Tür, Kind?«

Lucky gab ein zustimmendes Kläffen von sich. Er mochte es, wenn Besuch kam. Sicherlich hatte er sich sogar über den Kerl gefreut, der ihm die Totenköpfe auf den Napf gepappt hatte.

»Pst«, zischte ich, während ich versuchte, mein Zittern unter Kontrolle zu bringen, um die richtigen Ziffern auf dem Display zu treffen, zuerst die für den Sperrcode und dann die für den Notruf. Diesmal schaffte ich es. Doch bei der zweiten Eins des Notrufs hörte ich abrupt auf zu wählen.

»Bitte sofort aufmachen! Hier ist die Polizei!«, rief eine männliche Stimme draußen vor der Tür. Eine *unverwechselbare* männliche Stimme, die sogar, wenn sie laut war, noch

* Originaldialog, extra getestet. Kann man im Eigenversuch nachspielen. Allerdings nur, wenn man keine Notrufnummer im Adressbuch gespeichert hat – dann gibt's Ärger mit der Polizei. ☺

einen leicht angerauten Ton hatte – wie Samt, der gegen den Strich gebürstet wird.

Ich rannte zur Haustür und riss sie auf. Meine Ohren hatten mich nicht getrogen. Vor mir stand Mr Lederjacke höchstpersönlich.

*

»Oh«, stammelte ich. »Oh, das ist ... Gott sei Dank!«

»Alles in Ordnung?«, fragte Omi auf halber Treppe.

»Ja, alles bestens«, behauptete ich. »Es ist nur jemand von der Polizei. Bloß zur Routinekontrolle. Du kannst dich ruhig wieder hinlegen! Ich kümmere mich darum.« Ich versuchte, fröhlich zu klingen, aber gleichzeitig wischte ich mir die Tränen aus dem Gesicht, die reichlich geflossen und immer noch nicht richtig versiegt waren.

»Was war hier eben los?«, wollte Pascal stirnrunzelnd wissen.

»Ich dachte ... Ich dachte, die Kerle wären wieder da.«

»*Wieder?*«

»Ja. Einer von denen war vorhin hier drin. Gerade eben. Vor zwei Minuten oder so. Er war in der Küche und ist dann über die Terrasse abgehauen.«

Ein harter Ausdruck trat in sein Gesicht, und er spannte sich sichtlich an. »Hast du ihn gesehen?«

»Nein, aber den Napf.«

»Den Napf?«

»Äh, Luckys Napf in der Küche. Mit den Totenköpfen.«

Falls ihm meine Erklärungen verworren vorkamen, ließ er es sich nicht anmerken. Schweigend sah er sich den Napf an, dann hob er ihn mit spitzen Fingern hoch und stellte ihn auf die Anrichte. »Der darf erst mal nicht benutzt werden. Er muss zur Spurensicherung.«

»Kein Problem. Lucky hat noch seinen alten Napf. Der ist zwar eigentlich zu klein, doch er kann ja mehrere Portionen fressen. Er frisst unheimlich viel. Aber er wächst ja auch noch.« Ich hielt inne, denn ich merkte, wie wirr das klang. Verlegen schloss ich: »Er ist übrigens ein Golden Retriever.«

»Das sieht man.«

»Oh. Du kennst dich mit Hunden aus?«

»Nicht wirklich. Aber meine Tante hat auch so einen.«

»Cool«, meinte ich, nur um irgendwas zu sagen.

Aus unerklärlichen Gründen schwankte ich zwischen unermesslicher Erleichterung, weil Pascal hier war und einen äußerst kompetenten kriminalpolizeilichen Eindruck machte, und dem Bedürfnis, sofort nach oben ins Bad zu sprinten und mich ein bisschen zu stylen.

Er ging in die Hocke und zerzauste Lucky das Fell, worauf mein Hund sich in spontaner Begeisterung auf den Rücken warf und nach mehr verlangte. »Das gefällt dir wohl, du kleiner Racker, was?«

Lucky hechelte glücklich.

»Das heißt *ja*«, übersetzte ich.

Pascal blickte zu mir hoch, und auf einmal hatte ich das Gefühl, nicht genug Luft zu kriegen. Himmel, sah der Typ toll aus! Diese goldenen Augen, deren Blick einem durch und durch ging. Der dunkle Bartschatten, der ihn ein bisschen gefährlich wirken ließ. Und das Grübchen neben seinem rechten Mundwinkel, wenn er lächelte, so wie in diesem Moment.

Energisch rief ich mich zur Ordnung. Es gab wirklich wichtigere Dinge.

»Möchtest du jetzt mal mein Handy checken?«, fragte ich geschäftsmäßig.

»Wieso, was ist damit los?« Er richtete sich auf.

»Die Typen haben mir geschrieben. Zuerst wegen des Laptops, aber das hat Kommissar Krüger dir sicher schon am Telefon erzählt. Und gerade eben bekam ich wieder eine SMS von denen, wegen Superglade X.«

»Superglade X?«

»Das muss wohl so eine Art Software sein, ein Programm, das sie von Jonas wollen. Jedenfalls vermute ich das.« Statt ihm alles umständlich zu erklären, entsperrte ich mein Handy und gab es ihm. Leider fiel mir erst ein paar Sekunden später ein, dass sich auch alle möglichen Sachen über ihn darauf befanden, in den Nachrichten, die ich Yasemin geschrieben hatte. Sie waren quasi nur einen Klick weit entfernt.

»Das Handy kann leider nicht zur Spurensicherung«, sagte ich daher vorsorglich. »Da sind meine ganzen privaten Fotos und Daten drauf. Aber ich kann dir die Nachrichten von den Kerlen gerne weiterleiten.«

»Nicht nötig«, sagte er, während er den SMS-Eingang checkte. »Ich habe ein eidetisches Gedächtnis.«

»Oh, echt?«, erwiderte ich höflich, ohne den Hauch einer Ahnung, was das war.

Er schaute auf und sah mich mit diesen unglaublichen Augen an. »Das bedeutet so viel wie fotografisch.«

Ja, klar. Anscheinend reichte es nicht, dass er so toll aussah. Er musste auch noch ein fotografisches Gedächtnis haben. Und vermutlich obendrein einen IQ über hundertvierzig.

Offenbar konnte er auch Gedanken lesen, denn über sein Gesicht huschte ein kurzes Lächeln. »Das macht mich nicht schlauer als andere Leute. Es ist einfach nur eine Sache, die ich besser kann als die meisten. So ähnlich wie das absolute Gehör. Und manchmal kann es sogar ziemlich lästig sein – man kann nichts vergessen. Nicht mal den ganzen unwichtigen Quatsch. Man merkt sich nicht nur die bedeutsamen Dinge, sondern auch lauter nebensächlichen Kram. Zum Beispiel, dass man an seinem fünften Geburtstag im Zoo war und an seinem sechsten auf einer Hüpfburg und am siebten in einem Benjamin-Blümchen-Film.«

»Aber das sind doch schöne Erinnerungen!«

»Na ja. Teils, teils. Auf der Hüpfburg habe ich mich übergeben. Doch das hätte ich vermutlich sowieso für den Rest meines Lebens nicht vergessen.«

Ich musste lachen. »Aber du warst in der Schule bestimmt richtig gut im Vokabellernen.«

Er zuckte mit den Schultern und gab mir das Handy zurück. »Darin sind andere auch gut. Außerdem nützen Vokabeln einem ohne Grammatik nicht viel. Und in Mathe helfen einem auch die tollsten Formeln nichts, wenn man das Prinzip dahinter nicht kapiert. Ich musste in den meisten Fächern genauso viel lernen wie alle anderen auch.« Er dachte kurz nach. »Okay, die theoretische Führerscheinprüfung war ein Spaziergang.«

Die Neugier hatte mich gepackt. »Für deinen Job ist diese spezielle Fähigkeit sicher super, oder? Du kannst dir alle Akten und jeden einzelnen Fall merken!«

»Ja, das ist ein echter Vorteil«, räumte er ein.

»Dann weißt du ja vielleicht auch was über diese Kerle,

die auf meine Mutter und Jonas geschossen haben. Kommissar Krüger meinte, du würdest mir alles erklären.«

Er wirkte nicht besonders erfreut, aber ich ließ nicht locker.

»Ich kann dir Tee machen«, schlug ich vor. »Dann können wir über alles reden.«

Mit dem Tee war er einverstanden, aber die Informationen rückte er nur sehr spärlich heraus. Garantiert wusste er viel mehr, doch er erzählte mir nur das Nötigste.

»Jonas Plessberg hat sich vor einiger Zeit an die Behörden gewandt. Wir standen mit ihm in Verhandlung wegen einer Kronzeugenregelung in einem Fall von Computerkriminalität. Allerdings gab es noch keine Aussage, er wollte erst einen wasserdichten Deal mit den Ermittlungsbehörden.«

»Kronzeugenregelung … Bedeutet das nicht, dass jemand selber Dreck am Stecken hat und ohne Strafe davonkommen will, indem er als Zeuge gegen seine Komplizen aussagt?«

»So ungefähr.«

Erschüttert sah ich ihn an. Jonas war kriminell! Meine Mutter war mit einem Verbrecher ins Bett gegangen! Wobei … was *genau* hatte er eigentlich verbrochen?

Ich fragte Pascal danach, aber auch hier ließ er mich nur das Nötigste wissen.

»Er sollte anscheinend für diese Bande eine Software beschaffen, die im Zuge krimineller Phishing-Aktionen Verwendung finden sollte. Dann bekam er ein schlechtes Gewissen und wollte aussteigen, jedenfalls hat er das uns gegenüber so dargestellt.«

»Aber er hat nicht verraten, wer bei dieser Bande alles mitmacht?«, erkundigte ich mich. »Oder wo er die Software beschaffen sollte?«

»Nein, so weit waren wir noch nicht, denn sonst hätten wir alle Beteiligten schon zur Fahndung ausgeschrieben.«

Es klang ein bisschen ironisch, aber das störte mich nicht, denn endlich kam ich der Sache näher. »Deshalb habt ihr ihn beschattet, um herauszufinden, mit welchen Leuten er sich eingelassen hat!«

»So ist es. Leider bisher ohne verwertbares Ergebnis.«

»Vielleicht hätte es besser geklappt, wenn es etwas unauffälliger gewesen wäre«, kommentierte ich. »Du warst echt nicht zu übersehen.«

Er verzog das Gesicht. »Das muss ich wohl noch üben.«

»Also weiß man nichts über diese Software?«

»Gar nichts«, bestätigte Pascal. »Außer, dass sie offenbar Superglade X heißt. Aber das hab ich eben auch zum ersten Mal gehört. Jonas Plessberg hatte gegenüber dem LKA erklärt, *vor* der Beschaffung der Software aus der ganzen Nummer ausgestiegen zu sein.«

»Seine speziellen Freunde sehen das aber wohl anders. Die denken, dieses Superglade X würde hier irgendwo bei uns rumliegen.«

»Scheint so.« Pascal hatte sich an den Küchentisch gesetzt. Er beugte sich ein wenig hinab und kraulte Lucky, der sich zu seinen Füßen niedergelassen und in ein wolliges kleines Fellbündel aus schläfrigem Wohlbehagen verwandelt hatte.

»Mittlerweile haben wir Plessberg immerhin so weit, dass er uns alle Hintergründe des Falls verraten will. Es bleibt ihm ja auch nichts anderes übrig, wenn er den Kronzeugenbonus nicht verlieren will. Zumal wir jetzt auch weitere Zeugen haben.«

»Wirklich? Wen denn?«

Als er anstelle einer Antwort leicht lakonisch die Brauen hob, dämmerte mir, wen er meinte: Mama und mich.

Natürlich. Wir würden die beiden Killer jederzeit wiedererkennen und konnten in einem Strafverfahren gegen sie aussagen. Wahrscheinlich würde ich mir heute noch kilometerlange Kolonnen von Verbrecherfotos ansehen müssen. Nur blöd, dass die gesuchten Typen noch frei herumliefen. In meinem Magen bildete sich plötzlich ein Knoten aus Angst. Zum ersten Mal konnte ich mir vorstellen, wie Jonas sich die ganze Zeit gefühlt haben musste.

Pascal schenkte zuerst mir und dann sich Tee nach. Er räusperte sich, als hätte er mir eine wichtige Mitteilung zu machen. »Dass Jonas Plessberg von den Kerlen erpresst wird, war uns neu. Und dass sie dabei auch vor Waffengewalt nicht zurückschrecken, erst recht. Dazu jetzt noch die Sache mit dem Laptop und dem Hundenapf … Das stellt eine unerwartete Eskalation dar. Damit ist leider zusätzlicher Handlungsbedarf entstanden. *Zwingender* Handlungsbedarf. Das ist dir schon klar, oder?«

Offensichtlich wollte er mir mit diesen amtlich klingenden Formulierungen irgendetwas sagen, aber ich hatte keine Ahnung, was. Um meine Begriffsstutzigkeit zu überspielen, gab ich ein paar Löffel Zucker in meinen Tee und rührte fleißig um. Einen Moment später plingte eine Nachricht von Yasemin auf meinem Handy – eine verspätete Antwort auf meine Info über die Laptop-Aktion.

WTF!!!, schrieb sie in Großbuchstaben und mit mehreren Ausrufezeichen.

Was sie wohl erst sagen würde, wenn sie von den Totenköpfen auf Luckys Napf erfuhr?

Ruf dich in einer Minute an, kam als Nächstes von ihr. *Muss bloß schnell eine Ausrede überlegen, für Opa. Sitzen noch beim Essen.*

Als ich aufschaute, begegnete ich Pascals fragendem Blick.

»Das war Yasemin, meine Freundin«, teilte ich ihm mit.

Er wirkte besorgt. »Hast du ihr von der ganzen Sache erzählt?«

»Ja, wieso?«, gab ich verunsichert zurück. »Hätte ich das nicht tun sollen?«

»Nach Lage der Dinge nicht. Wie du dir sicher vorstellen kannst, ist die Vermeidung aller bisherigen Kontakte in solchen Fällen die einzig vertretbare Strategie.«

Strategie? In solchen Fällen? Was zum Teufel sollte das schon wieder heißen? Anscheinend hatte es mit dem *zwingenden Handlungsbedarf* zu tun. Mein Bedürfnis nach einer Auflösung dieses Rätsels stand im Widerspruch zu meinem Drang, nicht als blondes Dummchen daherzukommen (anscheinend glaubte Pascal, mir sei klar, worum es ging), doch bevor ich ihn um eine genauere Erklärung bitten konnte, klingelte mein Handy. Ohne draufzusehen und dankbar für die Ablenkung ging ich dran.

»Lass uns später telefonieren«, sagte ich, in der Annahme, es sei Yasemin. »Jemand vom LKA ist gerade hier.«

»Jemand vom LKA?«, echote es in osteuropäischem Akzent aus der Leitung. »Will er dich mit aufs Präsidium nehmen, Emily? Dir ein paar Bilder zeigen, auf denen du uns erkennst? Tu das nicht, schönes kleines Mädchen, tu das nicht. Sag den Bullen kein Wort. Denn du hast nur *eine* Oma. Und *einen* netten kleinen Hund. Und *eine* hübsche Mama, die gerade ganz allein im Krankenhaus liegt. Vielleicht sollte sie besser schon mal ihr Testament machen. Für den Fall, dass du redest.« Während ich starr vor Entsetzen zuhörte, wurde die Stimme schmeichelnd. »Du kannst uns immer noch helfen. Besorg uns nur Superglade X, und alles wird gut.«

Dann wurde die Verbindung getrennt.

»Wer war das?« Pascal musterte mich aufmerksam.

»Ich … ich …« Ich wusste nicht, ob ich irgendwas erfinden oder losheulen sollte.

»Wer, Emily?«

Ich brachte keine einzige Silbe mehr über die Lippen, denn die herausdrängende Tränenflut erwies sich als stärker. Schluchzend schlug ich die Hände vors Gesicht.

Pascal stand auf, zog mich vom Stuhl hoch und nahm mich in den Arm. Ich flennte eine Weile an seiner Schulter, doch der verwirrende Geruch seiner Lederjacke und seines frisch gewaschenen Sweatshirts sorgte dafür, dass ich mich schnell wieder fing. Genauer gesagt: Ich war davon so durcheinander, dass der verstörende Anruf von eben irgendwie an Bedeutung zu verlieren schien. Vielleicht lag es aber auch an den festen Muskeln seines Oberkörpers unter meinen Handflächen, dass ich von seiner Nähe so überwältigt war. Oder weil ich mir in seinen Armen so klein vorkam. Ich reichte ihm höchstens bis zur Schulter. Das hatte ich daran gemerkt, dass er sein Kinn auf meinen Scheitel gelegt hatte.

»Geht es wieder?«, fragte er leise.

Ich nickte mit gesenktem Blick, riss ein Stück Papier von der Küchenrolle ab und putzte mir die Nase.

»Erzähl mir, was der Anrufer gesagt hat«, forderte er mich auf.

Ich atmete durch und wiederholte alles möglichst wortgetreu. Zwischendurch musste ich ein paarmal innehalten. Nicht, weil mir Einzelheiten des Anrufs entfallen waren. Sondern weil ich immer noch so aufgewühlt war, dass mir die Stimme versagte.

»Damit ist die Sache wohl endgültig klar«, sagte Pascal. Er streckte die Hand aus. »Gib mir dein Handy.«

Ich reichte es ihm, und er steckte es ein. »Das Handy von deiner Oma muss ich übrigens auch noch haben, wegen etwaiger Fingerabdrücke.«

»Moment mal«, protestierte ich. »Was soll das werden?«

»Das ist jetzt nach diesem Anruf ein Beweisstück.«

»A-aber …«, stotterte ich. »Meine ganzen Fotos … und meine Nachrichten …«

»Keine Sorge, das wird alles vertraulich behandelt. Und ich sorge dafür, dass nichts verloren geht.«

Ich merkte, wie ich rot wurde. »Heißt das, du liest das alles?« Aufgeschreckt überlegte ich, was ich in der letzten Zeit so geknipst und geschrieben hatte. Mir fielen auf Anhieb ein paar Nachrichten ein, die ihn ganz sicher nichts angingen. Von diversen Selfies ganz zu schweigen.

»Nein, für die Auswertung sind andere zuständig.« Er bedachte mich mit einem langen, nachdenklichen Blick. »Am besten regeln wir die ganze Sache heute noch. Je eher, desto besser.«

»Ich würde wirklich vorher gern noch meine privaten Sachen da runternehmen«, widersprach ich.

»Das meinte ich nicht damit.«

Ich war verwirrt. »Was meinst du denn dann?«

»Den nötigen Ortswechsel.«

»Ortswechsel?«, wiederholte ich, immer noch komplett auf der Leitung stehend.

Er hatte bereits sein eigenes Handy hervorgezogen, um jemanden anzurufen. Während das Freizeichen tutete, sah er mich an. »Es gibt nur eine angemessene Lösung für dich und deine Familie. Nämlich dieselbe, die auch für Jonas vorgesehen ist. Ihr müsst in ein Zeugenschutzprogramm.«

Mir blieb vor Verblüffung der Mund offen stehen. Zum Glück fiel es nicht weiter auf, weil Pascal gerade anfing zu telefonieren.

»Hier ist es zu einem weiteren Vorfall gekommen, der zeitnahe Maßnahmen erfordert«, sagte er in sein Handy. »Das übliche Prozedere. Ich werde das alles so weit wie möglich abklären und melde mich wieder.«

»Oh, du hast Besuch«, sagte Omi. Sie kam in die Küche und machte einen frischen, ausgeruhten Eindruck. »Lasst euch nicht stören. Ich koche mir nur rasch Kaffee. Vielleicht möchte dein junger Mann ja auch welchen.«

»Er ist nicht mein junger Mann«, warf ich ein.

»Eine Tasse Kaffee wäre nett«, meinte Pascal. Er war fertig mit Telefonieren und steckte sein Handy wieder ein. »Dann können wir auch schon mal die grobe Richtung besprechen, wie es jetzt weitergeht.« Er streckte Omi die Hand hin. »Mein Name ist Pascal van Ackeren. Ich komme vom LKA und bin bis auf Weiteres für Ihren Schutz zuständig.«

»Wirklich?«, fragte Omi verdutzt. »Bedeutet das, dass wir auch in Gefahr sind? Könnten die Kerle von letzter Nacht noch einmal hier auftauchen?

»Das ist bereits geschehen«, erklärte Pascal ernst. »Zweimal sogar.«

»Toll«, sagte ich zu Pascal. »Danke, dass du meiner Omi Angst machst.

»Ich habe keine Angst«, widersprach Omi, aber sie war plötzlich sehr blass geworden. Ernst sah sie mich an. »Es geht um den Kerl, der mir das Handy geklaut hat, oder?« Ihr Blick fiel auf den Hundenapf, der unübersehbar auf der Anrichte stand. Mit großen Augen drehte sie sich zu mir um. »Kind. Du hättest mir Bescheid sagen müssen. Ich bin zwar alt, aber nicht senil.«

»Sie hätten es sowieso erfahren, weil Sie ebenfalls in das Zeugenschutzprogramm kommen.«

»Oh, ein Zeugenschutzprogramm?« Omi machte sich daran, Kaffee zu kochen. »Darüber müssen Sie mir auf der Stelle alles erzählen!«

*

»Ich kann auf keinen Fall umziehen«, erklärte ich auf der Fahrt zum Krankenhaus. Pascal hatte gemeint, es wäre praktischer, wenn wir alles dort bereden würden, dann könnten wir uns gleich mit meiner Mutter darüber austauschen, wo wir künftig wohnen wollten. Er sagte, das Ganze müsse jetzt sowieso sehr schnell vonstattengehen.

»Und erst recht nicht sofort«, fuhr ich fort. »Ich schreibe diese Woche meine Abiklausuren. Morgen die erste.« Mir wurde ganz elend zumute, wenn ich nur daran dachte, aber das lag nicht nur an der *Gefahrenlage* (das Wort hatte Pascal während der letzten zwanzig Minuten mindestens zehnmal in die Unterhaltung einfließen lassen, man kriegte schon vom bloßen Zuhören Panik), sondern auch daran, dass von der Matheklausur so viel abhing. Ich würde nämlich durchs Abi fallen, wenn ich in der Klausur nicht wenigstens einen Punkt schaffte. Die ganze Zeit hatte ich mich damit getröstet, dass mir ein Punkt sicher war, schließlich hatte ich in allen Matheklausuren der letzten beiden Jahre nur ein einziges Mal weniger als zwei Punkte bekommen. Unter normalen Umständen war das also zu stemmen. Leider waren die Umstände nicht normal, sondern dermaßen beängstigend, dass die rabenschwarze Null quasi schon in Sichtweite war.

»Hm«, machte Pascal bloß, den Blick auf die Straße gerichtet.

»Was meinst du mit *hm?*«

»Ich denke gerade darüber nach, wie wir das mit deinen Abiklausuren regeln könnten.«

Wir hatten seinen Wagen genommen, oder genauer: den dunkelblauen Passat, der natürlich nicht ihm, sondern der Behörde gehörte. Pascal fuhr routiniert und immer eine Spur zu schnell. Sein Gesicht wirkte konzentriert, er schien intensiv nachzudenken.

»Haben Sie was dagegen, wenn ich ein bisschen an meinem neuen Roman weiterdiktiere?«, wollte Omi von ihm wissen. Sie saß neben Lucky auf der Rückbank und machte ganz den Eindruck, als wäre dies der Beginn eines aufregenden Abenteuers. »Im Augenblick habe ich nämlich einen sehr kreativen Schub.«

»Tun Sie sich keinen Zwang an.«

»Während der Abiklausuren kann ich jedenfalls nicht einfach umziehen«, wiederholte ich. »Können wir dieses doofe Zeugenschutzprogramm nicht bei uns zu Hause durchführen? Außerdem ist Mama sicher noch nicht transportfähig.«

»Doch, das ist sie. Das haben wir schon geklärt. Wir würden sie mit einer Spezialambulanz wegbringen.«

»Das ist nicht dein Ernst.«

»Und ob. Wir machen so was nicht zum ersten Mal. Ernste Situationen erfordern entschlossene Maßnahmen.«

Omi machte ihr Diktiergerät an. »Die Lage war wirklich sehr ernst. Lady Heather spürte die Verzweiflung beinahe körperlich. Die Angst, die sich ihrer beim Gespräch mit Mr Tackerton bemächtigt hatte, erschütterte sie bis in die Grundfesten ihrer Seele. Das Atmen fiel ihr schwer, und ihre Augen brannten vor ungeweinten Tränen. Als Charles den Salon betrat, wandte sie sich rasch ab, damit er nicht bemerkte, wie sehr sie die Drohung des schmierigen Verwalters verstört hatte. Sie streckte ihre zitternden Finger aus und wärmte sie über dem Kaminfeuer, doch als Charles unvermittelt hinter sie trat und seine Hände auf ihre Schultern legte, wurden ihre Ängste mit einem Mal völlig nebensächlich. Sie konnte nicht verhindern, dass ein überwältigendes Begehren in ihr aufflackerte, heißer als die Flammen des vor ihr brennenden Feuers.«

Pascal musste an einer roten Ampel halten und wandte sich beeindruckt zu Omi um. »Sind Sie Schriftstellerin? Das klingt auf jeden Fall sehr spannend.« Zu mir sagte er: »Ich werde mir was wegen deiner Abiklausuren überlegen.« Irritiert musterte er Lucky, der auf dem Rücksitz herumschnüffelte. »Was macht er da?«

»Oh … ähm, ich glaube, er fühlt sich gerade ein bisschen fremd«, antwortete ich. »Vielleicht sollten wir …«

Doch Lucky war schon dabei, dem Auto auf Hundeart eine persönliche Note zu verpassen.

»He, pinkelt er etwa auf den Sitz? Du warst doch eben noch mal mit ihm Gassi!«

»Deshalb sind es auch nur ein paar Tröpfchen«, entschuldigte ich mich für Lucky. »Er ist noch klein und weiß es nicht besser.«

»Wir sind haftpflichtversichert«, fügte Omi tröstend hinzu. Dann fuhr sie mit gezücktem Diktiergerät fort: »Heather sehnte sich danach, dass Charles sie in seine starken Arme nahm, doch zugleich fürchtete sie sich davor, sich diesen Gefühlen hinzugeben. Schließlich hatte er keinen Hehl daraus gemacht, dass seine Absichten ihr gegenüber alles andere als ehrenhaft waren. Er war ein Mann, dem die Frauen scharenweise zu Füßen sanken. Warum sollte er, ein schwerreicher Earl, die mittellose Tochter eines unbedeutenden Landadligen heiraten?«

»Ich schätze, am Schluss kriegen sie sich, oder?«, erkundigte Pascal sich.

»Selbstverständlich. Sie kriegen sich immer. Aber vorher sind noch viele Hürden zu überwinden.«

»Klingt fast wie im richtigen Leben, nur eine Spur dramatischer.«

Er hatte ja keine Ahnung. Von wegen dramatischer! Ich hätte liebend gern Lady Heathers Hürden gegen meine getauscht. Den schmierigen Mr Tackerton hätte ich mir ruckzuck vom Hals geschafft. Und wer musste schon einen Earl heiraten? Was dabei herauskam, hatte ich schon bei *Downton Abbey* gesehen.

»Ich finde jedenfalls nicht, dass wir das mit dem Umzug dermaßen überstürzen müssen«, erklärte ich beharrlich.

»Du unterschätzt die Gefahrenlage, Emily.«

Dazu sagte ich lieber nichts, aber das letzte Wort war darüber sowieso noch nicht gesprochen. Er konnte unmöglich erwarten, dass wir von heute auf morgen unser ganzes Leben über den Haufen warfen!

Im Krankenhaus mussten wir Lucky beim Pförtner abgeben. Ich hätte ihn eigentlich lieber zu Yasemin gebracht und ihr bei der Gelegenheit alles erzählt, doch Pascal hatte erklärt, das würde gegen die Regeln des Zeugenschutzprogramms verstoßen. Er schien davon überzeugt zu sein, dass wir auf jeden Fall daran teilnahmen und deswegen auch die Stadt verlassen mussten, aber ich hielt das Ganze immer noch für eine Art Vorschlag, über den wir erst mal in aller Ruhe nachdenken konnten.

Doch das änderte sich, als wir auf die Station kamen, wo sie Mama in der vergangenen Nacht untergebracht hatten.

Ein Mann kam gerade aus ihrem Zimmer. Er war hager, Mitte bis Ende dreißig und nicht besonders groß. Der weiße Kittel ließ ihn wie ein Mitglied vom Pflegepersonal aussehen.

Ich hatte ihn bisher noch nicht hier gesehen, aber er kam mir trotzdem vage bekannt vor. Er zog die Tür hinter sich zu und ging dann nach einem kurzen Blick in unsere Richtung zügig davon, sichtlich darauf bedacht, sich so rasch wie möglich von uns zu entfernen. In diesem Moment erkannte ich ihn. Bei unserer ersten Begegnung hatte er eine Borussia-Dortmund-Kappe getragen. Vor lauter Entsetzen brachte ich keinen Ton heraus. Pascal musterte mich befremdet und zog anscheinend die richtigen Schlüsse.

»Sie da!«, rief Pascal dem Typ hinterher. »Stehen bleiben!«

Ehe ich mich's versah, lief er los und folgte dem Mann, der daraufhin die Beine in die Hand nahm und zu rennen begann.

Gleich darauf verschwand er durch die Tür am Ende des Ganges ins Treppenhaus, gefolgt von Pascal, der ihm dicht auf den Fersen war, dann aber von einer Krankenschwester aufgehalten wurde, die aus einem der Zimmer kam und ihm vor die Füße lief. Er umrundete sie mit einem Fluch und riss ihr dabei das Tablett aus der Hand. Kaffeegeschirr fiel runter und zerbrach klirrend auf dem Boden, doch er achtete nicht darauf, sondern riss die Verbindungstür zum Treppenhaus auf und war im nächsten Moment verschwunden.

Eine Sekunde darauf flog hinter mir die Tür der Besuchertoilette auf, und die rothaarige Sarah kam herausgestürzt. »Was ist los?«

»Da war dieser Mann«, stammelte ich, während ich mit zitternder Hand in die Richtung zeigte, in die er abgehauen war. »Pascal versucht, ihn zu schnappen.«

Mit großen Schritten rannte Sarah in Mamas Zimmer. Im Laufen zog sie ihr Handy raus und rief irgendwelche Anweisungen hinein, von denen ich nur *Erdgeschoss* und *Hauptausgang* verstand.

»Du meine Güte«, sagte Omi erschüttert.

Mein Herz raste zum Zerspringen, obwohl ich die ganze Zeit wie gelähmt herumgestanden hatte. Ich riss mich zusammen und folgte Sarah in das Krankenzimmer, wo sie über das Bett gebeugt dastand und Mama anstarrte.

»Frau Jensen?«, fragte sie eindringlich. »Alles in Ordnung mit Ihnen?«

»Mama!« Ich lief zur anderen Seite des Bettes, weil Sarah mir die Sicht versperrte. »Alles okay?«

Mama schien gerade erst aufgewacht zu sein. Sie wirkte ziemlich desorientiert. »Was ist los, Sarah?«, murmelte sie. »Ich hab geschlafen. Oh, du bist ja auch da, Emmy. Und Gerti. Wie schön, dass ihr mich besuchen kommt. Darf ich euch Sarah vorstellen? Sie ist eine sehr nette junge Dame vom LKA und leistet mir hier ein bisschen Gesellschaft.«

Heldenhaft unterdrückte ich den hysterischen Weinkrampf, der von mir Besitz ergreifen wollte. Mama ging es gut – soweit es jemandem gut gehen konnte, der in der Nacht zuvor angeschossen worden war –, aber es gehörte nicht viel Spürsinn dazu, um zu wissen, dass der Typ vorhin nicht hier gewesen war, um Blumen vorbeizubringen. Einer der beiden Kleiderspinde stand weit offen, und zwar ganz bestimmt nicht zufällig. Wer immer eben hier gewesen war, hatte dort etwas gesucht. Dass da außer Mamas Schuhen nichts drin war (keine Ahnung, wo sich ihre übrigen Sachen befanden, vielleicht hatte man sie entsorgt, weil sie voller Blut gewesen waren), hatte er ja nicht wissen können. Doch dann sah ich, dass er wahrscheinlich gar nichts gesucht hatte – er hatte nur ein Zeichen hinterlassen wollen. Auf der Innenseite der Spindtür klebte ein Totenkopf-Abziehbild. Omi bemerkte es auch und klappte den Spind mit einer beiläufigen Geste zu.

Sarah war kreidebleich. »Ich war nur eine Minute draußen. Eine Minute!«

Mama lächelte sie erschöpft an. »Kind, Sie haben doch schon so lange hier die Stellung gehalten. Ein so hübsches Mädchen wie Sie sollte nicht den ganzen Sonntag in einem langweiligen Krankenhaus verbringen. Mit einer langweiligen Person, die selten länger als zehn Minuten wach ist. Sehen Sie, eben hab ich schon wieder tief und fest geschlafen.«

»Das ist auch besser so«, murmelte ich.

»Was sagtest du?«

»Dass Schlafen dir guttut.«

»Schlaf ist die beste Medizin«, stimmte Omi mit sonnigem Lächeln zu.

Sarah sah mich an. In ihren strahlend blauen Augen stand ein leicht verzweifelter Ausdruck. Sie machte sich vermutlich die schlimmsten Vorwürfe. Und das zu Recht. Der Typ hätte hier sonst was anstellen können!

Andererseits – was hätte sie denn tun sollen, etwa in die Hose pinkeln? Auch Personenschützer mussten irgendwann aufs Klo. Obwohl … wahrscheinlich hätte sie die paar Minuten bis zu unserer Ankunft auch noch abwarten können. Pascal hatte sie ja schließlich vom Wagen aus angerufen und ihr unser Eintreffen angekündigt. So oder so, Miss Perfect hatte einen Fehler begangen, für den sie sicher noch Ärger kriegen würde. Vielleicht war sie doch nicht so vollkommen.

Mama fasste nach meiner Hand. »Es ist gut, dass ihr hier seid. Ich muss euch dringend etwas erzählen.« Dann holte sie Luft und verzog schmerzvoll das Gesicht, ehe sie weitersprach. »Du musst jetzt sehr stark sein, Emmy, mein armes

Schätzchen. Und du auch, Gerti.« Gefasst blickte sie zu uns auf. »Jonas ist nicht der, für den ich ihn hielt. Er hat eine unschöne Vergangenheit. Man hat mich informiert, dass er wegen Computerbetrugs vorbestraft ist.« Sie stockte und schlug die Augen nieder. »Er war deswegen sogar schon mal im Gefängnis. Dabei ist er mit … gewissen Kriminellen in Kontakt gekommen. Mit denen hat er offenbar … Geschäfte laufen, über die es zuletzt Streit gab.«

»Wohl eher Krieg«, murmelte ich. Dann zwang ich mich zu einem beruhigenden Lächeln. »Das wird sich bestimmt bald aufklären.«

»Mein Kleines, das ist leider noch nicht alles.« Ein Ausdruck tiefen Kummers erschien auf ihrem Gesicht. »Es ist gut möglich, dass wir ganz kurzfristig die Stadt verlassen und woandershin ziehen müssen. Möglicherweise sogar noch heute, im Rahmen eines … Zeugenschutzprogramms.« Das letzte Wort kam nur geflüstert heraus, und den nächsten Satz brachte sie kaum über die Lippen. »Sarah meinte, die Verbrecher könnten wiederkommen.«

Ich nickte nur dämlich und verkniff mir gerade noch die Antwort, dass das leider nichts Neues war.

Unvermittelt fing Mama an zu weinen. »Oh mein Gott, Emmy, es tut mir alles so furchtbar leid! Es ist alles meine Schuld! Ich hätte mich niemals in Jonas verlieben dürfen! Ich kann immer noch nicht fassen, dass ich mich so sehr in ihm täuschen konnte!«

»Nicht doch, Mama! Dass er nicht der Richtige für dich ist, konnte doch keiner ahnen!« Außer mir, fügte ich in Gedanken hinzu. Und bei dieser Gelegenheit schwor ich mir auch gleich, nie wieder zuzulassen, dass Mama auf den falschen Kerl hereinfiel. Egal, was ich dafür tun musste. »Übrigens, haben sie dir erzählt, wo Jonas gerade ist?«

»Nein, aber ich habe auch nicht gefragt, denn das ist wohl besser so.« Mama schniefte unter Tränen und wischte sich mit einem Zipfel der Bettdecke das Gesicht ab. »Ich werde mich von ihm trennen.«

»Oh«, sagte ich lahm. Eigentlich hätte ich über diesen Entschluss innerlich in Jubel ausbrechen müssen. Immerhin war das genau die Entscheidung, die ich mir seit Monaten sehnlichst gewünscht hatte. Aber seltsamerweise konnte ich mich nicht richtig darüber freuen, weil ich sah, wie sehr es Mama mitnahm. Sie war nicht nur körperlich verletzt, sondern auch emotional. Unter der ganzen Sache hatte sie schließlich am allermeisten zu leiden.

Ich musste daran denken, wie verliebt und glücklich sie am Vorabend ausgesehen hatte, als Jonas sie vor dem Spiegel in der Diele umarmt hatte. Und jetzt lag sie wie ein Häufchen Elend hier im Krankenhaus, und ihr Leben hatte sich in eine Art Scherbenhaufen verwandelt. Und das alles nur, weil eine Luftnummer von Typ ihre Hormone durcheinandergebracht hatte.

»Wenn du dich von ihm trennst, musst du auch nicht wissen, wo er ist«, pflichtete ich ihr tröstend bei.

»Er ist schon in dem Zeugenschutzprogramm«, meldete Sarah sich zu Wort. »Deshalb darf es jetzt sowieso keinen unmittelbaren Kontakt mehr zu ihm geben.« Ihr Handy klingelte, und sie ging dran. »Sarah Lippmann hier.«

Sie hörte zu, was der Anrufer ihr zu sagen hatte, und es schien nichts Nettes zu sein. Das Gespräch war nach wenigen Augenblicken vorbei. Als sie die Aus-Taste drückte, war sie noch blasser als vorher. Sie bemerkte meinen fragenden Blick und schüttelte kaum merklich den Kopf. Die Botschaft war klar: Der Typ, der soeben den Totenkopf auf der Spindtür hinterlassen hatte, war entkommen.

Kurz darauf traf polizeiliche Verstärkung ein. Ein Beamter in Zivil bezog Posten vor dem Krankenzimmer. Er und Sarah steckten die Köpfe zu einem kurzen Einsatzgespräch zusammen. Wenig später gesellte sich auch Pascal dazu. Sie sprachen so leise, dass ich kein Wort verstand. Mama war wieder eingeschlafen und wurde auch nicht wach, als der Arzt zur Visite erschien. Er informierte Omi und mich, dass die Heilungsfortschritte bei Mama bisher außergewöhnlich gut seien. Doch das war auch schon der einzige Lichtblick, denn davon abgesehen gab es keinen Grund zum Optimismus, im Gegenteil: Der Begriff *Gefahrenlage* nahm immer erschreckendere Dimensionen an. Die Kerle, die hinter uns her waren, schienen sich ständig was Neues auszudenken, um ihre Forderung durchzusetzen.

Ich begann, mich ernstlich zu fragen, ob meine Resilienz reichte, um eine Matheklausur mit mehr als null Punkten zu schreiben. Mittlerweile vermutete ich, dass es so viel Beruhigungstee, wie dazu nötig war, überhaupt nicht gab.

Doch als wir uns eine halbe Stunde später auf den Heimweg machten, erübrigten sich all diese Überlegungen.

»Es ist noch was passiert«, sagte Pascal leise auf dem Weg zum Parkplatz. Er sah sich nach Omi um, die mit Lucky an der Leine einige Schritte hinter uns ging und die Szene abhörte, die sie zuletzt diktiert hatte. »Hoffentlich hat deine Oma gute Nerven.«

»Wieso?« Ich hörte den schrillen Unterton von Angst in

meiner Stimme und zwang mich, leiser zu sprechen. »Was ist denn los?«

»Einer von den Kerlen hat an ihrem Auto die Seitenscheibe eingeschlagen und einen Brandsatz reingeworfen. Der Wagen ist völlig ausgebrannt. Die Kripo ist schon vor Ort und sichert die Spuren. Eine Nachbarin hat den Brand bemerkt und die Feuerwehr gerufen, gerade noch rechtzeitig, bevor die Flammen aufs Haus übergreifen konnten. Aber es war knapp. Sehr knapp. Der Carport hatte schon Feuer gefangen, sie konnten ihn gerade noch löschen.«

Ich war vor Schreck wie versteinert. Doch mein Denkvermögen reichte noch aus, um zu kapieren, dass dies die endgültige Entscheidung darstellte. Meine Abipläne hatten sich vorläufig erledigt. Dazu hätte es der zusätzlichen Argumente, die Pascal noch nachschob, gar nicht bedurft.

»Emmy, wir müssen jetzt sofort handeln. Es wäre Selbstmord, das noch länger hinauszuzögern. Die Bande schreckt vor nichts zurück, um Leute zu erpressen oder einzuschüchtern, nicht mal vor Brandstiftung oder Mord. Wir können eure Sicherheit hier nicht mehr garantieren. Ihr müsst heute noch weg aus Berlin.«

Diesmal erhob ich keine Einwände mehr. Auch deshalb nicht, weil es sich so verstörend vertraut anhörte, wenn er *Emmy* sagte. So nannten mich nur Menschen, die mir nahestanden.

»Steht denn schon fest, wohin?«, fragte ich stattdessen leise.

»Darüber reden wir noch. Es wird aber auf jeden Fall ein anderes Bundesland sein.«

»Eine Abschiedsparty kann ich dann wohl nicht mehr feiern, oder?«

Die Frage war natürlich ironisch gemeint, aber Pascal antwortete ganz sachlich.

»Nein, das geht leider nicht. Das Zeugenschutzprogramm funktioniert nur mit sofortigem, strengen Kontaktverbot.« In seinen Augen las ich einen Hauch von Mitleid, als er hinzufügte: »Es ist schwer, das ist klar. Aber man darf dabei nicht an sich selbst denken, sondern muss Rücksicht auf die anderen nehmen. Jeder Mensch, der dir nahesteht, kann für die Verbrecher ein weiteres Druckmittel sein.«

Das brachte mich nachhaltig zum Verstummen. Über diesen Aspekt der *Gefahrenlage* hatte ich noch gar nicht nachgedacht, obwohl es eigentlich logisch war. Für alle, die mir etwas bedeuteten, stellte ich eine Gefahr dar. Jede Person, die ich traf, konnte ins Fadenkreuz der Verbrecher geraten. Ich kam mir auf einmal vor wie jemand, dem soeben erklärt worden war, dass er an einer sehr bösartigen und ansteckenden Krankheit litt und jetzt für die nächsten paar Jahre in Quarantäne musste.

Wir hatten den Parkplatz erreicht. Omi hörte immer noch ganz in Gedanken versunken ab, was sie sich für Lady Heather und ihren Earl an Liebesabenteuern ausgedacht hatte. Pascal öffnete die hintere Wagentür für Omi und ließ sie und Lucky einsteigen, dann hielt er mir die Beifahrertür auf. Das hatte er vor der Hinfahrt auch schon gemacht, eine nette Geste, aus der ich schloss, dass er über das verfügte, was man *gute Manieren* nannte. Nach allem, was man so hörte, traf man solche Typen im echten Leben nur selten. Ich selber kannte sie bisher nur aus Filmen, da schienen sie noch vorzukommen. Sie halfen einem aus dem Mantel, rückten einem im Restaurant den Stuhl zurecht oder hielten einem die Tür auf.

»Dein junger Mann hat sehr gute Manieren«, sagte Omi, als hätte sie meine Gedanken gelesen.

»Er ist nicht mein junger Mann«, erwiderte ich mechanisch. Pascal hörte es nicht, er ging gerade um den Wagen herum, um ebenfalls einzusteigen.

»Nun, aber es könnte sein, dass wir ihn in der nächsten Zeit öfter sehen«, gab Omi zu bedenken.

Pascal stieg in den Wagen, er hatte ihre letzten Worte mitbekommen und blickte über die Schulter nach hinten. »Wen?«

»Dich«, sagte ich.

»Als Bodyguard«, führte Omi aus.

Er sah mich an, und für einen Moment versank ich in diesen bernsteingoldenen Augen.

»Möchtest du das denn?«, fragte er.

»Ach, zählt denn überhaupt noch, was ich möchte?«, entfuhr es mir. Dann biss ich mir auf die Lippe, denn es war nicht fair, ihn so anzugiften.

Ich riss mich zusammen. »Omi sollte jetzt die Sache mit ihrem Auto erfahren«, sagte ich betont höflich. »Und den Rest auch.«

»Oh, das klingt jetzt aber sehr unheilvoll«, meinte Omi. »Gibt es neuen Ärger?«

Ich beschloss, es ihr selbst zu sagen. »Krieg jetzt bitte keinen Schreck, aber leider hat einer von diesen Verbrechern dein Auto abgefackelt. Und wir müssen heute noch umziehen, weil wir sonst nicht mehr sicher sind.«

Pascal warf mir einen tadelnden Blick zu. Anscheinend fand er, dass man Omi diese Informationen auch schonender hätte beibringen können. »Frau Jensen, ich weiß, dass

Ihnen damit eine sehr schwere Entscheidung bevorsteht«, begann er behutsam.

»Ach, woher denn«, unterbrach Omi ihn fröhlich. »Ich weiß schon ganz genau, was für ein Auto ich mir als Nächstes anschaffe. Eins, das halb mit Sprit und halb mit Strom fährt, wie heißen diese Modelle noch gleich?«

»Hybridautos«, antwortete Pascal überrumpelt.

»Genau. So einen kaufe ich mir. Und die andere Entscheidung ist bestimmt auch nicht so schwierig. Also die, wohin wir umziehen sollen. Ich habe da schon was im Sinn.« Ihr Gesicht nahm einen verträumten Ausdruck an. »Eigentlich denke ich schon den ganzen Tag daran. Seit mir das erste Mal der Gedanke an ein Zeugenschutzprogramm kam.«

»Sie haben schon über den Zeugenschutz nachgedacht?«, vergewisserte Pascal sich. Er steuerte den Wagen vom Parkplatz und warf Omi im Rückspiegel einen erstaunten Blick zu.

»Oh ja, und zwar nicht erst seit dieser Sache«, teilte Omi ihm mit. »Vor vielen Jahren, als ich noch keine Liebesromane schrieb, habe ich eine Reihe von Krimis verfasst. Mein Interesse an Zeugenschutzprogrammen hat also quasi einen beruflichen Hintergrund. Im Zuge meiner damaligen Recherchen habe ich mich mit allen möglichen Abgründen der Kriminalität vertraut gemacht.«

Um Pascals Mundwinkel zuckte es. »Hoffentlich nur theoretisch.«

Omi grinste, offenbar kam sein Sinn für Humor bei ihr an. »In einem meiner Kriminalromane ging es um einen Fall, bei dem ein wichtiger Zeuge vor der Mafia versteckt werden musste.«

»Den kenne ich gar nicht«, sagte ich. »Und deine anderen Krimis auch nicht.«

»Ach, das war bloß so eine Heftreihe. Ich glaube, die sind irgendwann mal ins Altpapier gewandert. Aber an diesen einen Titel erinnere ich mich noch gut. Er hieß *Inspektor Adler und die sizilianische Eröffnung*.«

»*Sie* haben die Inspektor-Adler-Reihe geschrieben?«, fragte Pascal ungläubig. »Mein Opa hatte davon alle Hefte! Er war ein Riesenfan!«

»Oh, na, so was!« Omi kicherte und kraulte Lucky, der zufrieden neben ihr lag, hinter den Ohren. »Daran kann man sehen, dass es *wirklich* lange her ist, was?« Sie wurde wieder ernst. »Wie gesagt, ich habe bereits darüber nachgedacht, wohin wir gehen könnten. Falls wir dabei überhaupt mitreden dürfen.«

»Die Behörde kann zwar keine Luxusferien auf tropischen Inseln finanzieren, aber soweit es im Rahmen des Möglichen und des Vertretbaren liegt, werden die Wünsche der Betroffenen berücksichtigt«, sagte Pascal. Es klang wie aus einem Lehrbuch für angewandte Zeugenschutzprogramme. Er bemerkte, wie ich die Augen verdrehte, und fügte rasch hinzu: »Keinem soll es schwerer gemacht werden, als es sowieso schon ist.« Neugierig sah er Omi wieder im Rückspiegel an. »Wo würde es Ihnen denn gefallen?«

»Da, wo damals auch Inspektor Adler seinen Zeugen versteckt hat. Zufällig ist es gleichzeitig der Ort, in dem ich geboren und aufgewachsen bin.«

Ich versuchte, mein Entsetzen zu verbergen. Omi stammte aus einem winzigen Kaff in der hessischen Rhön. Mir fielen auf der Stelle tausend Argumente ein, warum wir da auf gar keinen Fall hinziehen konnten. Bestimmt gab es dort zwischen all den Bauernhäusern und Kuhställen nicht mal richtigen Internetempfang. Und die nächste Stadt war wahrscheinlich mindestens fünfzig Kilometer entfernt. Das Event des Jahres würde darin bestehen, dass alle zweihundert Einwohner – falls es überhaupt so viele waren – um einen Maibaum tanzten.

Nein, das ging nicht. Es war völlig ausgeschlossen.

Doch Omis Augen waren plötzlich von einem so erinnerungsseligen Leuchten erfüllt, dass ich es nicht übers Herz brachte, auch nur den leisesten Hauch von Ablehnung zu zeigen.

»Es bestünde auch keinerlei Gefahr der Entdeckung«, fuhr Omi eifrig fort. »Denn ich war seit fast sechzig Jahren nicht mehr dort. Als ich damals wegzog, war ich ungefähr so alt wie du jetzt, Emmy.« Ganz versunken streichelte sie Lucky das Fell. »Ich habe in der letzten Zeit häufiger darüber nachgedacht, noch einmal dort hinzufahren und meiner längst vergangenen Jugend nachzuspüren. Ich denke, es wäre ein günstiger Zeitpunkt, dieses Vorhaben in die Tat umzusetzen, bevor ich sterbe.«

Ich erschrak erneut, aber diesmal nicht wegen der Aussicht, in ein total abgelegenes Kuhdorf ziehen zu müssen, sondern wegen Omis wehmütiger Bemerkung über das Sterben und ihre längst vergangene Jugend. Allein bei der Vorstellung, dass sie eines Tages nicht mehr bei uns sein würde, schnürte es mir schmerzhaft die Kehle zusammen. Fast genauso bedrückend fand ich es, wie unendlich lange sie sich schon nach ihrer alten Heimat sehnte, ohne je eine passende Gelegenheit gefunden zu haben, dorthin zurückzukehren.

»Das klingt doch toll.« Zustimmung heuchelnd wandte ich mich an Pascal. »Meinst du, ihr kriegt es hin, dass wir nach Groppenhofen ziehen?«

»Groppenhausen«, verbesserte Omi mich.

»Mein ich doch.« Fragend sah ich Pascal an. »Was denkst du?«

»Ich denke, wo ein Wille ist, ist auch ein Weg.«

Wie sich herausstellte, war damit bereits alles entschieden. Und einen Tag später waren wir in der Rhön.

Vielleicht sollte ich an der Stelle bereits erwähnen, dass damit der ganze Ärger keineswegs beendet war. Aber das erzähle ich doch lieber der Reihe nach.

3

Liebe ~~Yasemin~~,

heute darf ich dir endlich schreiben~~, und du kannst dir nicht vorstellen, wie happy ich darüber bin~~, auch wenn es nur ein altmodischer Brief auf Papier ist. ~~Du ahnst nicht, wie sehr du mir fehlst! Aber auch Berlin vermisse ich total.~~ ~~Der Unterschied ist aber auch wirklich sehr krass im Vergleich zu dem Mini-Dörfchen, in dem wir jetzt schon seit Monaten leben und~~ Wir leben jetzt in einem anderen Ort, dessen Namen ich dir nicht verraten darf.

Ich finde es ~~immer noch schrecklich~~ schade, dass ich mich nicht richtig von dir verabschieden konnte~~, und ich hoffe, du hast dir in der Zwischenzeit nicht allzu große Sorgen gemacht~~. ~~Pascal~~ X. hat mir vor unserer Abreise gesagt, man würde dich benachrichtigen, wieso wir so plötzlich wegmussten. So wie sie auch in der Schule und bei Mamas Arbeitgeber Bescheid gegeben haben. Das ließ sich ja auch nicht umgehen, weil sie sonst wahrscheinlich haufenweise Vermisstenmeldungen bekommen hätten. ~~Aber ich wette, sie haben dir praktisch so gut wie überhaupt nichts erklärt, sondern einfach nur gesagt, dass wir in ein Zeugenschutzprogramm aufgenommen worden sind. Mehr dürfen sie ja auch gar nicht sagen, um dich nicht in Gefahr zu bringen. Genau aus diesem Grund mussten wir auch den Kontakt zu allen Leuten aus unserem Bekannten- und Verwandtenkreis komplett abbrechen.~~ Keine Menschenseele weiß, *wo wir sind. Finanzamt, GEZ, Einwohnermeldeamt, Kfz-Versicherung, Bankverbindung – alles wurde total anonymisiert. Wir haben neue Namen und neue Papiere. Irre, oder? Mama hat ~~Pascal~~ X. vorgeschlagen, sie könne sich sicherheitshalber auch einer gesichtsverändernden OP unterziehen, auf Kosten der Behörde natürlich (in Wahrheit wollte sie bloß ein kleines Facelifting und eine Lidstraffung), aber das wurde abgelehnt.*

Leider konnte ich mich nicht früher bei dir melden, weil ich erst warten musste, bis die nötigen Genehmigungen eingeholt waren. ~~Ich durfte nicht mal eine neue Facebook-Seite unter Pseudonym aufmachen. Davon abgesehen haben wir überhaupt erst wieder seit letztem Monat Internet. Wir surfen über einen dreifach gesicherten und verschlüsselten Zugang, für den ich mich jedes Mal erst mit einem neuen Passwort freischalten lassen muss.~~

Aber jetzt zu dir: Erst mal herzlichen Glückwunsch zum bestandenen Abi – ich habe die Fotos auf der Schulwebsite und auf Facebook gesehen ~~und ohne Ende geheult, weil ich nicht dabei sein durfte. Ich beneide dich so, dass du schon studieren kannst. Wie gefällt es dir in Freiburg? Ist Jura dein Ding? Pascal hat über das LKA herausgefunden, dass du und Jannik jetzt zusammenlebt, er hat mir eine Notiz darüber zukommen lassen. Geht es dir gut? Ich hoffe so sehr, dass ihr glücklich seid!~~

~~Ich selber muss jetzt das ganze letzte Schuljahr wiederholen. Drück mir die Daumen, dass die Leute an meiner neuen Schule nett sind und es da nicht so schnarchlangweilig ist wie hier auf dem Dorf.~~

Ein paar positive Dinge kann ich dir aber auch berichten: Mama ~~hat einen neuen Job gefunden, in einer Anwaltskanzlei mit lauter netten Leuten. Sie~~ fühlt sich ~~da~~ richtig gut ~~und vermisst Jonas nicht besonders. Von dem haben wir übrigens nichts mehr gehört. Der~~

letzte Stand war, dass er jetzt irgendwo im Ausland wohnt, aber wir wissen nicht, wo.

Omi fühlt sich ebenfalls wohl hier, sie hat sich super eingelebt und sich sogar schon mit ein paar Leuten hier aus dem Dorf angefreundet. Einen netten alten Bekannten kennt sie sogar noch von früher, die beiden gehen jetzt oft gemeinsam spazieren.

Abgesehen von diesem Brief darf ich leider keinen Kontakt zu dir aufnehmen. Du brauchst also gar nicht erst nach mir zu suchen. Ich habe ein neues Handy, doch die Nummer darf ich dir natürlich nicht geben.

Aber ich hoffe, ich darf dir bald wieder schreiben.

Bis dahin viele liebe Grüße und Umarmungen, deine dich furchtbar vermissende

Emmy

Ich trabte im Laufschritt den Waldweg entlang und dachte an den verstümmelten Brief, der bisher das einzige Lebenszeichen von mir an Yasemin war, und wie üblich trieb es mir Tränen des Selbstmitleids in die Augen. Zum Glück sah es hier im Wald niemand. Tannennadeln und Reste von dürren Zweigen knirschten unter meinen Füßen. Die Luft roch nach Moos und Erde und einem Hauch von Kuhmist. Ganz in der Nähe gab es einen Bauernhof. Einen von vielen, um genau zu sein, weshalb es auch häufig nach Stall roch, egal, wohin man in dieser Gegend ging.

Den Brief hatte jemand vom Zeugenschutzprogramm Yasemin persönlich vorbeigebracht – natürlich in der gekürzten und neu ausgedruckten Fassung. Ich erinnerte mich noch genau daran, wie er nach der Korrektur durch das LKA ausgesehen hatte. Sie hatten alles rausgestrichen, was irgendwelche Rückschlüsse auf unseren derzeitigen Aufenthaltsort oder unsere sonstige Umgebung zugelassen hätte. Nicht mal unsere emotionale Verfassung durfte erwähnt werden. Alles musste so neutral wie möglich sein, um zu verhindern, dass die Kontaktperson sich aus Sorge irgendwie auffällig verhielt.

Yasemins Antwortbrief, den ich drei Wochen später bekommen hatte, war auf dem gleichen Weg befördert worden, eigenhändig überbracht von einem LKA-Beamten, der mehr oder weniger regelmäßig bei uns aufkreuzte und die Lage checkte. Man hatte den Brief vorher geöffnet und gelesen, und ich hatte nicht das Geringste dagegen tun können. Wenigstens hatte man nichts rausgekürzt, keine einzige ihrer verzweifelten Fragen, denn die durfte ich ja sowieso nicht beantworten.

Lucky zerrte an der Leine und kläffte unternehmungslustig. Wahrscheinlich hatte er ein Tier gewittert, entweder eins, das sich im Wald versteckte, oder eins vom Bauernhof, wo es, wie ich wusste, außer den Kühen noch jede Menge andere Tiere gab, von Ziegen über Schafe und Hühner bis hin zu einigen haarigen alten Gäulen. Lucky war jedenfalls von früh bis spät in Entdeckerlaune. Am meisten interessierten ihn andere Hunde, von denen es ebenfalls erstaunlich viele hier in der Umgebung gab. Er bellte sie mit einer Ausdauer an, die mir klarmachte, dass ich von Hundeerziehung keine Ahnung hatte. Diese Erkenntnis wurde auch durch den Umstand vertieft, dass er unbedingt jeden Strauch und jeden Laternenpfahl markieren musste und sich weigerte, auch nur einen einzigen Schritt weiterzugehen, bevor er das nicht überall sorgfältig erledigt hatte.

Allerdings ließ sich nicht leugnen, dass es meinem Hund hier fantastisch ging. Er hatte den Auslauf, den er brauchte, dazu frische Luft in unendlichen Mengen, reichlich Wald und Felder, so weit das Auge reichte, und so viel ländliche Idylle, dass es auf weniger naturversessene Leute wie eine Überdosis wirkte. Luckys neues Leben war unglaublich aufregend, er wusste bei unseren ausgedehnten Spaziergängen gar nicht, wohin er mich zuerst zerren sollte. Zu den Koppeln mit den blökenden Schafen, den Weiden mit den grasenden Kühen oder zum Gänseweiher. Oder vielleicht lieber den Berg hoch, in den Wald, kreuz und quer durchs Unterholz, wo er an Fuchshöhlen und Dachsbauten schnüffeln oder stinkende alte Knochen ausbuddeln konnte.

Ja, mein Hund hatte mit diesem Umzug eindeutig den besseren Schnitt gemacht. Zumindest im Vergleich zu mir. Ich konnte mich einfach nicht daran gewöhnen, dass ich keine Freunde mehr hatte. Dass Yasemin nicht mehr da war. Und schon gar nicht an dieses verschlafene Kaff, in dem es nichts gab außer ein paar Bauernhöfen und einigen dutzend Wohnhäusern rund um eine kleine Dorfkirche. Die permanente Ereignislosigkeit trieb mich in den Wahnsinn, und die ländlichen Gerüche und Geräusche bildeten die Dauerkulisse, die mir von früh bis spät das Gefühl vermittelte, im falschen Film zu sein. Verstärkt wurde dieser Eindruck durch die Blicke der Dorfbewohner, die in mir den Wunsch weckten, mich irgendwo zu verkriechen und nie wieder rauszukommen.

Mittlerweile hatte ich allerdings begriffen, dass es sich nur um freundliche Neugier handelte – in Wahrheit waren wir von Anfang an nicht sonderlich aufgefallen, weil es das ganze Jahr über Feriengäste in der Region gab. Zuerst hatten die Leute uns für normale Urlauber gehalten, und erst, als wir nach ein paar Wochen immer noch da waren, fingen sie an, sich näher für uns zu interessieren. Bei der Gelegenheit kam dann auch gleich unsere vom LKA vorbereitete Legende zum Zuge, die nach sorgsam von Mama beim Friseur ausgestreuten Informationen schnell die Runde machte und wie folgt lautete: Wir hatten das leer stehende Haus am Dorfrand bezogen, um uns dauerhaft hier niederzulassen. Omi wollte ihren wohlverdienten Lebensabend in dem Ort ihrer Kindheit verbringen, Mama wollte in Fulda – das war im Umkreis von hundert Kilometern die einzige richtige Stadt – eine neue Stelle antreten, und ich sollte da mein Abi machen.

So weit stimmte sogar alles, natürlich abgesehen von dem *Dauerhaft-hier-Niederlassen*, jedenfalls soweit es mich betraf. Ich zählte schon die Tage, die ich bis zu meinem Abitur noch hier ausharren musste.

Mein großes Problem war, dass ich fast nichts zu tun hatte, und die seit Monaten andauernde Tatenlosigkeit zerrte inzwischen echt an meinen Nerven. Ich las viel, aber irgendwann kam einem auch das zu den Ohren heraus, und die vielen Wiederholungen im Fernsehen waren auch nicht gerade die Art von Entertainment, die es rausriss.

Anfangs war ich mir wie amputiert vorgekommen, ohne Handy, ohne Internet, ohne richtige Verbindung zum Rest der Welt. In der ersten Zeit gab es im Haus nur ein Festnetztelefon, dessen Benutzung aber streng geregelt war. Meine Freunde durfte ich damit natürlich nicht anrufen.

Einmal hatte ich mich dem Verbot widersetzt, ungefähr

zwei Wochen nach unserer Ankunft. Ich hatte es vor Sehnsucht und Kummer nicht mehr ausgehalten und Yasemins Nummer gewählt. Bei ihr war niemand zu Hause gewesen, der Anrufbeantworter hatte sich eingeschaltet. Mir hatte der Mut gefehlt, eine Nachricht zu hinterlassen, folglich hatte ich ganz schnell wieder aufgelegt und versucht, mein schlechtes Gewissen zu verdrängen.

Doch das Ganze hatte ein Nachspiel gehabt. Es stellte sich heraus, dass das LKA unsere Leitung überwachte und anhand der Protokolle sah, dass ich gegen die Regeln verstoßen hatte. Tags darauf hatte der für uns zuständige LKA-Beamte bei uns auf der Matte gestanden und eine lange Predigt gehalten, über die Gefahr, in die ich uns alle gebracht hatte. Ob mir denn nicht klar sei, dass unser Leben bedroht sei, wenn ich so was tat? Ob meine Familie mir denn nicht wichtig genug sei, um sie zu schützen? Wie ich nur so gedankenlos sein könne, diesen eiskalten Verbrechern mögliche Hinweise auf unseren Aufenthaltsort zu liefern!

Und danach hatte er von dem jungen Mann erzählt, den er im vergangenen Monat betreut hatte, in einem Fall von Internetkriminalität, bei dem der Kronzeuge – besagter junge Mann – mit ein paar Typen eine illegale Downloadplattform betrieben hatte. Er war ausgestiegen und wollte gegen die anderen aussagen, doch bevor es dazu kommen konnte, hatten sie ihn aufgespürt.

»Er hatte bloß ganz kurz seine Freundin angerufen. Dummerweise hatten die Kerle ihr Telefon verwanzt. Wir konnten ihn nur noch anhand seiner Zähne identifizieren. Soweit er sie noch hatte. Die meisten davon lagen nämlich neben ihm.«

Ich war in Tränen ausgebrochen. Auch Mama hatte geweint, und Omi hatte sich bedrückt in ihr Zimmer zurückgezogen.

Später erfuhr ich, dass das LKA nach diesem Vorfall extra alle Anschlüsse und Computer in der Wohnung von Yasemins Eltern auf etwaige Überwachungssoftware prüfen lassen musste, um sicherzustellen, dass mein Anruf nicht abgefangen und zurückverfolgt worden war.

Nein, das würde ich so schnell nicht wieder versuchen, so viel stand fest. Immerhin hatte ich Yasemin, nachdem sie schon zu Jannik nach Freiburg gezogen war, besagten Brief schreiben dürfen.

Hätte man mir nicht die schreckliche Geschichte über den armen Typen von der Downloadplattform erzählt, wäre mir diese ganze Verschwörungsnummer bestimmt maßlos überzogen vorgekommen, aber ich bekam einfach nicht das Bild aus dem Kopf, wie man seine Zähne einsammelte. Folglich hielt ich mich an alles, was uns vom Zeugenschutzprogramm an Regeln vorgegeben wurde.

»Wir meinen es doch nur gut mit Ihnen«, hatte der Beamte gesagt, nachdem er uns mit seiner Story in Angst und Schrecken versetzt hatte. »Wir wollen alle nur Ihr Bestes!«

Wahrscheinlich glaubte er das wirklich. Leider kam es mir so vor, als wäre uns unser Bestes komplett abhandengekommen.

Ich fühlte mich, als hätte man mir mein Leben weggenommen.

*

Lucky kläffte begeistert – er hatte Sally erspäht (oder gerochen, das kam bei ihm meist vorher), eine hübsche, sanftäugige Bordercollie-Dame, die es sich gutmütig gefallen ließ, als er sie von allen Seiten beschnüffelte.

»Da ist aber jemand schwer verliebt«, sagte Horst, Sallys Herrchen. Jedenfalls vermutete ich, dass er das sagte, denn Horst war ein echtes Rhöner Urgestein und sprach einen örtlichen Dialekt, den nur Leute aus der Gegend richtig verstanden. Ich hatte buchstäblich Monate gebraucht, um wenigstens einzelne Wörter richtig zuzuordnen. *Äbbes* war zum Beispiel die hiesige Bezeichnung für *etwas*. Vor allem bei den Fragewörtern kamen leicht Missverständnisse auf. Wenn die Rhöner *bie* sagten, meinten sie wie, mit *bär* wer, mit *boas* was und mit *boarümm* warum.

Lustig war es, wenn Omi und Horst sich unterhielten – dann verstand man fast nichts mehr. In meinen Ohren klang es wie eine völlig fremde Sprache, doch Omi beherrschte sie trotz jahrzehntelanger Abwesenheit noch perfekt.

Horst war ungefähr Ende siebzig und ein pensionierter Förster. Er trug immer noch eine grüne Lodenjacke und einen grünen Hut mit angenähtem Haarpinsel (inzwischen hatte ich gelernt, dass man das Gamsbart nannte).

Omi und er kannten sich aus ihrer Jugend, und mittlerweile hatte ich herausgefunden, dass damals vor fast sechzig Jahren vielleicht was zwischen den beiden gelaufen war. Natürlich nur im Rahmen des Erlaubten, weshalb es wahrscheinlich über gegenseitiges Anschmachten oder Händchenhalten nicht hinausgegangen war.

Er musterte mit kritischem Blick, wie Lucky an Sally herumschnüffelte.

»Der Lucky ist wohl nicht kastriert, oder?«

»Äh ... nein.«

»Wird dann aber Zeit.«

Ich war entsetzt. Mein armer, unschuldiger kleiner Hund! Na gut, er war nicht mehr *richtig* klein, sondern fast ausgewachsen, aber trotzdem kam mir schon der Gedanke daran wie eine schlimme Zumutung vor. Wenn es nach mir ging, konnte man das ruhig sein lassen. Und wenn es nach Lucky ging, bestimmt auch.

Horst räusperte sich. »Geht deine Oma heute noch spazieren?«

»Ich weiß nicht. Soll ich ihr was ausrichten?«

Horst wurde unter der Krempe seines Försterhuts ein bisschen rot. Er brummelte irgendwas Unverständliches und marschierte dann einfach wortlos davon. Das war seine Art. Trotzdem war er eine treue Seele. Wenn Omi mit Lucky spazieren ging, dauerte es meist nicht lange, bis Horst sich mit Sally zu den beiden gesellte. Die vier machten dann endlose Wanderungen und konnten anscheinend nicht genug davon kriegen, auch wenn sie nicht viel miteinander sprachen.

»Der Horst hat damals schon nicht viel gesagt«, hatte Omi gemeint, als ich sie mal fragte, worüber sie die ganze Zeit redeten. »Aber das macht nichts, denn dann kann ich umso mehr diktieren. Er hört mir gerne dabei zu.«

»Ich mag Männer, die einen nicht ständig zuquatschen und einem auch mal zuhören«, kommentierte Mama.

»Ach ja, seit wann das denn?«, hatte ich eingestreut, allerdings nur ganz leise, sodass sie es nicht hörte. Ich war immer noch ein bisschen besorgt, dass die Trennung von Jonas ihr stärker nachhing, als sie zugeben wollte. Inzwischen machte sie zwar einen ziemlich ausgeglichenen Eindruck, aber am Anfang hatte ihr die überstürzte Flucht in unser neues Leben sehr zugesetzt, vor allem in den ersten beiden Wochen, in denen sie die Folgen der Schussverletzung in einer Kurklinik auskurieren musste, während Omi und ich die Zeit in einer einsam gelegenen Ferienpension totgeschlagen hatten und darauf warteten, dass uns von den Leuten des Zeugenschutzprogramms eine Bleibe hergerichtet wurde. Zu der Zeit hatten wir noch keinen Wagen gehabt, den hatte das LKA uns erst im Monat darauf besorgt, sodass wir umständlich mit dem Bus fahren mussten, um Mama zu besuchen. Sie war ziemlich depressiv geworden und hatte viel geweint, auch wenn sie immer versucht hatte, ihre geröteten Augen und die geschwollene Nase auf irgendwelche obskuren Allergien zu schieben.

Sie war erst wieder lebhafter geworden, als sie erfuhr, dass sie sich auf eine neue Arbeitsstelle bewerben durfte. Das LKA hatte ihr einen maßgeschneiderten Lebenslauf verpasst, mit seriösem beruflichem Hintergrund sowie erstklassigen Leistungsnachweisen und Zeugnissen. Den Rest hatte sie mit ihrem Charme und ihrem tollen Aussehen eingestielt. Das Vorstellungsgespräch in der Anwaltskanzlei hätte gar nicht besser laufen können, sie hatte den Job als Rechtsanwalts- und Notarfachangestellte sofort bekommen. Mittlerweile behauptete sie, etwas Besseres als unser Umzug von Berlin hierher hätte ihr gar nicht passieren können, denn so eine tolle Anstellung hätte sie noch nie gehabt.

»Die sind unglaublich nett in dieser Kanzlei«, hatte sie nach ein paar Tagen gemeint. »Ich glaube, da will ich nie wieder weg.«

Darüber war zum Glück das letzte Wort noch nicht gesprochen. Davon abgesehen konnte sie ja von mir aus auch gerne hierbleiben. Mich zog es nur eher an Orte, wo die Einweihung eines neuen Feuerwehrautos nicht das Highlight der Saison darstellte.

Ausgehen stand bei mir noch nicht auf dem Programm. Damit durfte ich erst anfangen, wenn ich wieder zur Schule ging. Dort könnte ich dann – so hatte es mir der Beamte erklärt, der mir die große Strafpredigt gehalten hatte – genug zwanglose neue Kontakte knüpfen, zu Leuten, mit denen ich mich dann auch mal zu Partys treffen oder einfach nur so losziehen durfte. Bis dahin musste ich mich vor Ort amüsieren, sprich auf Feuerwehreinweihungen oder Pfarrfesten.

Die Schule würde am kommenden Montag anfangen, damit hatte zumindest diese Warteschleife ein Ende, und ich hatte wieder ein Ziel vor Augen. Es war ein sehr seltsames Gefühl, nach mehr als vier Monaten zum ersten Mal wieder zum Unterricht zu gehen. Hauptsächlich bestand dieses Gefühl aus Sorge und einer ziemlich großen Portion Unbehagen, gepaart mit mehr als nur einer Spur Angst. Die Schule, auf der ich angemeldet war, hatte angeblich einen hohen Standard. Mit anderen Worten, da würden viele Streber herumlaufen, die alle besser waren als ich. Besonders in Mathe.

Ich hatte in den letzten Wochen ein bisschen Lernstoff wiederholt, um die Defizite zu füllen, die ich aus Berlin mitgebracht hatte. Aber ob das reichte, um in der neuen Schule den Anschluss zu bekommen?

Genauso schlimm waren meine Sorgen, was die Leute an dieser Schule betraf. Lehrer, Schüler – ich kannte dort ja niemanden.

Einmal war ich aus einem Albtraum aufgewacht, in dem ich in eine Klasse kam, die bei meinem Anblick in höhnisches Kichern ausbrach. Während ich mich im Traum verzweifelt fragte, wieso mich alle auslachten, erkannte ich, dass ich bis auf meine Biene-Maja-Söckchen völlig nackt war. Am nächsten Tag hatte ich die Socken (sie waren sowieso schon ziemlich alt gewesen) vorsorglich aussortiert und in den Altkleidersack gesteckt. Aber auf die Schule freuen konnte ich mich trotzdem nicht.

*

Als ich mit Lucky durch unsere Straße ging – eine freundliche, in einem Wendehammer endende Dorfstraße mit hübschen Einfamilienhäusern, blühenden Vorgärten und gepflegten Autos in den Einfahrten –, kam ich am Haus der Müllers vorbei. Es lag wie unseres am Wendehammer, man konnte praktisch von einem Vorgarten in den anderen spucken.

Herr Müller werkelte am Rasenmäher herum und machte dabei einen frustrierten Eindruck. Er war ungefähr Mitte vierzig, ein Typ mit dicker Brille, dickem Schnäuzer und leicht gebeugten Schultern, der ein bisschen Ähnlichkeit mit Ned Flanders hatte, dem Nachbarn von Homer Simpson. Die Müllers wohnten auch noch nicht allzu lange hier, sie waren letzten Monat neu zugezogen und hatten uns damit ein bisschen aus dem Zentrum der nachbarlichen Neugier verdrängt, was ich als seltsam tröstlich empfand.

Davon abgesehen waren sie allerdings genauso uninteressant wie das ganze restliche Dorf, sie hatten sich binnen

Tagen in die langweilige Ereignislosigkeit eingefügt, als wären sie schon immer hier gewesen. Die Familie bestand nur aus Vater und Sohn, jedenfalls hatte Omi diese Info letztens vom Friseur mitgebracht. Mama hatte überlegt, ihnen einen Willkommenskuchen vorbeizubringen, aber die Regeln des Zeugenschutzprogramms besagten, beim Anknüpfen neuer Kontakte im Dorf nicht zu forsch ranzugehen. Die Devise lautete, sich zwar freundlich, aber ansonsten neutral und abwartend zu verhalten.

Herrn Müller sah man gelegentlich beim Heckeschneiden oder Rasenmähen. Müller junior war bislang nur selten in Erscheinung getreten. Er war drei- oder viermal auf dem Rad an mir vorbeigefahren. Die ersten Male hatte er mich nur flüchtig von der Seite angeschaut und beim letzten Mal ein kurzes *Hallo* rübergerufen, doch bevor ich zurückgrüßen konnte, war er auch schon weitergefahren.

Einmal hatte ich ihn in der Einfahrt zusammen mit seinem Vater Einkäufe ausladen sehen, und das war's auch schon an bisherigen Begegnungen. Die meiste Zeit schien er sich im Haus aufzuhalten.

Der Rasenmäher sprang ohne Vorwarnung mit einem Höllenlärm an, genau in dem Augenblick, als ich mit Lucky vorbeikam. Lucky fing sofort wie verrückt an zu bellen und zerrte an der Leine. Ich hatte Mühe, ihn zu halten. Herr Müller blickte erschrocken auf und machte den Rasenmäher wieder aus.

»Tut mir leid. Das war keine Absicht. Das blöde Ding macht die ganze Zeit Probleme, geht einfach aus, und dann springt es plötzlich aus heiterem Himmel wieder an.«

»Halb so wild. Ist ja gut, Lucky! Jetzt sei schon still!«

Herr Müller trat durch das Gartentor auf den Gehweg und zog ein Leckerli aus der Hosentasche. Er pellte es aus der Packung und hielt es Lucky hin, der es auf der Stelle glücklich zerbiss und wegputzte.

»Das wollte ich schon die ganze Zeit machen. Wird Zeit, dass ich mich mal richtig vorstelle.« Seine Stimme klang ein bisschen unbeholfen und verlegen. Ich stellte fest, dass er sich genauso unwohl und fehl am Platze fühlte wie ich. Er war ein Fremder an einem fremden Ort, und das merkte man ihm auch an. Mein Eindruck, dass er und sein Sohn sich perfekt integriert hatten, war völlig falsch. In dem Punkt hatte ich mich anscheinend gründlich geirrt.

»Mein Name ist Justus Müller. Mein Sohn Tommy und ich sind vor Kurzem hier eingezogen. Jetzt sind wir also eure neuen Nachbarn. Aber das habt ihr bestimmt schon gemerkt.«

Ich überlegte, ob ich irgendwas sagen müsste wie *Herzlich willkommen*, doch man musste es ja nicht gleich übertreiben.

»Wir wohnen auch erst seit ein paar Monaten hier«, warf ich daher etwas lahm ein.

Er nickte. »Das hab ich schon gehört. Du musst Emmy sein. Ich hörte letztens, dass deine Mutter dich so nannte. Sie ist doch deine Mutter, oder?«

»Wenn Sie die große Blonde meinen – ja. Und eigentlich heiße ich Emma.« So lautete mein offizieller neuer Vorname. Der hatte den entscheidenden Vorteil, dass Mama und Omi mich in der Öffentlichkeit weiter *Emmy* nennen konnten, das erleichterte vieles.

»Ach so.« Herr Müller betrachtete mich mit bedrückter Miene. »Bestimmt habt ihr euch schon gefragt, warum ich nie zur Arbeit fahre. Und warum jemand, der hier keine Verwandtschaft oder sonstige Beziehungen hat, in ein derartig verlassenes Nest zieht, wo man nicht mal tot überm Gartenzaun hängen will. Das ist euch sicher schon komisch vorgekommen.«

»Äh – nein«, meinte ich peinlich berührt. Tatsächlich hatte ich bisher keinen Gedanken daran verschwendet, ob Herr Müller überhaupt irgendwo hinfuhr, geschweige denn, was er von Beruf war oder wo er arbeitete. Und es interessierte mich ehrlich gesagt auch nicht besonders. »Das geht uns doch gar nichts an«, schloss ich höflich.

»Warum soll ich es dir eigentlich nicht erzählen?«, erklärte er mit einem Seufzen.

Ich seufzte ebenfalls, aber möglichst unhörbar, und richtete mich auf eine lange, langweilige Geschichte ein.

»Es fing alles mit einem Testament an«, sagte er. »Dadurch waren Tommy und ich sozusagen gezwungen, in dieses Haus zu ziehen.«

»Ein Testament?«, echote ich verblüfft. Wie konnte ein Testament einen zu irgendwas zwingen?

»Ja, mein Großonkel ist letztes Jahr gestorben. Er hat mir alles hinterlassen, was er besaß. Unter anderem dieses Haus. Es stand nach seinem Tod eine Weile leer, aber dann lief die Frist ab, und wir mussten einziehen.«

»Was für eine Frist?«

»Er hat in seinem Testament bestimmt, dass ich innerhalb eines halben Jahres hier einziehen und fünf Jahre in dem Haus leben muss. Also ohne währenddessen einen anderen Wohnsitz zu haben.«

»Aber das kann man doch bestimmt einfach ablehnen,

oder nicht?« Ich schüttelte den Kopf. »Ich wette, dass man dazu nicht gegen seinen Willen gezwungen werden kann.«

»Natürlich hätte ich mich weigern können, danach hatte ich mich schon genau erkundigt«, erwiderte Justus Müller. »Aber dann würde ich ja das eigentliche Vermögen nicht kriegen. Das wird durch einen Treuhänder verwaltet und erst ausgeschüttet, wenn die fünf Jahre um sind.«

»Oh. Das ist krass.« Das war nicht nur so dahingesagt, die Geschichte war wirklich spannend und ungewöhnlich. Mit einem Mal fand ich unsere Nachbarn deutlich interessanter als noch vor fünf Minuten.

»Manchmal frage ich mich, ob wir das schaffen. Je länger ich hier bin, desto schlimmer werden die Zweifel.«

»Das kann ich sehr gut verstehen«, sagte ich aus tiefstem Herzen. Ich hätte zu gern noch erfahren, wie viel Geld er erbte, wenn er die vollen fünf Jahre durchhielt, aber natürlich konnte ich ihn nicht einfach danach fragen.

»Ich möchte bloß nicht, dass unsere Nachbarn einen falschen Eindruck von mir bekommen«, erklärte er. »Alle Männer hier in der Gegend fahren jeden Tag zur Arbeit, nur ich nicht. Das kann leicht zu Gerede führen. Ich wette, es wird schon alles Mögliche gemunkelt.«

»Ach, bestimmt nicht. Warum denn auch? Es gibt schließlich auch Leute, die arbeitslos sind. Oder selbstständig zu Hause arbeiten.«

»Na ja, ich spiele tatsächlich mit dem Gedanken, hier eine selbstständige Existenz zu gründen, wenn ich nicht bald einen Job finde. Ewig halten die Ersparnisse auch nicht. Und irgendwas muss der Mensch ja zu tun haben. Zumindest auf Dauer. Ein paar Pläne habe ich schon.«

Bevor er damit anfangen konnte, mir seine Pläne zu schildern, kam sein Sohn Tommy aus dem Haus. Er hielt ein Handy hoch. »Telefon für dich«, sagte er zu seinem Vater.

Justus Müller nahm das Handy und sprach hinein. »Ja? Oh, du bist es.« Er wandte sich an mich und winkte mir ein wenig linkisch zu. »Sorry, ein wichtiges Gespräch. Bis dann! Man sieht sich!« Zu seinem Sohn sagte er: »Tommy, sag Emma doch mal *Hallo*.« Dann ging er mit dem Handy am Ohr ins Haus.

»Hallo.« Tommy war mit verlegener Miene beim Zaun stehen geblieben. Er schob beide Hände in die Hosentaschen und wusste anscheinend nicht, wohin er gucken sollte.

»Hi«, antwortete ich. Es wäre unhöflich gewesen, jetzt einfach weiterzugehen, obwohl ich am liebsten genau das getan hätte. Mein Bedarf an Nachbarschaftstalk war für heute gedeckt. Die Sache mit dem Großonkel und der Erbschaft hätte mich schon noch interessiert, aber von dem Thema war Justus Müller ja schnell wieder abgekommen, und seinen Sohn konnte ich ja wohl schlecht aus heiterem Himmel danach ausfragen. Außerdem würde es sicher sowieso nicht lange dauern, bis das ganze Dorf sämtliche Details dieser Story kannte, und dann konnte Mama sich die fehlenden Einzelheiten beim Bäcker oder beim Friseur besorgen. Falls sie oder Omi nicht ohnehin schon darüber Bescheid wussten, was sehr gut möglich war, denn die beiden waren deutlich besser über alle möglichen Geschehnisse hier in der Gegend informiert als ich. Das hing damit zusammen, dass sie sich im Gegensatz zu mir für die Leute im Dorf interessierten. Sie versuchten, sich einzuleben, während ich versuchte, irgendwie die Zeit rumzukriegen, bis ich wieder abhauen konnte.

»Ich bin Thomas. Aber alle nennen mich Tommy.«

»Emma. Oder Emmy, wenn du willst. Und der Hund hier heißt Lucky.«

Tommy bückte sich und fuhr Lucky durchs Fell. »Hallo, Lucky.«

Lucky ließ es sich freundlich hechelnd gefallen. Anscheinend hoffte er auf weitere Leckerlis, aber Tommy hatte keine dabei. Er sah besser aus, als ich ihn in Erinnerung hatte – wahrscheinlich hatte ich ihn einfach nicht lange genug angesehen, um mir ein richtiges Bild von ihm machen zu können. Er war nicht sehr groß, weshalb ich auch keine besonderen Verrenkungen machen musste, um ihm ins Gesicht blicken zu können. (Bei der Gelegenheit erinnerte ich mich gegen meinen Willen an Pascal, bei dem ich jedes Mal den Kopf in den Nacken hatte legen müssen, aber diesen lästigen Gedanken verdrängte ich sofort und mit großer Entschlossenheit.)

Tommy hatte widerspenstige braune Haare, grünbraun gesprenkelte Augen und ein freundliches Gesicht mit zahlreichen Sommersprossen. Er trug abgewetzte Jeans, Turnschuhe und ein Sweatshirt mit verwaschenem Aufdruck. Offensichtlich legte er keinen besonderen Wert auf Marken, und das machte ihn mir gleich noch ein bisschen sympathischer. Er war buchstäblich der nette Junge von nebenan.

»Ich hab dich schon ein paarmal im Wald gesehen«, sagte er.

»Ich weiß. Ich hab dich auch gesehen.«

Er errötete ein wenig – und machte damit noch einen Punkt auf meiner Sympathieskala gut. Ich mochte Jungs, die noch verlegen werden konnten, denn bei denen konnte man sicher sein, dass sie nicht an einem überdimensional aufgeblasenen Ego litten. Typen, die sich für Gottes Geschenk an die Frauen hielten, wurden praktisch niemals rot, außer sie lagen zu lange unterm Turbobräuner.

»Ihr kommt aus Berlin, oder?«, fragte er.

»Woher weißt du das?« Kaum hatte ich das gesagt, hätte ich mir am liebsten auf die Zunge gebissen. Diese Information gehörte zur No-go-Area des Zeugenschutzprogramms. Ich hatte gerade gegen eine strikte Regel verstoßen: *Verrate niemandem, woher du kommst.*

»Man hört es sofort«, meinte Tommy. Er lächelte schüchtern. »Du berlinerst ein bisschen.«

»Oh. Echt? Ja, das kann man sich wahrscheinlich nie abgewöhnen.« Ich war erleichtert. Wenn er es von allein gemerkt hatte, war es kein Verstoß. Trotzdem musste ich darauf achten, mich nicht zu verplappern. Es gab eine offizielle Version unseres Vorlebens, an die wir – also Mama, Omi und ich – uns halten mussten. Wir hatten die meisten Einzelheiten selbst beigesteuert, aber nachdem sie festgelegt waren, konnten wir sie nicht einfach wieder abwandeln. Vorsorglich beschloss ich, Tommy gleich eine Zusammenfassung der wichtigsten Fakten zuteilwerden zu lassen, dann hatte ich es hinter mir und konnte bei spontanen Antworten auf unerwartete Fragen nichts Falsches mehr sagen.

»Meine Omi stammt ursprünglich aus der Rhön und möchte gern ihren Lebensabend hier verbringen. Meine Mutter wollte ebenfalls einen Tapetenwechsel, es hat ihr in der Großstadt einfach nicht mehr so gut gefallen, und als ihr dann der Job in Fulda angeboten wurde, hat sie sofort zugegriffen.« Bevor Tommy genauer nachfragen konnte, setzte ich hinzu: »Sie arbeitet als Rechtsanwalts- und Notariatsfachangestellte.«

»Cool. Mein Vater ist Versicherungskaufmann. Wir kommen aus Hannover. Ist eine ganz schöne Umstellung, sich an dieses Kaff zu gewöhnen. Wir sind eigentlich nur aus … ähm, familiären Gründen hier.«

»Dein Vater hat mir von der Erbschaft erzählt.«

»Oh, echt?« Tommy wurde wieder rot. »Dann weißt du es ja. Ich bin nur froh, dass diese Testamentsauflage mich nicht betrifft. Ewig will ich nicht hierbleiben, das steht fest.«

»Für mich auch«, entfuhr es mir.

»Und was machst du so? Gehst du noch zur Schule?«

»Ja, Abistufe. Nächste Woche geht es los.«

»Ich auch!«, sagte er erfreut. »Auf welche Schule gehst du?«

»Domgymnasium. Und du?«

»Stein-Gymnasium. Hey, die beiden Schulen liegen nur ein paar Schritte voneinander entfernt! Dann können wir vielleicht ab und zu gemeinsam fahren.«

»Klar«, sagte ich, dann warf ich einen Blick über die Schulter. Ein Auto war in den Wendehammer eingebogen und hielt vor unserem Haus. Es war ein dunkelblauer Passat mit Berliner Kennzeichen und getönten Scheiben.

»Oh, Besuch aus Berlin?«, fragte Tommy.

»Ja, scheint ganz so«, antwortete ich mit flacher Stimme – und rasant beschleunigtem Herzschlag. »Sorry, ich muss dann weiter. Wir sehen uns.«

Seine Antwort hörte ich schon nicht mehr, denn ich ging bereits mit wackligen Schritten auf den Passat zu. Lucky fing wieder an zu bellen und an der Leine zu zerren, diesmal vor schierer Freude. Als die Fahrertür sich öffnete, war er nicht mehr zu halten und riss mich mit der Urgewalt eines losbrechenden Orkans hinter sich her.

»Hallo«, sagte Pascal, während Lucky freudig kläffend an ihm hochsprang. »So sieht man sich wieder.«

*

Ich konnte nichts sagen, weil mir das Herz immer noch bis zum Hals schlug, doch das machte nichts, weil Pascal sowieso vollauf damit beschäftigt war, meinen Hund zu begrüßen. Er ging vor Lucky in die Hocke und knuddelte ihn, was Lucky mit euphorischem Schwanzwedeln quittierte. Schließlich legte er sich sogar auf den Rücken, damit Pascal ihn besser streicheln konnte.

»Unglaublich, dass er sich noch an mich erinnert«, sagte Pascal. Er strahlte über das ganze Gesicht und schien sich ehrlich über das Wiedersehen zu freuen. Zumindest, soweit es Lucky betraf.

»Ja, das ist wirklich ziemlich unglaublich, denn er hat dich im Prinzip nur einen Tag lang gesehen. Es kann natürlich sein, dass er sich hauptsächlich an das Auto erinnert. Schließlich hat er reingepinkelt. So was behalten Hunde jahrelang im Gedächtnis.«

»Wirklich?« Pascal grinste mich an. »Du hast mich aber auch nicht vergessen, oder? Wie geht's dir so?«

»Fantastisch. Wie sollte es einem auch sonst so gehen am Ende der Welt?« Ich konnte nicht verhindern, dass meine Stimme verbittert klang. Wie hatte ich nur jemals so blöd sein können, ihn toll zu finden? Was dabei herauskam, hatte ich ja erlebt – nämlich nichts. Er erledigte nur seinen Job, und zwar mit geregelten Arbeitszeiten ohne Überstunden.

Er war nicht mitgekommen, als wir in Berlin alle Brücken hinter uns abgebrochen hatten. Als der Umzugswagen vorgefahren war, hatte er gerade Dienstschluss gehabt, und einer seiner Kollegen hatte für ihn weitergemacht. Das war der uns zugeteilte Zeugenschützer, den wir von da an immer wieder mal zu Gesicht bekamen, neben zwei anderen, die seine Vertretung übernahmen, wenn er krank oder in Urlaub war. Pascal selbst hatte so gut wie nichts mehr von sich hören lassen. Kein Anruf, keine Mail, nichts. Nur einmal hatte sein Kollege eine kurze Nachricht von ihm mitgebracht, unpersönlich gedruckt auf amtlichem Behördenpapier und nur mit einem gekritzelten Namenskürzel unterzeichnet.

Hi,

habe wie gewünscht Erkundigungen eingezogen, wo Y. jetzt lebt – in Freiburg, zusammen mit ihrem Freund. Kontaktdaten kann ich dir aus Sicherheitsgründen nicht übermitteln, habe wegen deines Verstoßes dafür keine Freigabe bekommen. Werde mich aber bald bei dir melden, um etwaige Kommunikationsmöglichkeiten zu besprechen.

Und dann das mit Kuli hingeschmierte *P*, das war's. Das Ganze war vor acht Wochen gewesen, und seitdem war nichts passiert. Nicht das Geringste. Es hatte mir in den Fingern gejuckt, ihm eine dienstliche Mail zu schreiben (oder meinetwegen auch einen Brief auf Papier) und ihn zu fragen, was genau er mit *bald* gemeint hatte, und wieso er es verdammt noch mal nicht für nötig hielt, sich bei mir zu melden. Aber da hatte mir der *Verstoß* noch zu sehr in den Knochen gesteckt, und außerdem hätte es mich nur noch mehr gedemütigt, wenn er nicht zurückgeschrieben hätte. Folglich hatte ich es einfach bleiben lassen.

Und jetzt war er auf einmal da, ohne Vorankündigung und ohne Anmeldung. Ich hätte mir am liebsten in den Hintern getreten, weil sein Auftauchen einen derartigen Gefühlsaufruhr in mir auslösen konnte. Doch mittlerweile hatte ich mich wieder im Griff. Ich konnte sogar ohne Ausfallerscheinungen in seine Bernsteinaugen sehen.

»Was führt *dich* denn hierher?«, fragte ich in einem, wie ich hoffte, lässigen Tonfall. »Ich hörte, du seist wahnsinnig eingespannt.«

»Ja, Seminare und Lehrgänge und wichtige Prüfungen für die Fortbildung. Und dann noch eine längere Ermittlung im Ausland, zusammen mit Interpol. Mein Job kann manchmal ganz schön stressig sein.«

»Also mit anderen Worten, es ist immer was los.«

»Ja, da hast du recht. Über Langeweile kann ich mich wirklich nicht beklagen.« Er hakte die Daumen in die Schlaufen seiner Jeans und lenkte damit meinen Blick auf seine muskulösen Oberschenkel. Außerdem trug er wieder die Lederjacke, die anscheinend so was wie sein Markenzeichen war. Ich hätte schwören können, dass sie über den Schultern etwas enger saß als beim letzten Mal. So, als hätte er zusätzlich zu all seinen abwechslungsreichen Ermittlungsaktivitäten noch eine Menge effektives Krafttraining betrieben.

Er blickte zum Haus der Müllers hinüber. Tommy war wieder reingegangen, aber Pascal hatte natürlich im Vorbeifahren mitbekommen, dass ich mich mit ihm unterhalten hatte.

»Mit wem hast du da gerade geredet?«, erkundigte er sich.

»Mit Tommy, dem Sohn von unserem Nachbarn.«

»Kennst du den näher?«

»Wir gehen zusammen zur Schule. Das heißt, er geht auf eine Schule, die ganz in der Nähe von meiner ist.«

»Die Schule fängt erst Montag an.«

Ich staunte, wie genau er informiert war, aber vermutlich gehörte das zu seinem Job. Wahrscheinlich hatte er es in irgendeiner Aktennotiz gelesen und es sich gemerkt, was ja keine große Sache war bei seinem phänomenalen Gedächtnis.

»Ja, klar, ich wollte sagen, dass wir *ab Montag* zusammen zur Schule gehen. Tommy und ich unternehmen ab und zu mal was zusammen.« Okay, das war vielleicht ein bisschen übertrieben, denn bisher wollten wir ja nur eine Fahrgemeinschaft bilden, und das war noch nicht mal spruchreif. Aber das ging Pascal meiner Meinung nach nichts an. Er konnte nicht einfach nach vier Monaten hier aufkreuzen und sich in mein Leben einmischen, als hätte er jedes Recht dazu. Es gab schließlich noch so was wie eine Privatsphäre.

»Netter Typ?«, wollte Pascal wissen.

»Total nett. Man kann sich super mit ihm unterhalten.« Herausfordernd blickte ich ihn an. »Oder ist das verboten, weil ich bei dem Zeugenschutzprogramm noch nicht in die *Du-darfst-wieder-Jungs-treffen*-Liga aufgestiegen bin?«

Er sah sich um. »Musst du so laut reden?«

»Sorry. Vielleicht sollte ich gar nichts mehr sagen. Zu niemandem. Das wäre für alle am bequemsten, oder?«

Er ging nicht auf meine provozierende Bemerkung ein, sondern wechselte einfach das Thema.

»Und das da ist euer Haus?« Er zeigte darauf. »Ich habe zwar schon Fotos gesehen, aber in echt sieht es noch besser aus. Gefällt mir sehr gut.«

Gegen das Haus konnte man tatsächlich nichts sagen. Es war ein hübsches, geräumiges Einfamilienhaus. Weißer Zierputz, Sprossenfenster und ein freundlich gestalteter Vorgarten mit Buchsbaumkugeln und Rosenbüschen. Da hatte das LKA sich ziemlich generös gezeigt, sie hätten uns sicher auch schlichter unterbringen können. Natürlich mussten wir Miete zahlen, aber die war gemessen an dem, was unser Haus in Berlin gekostet hatte, lachhaft niedrig. In diesem Punkt hatte uns der Umzug nur Vorteile gebracht. Das Haus war um einiges größer als unser altes, wir hatten ein Badezimmer und zwei Wohnräume mehr als vorher, und statt eines Carports gab es eine richtige Garage.

»Ich habe gehört, dass ihr euch gut eingelebt habt«, meinte Pascal.

»Das ist wahrscheinlich relativ.«

Das hinterfragte er nicht weiter, sondern ging voraus, durch das schmiedeeiserne Gartentor über den Kiesweg bis zur Haustür, wo das selbst getöpferte, von wulstigen Fantasieblumen umrahmte Namensschild neben der Klingel jeden, der zufällig vorbeikam, darüber informierte, dass hier *Gerti, Sylvia + Emmy* wohnten.

»Sieh an«, sagte Pascal mit Blick auf das Schild. »Das hattet ihr in Berlin schon.«

»Ja, das kann man sich wahrscheinlich auch ohne eidetisches Gedächtnis gut merken.«

Ich war dagegen gewesen, es wieder aufzuhängen. Aber Mama hatte sich durchgesetzt. Sie fand, ein bisschen Sentimentalität müsse sein. Mir hatte das Ding nie gefallen, was vermutlich daran lag, dass ich es selbst fabriziert hatte – anlässlich eines Töpferkurses im dritten Schuljahr.

Nachdenklich betrachtete ich das kackbraune tönerne Ungetüm. »Vielleicht ist es ja gegen die Vorschriften, dass es hier hängt, was meinst du? Mit all unseren Vornamen drauf.«

»Nein, das ist schon okay so. Es steht ja kein Nachname dabei, und die Vornamen habt ihr ja mehr oder weniger behalten. Außerdem braucht man ziemlich viel Fantasie, um die Schrift zu entziffern.«

»Du könntest meiner Mutter sagen, dass wir es abhängen sollten. Auf dich würde sie hören.«

Er lächelte flüchtig und folgte mir in die Diele. »Ist sie zu Hause?«

»Noch nicht, aber lange kann es nicht mehr dauern. Sie macht um diese Zeit immer Feierabend und dürfte bald heimkommen. Aber meine Omi ist da.« Ich löste die Hundeleine von Luckys Halsband. »Gibt es eigentlich einen besonderen Grund, warum du hier bist?« Ich betrachtete ihn forschend und trat dabei unwillkürlich einen Schritt zurück. Ich merkte, dass es mich immer noch nervös machte, so dicht neben ihm zu stehen.

»Ja, den gibt es«, antwortete er. »Wir beide werden zusammen zur Schule gehen.«

*

Mir klappte die Kinnlade runter, und Pascal grinste über die gelungene Überraschung.

»Du willst mich hochnehmen«, sagte ich.

»Kein Stück. Ist alles amtlich. In der Abteilung hielten wir es für die beste Lösung, und ich wurde ausgewählt, den Job zu übernehmen. Wir hatten erst überlegt, dass Sarah es machen soll, aber die hat gerade andere Verpflichtungen.«

Ich starrte ihn entsetzt an. »Brauchen wir Personenschutz? Sind die Typen an uns dran?«

»Nicht doch, keine Sorge. Wenn es so wäre, hätten wir euch schon längst woanders hingebracht. Nein, es ist einfach so gedacht, dass in der ersten Zeit jemand ein Auge auf alles haben soll.«

»In der ersten Zeit? Hallo? Wir sind schon seit vier Monaten hier!«

»Ich meinte deine erste Zeit in der Schule. Das kann schwierig werden, jedenfalls viel schwieriger als hier auf dem Dorf. Es wird viel Ungewohntes auf dich einstürmen. Fremde Leute, neue Umgebung – das kann zu Stresssituationen führen. Verbunden mit der Gefahr, dass du deine Tarnung vielleicht nicht aufrechterhalten kannst. Es kann alles Mögliche passieren. Gespräche, bei denen du dich verplapperst. Irgendjemand, der Fotos macht und sie ins Internet stellt. Ausflüge in Kneipen, bei denen zu viel getrunken – und geredet – wird. Du wirst eine Zeit lang brauchen, um mit allem ganz normal umgehen zu können. Deshalb will ich in der Startphase die Schulbank mit dir drücken.«

Ich musste lachen, ich konnte nicht anders. »Das ist total bescheuert. Du bist doch mindestens vier Jahre älter als ich!«

»Ich mache mich jünger.«

»Das glaubt dir kein Mensch.«

»Wir werden es sehen.«

Skeptisch zog ich die Brauen hoch. »Und wie genau willst du es anstellen, mich in der Schule zu überwachen?«

»Ich würde es eher als *helfen* bezeichnen.«

»Du kannst es nennen, wie du willst, aber wie soll es funktionieren? Willst du wie ein Schatten an mir kleben und die ganze Zeit auf mich aufpassen?«

»So ähnlich.«

»Aber das wird doch allen sofort komisch vorkommen! Die werden sich fragen, warum du dauernd in meiner Nähe bist!« Misstrauisch betrachtete ich ihn. »Du hast doch wohl nicht geplant, dass wir da als Pärchen auflaufen, oder?«

Es zuckte um seine Mundwinkel, und das Grübchen wurde für einen Moment sichtbar. »Tatsächlich hat Sarah so was in der Art vorgeschlagen, aber das wäre wohl etwas übertrieben. Ich nehme außerdem an, dass du dich für die Idee nicht unbedingt erwärmen würdest, oder sehe ich das falsch?«

»Das siehst du absolut richtig«, sagte ich, konnte aber nicht verhindern, dass mir bei dem Gedanken daran, dass Pascal und ich in der Schule ein Pärchen spielten, ein seltsamer kleiner Schauer über den Rücken lief.

»Deshalb haben wir entschieden, dass ich ein Austauschschüler bin.«

»Ein Austauschschüler?«, wiederholte ich verdutzt. »Du meinst, jemand aus dem Ausland?«

»Aus Australien«, bestätigte er.

»Du willst einen Australier spielen?«, vergewisserte ich mich perplex.

Er nickte und schien es tatsächlich ernst zu meinen.

»Das kauft dir keiner ab«, sagte ich im Brustton der Überzeugung.

»Ich war nach dem Abi ein Jahr in Australien und kenne mich da ziemlich gut aus. *Work and Travel*, ich war praktisch überall, hab die primitivsten Jobs gemacht, Vieh getrieben, Schafe geschoren, Pferde eingeritten, alles zusammen mit lauter hartgesottenen australischen Kerlen. Crocodile Dundee ist nichts gegen diese Typen.«

»Und aus welchen offiziellen Gründen willst du hier in Deutschland zur Schule gehen?«, erkundigte ich mich.

»Ich brauche das deutsche Abi, weil ich hier studieren will. Meine Mutter ist Deutsche.«

Ich unterdrückte ein Kichern, allmählich wurde es komisch. »Hast du deine Mutter etwa auch mitgebracht?«

»Nein, die lebt in Sydney. Sie lebt übrigens wirklich dort. Als ich das Jahr drüben war, kam sie mich besuchen und hat sich in einen dieser Schafbarone verliebt, bei dem ich zu der Zeit gerade jobbte. Inzwischen sind sie verheiratet.«

Er schaffte es, dass mir schon wieder vor Überraschung der Mund offen stand. »Das ist … krass.«

»Nein, nur alles so nahe an der Wahrheit wie nur möglich. Wenn ich mir schon eine Legende zulege, soll sie auch Hand und Fuß haben. In so was bin ich ziemlich gut.«

»Ja, ganz bestimmt«, sagte ich höflich.

Er runzelte die Stirn. »Eigentlich dachte ich, man hätte das schon mit dir besprochen.«

»Was genau? Dass deine Mutter in Australien lebt?«

»Dass ich herkomme, um mit dir in die Schule zu gehen.«

»Nein«, sagte ich, und jetzt war es mit meiner Höflichkeit vorbei. »Das wusste ich *nicht*. Woher auch. Keiner hat es mir erzählt. Ich habe immer nur irgendwelche Aktennotizen gekriegt. Und Briefings von deinem Kollegen. Vielleicht hat er ja vergessen, es mir zu sagen. Du hättest es natürlich auch selber tun können. Aber du hast dich ja nie gemeldet.«

Jetzt war es heraus. Ich hatte nicht davon anfangen wollen, weil es irgendwie … bedürftig klang. Und traurig und verbittert. Aber ich *war* nun mal verbittert. Na schön, wahrscheinlich gab es keine Vorschrift, die ihn verpflichtet hätte, nach unserem Umzug Kontakt zu uns zu halten, aber ich hatte es irgendwie … erwartet. Vielleicht sogar gehofft. Oder was auch immer. Aber er hatte die ganzen Monate nie versucht, eine Verbindung herzustellen, bis auf dieses erbärmliche eine Mal. Und dann stieg er plötzlich nach so langer Zeit einfach aus dem Auto und kündigte an, mit mir zusammen zur Schule zu gehen.

»Bist du sauer auf mich?«, fragte er.

Ich tat so, als hätte ich keinen Schimmer, worauf er hinauswollte. »Wieso sollte ich sauer sein?«

»Weil ich so lange nichts von mir hab hören lassen.«

In seinen Augen stand ein undeutbarer Ausdruck, der gewisse Alarmzeichen bei mir auslöste. Falls er sich einbildete, ich hätte mich seinetwegen in den Schlaf geweint, würde es eher in der Hölle schneien, bevor ich dergleichen zugab.

»Ach, daran habe ich ehrlich gar nicht gedacht.« Mein Lachen klang ein kleines bisschen künstlich, aber das kaschierte ich, indem ich mit fröhlichem Schwung die Hundeleine in die Ecke warf und auf die Garderobe deutete. »Da kannst du deine Jacke aufhängen. Willst du was trinken nach der langen Fahrt? Wasser, Saft, Kaffee?« Dann fiel mir eine wichtige Frage ein, die sich förmlich aufdrängte nach allem, was er mir soeben an neuen Plänen vor die Füße geknallt hatte.

»Wo wirst du eigentlich wohnen, solange du mit mir zur Schule gehst?«

»Oh, ich dachte, das wäre klar. Ich ziehe bei euch ein. Ihr seid quasi meine Gastfamilie. Dann kann ich mich die ganze Zeit völlig unverdächtig in deiner Nähe aufhalten.«

»Das klingt aufregend«, ließ sich Omi vernehmen. Sie kam die Treppe herunter und strahlte Pascal an. »Da hab ich gerade doch richtig gehört! Die Stimme kam mir gleich bekannt vor! Es freut mich riesig, dass du uns besuchen kommst!«

Er schüttelte ihr die Hand und strahlte zurück. »Ich freu mich auch!«

Lucky hockte zu seinen Füßen und schaute andächtig hechelnd zu ihm auf. Wie es schien, freute sich mein Hund ebenfalls riesig.

Blieb noch abzuwarten, ob Mama sich auch riesig freuen würde. Ich selber war eher durcheinander und hatte keine Meinung, außer dass ich die ganze Situation irgendwie stressig fand und gern auf mein Zimmer gegangen wäre, um ein bisschen nachzudenken. Genau genommen bestand mein erster Impuls darin, Yasemin anzurufen und ihr alles zu erzählen. Dass er hier auf einmal aufgetaucht war. Dass er mit mir die Schule besuchen und aufpassen wollte, dass ich keine Fehler beging oder aus anderen Gründen aufflog.

Der Drang, endlich wieder mit ihr zu reden, war fast übermächtig. Aber das ging ja nicht. Ich wusste nicht, wo sie genau wohnte, ich hatte ihre Nummer nicht, ich durfte keinen Kontakt zu ihr aufnehmen. Die Unverrückbarkeit dieser Beschränkung fuhr mir in diesem Moment, in dem meine Welt schon wieder ins Wanken geraten war, mit erneuter Wucht ins Herz, schlimmer als vorhin beim Spazierengehen.

Ich riss mich zusammen. »Bin gleich wieder da«, sagte ich, schon halb auf der Treppe.

»Ich mach schon mal Kaffee. Oder lieber Tee?«, wandte Omi sich an Pascal.

»Kaffee klingt super.«

»Prima. Ich glaube, es ist sogar noch Kuchen da. Magst du Nusskuchen, Pascal?«

»Nusskuchen ist großartig. Schreiben Sie gerade wieder an einem neuen Roman?«

»Ich schreibe *immer* an einem neuen Roman.«

Ich ging auf mein Zimmer und rief Mama auf ihrem Handy an. Mit irgendwem musste ich darüber sprechen, und außer ihr fiel mir niemand ein. Was natürlich daran lag, dass außer ihr keiner infrage kam, abgesehen von Omi, aber die servierte ja gerade Pascal Kaffee und Kuchen.

»Wir kriegen hier momentan einen neuen Mitbewohner«, sagte ich ohne Einleitung, als Mama sich meldete.

»Ach so, hm, ja. Das wollte ich dir schon die ganze Zeit erzählen, aber ich hab's irgendwie verschwitzt.« Das schlechte Gewissen war ihr deutlich anzuhören. »Tut mir leid, aber ich hatte den Kopf mit anderen Dingen voll.«

Etwas in ihrer Stimme irritierte mich. »Was für andere Dinge?«, wollte ich wissen.

»Ach, nichts Wichtiges. Ich hatte einfach die letzten paar Wochen zu viel Action hier in der Kanzlei.«

»Action?«

»Na ja, ich hatte halt ziemlich viel zu tun. Überstunden und so.«

Es klang beiläufig, aber zugleich auch auf seltsame Weise beschwingt, und sofort überkam mich ein schlimmer Verdacht. Ich kannte diesen Tonfall. Eine halbe Oktave höher als sonst und ein kleines bisschen atemlos, als würde man sich gerade über was besonders Schönes freuen. Meine Gedanken überschlugen sich. War sie mir nicht schon die ganze letzte Woche ungewöhnlich gut aufgelegt und dabei zugleich ziemlich geistesabwesend vorgekommen? Und sie hatte tatsächlich häufiger Überstunden gemacht. Mindestens viermal. Angeblich war sie auch zweimal nach der Arbeit abends beim Pilates gewesen, obwohl sie da sonst höchstens einmal die Woche hinging.

Wenn man alles im richtigen Zusammenhang betrachtete, konnte *Action* nur eins bedeuten: Mama traf sich mit einem Mann.

Oh. Mein. Gott. Bitte nicht!

»Mama«, sagte ich beschwörend. »Bitte sag, dass es nicht wahr ist. Das kannst du nicht machen.«

»Ich weiß gar nicht, was du willst«, meinte sie erstaunt. »Wir haben genug Platz im Haus, und das Bad im Keller benutzt auch kein Mensch. Von daher sehe ich nicht, wo das Problem sein sollte.«

»Du willst ihn echt bei uns einziehen lassen?« Ich schrie fast. »Nach allem, was wir wegen Jonas durchgemacht haben?«

»Es ist die vernünftigste Lösung. Und was hat Jonas damit zu tun? Wenn dieser nette und kompetente junge Mann vom LKA sich freiwillig bereit erklärt, dir zu helfen, damit in der Schule deine Tarnung nicht auffliegt, bietet es sich doch an, wenn er solange bei uns wohnt. Mir wurde gesagt, es wäre höchstens für ein paar Tage. Außerdem ist es nur zu deinem Schutz. Darauf legen wir doch alle Wert, oder nicht?«

»Ach so«, sagte ich, ganz schwach vor Erleichterung. »Du meinst Pascal!«

»Ja, sicher. Er rief mich letzte Woche an und hat das Ganze mit mir besprochen. Er meinte, wenn du komplett auf dich allein gestellt wärst, würde das die Wahrscheinlichkeit von Fehlern erhöhen, und deshalb wäre es gut, wenn du am Anfang des Schuljahres professionelle Unterstützung vor Ort hättest.«

»Mama, einen Moment lang hab ich echt gedacht, du hättest wieder jemanden kennengelernt. Da haben wir wohl gerade aneinander vorbeigeredet. Sorry.«

»Oh«, sagte sie und räusperte sich. »Hm.«

»Mama?«, fragte ich mit erneut aufkeimendem Entsetzen. »Es gibt doch da niemanden, oder?«

»Tschüss, bis morgen«, sagte sie. Nicht zu mir, sondern offenbar zu einem ihrer Kollegen. »Ich bin gerade auf dem Weg nach Hause«, erklärte sie mir, und ich hörte, wie sie eine Treppe runterging.

»Du hast meine Frage nicht beantwortet, Mama.«

»Also wirklich, Emmy, du scheinst zu denken, ich sollte bis zum Ende aller Zeiten das Leben einer Nonne führen. So bin ich aber nicht gestrickt, das entspricht nicht meinem Wesen.«

»Nein, wirklich nicht«, murmelte ich.

»Ich bin gern in einer Beziehung. Und Bob ist ein wunderbarer Mann. Wenn du ihn erst mal kennengelernt hast, bist du bestimmt hundertprozentig derselben Meinung.«

»Bob?«, fragte ich mit einem winzigen Anflug von Hoffnung. Vielleicht war er Brite oder Amerikaner. Oder sogar Australier. Wenn er nur Urlaub hier machte, war der ganze Spuk möglicherweise schon in kurzer Zeit wieder vorbei. Aus den Augen, aus dem Sinn.

»Eigentlich heißt er Robert. Aber alle Welt nennt ihn Bob. Er ist Rechtsanwalt.«

Niedergeschmettert nahm ich diese Information zur Kenntnis. »Bei dir in der Kanzlei?«

»Nicht direkt. Sein Büro liegt ein paar Straßen weiter, aber es gehört zur selben Sozietät. So hat praktisch jeder im Job seinen eigenen Bereich, man läuft sich also während der Arbeit nicht ständig über den Weg. Trennung zwischen Beruflichem und Privatem ist für eine erfolgreiche Beziehung sehr wichtig.«

»Toll«, murmelte ich.

»War das eben ironisch gemeint? Emmy, ich habe Verständnis, dass du es nach der schlimmen Erfahrung mit Jonas vielleicht verfrüht findest, wenn ich mich wieder binden möchte, aber manche Entscheidungen sind nun mal vom Herzen diktiert.«

»Dein Herz trifft jedes Mal absolut krasse Fehlentscheidungen!«

»Emmy!«

»Ist doch wahr!«, rief ich. »Sonst hättest du diese Herzenstypen ja wohl nicht allesamt wieder in den Wind geschossen, oder?!«

»Diesmal ist es ganz anders, wirklich! Bob ist definitiv der Richtige. Bei ihm bin ich endgültig angekommen. Das ist meine tiefste Überzeugung.«

Das schien sie allen Ernstes zu glauben. Das alte Muster. Zuerst schwer verliebt, dann Zoff und schließlich die Trennung, eine schlimmer als die andere. Na gut, in einer Schießerei hatte es erst einmal geendet, aber vielleicht war ja sogar das noch zu toppen.

Sie holte tief Luft. »Ich habe Bob für morgen Abend zum Essen zu uns eingeladen, damit Gerti und du ihn kennenlernen könnt. Du darfst dir wünschen, was ich kochen soll.«

»Ich muss jetzt aufhören«, erklärte ich, bevor ich vor lauter Zorn noch etwas *wirklich* Gehässiges von mir gab. »Einer muss sich ja um unseren Logiergast kümmern. Tschüss, bis nachher.« Ohne ein weiteres Wort trennte ich die Verbindung.

*

Omi saß mit Pascal am Esstisch. Sie hatte ihm Nusskuchen aufgetischt und schenkte ihm gerade Kaffee nach.

In der Ecke stand sein Rucksack, bis obenhin voll gepackt und eindeutig viel herumgekommen, den abgestoßenen Ecken nach zu urteilen. Wahrscheinlich hatte Pascal den schon zu seinem *Work-and-Travel*-Trip dabeigehabt. Oder zu seinen Auslandsermittlungen, von denen er eben gesprochen hatte. Unwillkürlich erwachte in mir der Wunsch, mehr darüber zu erfahren.

Aber momentan interessierte mich dieser Bob viel mehr. Oder besser gesagt: Ich befürchtete das Schlimmste.

»Was ist los, Kind?«, wollte Omi wissen. »Du siehst so besorgt aus.«

»Mama hat einen neuen Typen.«

»Ach«, sagte Omi. »Das erklärt einiges.«

»Was denn zum Beispiel?«

»Die neuen Dessous. Und ihre neue Haarfarbe. Und sie singt morgens im Bad.«

Von alldem hatte ich nichts mitbekommen. Allerdings lag ich auch meistens noch im Bett, wenn Mama sich morgens für die Arbeit fertig machte. Schließlich befand ich mich seit vier Monaten im Dauerferienmodus. Kein Grund, besonders früh aufzustehen, also schlief ich oft endlos lange, manchmal fast bis mittags. Wenn Lucky rausmusste, war ja Omi da, die stand immer als Erste auf, weil sie höchstens sechs Stunden Schlaf brauchte und sich davon schätzungsweise ein Drittel auch noch tagsüber genehmigte. Da sie morgens schon so früh auf war, kümmerte sie sich nach dem Gassigehen auch oft um die Wäsche (dabei hatte sie vermutlich die Dessous bemerkt) und brachte den Müll raus (wobei ihr dann wahrscheinlich die leere Packung von der Haartönung aufgefallen war). Für mich sah Mamas Haar aus wie immer. Höchstens vielleicht ein bisschen glänzender als sonst, wenn ich es jetzt rückblickend verglich.

Aber glänzendes Haar allein war noch kein Indiz für einen neuen Lover. Erst alles zusammen ergab ein vollständiges Bild. Offensichtlich reichten Omi weniger Tatsachen aus, um die Lage zu durchschauen, das lag bestimmt an ihrer Lebenserfahrung. Und daran, dass sie ziemlich scharfsichtig war, was wohl mit ihrem Beruf zu tun hatte.

»Neugier ist die Basis aller Kunst«, hatte sie mal gesagt.

»Wer ist er?«, wollte sie wissen.

»Ein Anwalt namens Bob. Wie Bob der Baumeister.«

»Den kenne ich nicht, aber du klingst nicht begeistert«, meinte Omi.

»Darauf kannst du wetten.«

»Immer noch besser als Bernd das Brot«, warf Pascal ein.

»Den kenne ich leider auch nicht, aber es klingt ebenfalls nicht sehr vielversprechend.« Omi bedachte mich mit einem aufmunternden Blick. »Wir können es nicht verhindern, Emmy. Das konnten wir noch nie. Sie muss ihr Leben leben und ihre Erfahrungen machen. Iss ein Stück Nusskuchen, Kind.«

Ich wünschte, ich hätte es ebenso pragmatisch sehen können wie sie, aber das funktionierte nicht. Schließlich ging es hier auch um *mein* Leben, und das hatte Mama schon mehr als genug ruiniert, indem sie sich diese Flachpfeife Jonas zugelegt hatte.

Stumm und zornig schaufelte ich den Kuchen in mich hinein. Pascal tippte auf seinem Handy herum, und Omi hörte über ihre Ohrstöpsel ab, was sie zuletzt diktiert hatte. Mittlerweile hatte sie ein brandneues Smartphone mit modernster Spracherkennungssoftware; ihr altes Diktiergerät war genau wie unsere gesamten Handys, PCs und sonstigen Kommunikationsgeräte ausgewechselt worden.

»Darf sie das eigentlich?«, fragte ich Pascal abrupt.

Er blickte auf, und für einen Moment verlor ich mich gegen meinen Willen in seinen ausdrucksstarken Augen.

»Was denn?«, fragte er zurück.

»Sich einfach einen neuen Typen anschaffen.«

Er zog eine Braue hoch. »Wieso sollte sie das nicht dürfen?«

»Weil es unfair wäre. *Sie* darf alle möglichen Leute treffen und sogar eine Beziehung mit ihnen anfangen …«

»Bis jetzt ist es ja offenbar nur einer, nämlich Bob der Baumeister.«

»Und *ich* muss die ganze Zeit hier allein auf dem Dorf hocken und darf nicht mal abends in die Stadt fahren und ein bisschen ausgehen«, fuhr ich fort, ohne auf seinen Einwurf zu achten.

»Das würde dir niemand verbieten. Es kann höchstens sein, dass man dir empfohlen hat, dich anfangs ein bisschen zurückzuhalten.«

Ich wusste nicht mehr genau, was sein Kollege damals zu mir gesagt hatte, aber es hatte sich auf jeden Fall mehr nach einem Verbot als nach einer Empfehlung angehört.

»Ihr hättet die Sache mit der Zurückhaltung besser mal meiner Mutter erklären sollen.«

»Das haben wir. Ich denke, sie weiß ziemlich gut, worauf es ankommt.«

»Da bin ich nicht so sicher. Sie vertraut gerne mal den falschen Leuten. Vor allem den falschen Männern.«

»Ich könnte mir vorstellen, dass sie diesmal bedeutend vorsichtiger ist«, gab Omi zu bedenken. »Bei Jonas hat sie sehr viel Lehrgeld bezahlt.«

»Aber was ist, wenn sie diesem Bob alles erzählt? Sie hat behauptet, er wäre der Richtige und bei ihm wäre sie jetzt endgültig angekommen.«

»Oh, wirklich?« Omi wirkte überrascht. »Ich kann mich nicht erinnern, dass sie das bei den anderen auch gesagt hätte. Du etwa?«

Ich hielt es nicht für nötig, diese Frage zu klären, weil ein anderer Punkt viel wichtiger war. »Angenommen, sie erzählt ihm, dass wir im Zeugenschutzprogramm sind. Weil er angeblich Mr Right ist und sie sich einbildet, dass sie ihm gefahrlos all ihre Geheimnisse anvertrauen kann. Und dann passiert genau dasselbe, was bisher immer passiert ist.«

»Hm, das wäre dann natürlich eine blöde Sache«, räumte Omi ein.

»Was ist denn bisher immer passiert?«, wollte Pascal wissen.

»Sie hat die Typen alle nach ein paar Monaten abserviert. Und die Trennung war nie freundschaftlich. Ganz im Gegenteil. Jeder von denen hätte uns mit Freuden hochgehen lassen, wenn wir damals schon im Zeugenschutzprogramm gewesen wären.«

»Verstehe«, sagte Pascal. Doch ich hatte nicht den Eindruck, dass er mich wirklich verstand, denn er tippte einfach weiter auf seinem Handy herum.

»Du schreibst nicht zufällig gerade eine Dienstanweisung, diesen Bob zu durchleuchten und meiner Mutter zu verbieten, ihn zu treffen?«

»Nein«, sagte er bloß und tippte weiter.

»Es ist dem LKA also total egal.«

Pascal blickte auf, dann schob er das Handy zurück in die Hosentasche. Anscheinend hatte er keine Lust, über Bob zu reden, denn er überhörte meinen Vorwurf einfach und wechselte das Thema. »Deine Mutter hat gemeint, dass es klargeht, wenn ich ein paar Tage bei euch wohne. Es tut mir leid, dass sie es dir nicht erzählt hat.«

»Mit keinem einzigen Wort«, pflichtete ich ihm bei.

»Ich hoffe trotzdem, dass es okay für dich ist.«

»Ach, meine Meinung interessiert hier noch jemanden?«

»Ja. Deshalb frage ich dich jetzt: Ist es für dich in Ordnung, dass ich eine Weile hier bin und mit dir zur Schule gehe?«

»Für mich ist es auf jeden Fall in Ordnung«, meldete Omi sich. Sie legte Pascal ein frisches Stück Kuchen auf den Teller. »Emmys Sicherheit steht an vorderster Stelle. Man sollte alles tun, um sie beim Vermeiden von Fehlern zu unterstützen.«

Ich wusste, dass sie es nur gut meinte, hatte aber trotzdem das Gefühl, Einwände erheben zu müssen, und sei es nur aus Prinzip. Doch natürlich hielt ich den Mund. Was hätte ich auch dagegen vorbringen sollen? Es war ja alles sehr vernünftig und durchdacht. Dass meine Gefühle sich seit Pascals plötzlichem Auftauchen auf einer Art Achterbahnfahrt befanden und mein Herz schon schneller klopfte, wenn ich ihm bloß beim Kuchenessen zusah, war bestimmt kein passendes Gegenargument. Also hob ich einfach nur die Schultern und tat so, als würde es mich nicht weiter tangieren. Und sah ihm weiter beim Kuchenessen zu.

»Gut«, sagte er. »Dann wäre das ja geklärt. Was hältst du davon, wenn du mir mal das Haus zeigst? Und die Gegend würde ich mir später auch noch gern ansehen.«

»Um die Sicherheitslage zu checken?«

»Nein, einfach nur aus Interesse.«

Dann aß er in aller Seelenruhe seinen Kuchen auf. Das ganze Gespräch war unglaublich frustrierend verlaufen, vor allem, was diesen Bob betraf. Ich bezweifelte keine Sekunde lang, dass er genauso ein Reinfall war wie alle seine Vorgänger. Oder vielleicht sogar noch schlimmer. Es würde garantiert nicht lange dauern, bis Mama sich und damit uns alle in Schwierigkeiten brachte.

Und das LKA sah einfach tatenlos zu. Wir interessierten die kein bisschen, und die Ermittlungen zu unserem Fall hatten sie wahrscheinlich auch längst im Aktenkeller unter *Cold Case* abgelegt.

Doch Pascals nächste Worte brachten diese Annahme ins Wanken.

»Wenn deine Mutter gleich kommt, erzähle ich euch ein paar ziemlich wichtige Neuigkeiten. Wir wissen jetzt, welche Leute hinter der ganzen Angelegenheit stecken. Und wir sind ihnen auf der Spur.«

*

Ich wollte sofort alles wissen, aber Pascal sagte, er hätte keine Lust, es zweimal zu erzählen, folglich musste ich notgedrungen die Viertelstunde warten, bis Mama heimkam. In der Zwischenzeit zeigte ich Pascal sein künftiges Zimmer. Es lag im Souterrain und hatte ein eigenes kleines Duschbad, von daher war es für vorübergehenden Besuch gut geeignet. Allerdings war es nicht besonders komfortabel eingerichtet – eigentlich standen nur ein paar ausrangierte Möbel darin herum. Ein Sessel, ein abgeschabter Schreibtisch, in dem Omi alte Rechercheunterlagen aufbewahrte, und ein Regal, das von den Büchern, die sie schon geschrieben hatte, fast aus allen Nähten platzte. Es gab nicht mal ein Bett. Aber das Problem hatte Pascal schon gelöst, ehe es überhaupt eins werden konnte – er hatte ein aufblasbares Luftbett dabei.

Als Mama kurz darauf eintrudelte, versuchte ich, mich wie immer zu benehmen, und verschob alle Bob-Fragen auf später. Im Augenblick interessierte mich viel brennender, was Pascal uns über die Typen berichten konnte, vor denen wir uns verstecken mussten. Wir setzten uns also alle an den Esstisch und hörten zu, was Pascal uns zu sagen hatte. Er nannte es *ein längst überfälliges kleines Update.*

Nummer eins, der Chef der Bande, war ein Ungar namens Laszlo Balasi – der Anzugtyp, der geschossen hatte. Er hatte sogar schon wegen Mordes vor Gericht gestanden. Das wunderte mich zwar nicht wirklich, aber irgendwie entsetzte es mich trotzdem. Wir hatten wirklich Glück gehabt!

Pascal zeigte uns auf seinem Laptop mehrere Fotos von ihm. »Man musste ihn leider aus Mangel an Beweisen freisprechen, weil der einzige Zeuge seine Aussage widerrufen hatte. Ein anderer Zeuge ist spurlos verschwunden, der Prozess ist geplatzt.«

»Anscheinend hat dieser Laszlo Balasi so seine Methoden, was den Umgang mit Zeugen angeht«, meinte Omi.

»Genau deshalb seid ihr alle hier«, bestätigte Pascal.

Mama war blass geworden, sie hatte sich die Bilder nur flüchtig angesehen und saß stumm da. Mir erging es nicht besser. Die Erinnerungen waren mit aller Macht über mich hereingebrochen. Die Schüsse, das viele Blut, die schreckliche Angst … Ich musste mich konzentrieren, um alles mitzukriegen, was Pascal über den Rest der Bande erzählte.

Nummer zwei war der Typ mit der Borussia-Dortmund-Kappe, der sich auch in Mamas Krankenzimmer eingeschlichen hatte. Sein Name war Gernot Kreppel.

»Seine Freunde nennen ihn Gerni. Bisher hat er nur eine Vorstrafe wegen Stalking.«

»Das klingt ja eher harmlos«, sagte ich, noch nachträglich erleichtert, dass er kein Killer war.

»Na ja, harmlos ist in dem Fall relativ«, sagte Pascal. »Gerade solche Leute sind Meister im Überwinden von Kontakthindernissen, vor allem im Suchen und Finden von Personen, die sich versteckt halten. Gernots Stalkingopfer war seine Exfreundin. Sie ist dreimal heimlich umgezogen und hat jedes Mal geglaubt, ihn los zu sein, doch er spürte sie immer wieder auf.«

Ich schluckte. Das Wort *Aufspüren* hörte sich gar nicht gut an, vor allem nicht in Verbindung mit den Totenkopf-Abziehbildchen.

»Dann gibt es noch einen Dritten im Bunde, ein Typ namens Schröder«, erklärte Pascal. »Das ist der Informatiker, der Balasi das Programm verkaufen wollte.«

»Dieses Superglade X?«, erkundigte Omi sich. Sie und Mama waren mittlerweile informiert, was an jenem Morgen vorgefallen war und warum die Bande sich Jonas' Laptop unter den Nagel gerissen hatte.

Pascal nickte. »Jonas Plessberg war der Mittelsmann. Er sollte für Laszlo Balasi – und mit dessen Geld – die Software von diesem Schröder kaufen. Das ging offensichtlich schief. Schröder hat das Geld genommen, aber Superglade X nicht geliefert.«

»Ging es um viel Geld?«, erkundigte Mama sich. Ihre Stimme klang bemüht sachlich, aber es war unschwer zu erkennen, wie sehr das alles sie mitnahm. Ich merkte, wie mein Groll auf sie ein paar Risse bekam. Spontan entschied ich, diesen Bob erst mal ausgiebig unter die Lupe zu nehmen und mir erst dann ein endgültiges Urteil über ihn zu bilden.

»Eine Million«, antwortete Pascal. »Plessberg hat ausgesagt, er hätte Schröder das Geld übergeben und sei dann bei der Lieferung reingelegt worden. Angeblich hat Schröder ihm nur eine untaugliche Demoversion überlassen und ist dann mit dem Geld und der richtigen Programmversion abgehauen.«

»Und woher weiß man, dass das keine Lüge war?«, fragte ich. »Jonas könnte ja zum Beispiel auch selber die Million eingesackt haben.« Ich warf Mama einen trotzigen Seitenblick zu, doch sie sah nur niedergeschlagen auf ihre verschränkten Hände und bekam es gar nicht mit.

»Jonas hatte garantiert kein Geld«, stellte Omi fest. »Sonst hätte er mich nicht bis zum Schluss angepumpt.« Sie warf Mama ebenfalls einen Seitenblick zu, nur dass es bei ihr eher entschuldigend aussah, und diesmal sah Mama auf und seufzte traurig, als wäre alles nur ihre Schuld.

Wir erfuhren auch den Rest von Jonas' Aussage: Ihm zufolge hätte Laszlo Balasi sich darauf versteift, dass Jonas und Schröder unter einer Decke steckten und ihn reinlegen wollten.

»Balasi betrachtet Superglade X als sein Eigentum«, erklärte Pascal.

Dasselbe hatte Balasi mir auch gesagt. Beziehungsweise geschrieben. Bei der Erinnerung daran fröstelte ich.

»Balasi will die Software nach wie vor in seinen Besitz bringen, und zwar mit allen Mitteln. Einige dieser Mittel habt ihr ja schon kennengelernt. Außerdem will er auch das Geld wiederhaben.«

»Er will das Programm *und* das Geld?«, vergewisserte ich mich. »Wieso denn beides?«

»Aus Prinzip. Und damit sich keiner einbildet, ihn übers Ohr hauen zu können.«

»Toller Deal.«

»So sind richtige Verbrecher halt. Und Balasi *ist* ein richtiger Verbrecher.«

Mama stand vom Tisch auf. »Ehrlich gesagt finde ich das jetzt alles irgendwie sehr unangenehm.«

»Was genau?«, erkundigte sich Pascal.

»Na, dieses ganze … Update. Es zieht einen so runter.« Sie wedelte ziellos mit ihren Händen herum. Bei der Gelegenheit stellte ich fest, dass sie ihre Nägel rosa lackiert hatte. Und ich musste mich schon sehr täuschen, wenn sie letzte Woche nicht noch viel kürzer gewesen waren. Das sah ganz nach Nagelstudio aus, was in Bezug auf diesen Bob nicht viel Gutes ahnen ließ. Die Nägel hatte sie sich noch nie verlängern lassen. Womöglich kam sie als Nächstes mit Hair-Extensions an!

»Interessiert es Sie denn gar nicht, was unsere Ermittlungen ergeben haben?«, fragte Pascal.

»Doch, doch«, behauptete Mama. »Aber eigentlich bringt es nur Unruhe in unser Leben. Wir sind doch hier gut aufgehoben und können entspannt in die Zukunft blicken, oder nicht? Ich meine – es ist doch *schön* hier in der Rhön. Die Gegend ist unglaublich … liebenswert!«

»Das findest *du* vielleicht«, sagte ich entrüstet. »*Ich* wünsche mir, dass das LKA die Typen so schnell wie möglich schnappt. Dann haben wir endlich unser altes Leben wieder und können zurück nach Berlin ziehen.«

»Ich weiß nicht, ob ich nach Berlin zurückwill.«

»Schon klar. Du hast ja jetzt Bob.« Das meinte ich ganz und gar nicht als Lob, doch Mama schien es so aufzufassen.

»Ja«, stimmte sie freudestrahlend zu. »Er ist einfach wunderbar! Das Zusammensein mit ihm entschädigt mich für einiges, was ich durchgemacht habe. Eine glückliche Beziehung ist das beste Heilmittel gegen posttraumatische Belastungstörungen.«

Ich wollte spontan widersprechen, doch ein warnender Blick von Pascal hinderte mich daran. Widerwillig hielt ich den Mund. Es war klar, was er dachte: Wenn ich ihr diesen Bob madig machte, wäre ich bloß die Nörgeltante vom Dienst, die es Mama nicht gönnte, dass sie nach diesem wirklich schrecklichen Trauma wieder Spaß am Leben hatte.

Stumm vor mich hin grollend sah ich zu, wie sie in aufgeräumter Stimmung die Kuchenteller stapelte und in die Küche brachte. Omi holte unterdessen ihr neues Handy heraus und warf uns ein entschuldigendes Lächeln zu, während sie die Aufnahmefunktion startete. »Mir ist da gerade eine supertolle Idee für eine Schlüsselszene gekommen. Entschuldigt, dass ich das mal eben festhalten muss.«

»Kein Problem«, sagte Pascal und wartete interessiert.

Omi schob ihr Headset in Position. Ich hatte es ihr zum Geburtstag geschenkt, ein schmales, ultraleichtes Teil, zusammen mit einer coolen Gürteltasche für das Handy und anderes Equipment. So hatte sie zum Diktieren auch die Hände frei und konnte sich, wenn sie wollte, nebenher noch Notizen machen. Sie war absolut begeistert von dieser Neuerung. Meist hatte sie die Bügel des Headsets wie ein Schmuckstück um den Hals hängen und konnte jederzeit loslegen, wenn sie neue Ideen hatte.

Sie räusperte sich, schloss voll konzentriert die Augen und fing an zu diktieren. Ihr neuer Roman handelte von Ophelia, einer reichen Erbin, die mit einem armen, aber sehr muskulösen Stallknecht namens Hugh im Heu landet – ohne dabei zu ahnen, dass Hugh in Wahrheit ein begüterter Viscount ist, der sich bloß deswegen als Stallknecht ausgibt, weil er Ophelias Vater ausspionieren will, den er irrtümlich für einen hochkarätigen Juwelendieb hält. Tatsächlich ist am Ende Ophelia die Juwelendiebin (aber nur für karitative Zwecke, weil sie eine Art weiblicher Robin Hood ist und armen Waisenkindern helfen will), und bis Hugh das herausfindet, hat er sich natürlich längst unsterblich in Ophelia verliebt.

»Ophelia versuchte verzweifelt, den Nebel mit ihren Augen zu durchdringen, doch die weißen Schwaden umgaben sie wie ein dichter Vorhang. Als sie die schweren Schritte hinter sich hörte, keuchte sie erschrocken auf. Der Verfolger war bereits ganz nah! Nur noch wenige Augenblicke, und er hätte sie eingeholt! Wie hatte sie nur so unvorsichtig sein können! Hätte sie doch nur die Finger von Lady Violets Juwelen gelassen! Nun war ihr nicht nur Scotland Yard auf den Fersen, sondern auch Violets Bruder, der Viscount, den sie zwar bisher noch nie gesehen hatte, der sich aber offenbar nicht damit abfinden wollte, dass seine vergnügungssüchtige, verschwenderische Schwester jetzt ein paar Brillanten weniger besaß. Brillanten, die mindestens einem Dutzend der kleinen Schützlinge von Ms Madisons Waisenhaus auf Jahre hinaus genug zu essen und ein Dach über dem Kopf sichern würden.

Und wenn schon!, dachte Ophelia in plötzlichem Trotz. Die Kinder waren alle Gefahren wert, die sie ihretwegen auf sich genommen hatte. Und schließlich war es noch jedes Mal gut gegangen, warum nicht auch diesmal?

Sie rannte los, doch sie war nicht schnell genug. Als sie über die Schulter zurückblickte, sah sie, wie sich eine dunkle Gestalt aus dem Nebel schälte. Mit einem unterdrückten Aufschrei beschleunigte sie ihre Schritte, aber auch das rettete sie nicht. Der Verfolger hatte sie binnen weniger Augenblicke erreicht, sie spürte seinen Atem im Genick, ehe er sie herumriss. Sie holte mit ihrem Retikül aus, um es ihm auf den Kopf zu schlagen, doch er fing blitzschnell ihren Arm ab und hielt ihn fest. Erst in diesem Moment erkannte sie ihn.

›Hugh!‹, stieß sie hervor, ein erleichtertes Schluchzen unterdrückend. ›Was tust du denn hier?‹

›Auf dich aufpassen‹, sagte er kurz angebunden. Sein markantes Kinn war grimmig vorgeschoben, und die eisblauen Augen unter den dunklen Brauen zeigten einen unergründlichen Ausdruck. ›Vorhin sah ich zwei Inspektoren von Scotland Yard. Sie sind hinter dir her. Mit Spürhunden.‹

›Oh Gott!‹, rief sie erschüttert aus. ›Wie soll ich jetzt entkommen?‹

›Mit meiner Hilfe.‹ Er ließ einen leisen Pfiff hören, worauf mit klapperndem Hufschlag ein Pferd aus dem Nebel auftauchte. Hugh schwang sich geschmeidig hinauf und streckte die Hand aus. ›Komm!‹

Sie ergriff die Hand, und er zog sie schwungvoll hinter sich in den Sattel.

›Festhalten!‹, befahl er.

Sie umklammerte ihn mit beiden Armen, als das Pferd einen Satz nach vorn tat und gleich darauf in wildem Galopp um die nächste Ecke preschte. Irgendwo hinter ihnen ertönte Gebell, in das sich die Rufe von Männern mischten, doch bald darauf verhallte beides im Nebel. Sie hatten die Verfolger abgeschüttelt.

Die Stadtgrenze lag bereits hinter ihnen, als Ophelia auffiel, dass etwas nicht stimmte.«

Omi ließ ihr Handy sinken und machte Anstalten, vom Tisch aufzustehen.

»Moment«, protestierte Pascal. »Sie können uns doch nicht an so einer spannenden Stelle hängen lassen! Was ist Ophelia denn aufgefallen?« Er hob die Hand. »Sekunde. Vielleicht komme ich selber drauf.«

»Sprach der Superermittler«, bemerkte ich.

Er warf mir unter hochgezogenen Brauen einen Blick zu. »Wir können ja beide einen Tipp abgeben. Bitte sehr, du hast den Vortritt.«

Ich dachte kurz nach. »Er trägt nicht die Stallknechtklamotten, in denen Ophelia ihn kennengelernt hat, sondern das Outfit, in dem er als Viscount unterwegs ist. Irgendwas aus Samt, mit einem coolen Halstuch aus Spitze oder so.«

Pascal wirkte ein bisschen irritiert. »Ach so, er ist ein Viscount, der sich als Stallknecht verkleidet. Dann bist du mir gegenüber im Vorteil, weil du mehr über die Hintergründe weißt.«

»Na ja, ich gebe zu, ich hab schon Kapitel vier mitgehört. Aber das mit den Klamotten habe ich nur geraten.« Ich wandte mich an Omi. »Stimmt es denn?«

Sie lächelte geheimnisvoll. »Worauf hättest du getippt?«, wollte sie von Pascal wissen.

»Ich nahm an, dass Hugh vielleicht eine Pistole dabeihat.«

»Das ist sehr gut«, meinte Omi.

Pascal bedachte mich mit einem »Da hast du's«-Blick und grinste ein bisschen selbstgefällig.

»Aber das mit dem Samtjackett ist ebenfalls prima«, fuhr Omi fort. Sie furchte nachdenklich die Stirn. »Vielleicht nehme ich beides.«

»Ach, Sie haben es selber noch gar nicht gewusst?«, fragte Pascal verdutzt.

»Doch, ich weiß immer vorher, was ich schreibe. Meinem Plot-Plan zufolge merkt Ophelia, dass ihr Retikül plötzlich weg ist. Da sind die Juwelen drin, die sie auf der letzten Party geklaut hat. Gleich darauf stellt sie fest, dass Hugh den Schmuck an sich genommen hat. Aber ich muss sagen, das Samtjackett und die Pistole sind mindestens genauso gut. Ein schöner Twist, mit dem ich die Auflösung einleiten könnte.« Gedankenverloren ging sie auf die Terrasse hinaus, gefolgt von Lucky, der fröhlich um sie herumsprang.

Pascal sah ihr nach. »Eigentlich ein toller Job, Bücher zu schreiben. Würde ich auch tun, wenn ich es könnte.«

»Tja. Das Gute daran ist, dass man es überall machen kann. Sogar im hinterletzten Kaff.«

»Apropos Kaff«, sagte er. »Was hältst du davon, mir jetzt ein bisschen was von der Gegend zu zeigen?«

4

Es ist richtig nett hier«, sagte Pascal. »Hätte ich gar nicht erwartet.«

Fast hätte ich ihm zugestimmt. Tatsächlich war ich selbst ziemlich überrascht, dass ich anscheinend seit vier Monaten, ohne es bemerkt zu haben, in unmittelbarer Nähe von einer Art Freizeitparadies wohnte. Wir befanden uns auf der Wasserkuppe, der höchsten Erhebung der Rhön, an deren Hang sich das Dörfchen schmiegte, in dem wir lebten. Nur ein paar Serpentinen den Berg hoch, und man konnte alles Mögliche unternehmen. Zum Beispiel paragliden oder segelfliegen oder auf Sommerrodelbahnen den Berg runterfahren. Oder sich an diversen Kletterparcours versuchen und mit einer Miniseilbahn namens Hexenbesen durch die Gegend gondeln. Oder einfach nur wandern und dabei eine wirklich spektakuläre Aussicht genießen.

Die Landschaft war, das musste ich wirklich zugeben, beeindruckend. Ausgedehnte Bergwiesen wechselten mit dichtem Nadelwald, und nach allen Seiten war man umgeben von grünen Tälern und lang gestreckten Höhenzügen. Das Radom, eine alte Radarkuppel aus den Zeiten des Kalten Krieges, hob sich auf dem Hochplateau als weithin sichtbare Landmarke gegen den Horizont ab. Der Himmel über uns leuchtete in strahlendem Blau, nur hier und da gesprenkelt von ein paar flauschig weißen Schäfchenwolken.

»Und du warst wirklich noch nicht hier oben?«, fragte Pascal erstaunt.

Ich zuckte nur die Schultern und kam mir etwas blöd vor. Streng genommen gab es keinen vernünftigen Grund, warum ich, bis auf die Spaziergänge mit meinem Hund, monatelang kaum aus dem Haus gegangen war. Meine frühere Angewohnheit, mit Omi in der Gegend herumzufahren, hatte ich völlig aufgegeben. Ich musste ja nirgendwo mehr hin. Keine Schulveranstaltungen, keine Partys, keine Besuche bei Freunden. Und Omi konnte ebenfalls alles im näheren Umkreis erledigen. Ihre neue Fußpflegerin wohnte zwei Straßen weiter, und zu ihrem neuen Hausarzt und ihrem neuen Friseur waren es auch nicht mehr als fünf Minuten zu Fuß. Es gab im Dorf sogar einen kleinen Buchladen. Folglich entfielen sämtliche Gelegenheiten, zu denen ich sie hätte umherchauffieren können.

Mama hatte mich zwei-, dreimal gefragt, ob ich samstags mit ihr in Fulda shoppen gehen wollte. Einmal war ich mitgefahren und hatte bei der Gelegenheit auch das Steuer übernommen, um mich wenigstens mal mit unserem neuen Hybridauto vertraut zu machen. Aber am Ende des Tages war mein Bedarf an Ausflügen in die Stadt gedeckt gewesen. Die Fußgängerzone in Fulda war nicht der Ku'damm, man brauchte keine Viertelstunde, um alles abzuklappern, und ich hatte auch keine Lust gehabt, in den Geschäften zu stöbern, obwohl es ein paar nette Läden gab. Möglicherweise hing meine miese Stimmung auch damit zusammen, dass es ein ziemlich verregneter Tag gewesen war. Oder damit, dass ich solche Sehnsucht nach Yasemin gehabt hatte. Mit ihr hätte der Bummel vielleicht sogar Spaß gemacht. Wir wären zusammen zu H&M gegangen und hätten rauf und runter alles anprobiert, was es neu im Laden gab, das hatten wir in Berlin auch immer gemacht.

Pascal riss mich aus meinen Gedanken. »Wollen wir diesen Rhönbob mal ausprobieren?« Er deutete auf die Schienenbahn, die in steilen Windungen hangabwärts führte. »Ich lade dich ein.«

Ich warf ihm einen unauffälligen Seitenblick zu. Er hatte eine Sonnenbrille aufgesetzt, sein Gesichtsausdruck war wie üblich nicht zu deuten. Trotzdem war ich davon überzeugt, dass er mit diesem gemeinsamen Ausflug irgendein Ziel verfolgte, und das hatte ganz bestimmt nichts mit meinem weiblichen Charme zu tun.

Er schien meine Skepsis zu spüren und nahm die Brille ab.

»Ich will einfach nur, dass du mal wieder ein bisschen Spaß hast«, erklärte er.

»Woran?«

»An netten, alltäglichen Unternehmungen. An Dingen aus deiner Umgebung. Du musst aus deiner Isolation rauskommen. Es irgendwie hinkriegen, dass dein Leben nicht ohne dich weitergeht. Deine Mutter hat mir erzählt, wie sehr du dich die ganzen Monate abgekapselt hast. Und wie schwer es hier für dich ist. Sie selbst hat in den vergangenen Monaten super Fuß gefasst und deine Omi auch. Nur du nicht.«

Als er diese Worte aussprach, war er wieder da, der tief sitzende Groll. Mein Leben war aus den Fugen geraten, komplett ruiniert, und irgendwie war Pascal daran mit schuld. Natürlich wusste ich, dass das Unsinn war, das sagte mir ja schon die Vernunft. Aber Vernunft und Gefühl sind eben oft nicht dasselbe.

»Du weißt, dass ich recht habe, oder?« Seine Stimme war sanft und voller Mitgefühl, und sofort merkte ich, wie mein Widerstand erwachte.

»Ich brauche dein Mitleid nicht«, sagte ich. Es sollte arrogant klingen, aber ich merkte selbst, dass es nicht funktionierte. Ich hörte mich verletzt und wütend an.

»Ich bemitleide dich nicht, ich will dir einfach nur helfen.«

»Dann brauche ich eben deine *Hilfe* nicht.«

»Doch, die brauchst du. Du brauchst jede Hilfe, die du kriegen kannst, vor allem meine.«

Er trat einen Schritt näher an mich heran. Zu nah. Ich spürte seinen Atem auf meiner Stirn, an meinen Schläfen. Den Duft seines Shampoos und seines Deos. Irgendeine gehobene Marke, die Männer sich, statt sie selbst zu kaufen, lieber schenken lassen. Beispielsweise von einer Freundin … Ich wusste immer noch nicht, ob er eine hatte oder nicht. Meine Gedanken bewegten sich in eine unerwünschte Richtung. Ich fühlte mich plötzlich wieder wie in den schlimmen ersten Wochen nach unserer Ankunft hier, als ich täglich gehofft hatte, dass er sich meldete. Warum auch immer.

Aus irgendwelchen Gründen schaffte er es schon wieder, meine Gedanken zu lesen.

»Emmy, ich *weiß*, dass du es mir übel nimmst, dass ich mich nicht bei dir gemeldet habe«, sagte er leise.

Ich suchte nach einer möglichst ironischen Antwort, mit der ich seine Feststellung ins Lächerliche ziehen konnte, doch auf die Schnelle fiel mir nichts ein. Wie sollte ich klar denken, wenn er meinen Namen auf diese betörend sanfte Art aussprach?

»Es ging nicht anders«, fuhr er fort. »Ich *musste* mich zurückhalten.« In seiner Stimme schwang eine Spur von Bedauern mit, und ich sah ihn erstaunt an.

»Gleich wirst du mir erzählen, dass es dazu auch irgendeine dienstliche Vorschrift gibt, haha.«

»Im weitesten Sinne – ja.«

»Blödsinn«, sagte ich.

»Nein, es stimmt.«

»Und wo genau steht das geschrieben?«

»Ich könnte es dir raussuchen, aber eigentlich möchte ich dir einfach nur meine Motive erklären, damit wir das Thema abhaken und eine vernünftige Basis finden können.«

»Haben wir denn keine vernünftige Basis?«, fragte ich spöttisch, und diesmal traf ich genau den arroganten Unterton, der mir vorgeschwebt hatte.

»Sofern du es vernünftig findest, dass du bei jedem zweiten Satz von mir dein Aggressionslevel hochfährst – dann ja.«

»Das bildest du dir bloß ein. Ich bin genau wie immer.«

»Nein, das bist du nicht. In Berlin warst du anders.«

»Ich bitte dich. Wir haben uns doch kaum gesehen. Es waren höchstens ein paar Stunden. In so einer kurzen Zeit kann man einen Menschen nicht richtig kennenlernen.«

»Ein paar Stunden können genug sein, um jemanden kennenzulernen. Um *dich* kennenzulernen, hat es gereicht.«

»Du meinst, weil ich so einfach gestrickt und deshalb leicht durchschaubar bin?« Jetzt triefte meine Stimme nur so vor Herablassung. Ich wurde immer besser bei dieser Zickennummer.

»Siehst du – genau *das* meinte ich mit Aggressionslevel«, versetzte er, und mittlerweile klang er leicht gereizt. Keine Spur mehr von Mitgefühl und Bedauern. Er setzte die Sonnenbrille wieder auf. Gut so. Es war definitiv gesünder, wenn ausreichend Distanz zwischen uns herrschte. Das half mir, ein paar Dinge klarzustellen.

»Ich gebe zu, dass ich sauer war«, sagte ich betont gelassen. »Aber nicht nur auf dich, sondern auch auf die anderen Typen, die uns ständig daran erinnert haben, was wir zu tun und zu lassen haben und wie dankbar wir dem LKA sein müssen, dass sie uns beschützen. Wieso ich ausgerechnet auf dich wütender sein sollte als auf deine Kollegen, kann ich nicht ganz nachvollziehen. Oder hältst du dich irgendwie für was Besonderes?«

»Äh … nein.« Er wirkte etwas verdattert, das konnte ich trotz seiner Sonnenbrille erkennen. Anscheinend ließ ihn sein Pokerface doch hin und wieder im Stich.

»Schön, dann hätten wir das ja geklärt«, sagte ich. »Es wäre mir echt ein bisschen unangenehm, falls du geglaubt hast, ich hätte auf deinen Anruf gewartet oder so. Das hast du hoffentlich nicht ernsthaft angenommen, oder?« Jetzt hatte ich definitiv Oberwasser und untermalte meine nächsten Worte mit einem zuckersüßen Lächeln. »Du bist nämlich nicht wirklich mein Typ. Falls das irgendwie anders bei dir ankam, war es keine Absicht.«

Das hatte gesessen, und er konnte es nicht ganz verbergen, obwohl sein Gesicht nur einen Sekundenbruchteil später wieder völlig ausdruckslos wirkte.

»Dann habe ich mir das Problem wohl nur eingebildet«, erwiderte er ein wenig steif.

Ich sah ihn mit gespieltem Erstaunen an. »Ach je, jetzt verstehe ich! Du dachtest *wirklich*, dass es da irgendwelche … Gefühle gab! Du hast dich die ganze Zeit absichtlich nicht gemeldet, weil es verboten ist, dass ihr Typen vom LKA jemanden aus dem Zeugenschutzprogramm zu nah an euch ranlasst. Rein emotional und so. *Das* ist die Art von Vorschrift, die du meintest, oder?«

»So ungefähr«, antwortete er zurückhaltend.

»Gut, dass wir drüber geredet haben.« Mein Lächeln wurde noch eine Idee sonniger. »Dann haben wir dieses blöde Missverständnis ja jetzt endlich aus der Welt geschafft.« Ich hielt inne. »Oh, sieh mal, wir sind an der Reihe. Der nächste Schlitten wird gleich frei. Wollen wir?«

»Wieso nicht.«

Wir setzten uns zusammen in einen Schlitten, er hinten, ich vorn, und mir wurde sofort bewusst, dass wir viel zu eng beisammensaßen. Doch bevor ich mir darüber den Kopf zerbrechen konnte, sausten wir in einem Höllentempo über die Schienen der Bahn bergab. Der Fahrtwind brauste mir um die Ohren. Ich befand mich in einer Art grimmiger Hochstimmung. Hoffentlich hatte sein Ego ein paar Dellen gekriegt, von wegen Mr Superman, dem die dumme kleine Emily vorschriftswidrig heiße Tränen nachweint!

Ich zweifelte nicht daran, dass er mir die Show abgekauft hatte. Jetzt musste ich nur dafür sorgen, dass es dabei blieb und immer ausreichend Distanz zwischen uns herrschte.

Es ließ sich nicht leugnen, dass die Fahrt mit dem Rhönbob mir Spaß machte, viel mehr, als ich erwartet hatte. Unser Schlitten zischte nur so bergab. Ich erwischte mich sogar ein paarmal dabei, wie ich vergnügt losquietschte, wenn es besonders scharf um die Kurve oder abrupt abwärtsging. Die Fliehkräfte drückten mich nach hinten, und ich konnte nichts dagegen tun. Ich spürte Pascals festen Körper ganz dicht an mir, das warme Leder seiner Jacke, die muskulöse Fläche seiner Brust. Er legte beide Arme um mich, um mich festzuhalten. Es fühlte sich verwirrend und beunruhigend an. Auf diese spezielle Art, bei der man auf einmal ein Kribbeln im Bauch bekommt, gegen das man machtlos ist, auch wenn man versucht, sich dagegen zu wehren.

Hastig richtete ich mich auf. Die Bobfahrt war vielleicht doch keine so gute Idee gewesen.

*

Die Rückfahrt ins Dorf brachten wir schweigend hinter uns, und auch am Abend ging ich Pascal aus dem Weg. Er verbrachte die Zeit damit, sich im Gästekeller häuslich einzurichten, und ich verzog mich auf mein Zimmer und sah fern. Auch am nächsten Morgen wartete ich extra lange, bis ich zum Frühstücken runterging, und als ich von Omi hörte, dass Pascal nach Fulda gefahren war, um ein paar Sachen zu besorgen, war ich erleichtert, auch wenn er nur vorübergehend weg war.

Es kam mir einfach klüger vor, ihn nicht zu nah an mich heranzulassen, das hatte mir der gemeinsame Ausflug auf die Wasserkuppe ganz klar gezeigt. Er war rein dienstlich hier, das durfte ich nicht aus den Augen verlieren. Es ging ihm ausschließlich darum, dass ich nicht aus Versehen schon am ersten Schultag das ganze Zeugenschutzprogramm ruinierte. Eine einzige falsche Bemerkung konnte dafür ausreichen, das hatten die LKA-Typen, die in den vergangenen Monaten bei uns gewesen waren, uns immer wieder vorgebetet. Einer von denen war sogar an Mamas erstem Arbeitstag in der Kanzlei gewesen. Er hatte sich als Mandant angemeldet, um zu checken, ob sie ihren neuen Nachnamen und auch sonst alles richtig draufhatte. Offenbar hatte sie sich vorbildlich verhalten, denn sie war hinterher in bester Stimmung nach Hause gekommen. Wobei … ihre gute Laune an jenem Tag rührte vielleicht auch daher, dass sie da Bob den Baumeister kennengelernt hatte. Den sie uns heute vorstellen wollte.

Als mir das wieder einfiel, verknotete sich mein Magen.

»Ist was?«, fragte Omi. »Du bist ganz blass.«

»Alles bestens«, behauptete ich.

»Wirklich? Bist du sicher, dass du nicht gerade an heute Abend denkst?«

Anstelle einer Antwort seufzte ich nur.

»Du solltest dir nicht so viele Gedanken machen«, meinte Omi. »Bestimmt ist er ganz in Ordnung.«

»Das hast du über Jonas auch gesagt.«

Diesmal war es Omi, die seufzte. Sie saß mir gegenüber am Tisch und kontrollierte die Druckfahnen ihres letzten Romans. Druckfahnen haben nichts mit Flaggen zu tun, sondern bestehen einfach nur aus einem Stapel Kopien von dem komplett ausgedruckten Roman. Bevor endgültig mit der Vervielfältigung angefangen werden kann, müssen alle Seiten noch einmal sorgfältig auf etwaige Restfehler durchgesehen werden. Omi und ich teilten uns die Arbeit oft – sie eine Hälfte, ich die andere. Normalerweise brauchten wir ungefähr gleich lange, bis wir mit unserem jeweiligen Stapel fertig waren, doch diesmal war sie mir deutlich voraus. Ich hatte erst zehn Seiten geschafft, sie schon mindestens das Dreifache. Das kam davon, wenn man zu viel über sinnlose Dinge nachdachte.

»Wo ist Mama überhaupt?«, fragte ich.

»Sie kauft fürs Abendessen ein.«

»Was will sie denn kochen?«

»Sie meinte, sie hätte da ein ganz tolles neues Rezept von Jamie Oliver.«

»Oh«, sagte ich zweifelnd.

Meine Mutter war nicht gerade eine Kandidatin für *Das perfekte Dinner*. Ein paar Gerichte gelangen ihr ganz gut, vorausgesetzt, man konnte alle Zutaten in höchstens zwei Töpfen unterbringen. Aber vermutlich wollte sie Bob nicht mit Spaghetti bolognese oder Fischstäbchen beeindrucken, sondern ihm irgendeine Deluxe-Kreation auftischen.

»Sie will auf jeden Fall was mit Fleisch machen«, erzählte Omi.

»Ich hoffe, es ist nichts, was scharf angebraten werden muss«, antwortete ich.

An dem Tag, als Jonas uns zum ersten Mal besucht hatte, sollte es argentinische Rumpsteaks geben. Laut Rezept mussten sie in rauchend heißem Fett angebraten werden. Bis dahin hatte ich gar nicht gewusst, wie laut ein Rauchmelder piepsen kann. Eins musste man Jonas zugutehalten. Er hatte so getan, als wäre diese Art der Steakzubereitung völlig normal. Dummerweise hatte Mama nur zwischenzeitlich vor lauter Aufregung vergessen, den Salat anzurichten und das Kräuterbrot in den Backofen zu schieben, sodass am Ende zwar die Steaks fertig waren, aber keine Beilagen. Bis die dann endlich auch so weit waren, hatte das Fleisch die Konsistenz von Schuhsohlen angenommen. Nicht mal Jonas hatte sich überwinden können, mehr als ein paar Bissen davon runterzuwürgen, obwohl er und Mama gerade frisch verliebt gewesen waren.

»Unwahrscheinlich, dass deine Mutter diesen Fehler wiederholt«, meinte Omi mehrdeutig.

Als Mama wenig später fröhlich trällernd vom Einkaufen zurückkam, informierte sie uns, dass sie beschlossen hätte, zum Abendessen den Grill anzuwerfen.

»Welchen Grill?«, wollte ich wissen.

»Den Grill, den Pascal gerade für uns holt, der gute Junge. Er ist ja heute sowieso in der Stadt, und da habe ich ihn einfach angerufen und gebeten, uns einen aus dem Baumarkt mitzubringen. Ich denke, das Grillen kann ich dann auch ihm überlassen. Oder Bob. Männer sind ja immer ganz wild aufs Grillen. Ich hab mal gelesen, dass das so ein archaischer Drang aus der Steinzeit sein soll.«

»Ja«, sagte ich. »Aus der Zeit der Jäger und Grillmeister.«

Omi kicherte, doch Mama war in Gedanken komplett auf die Logistik des Grillabends fokussiert.

»Während die Männer grillen, kann ich in aller Ruhe in der Küche die Beilagen vorbereiten. Eventuell kannst du mir sogar helfen, was meinst du, Emmy? Ich habe ein super Rezept für einen ganz raffinierten Salat rausgesucht. Und für Ofenkartoffeln.«

»Ich könnte dir auch helfen«, bot Omi an, allerdings nur

pro forma. Als Autorin war Omi wirklich unglaublich begabt, aber in der Küche kriegte sie außer Tee und Kaffee und steinharten Frühstückseiern nicht viel auf die Reihe, und das wussten wir alle, auch sie selbst.

»Ach du, das ist nett von dir, Gerti«, meinte Mama, ebenfalls nur pro forma. »Aber du hast immer so viel Arbeit, da solltest du dir deine Freizeit nicht mit Küchenpflichten vollpacken. Emmy hilft mir sicher gern. Oder, Emmy?«

»Ja, ich finde es ganz toll, dir beim Kochen für deinen neuen Freund zu helfen.«

Mama musterte mich forschend. Ihre Miene nahm einen bekümmerten Ausdruck an. »Mein armes Mäuschen, ich versteh dich so gut! Es tut mir schrecklich leid für dich, dass du hier noch nicht so richtig integriert bist! Aber das ändert sich ab nächster Woche garantiert. In der Schule lernst du sicher schnell neue Freunde kennen. Die kannst du dann auch hierher einladen, wenn du willst! Jederzeit! Und dann koche ich für euch alle!«

»Wir sollten das als Regel für *alle* unsere neuen Freunde festlegen«, stellte Omi klar. »Abgesehen von der Sache mit dem Kochen. Da können wir theoretisch auch Pizza bestellen. Zumindest wenn gerade kein Grillwetter ist.«

»Ich wollte keineswegs für mich beanspruchen, die Einzige zu sein, die Freunde hierher einlädt«, erwiderte Mama ein wenig beleidigt. »Selbstverständlich kann *jeder* Freund hierher eingeladen werden. Auch von dir. Und ich erhebe auch nicht den Anspruch, eine gute Köchin zu sein. Aber gut, dass wir drüber geredet haben.«

»Mal was anderes – seit wann hast du denn eigentlich Pascals Handynummer?«, fragte ich Mama. Seit ihrer Bemerkung, dass sie ihn wegen des Grills angerufen hatte, war es das Einzige, was mich wirklich interessierte. Ich strengte mich an, meine Stimme betont beiläufig klingen zu lassen. Omi warf mir einen schrägen Seitenblick zu, doch ich achtete nicht darauf.

Mama legte die Stirn in nachdenkliche Falten. »Hm, seit er mich letzte Woche anrief, um mir zu sagen, dass er herkommen will, wegen deiner neuen Schule. Nein, sorry, es war ja vorletzte Woche. Oder ist es schon drei Wochen her?«

Anscheinend fiel ihr mein gewittriger Gesichtsausdruck auf, denn sie versicherte mir eilig: »Liebes, ich hab dir doch *gesagt*, dass ich es dir erzählt hätte, wenn nicht der Stress auf der Arbeit gewesen wäre.«

»Du solltest uns beiden auch seine Nummer geben«, warf Omi freundlich ein. »Nur für alle Fälle.«

»Klar. Wieso nicht.« Mama nahm ihr Handy aus der Tasche und diktierte Omi die Nummer.

Omi kritzelte sie auf den Rand einer Seite aus ihren Druckfahnen und reichte sie mir. »Da, kannst du gleich in deinem Handy abspeichern. Und in meinem auch«, fügte sie hinzu, als wäre es ihr gerade erst eingefallen.

Ich widerstand dem Drang, das Blatt zu zerknüllen, und ging in die Küche, um mir frischen Tee zu machen. Als Mama mir folgte, um ihre Einkäufe auszupacken, verzog ich mich wieder zu Omi ins Wohnzimmer, um mit ihr die Fahnen zu sichten. Aber ich konnte mich nicht richtig konzentrieren.

»Hast du die Nummer schon abgespeichert?«, fragte Omi. »Ich muss das Blatt in den fertigen Stapel einsortieren, sonst fehlt es nachher.«

Wortlos speicherte ich die Nummer zuerst auf ihrem und dann auf meinem Handy, bevor ich vom Tisch aufstand.

»Ich geh noch mal ein bisschen mit Lucky vor die Tür.«

»Mach das«, meinte sie fröhlich. »Junge Hunde können gar nicht genug Auslauf haben.«

Lucky kam sofort angeschossen, als ich in die Diele ging. Sein Radar für alles, was mit Gassigehen zu tun hatte, war unschlagbar. Als er mit großen Augen zu mir aufschaute und mich freudig anwuffte, konnte ich nicht widerstehen und ging in die Hocke, um ihn fest zu knuddeln.

»Du bist der Allerbeste«, sagte ich inbrünstig in sein flauschiges Fell. »Und weißt du auch, warum? Weil …« Ich suchte nach Worten, die angemessen würdigten, was ich an Luckys Charakter besonders lobenswert fand, also nicht etwa bloß, dass er unglaublich herzig war. »Nehmen wir als Beispiel mal Sally. Du findest sie toll, und sie weiß das. Wir *alle* wissen es. Sie ist das süßeste Hundemädchen der Welt, und du kämst niemals auf die Idee, plötzlich einfach so zu tun, als würdest du sie nicht mehr kennen und sie monatelang links liegen lassen. Verstehst du, was ich meine?«

»Achtung, Grill im Anflug«, sagte Pascal hinter mir. Ich fuhr herum und fiel dabei fast auf den Hintern. Er stand in der offenen Haustür, einen Riesenkarton unterm Arm und in der freien Hand einen Hausschlüssel.

Ich merkte, wie mir das Blut ins Gesicht schoss. Seine Miene wies den mir schon bekannten Pokerface-Ausdruck auf, aber ich war mir nahezu sicher, dass er meine letzten Sätze gehört hatte. Mir war völlig entgangen, dass er die Haustür aufgeschlossen hatte. Ich hatte nicht den leisesten Laut vernommen, was vermutlich daran lag, dass sowohl das

Schloss als auch die Türangeln perfekt geölt waren. Einer der LKA-Typen, die den Sommer über hier gewesen waren, hatte das eigenhändig erledigt. Nachdem er uns den Rasenmäher besorgt und die Außenleuchten auf der Terrasse angebracht hatte. Wieso hatte er nicht zusätzlich zu dem Rasenmäher auch gleich noch einen Grill geholt? Oder wenigstens das Türschloss weiter in Ruhe vor sich hin quietschen lassen?

»Ich bin dann mal kurz weg«, sagte ich hastig, während ich zur Haustür strebte und Lucky hinter mir herzog, der partout zuerst Pascal begrüßen wollte und sich dabei aufführte, als hätte er ihn seit einer Ewigkeit nicht gesehen.

Mama erschien in der Küchentür und strahlte Pascal an. »Oh, du bist schon zurück. Hab dich gar nicht gehört. Toll, du hast einen mitgebracht! Wahnsinn, so ein Riesengrill! Der sieht ja richtig profimäßig aus.« Sie hielt inne. »Ach du je, wir müssen ja auch noch Holzkohle besorgen! Daran habe ich gar nicht gedacht!«

»Das ist ein Gasgrill«, erklärte Pascal. »Dafür braucht man keine Kohle.«

»Außer der Kohle, die das Teil gekostet hat.« Meine Mutter lachte über ihren eigenen Witz. »Wie viel hast du denn ausgelegt?« Sie schnappte sich ihre Handtasche von der Garderobe und fing an, nach ihrer Geldbörse zu graben.

Ich beeilte mich, das Haus zu verlassen und mit Riesenschritten in Richtung Wald zu marschieren. Okay, dachte ich. Rekapitulieren wir mal: Mama duzte ihn, hatte ihm einen Hausschlüssel überreicht und ihn mit dem Kauf eines Grills beauftragt, und das Geld dafür hatte er auch gleich noch vorstrecken dürfen. Sie behandelte ihn wie ein langjähriges Familienmitglied, und dabei war er erst gestern Nachmittag bei uns aufgeschlagen. Wenn man diesen Grad von Willkommensfreude auf Bob den Baumeister übertrug – den sie schon seit Wochen nicht nur duzte, sondern auch noch ganz andere Dinge mit ihm tat –, würde der vermutlich heute schon hier übernachten und morgen ebenfalls einen Schlüssel besitzen. Und nächste Woche würde er seinen eigenen Zahnputzbecher im Bad stehen haben und seine getragenen Socken in unserer Schmutzwäsche versenken. *Oh mein Gott!*

Anscheinend hatte ich das Letzte laut gesagt oder zumindest etwas ähnlich Besorgtes von mir gegeben, denn schräg hinter mir fragte jemand: »Gibt es ein Problem?«

»Ja«, erwiderte ich, während ich mich zu Tommy umdrehte, der mir im Schritttempo auf dem Fahrrad folgte. »Ich sollte wohl mal meine Ohren untersuchen lassen, denn immer, wenn Leute direkt hinter mir auftauchen, kriege ich es nicht richtig mit.«

»Das liegt sicher daran, dass ich die Fahrradkette heute frisch geölt habe. Man hört sie praktisch überhaupt nicht. Sorry, wenn ich dich erschreckt habe.« Er stieg vom Rad und schob es neben mir her. »Gehst du mit dem Hund spazieren?«

Mir lag eine spaßige Antwort auf der Zunge – zum Beispiel *Nein, wir wollten gerade im Wald ein Wildschwein jagen, weil wir noch was zum Grillen brauchen*, aber das verkniff ich mir, aus Sorge, er könnte es nicht witzig, sondern sarkastisch finden. Pascal hätte es garantiert richtig aufgefasst, aber bei Tommy konnte man das nicht erwarten. Es war von trauriger Offensichtlichkeit, dass er nicht gerade ein Meister des lockeren Gesprächs war. Sein Selbstbewusstsein war ungefähr so ausgeprägt wie meine Fähigkeiten in Mathematik.

Das brachte mich auf einen neuen Gedanken.

»Wie kommt du eigentlich so in Mathe zurecht?«, erkundigte ich mich.

»Ganz gut. Wieso?«

»Wie gut ist *ganz gut?*«, hakte ich nach.

Er sah sehr verlegen aus. »Fünfzehn Punkte.«

»Wow«, sagte ich. »Immer oder nur manchmal?«

»Eigentlich immer.« Jetzt wurde er richtig rot, als wäre es ihm unendlich peinlich, dass er so ein Ass war.

»Wow«, wiederholte ich, voller ehrlicher Bewunderung. »Ich kenne niemand, der immer fünfzehn Punkte hat. Nicht mal Yas...« Ich stockte mitten im Wort, gerade noch rechtzeitig.

»Wer ist Yas?«

»Ein Junge aus meiner früheren Schule«, log ich. »Der war richtig gut in Mathe. Wir haben öfter mal zusammen gelernt.« Das war nur halb gelogen. Yasemin war kein Junge, aber sie war top in Mathe. Weniger als dreizehn Punkte hatte sie selten bekommen. Deshalb hatten wir auch oft zusammen gelernt (wohl eher: *Sie* hatte versucht, mir Dinge zu erklären, und *ich* hatte zugehört und versucht, nicht allzu dumm dabei auszusehen).

»Wenn du willst, kann ich mit dir lernen«, sagte Tommy eifrig. »Ich kann Mathe ganz gut erklären. Letztes Jahr habe ich an meiner alten Schule Nachhilfe gegeben. Zwei Jungs aus der neunten Klasse, die haben am Ende des Schuljahres beide zweistellige Noten geschrieben.« Hastig schloss er: »Natürlich würde ich bei dir kein Geld dafür nehmen.«

»Das wäre wirklich großartig«, meinte ich. »Also nicht, dass du kein Geld nimmst, sondern dass du *überhaupt* mit mir lernen willst. Aber ich warne dich – ich bin wirklich unfassbar schlecht und kapiere praktisch nichts.«

»Das wollen wir erst mal sehen.« Es klang kämpferisch. Ich musterte ihn verstohlen von der Seite. Auf seinem Gesicht stand ein Ausdruck zaghafter Vorfreude. Allein schon die Aussicht, einer Mathe-Niete wie mir kostenlose Nachhilfe zu erteilen, schien ihm zu gefallen. Sein Alltag musste wirklich extrem langweilig sein, womöglich sogar noch mehr als meiner. Ich hatte immerhin einen bewegungsfreudigen, liebenswerten Hund, mit dem ich rausgehen konnte, Tommy bloß ein Fahrrad, geölte Kette hin oder her. Man konnte echt Mitleid mit ihm haben.

»Hast du heute Abend schon was vor?«, fragte ich spontan.

»Nein, wieso?«, gab er ein wenig erschrocken zurück.

»Wir veranstalten heute bei uns einen Grillabend. Komm doch vorbei.«

»Wirklich?« Er sah mich überrascht an. »Bist du sicher, dass das deiner Mutter nicht ungelegen kommt, wenn ich da so kurzfristig auftauche?«

»Quatsch«, sagte ich großmütig, während ich die leisen Zweifel verdrängte, die mich auf einmal befielen. »Wir wissen ja selber erst seit heute Vormittag, dass wir grillen wollen. Meine Mutter hat mir vor zehn Minuten noch extra gesagt, dass ich unbedingt meine neuen Freunde zum Essen einladen soll. Und weil du zufällig der einzige Mensch bist, den ich hier kenne, lade ich dich halt jetzt ein.«

Er wirkte immer noch leicht verunsichert. »Ist euer Besuch aus Berlin dann auch noch da?«

»Wer? Ach so. Ja, der ist auch da. Er ist übrigens ein Austauschschüler und wohnt für eine Weile bei uns. Kann er dir heute Abend alles selber erzählen. Und es kommt noch ein … ähm, Bekannter von meiner Mutter.«

»Um wie viel Uhr geht es denn los?«

»Ich ruf dich an, wenn es so weit ist.«

»Du hast doch meine Nummer gar nicht.«

»Dann sag sie mir.«

Er diktierte sie mir und schien anschließend zu erwarten, dass ich ihm auch meine gab, aber ich steckte mein Handy rasch wieder ein, nachdem ich seine Nummer abgespeichert hatte. Kurz entschlossen wechselte ich das Thema, indem ich ihn fragte, ob er zu seinen Grillwürstchen lieber Senf oder lieber Ketchup mochte, und dabei wusste ich nicht mal, ob es überhaupt Würstchen geben würde. Mit einem Mal hatte ich mich wieder an die strengen Vorschriften des Zeugenschutzprogramms erinnert. Zum Thema Handy gab es genau drei eiserne Regeln, und sie lauteten (O-Ton LKA-Typ, der sie uns seinerzeit wortwörtlich so eingeschärft hatte): Vorsicht mit dem Handy. Vorsicht mit dem Handy. Vorsicht mit dem Handy.

Natürlich konnte ich es benutzen, es war ja keine Attrappe, sondern ein normales Smartphone. Mama und Omi hatten das gleiche bekommen. Aber wir durften es niemals unbeaufsichtigt liegen lassen oder aus der Hand geben. Wir sollten keine offenen WLAN-Netze benutzen und keine Fotos machen. Außerdem hatten wir eine sechsstellige PIN als Displaysperre, und wir durften unsere Nummern nur an gute Freunde herausgeben, von denen wir wussten, dass sie uns ganz sicher nicht in irgendwelche Gruppenchats mit zig anderen Leuten packten. Allerdings nur an *neue* gute Freunde, nicht an die alten, denn mit denen durften wir ja gar keinen Kontakt haben. Im Prinzip war es ein himmelschreiendes Dilemma.

»Du siehst so bedrückt aus«, sagte Tommy mitten in meine Gedanken hinein. »Hast du irgendwelchen Kummer?«

»Ach, es ist nichts.« Ich bemühte mich um einen zuversichtlichen Gesichtsausdruck, während ich die erstbeste Ausrede wählte, die mir in den Sinn kam. »Einfach nur ein bisschen Horror vor der neuen Schule.«

»Dann sind wir schon zwei«, sagte er. »Aber bei mir ist es nicht nur ein bisschen Horror, sondern jede Menge.« Er bedachte mich mit einem schüchternen Lächeln. »Was ist, fahren wir Montag früh zusammen nach Fulda zur Schule?«

»Wir können zu dritt fahren.«

»Wieso, wer kommt denn noch mit?«

»Ähm … unser Austauschschüler.« Fast hätte ich Pascals Namen genannt. Aber ich wusste ja gar nicht, ob sein echter Name zu seiner Legende gehörte. Vielleicht hatte er sich einen typischen australischen Vornamen zugelegt. Wobei ich allerdings keine Ahnung von typischen australischen Männernamen hatte und deshalb froh war, dass ich mir auf die Schnelle keinen ausdenken musste. Da gab es natürlich Mick, aus dem Film *Crocodile Dundee*. Und Ralph, wie Ralph de Bricassart aus *Die Dornenvögel*. Aber das klang vielleicht einen Tick zu verstiegen. Die normalen Typen in *Die Dornenvögel* hießen beispielsweise Dane, Luke und Paddy. Als Namen nicht so wirkliche Kracher.

»Wie heißt euer Austauschschüler denn?«, fragte Tommy neugierig.

Ich zuckte zusammen. »P-Paddy.« Mit einem Räuspern fügte ich hinzu: »Ein typisch australischer Name. Er kommt aus Australien, weißt du.«

Zu spät fiel mir ein, dass das ja gar nicht stimmte. Er hatte eine deutsche Mutter und einen australischen Stiefvater, so rum wäre es richtig gewesen. Wieso hatte ich es mir nicht besser eingeprägt?

»Er fährt aber einen Wagen mit Berliner Kennzeichen«, bemerkte Tommy.

»Ach, das liegt daran, dass er da noch ein paar Verwandte hat. Von denen hat er sich den Wagen geborgt, bevor er hergekommen ist.« Das war, wie ich fand, eine total schlüssige Erklärung.

»Und was hat er in Australien so gemacht?«

»Äh, da hat er Schafe gehütet.« Hm, das war als Erklärung wohl eher dämlich. Eilig fuhr ich fort: »Und jetzt will er sich hier in Deutschland weiterbilden und Abitur machen.«

»Echt? Wieso das denn?«

»Weil er … Deutschland irgendwie cool findet, glaube ich.«

»Das klingt ungewöhnlich«, befand Tommy.

»Ja, oder? Ich finde das auch ziemlich abgefahren. Am besten lässt du dir alles mal von ihm selbst genauer erklären.«

»Kann er denn schon ein bisschen Deutsch?«

»Oh, er hat das echt schnell gelernt, das spricht er fast so gut wie seine Muttersprache.« Ich zeigte ins Gebüsch. »Guck mal, Lucky hat da gerade sein Geschäft abgelegt.« Mit einem frisch gezückten Entsorgungstütchen kämpfte ich mich ins Unterholz vor und tat so, als wäre ich vollauf damit beschäftigt, den Hundehaufen aufzusammeln.

Zum Glück stellte Tommy keine weiteren Fragen mehr.

*

»Paddy?«, fragte Pascal entgeistert, nachdem ich von meinem Spaziergang heimgekehrt war und ihm gestanden hatte, dass er jetzt einen neuen Vornamen hatte. »Du hast ihm erzählt, dass ich *Paddy* heiße? Wie um alles in der Welt bist du bloß auf diesen bekloppten Namen gekommen?«

»Der ist aus *Die Dornenvögel*, stimmt's?«, fragte Omi durch die offene Terrassentür. Sie saß im Wohnzimmer und blätterte die letzten Seiten ihrer Korrekturfahnen durch. »Paddy könnte als Abkürzung von *Pascal* durchgehen«, fügte sie hinzu. »Falls du für deine Tarnung keine Änderung deines echten Vornamens vorgesehen hattest.«

Pascal schüttelte entnervt den Kopf. »Das ist ein netter Vorschlag von dir, Gerti. Aber es ändert nichts daran, dass Paddy als Name ganz klar Körperverletzung ist.«

Aha. Während ich weg gewesen war, hatte Omi ihm angeboten, sie *Gerti* zu nennen. Das war ja schnell gegangen. Offenbar besaß er eine Art Naturtalent, sich nahtlos in jede neue Umgebung einzufügen, als hätte er schon immer dorthin gehört. Momentan bereitete er den Grill vor und trank dazu ein Bier. Niemand, der ihn sah, würde auf die Idee kommen, dass er zum ersten Mal auf dieser Terrasse stand. Allmählich kam es mir so vor, als wäre ich diejenige, die bloß Gast in diesem Haus war, während er einen angestammten Platz in dieser Familie innehatte. Sogar mein Hund benahm sich, als wäre Pascal einer seiner ältesten und besten Kumpel. Entspannt lag er zu seinen Füßen und blickte unter halb geschlossenen Lidern anbetend zu ihm auf.

»Das Problem mit dem australischen Vornamen wäre nicht aufgetreten, wenn du mir gesagt hättest, wie du dich nennen willst«, sagte ich zu Pascal.

»Ich nenne mich Pascal, weil ich so heiße und weil es keinen Grund gibt, mich anders zu nennen.«

Ich reckte das Kinn und sagte mit Bestimmtheit: »Es gibt schlimmere Namen als Paddy. Zum Beispiel Bob der Baumeister. Der ist früher als Kind garantiert Robi oder Bobby genannt worden. Hallo?! Stell dir vor, du heißt wie ein kleines rotes Tretauto! Dagegen klingt Paddy doch super!«

»Da sehe ich keine großen Unterschiede.«

»Ich wette, früher im Kindergarten hattest du einen Spitznamen, den du *richtig* gehasst hast.«

»Das kannst du gar nicht wissen.«

Ich beobachtete ihn scharf und grinste dann. »Du hattest einen.«

»Das habe ich nicht gesagt.«

»Ha. Ich wusste es!« Ich hob die Hand. »Warte, sag es nicht, ich komm gleich selber drauf.« Triumphierend blickte ich ihn an. »Sie nannten dich Kalli!«

Seine gequälte Miene sagte alles.

»Kalli«, flötete ich. »Bist du sicher, dass du diesen Grill die ganze Zeit auf Höchststufe testen willst? Es dauert noch ein paar Stunden, bis die ersten Würstchen aufgelegt werden.«

»Es gibt keine Würstchen«, rief Omi von drinnen. »Nur Steaks. Aus Fleisch und aus Tofu. Tofu ist für die Veganer. Müssen wir gleich noch kaufen.«

»Wer von uns isst denn vegan?«, fragte ich.

»Frau Paschulke vom Pfarrgemeinderat. Sie kommt auch zum Essen.«

Ich war überrascht. »Wirklich? Wer hat sie eingeladen?«

»Ich«, gab Omi zu. »Es hat sich so ergeben. Sie stand zufällig in Hörweite, als ich Horst fragte, ob er Lust hat, zu unserem Grillabend zu kommen, und da erklärte sie mir lang und breit, was für wunderbare private Grillabende sie und ihr verstorbener Mann früher immer veranstaltet hätten, mit Koteletts für ihn und Tofusteaks für sie. Und wie sehr sie das seit seinem Tod vermisst. Was blieb mir übrig? Ach so, und unser Nachbar Herr Müller kommt auch. Er hat Sylvia gefragt, ob er seinem Sohn Würstchen mitgeben soll, und er könnte auch seinen leckeren Kartoffelsalat beisteuern, falls wir noch Bedarf an Beilagen hätten. Da musste sie ihn natürlich auch einladen.«

Pascal schien das als Grund für zusätzliche Vorsichtsmaßnahmen zu betrachten. »Bevor hier das halbe Dorf zum Essen aufschlägt, sollten wir unbedingt noch mal gemeinsam unsere Geschichten durchgehen und sie abstimmen, sonst fliegt uns heute Abend noch die ganze Tarnung um die Ohren.«

»Wo du schon beim Thema bist«, sagte ich, nun doch ein bisschen kleinlaut. »Es könnte sein, dass du da was richtigstellen musst, wenn Tommy dich nachher fragt, wieso du so gut Deutsch kannst.«

*

»Wir wiederholen alles noch mal«, sagte Pascal. »Wie ist dein Name, wo kommst du her, welche Schule hast du vorher besucht?« Während er mich abfragte, sortierte er sein Werkzeug – Grillzange, Riesengabel, Wendehaken, Marinadenpinsel, Alufolie. Er trug eine alberne Grillschürze, die er beim Kauf des Grills als Gratis-Dreingabe bekommen hatte. Auf der Brust prangte in Knallgelb der Aufdruck *Achtung, Vollprofi*.

»Ich heiße Emma Berger, komme aus Berlin und war da auf dem Gymnasium.«

»Auf welchem Gymnasium?«

»Berlin-Wilmersdorf.«

Da gab es mehrere, und wir konnten ziemlich sicher sein, dass die Antwort reichte, denn meistens wollten die Leute es sowieso nicht so genau wissen. Im Sekretariat meiner neuen Schule lag ein vom LKA beschafftes Übergangszeugnis eines Gymnasiums, auf dem ich nie gewesen war und über das ich nur ein paar Eckdaten wusste. Die mussten reichen, falls jemand nachhakte.

Pascal trat auf mich zu. Er legte mir den Arm um die Schultern und hielt sein Handy hoch, um ein Selfie von uns zu machen.

»Klick«, sagte er und zeigte mir das Foto. »Du hast gepennt. Das müssen wir noch üben, sonst kursieren demnächst noch irgendwelche Fotos von dir im Internet.«

Ich war derartig überwältigt von der plötzlichen Nähe und der Wärme seines Körpers, dass ich alles vergessen hatte, sogar das Atmen. Bevor ich was sagen konnte, musste ich zuerst tief Luft holen. »Sorry. Das war der Überraschungseffekt. Kommt nicht wieder vor.«

Selfies und sonstige Schnappschüsse waren strengstens verboten und mussten unbedingt verhindert werden. Sie waren eine dauernde Quelle der Bedrohung. Fotos aus der Schule hatten bekanntlich die unangenehme Eigenschaft, praktisch sofort vom Handy ins Internet zu wandern. Auch wenn man selber nicht bei Facebook oder Pinterest unterwegs war – es gab genug andere Leute, deren Lieblingsbeschäftigung darin bestand, alles zu knipsen und zu posten, was nicht bei drei auf den Bäumen war.

Pascal war anscheinend nicht bereit, mein Versagen einfach auf sich beruhen zu lassen. »Der ganze Erfolg des Zeugenschutzprogramms kann davon abhängen«, sagte er ernst.

Ich biss die Zähne zusammen und machte einen großen Schritt zur Seite, weil er immer noch viel zu dicht bei mir stand. »Beim nächsten Mal passe ich besser auf.« Mit einem Hauch von Aufsässigkeit fügte ich hinzu: »Glaubst du wirklich, dieser Laszlo Balasi durchsucht das ganze Internet nach Fotos von mir? Der hat sicher auch was anderes zu tun.«

»Zum Durchsuchen gibt es Programme, die das automatisch erledigen.«

Diese lapidare Wahrheit ließ mich verstummen. Aber dann wich mein Frust plötzlicher Neugier, denn bei dem Thema *Programme* fiel mir eine wichtige Frage ein, die mich schon länger beschäftigte.

»Hat das LKA eigentlich mittlerweile herausgefunden, wofür genau man dieses Superglade X benutzt?«

»Jonas Plessberg zufolge ist es eine Art Hacker-Software. Angeblich kann man damit SSL-Internetverbindungen anzapfen.«

»Heißt das, man kann mit der Software quasi mitlesen,

wenn Leute Mails schreiben oder Onlinebanking machen oder was im Internet bestellen?«

»Nicht nur mitlesen, sondern auch die Verbindungen manipulieren und benutzen.«

»Oh mein Gott! Dann könnten diese Typen sich ja mit dem Programm von überallher massenhaft Geld überweisen! Auf irgendwelche anonyme Auslandskonten! Das ist bestimmt viel mehr als eine Million wert.«

»Es wäre buchstäblich unbezahlbar, falls es funktioniert«, stimmte Pascal zu. »Vielleicht begreifst du nun auch endlich, wie groß die Gefahr für euch wirklich ist. Ihr seid nicht nur lästige Zeugen, sondern Laszlo Balasi glaubt auch, dass ihr Superglade X habt. Er wird alles tun, um euch aufzuspüren.«

Ich war erschüttert. Nun war tatsächlich unmissverständlich klar, dass dieser Ungar Himmel und Hölle in Bewegung setzen würde, um uns zu finden. Von daher war es auch absolut logisch, dass besagter Schröder lieber mit Superglade X abgehauen war. Jemand wie Laszlo Balasi, der gegen alle Arten von Belastungszeugen allergisch war, würde garantiert dafür sorgen, dass keiner übrig blieb, der mehr als nötig darüber wusste. Und erst recht keiner, der das Programm beliebig vervielfältigen und an weitere Interessenten verhökern konnte.

Omi kam auf die Terrasse heraus und setzte sich in einen der Gartensessel. »Herrliches Wetter heute.« Sie streckte genießerisch die Beine aus und verschränkte die Hände hinterm Kopf. »Ist es nicht schön hier? Ah, die Rhön! Wie konnte ich es nur all die Jahre in der Großstadt aushalten?«

Ich wollte gerade ansetzen, das wunderbare, abwechslungsreiche und kulturell hochwertige Leben in einer Großstadt zu verteidigen, doch Pascal kam mir zuvor.

»Wir sollten deine Daten auch noch mal durchgehen, Gerti.«

»Gern. Ich bin Rentnerin und heiße Gertrud Berger. Ich bin Sylvias Schwiegermutter und Emmys Omi. Mein Sohn ist vor fünfzehn Jahren bei einem Autounfall ums Leben gekommen.« Ihr Gesicht verdüsterte sich kurz, denn bis auf den geänderten Nachnamen war alles real. Mein Vater war ihr einziges Kind gewesen. Ich wusste, dass sie immer noch um ihn trauerte, und manchmal schmerzte es mich, dass ich es nicht richtig nachfühlen konnte, denn ich erinnerte mich nicht an ihn, weil ich noch so klein gewesen war, als er starb. Auf den Fotos war er ein gut aussehender, blonder Mann mit einem herzlichen Lachen.

Gespielt fröhlich fuhr Omi fort: »Der Bankautomat und der Supermarkt haben kein Problem mit meiner neuen EC-Karte, und der Orthopäde und der Zahnarzt haben ohne Einwände meine neue Versicherungskarte akzeptiert.«

»Das liegt daran, dass es echte Karten sind«, erklärte Pascal.

»Ich weiß«, gab Omi verschmitzt zurück. »Trotzdem habe ich mich anfangs ziemlich begriffsstutzig angestellt, wenn mich jemand *Frau Berger* nannte. Ich habe immer hinter mich geschaut, um zu sehen, wen sie überhaupt meinen. Zum Glück bin ich eine alte Frau, da fällt so ein Verhalten praktisch nicht auf. Und inzwischen habe ich mich hervorragend an den Namen gewöhnt. Auch mein Verlag hat die neue Art der Kommunikation ohne großes Getue akzeptiert. Meine Lektorin schrieb mir neulich, wie aufregend sie es findet, dass unsere Korrespondenz über eine Sicherheitsbehörde umgeleitet wird. Sie fühlt sich wie Miss Moneypenny.« Omi räusperte sich. »Nur zu Beginn gab es eine winzig kleine Sicherheitslücke, denn ein paar Leute haben beobachtet, dass ich beim Spazierengehen diktiere.«

Pascal sah sie alarmiert an. »Davon wusste ich gar nichts!«

»Hab's auch nicht an die große Glocke gehängt. Warum die Pferde scheu machen, wenn ich es doch auf ganz einfache Weise regeln konnte?«

»Wie denn?«

»Ich habe in Umlauf gesetzt, dass ich meine Memoiren schreibe. Viele alte Leute tun das.«

»Im Ernst?«, fragte Pascal zweifelnd.

»Und ob. Allein mein Verlag kriegt jedes Jahr mindestens hundert Autobiografien zugeschickt. Unfassbar dicke Manuskripte, kein Mensch kann sich das vorstellen. Alles unverlangt natürlich, es wandert sofort in den Schredder, wenn kein Rückumschlag dabei ist. Sie veröffentlichen schließlich nur Liebesromane, keine Lebensgeschichten. Aber das stört die Leute nicht. Sie schicken ihr Zeug trotzdem ein. Schreiben ist als Hobby ungeheuer verbreitet. Mittlerweile habe ich in Erfahrung gebracht, dass mindestens fünf andere Leute hier im Dorf auch ihre Memoiren schreiben wollen, wenn sie erst mal in Rente sind. Zwei verfassen Gedichte. Frau Paschulke will einen Roman schreiben, sobald sie eine tolle Idee hat und mit dem Computer besser klarkommt. Und das sind nur die Leute, die es zugeben. Die Dunkelziffer ist bestimmt enorm. Ich bewege mich also mit meinen schriftstellerischen Ambitionen in einem absolut sicheren Umfeld. Der einzige Mensch aus dem Dorf, der weiß, dass ich *wirklich* schreibe, wird dieses Wissen mit ins Grab nehmen. Horst war schon immer verschwiegen wie ein Stein.«

Pascal wirkte immer noch besorgt. »Es wäre besser, wenn solche Vorfälle dem LKA mitgeteilt würden.«

»Beim nächsten Vorfall werde ich dran denken«, versprach Omi. »Aber jetzt entschuldigt mich bitte kurz, ich habe gerade einige großartige Sätze für die Schlussszene im Kopf.« Sie setzte ihr Headset auf und machte ihr Handy startklar zum Diktat. »Ophelia schmiegte sich zitternd in Hughs Arme und gab sich bereitwillig seinen heißen Küssen hin. Endlich hatten sie wirklich zueinandergefunden! In ihrem Inneren zogen sich winzige Muskeln zusammen, die sich alle an einem glühenden Punkt tief unten in ihrem Leib zu bündeln schienen. Sie war in einem betäubenden Taumel der Lust gefangen. In diesen Augenblicken fühlte sie sich ganz und gar nicht wie die wohlerzogene junge Lady, die alle Welt in ihr sah, sondern wie eines dieser verruchten leicht bekleideten Geschöpfe in Madame Bouviers rotem Salon …«

Pascal und ich hingen erwartungsvoll an Omis Lippen, doch plötzlich schallte Mamas begeisterte Stimme auf die Terrasse heraus.

»Oh, du bist schon da, Liebster!«

Omi zupfte sich das Headset vom Kopf und ließ es schnell zusammen mit dem Handy in der Gürteltasche verschwinden.

»Meine Güte, sind diese wunderbaren Blumen etwa für mich? Das wäre doch nicht nötig gewesen! Warte, ich stelle sie rasch in eine Vase.« Mama klang atemlos, wahrscheinlich hatte sie sich gerade bereitwillig ein paar heißen Küssen hingegeben. »Komm doch gleich mit auf die Terrasse, dann kann ich dich vorstellen!«

»Na toll«, murmelte ich. Es war so weit, und ich konnte es nicht mehr verhindern und mich auch nicht verstecken. Jetzt würde ich Bob den Baumeister kennenlernen.

*

Drei Stunden später war die Grillparty immer noch im Gange. Von unseren Gästen schien keiner Lust zu haben, nach Hause zu gehen. Es war noch hell draußen, ein lauer Spätsommerabend, aber der Himmel verwandelte sich über den Berghängen oberhalb des Dorfs langsam in flammendes Kupfer. Es sah wunderschön aus.

»Es sind noch ganz viele Tofusteaks übrig«, rief Frau Paschulke. Sie guckte Pascal beim Grillen über die Schulter. »Und von Herrn Müllers leckerem Kartoffelsalat ist auch noch was da!« Ihr Gesicht leuchtete mit der untergehenden Sonne um die Wette. Anscheinend war dieser Grillabend so richtig nach ihrem Geschmack. Sie war eine dralle kleine Person um die vierzig, mit verspielten Löckchen und reichlich rosa Rouge im Gesicht. Der Farbton biss sich extrem mit ihrer lila geblümten Bluse, aber das schien niemanden zu stören, vor allem nicht sie selbst.

»Das Rezept hat meine Frau mir hinterlassen«, erklärte Justus Müller. »Es war bisher auf jeder Party der große Renner.«

»Ach, Ihre Frau ist auch verstorben?«, erkundigte Frau Paschulke sich mitfühlend, während sie ihm Wein nachschenkte.

»Wieso *auch?*«

»Mein Mann ist ebenfalls verschieden. Gell, so was wirft einen fürchterlich aus der Bahn! Aber Gott sei Dank kann man auch in mittleren Jahren noch auf ein neues Glück hoffen.« Sie warf einen bezeichnenden Blick hinüber zu Mama und Bob, die sich pausenlos gegenseitig anhimmelten. »Sogar in den späten Jahren.« Es folgte ein Blick auf Omi und Horst, die nebeneinander auf der Gartenbank saßen und ebenfalls vollkommene Harmonie ausstrahlten. Horst hatte zwar den ganzen Abend kaum ein Wort gesagt, aber er wirkte sehr zufrieden, genau wie Omi.

»Nein, meine Frau ist nicht tot«, erklärte Justus Müller. »Ich bin geschieden.«

»Das tut mir leid«, sagte Frau Paschulke.

»Ich bin drüber weg«, meinte Justus Müller.

»War das nicht schlimm für Ihren Jungen? Er ist so ein herziger Bub!«

Tommy wäre sicher nicht traurig gewesen, dass er das verpasste. Er übte gerade mit Lucky auf dem Rasen alle möglichen Hunde-Features ein. Bisher hatte er ihm schon *High Five* und *Toter Hund* beigebracht und dafür nicht mal Leckerlis benötigt. Irgendwie schaffte er es, dass Lucky ihm aufs Wort gehorchte. Bei mir wollte mein Hund nicht mal *Sitz* und *Platz* machen. Wobei es natürlich auch sein konnte, dass Lucky sich deswegen so ins Zeug legte, weil er Sally beeindrucken wollte, die in graziöser Pose vor dem Rhododendron lag und ihm aufmerksam bei seinen Kunststückchen zuschaute.

»Will noch jemand ein Tofusteak?«, rief Pascal in die Runde. »Die müssen langsam mal vom Grill runter.«

»Ich würde ja noch eins essen«, sagte Frau Paschulke. »Aber ich muss auf meine Linie achten. Sonst denkt man am Ende, ich wäre zu dick.« Sie sah Justus Müller wimpernklimpernd an, doch der schien den Wink mit dem Zaunpfahl nicht zu kapieren.

»Ich würde noch ein Nackensteak nehmen«, sagte Justus zu Pascal.

»Die sind alle.«

»Im Kühlschrank sind noch welche.« Mama stand auf. »Brot ist auch noch da. Ich sorge mal rasch für Nachschub.«

»Ich helfe dir tragen.« Bob erhob sich ebenfalls und folgte ihr ins Haus. Drinnen sagte er etwas mit seiner tiefen Bassstimme zu ihr. Es klang sehr liebevoll.

Ich verdrehte die Augen, weil es kaum auszuhalten war. Dieser Bob war die wandelnde Hilfsbereitschaft und Herzlichkeit in Person. Und das Schlimme war – es schien echt zu sein. Ich wartete die ganze Zeit darauf, dass er endlich in den Normalmodus zurückfiel, so wie Mamas frühere Typen. Die hatten immer nach spätestens einer Stunde aufgehört, irgendwen mit guten Manieren beeindrucken zu wollen. Stattdessen hatten sie das getan, was die meisten Männer so machen, wenn sie in die Nähe einer Sitzgelegenheit und einer Flasche Bier kommen. Nämlich keinen einzigen Handschlag mehr.

Aber Bob (er hatte darauf bestanden, dass wir alle ihn so nannten) schien tatsächlich solche Dinge wie Brot schneiden, frische Servietten holen, gebrauchte Teller stapeln und reihum Getränke ausschenken in seinem persönlichen Repertoire zu haben. Bis jetzt hatte er es jedenfalls geschafft, den positiven ersten Eindruck noch nicht zu ruinieren. Und er schien wirklich *sehr* verliebt in Mama zu sein, genauso wie sie in ihn.

Das Seltsame war – nach einer Weile fiel einem gar nicht mehr auf, dass er nicht annähernd so gut aussah wie seine Vorgänger. Mit seiner Halbglatze und seiner gigantischen Hakennase unterschied er sich optisch komplett von Mamas sämtlichen Verflossenen. Außerdem war er etwas kleiner als Mama und hatte einen unübersehbaren Bauchansatz, aber auch das schien ihr nicht das Geringste auszumachen. Ebenso wenig wie seine Hochwasser-Jeans und die Lücke zwischen seinen Schneidezähnen, die immer dann sichtbar wurde, wenn er lachte, was er ziemlich oft tat. Ich hatte mich sogar schon dabei ertappt, dass ich sein Lachen mochte. Es fing an wie leises Donnergrollen oder ein entferntes Erdbeben, und dann brach es mit Macht aus ihm heraus, als könnte er es nicht zurückhalten, selbst wenn er es gewollt hätte.

Pascal trat neben mich. Er hatte die allseits verschmähten Tofusteaks auf einem Teller geparkt und die Grillzange weggelegt. »Er scheint ein ganz netter Kerl zu sein. Kommt selten vor, dass man das über einen Anwalt sagen kann.«

»Worüber habt ihr euch vorhin unterhalten, als er bei dir am Grill stand?«

»Über nichts Wichtiges. Fußball. Und Kängurus.«

»Kängurus?«, fragte ich verwundert.

»Ja, er wollte wissen, was die Farmer, bei denen ich gejobbt habe, gegen die Kängurus unternehmen. Er hat schon mal Urlaub in Australien gemacht und mitgekriegt, dass die Kängurus da ab und zu Probleme bereiten.«

»Ich dachte immer, dass das ganz liebe, harmlose Beuteltiere sind. Skippy das Buschkänguru und so.«

»Sie sind vielleicht lieb, aber nicht harmlos, denn sie fressen die Felder und Weiden kahl. Die Regierung hat sie unter Artenschutz gestellt, doch die Farmer bekämpfen sie oft mit allen Mitteln. Sie werden vergiftet, erschossen, überfahren – viele von den Grundbesitzern sind da überhaupt nicht wählerisch.«

Ich schluckte und versuchte, das Bild von unzähligen niedergemetzelten Skippys zu verdrängen, das bei Pascals Beschreibung vor meinem geistigen Auge entstanden war.

»Sag mal«, fragte ich zögernd. »Könntest du übers LKA mehr über ihn rausfinden?«

»Über Bob? An was dachtest du denn so? Vorstrafen, Drogensucht, Schulden, heimliche Laster?«

Das schwache Zucken um seine Mundwinkel entging mir nicht. »Du machst dich über mich lustig«, hielt ich ihm vor.

»Und du hast ziemlich abgefahrene Ideen«, gab er zurück. »Glaubst du ernsthaft, ich kann mir einfach eine Akte über ihn kommen lassen und dir hinterher erzählen, was drinsteht? Oder sein Telefon abhören, um rauszufinden, was er so in seiner Freizeit treibt?« Er grinste mich offen an. »Emmy, manchmal bist du wirklich ein bisschen naiv.«

Ich verspürte den Drang, ihm den Inhalt meines Glases über den Kopf zu schütten, aber weil da nur noch ein winziger Rest Wasser drin war, wäre er davon nicht mal richtig nass geworden.

Er streckte die Hand aus und fuhr mir sacht mit dem Daumen über die Wange. »Da war etwas Ketchup.«

»Ist es weg?«, fragte ich krächzend.

Er ließ die Hand sinken. »Ja«, sagte er leise. Mit dieser

rauen und zugleich samtigen Stimme, bei der sich in meinem Inneren prompt winzige Muskeln zusammenzogen. Unwillkürlich horchte ich in mich hinein, ob auch die Sache mit dem glühenden Punkt stimmte. Es glühte tatsächlich – allerdings schien es überall zu sein. In meinem Magen, in der Herzgegend, und vor allem an der Stelle, die er gerade mit dem Daumen berührt hatte.

»Ich muss mal eben rein«, brachte ich kurzatmig heraus. Ich rannte aufs Gästeklo und kühlte mir mit einem angefeuchteten Handtuch das Gesicht. Ketchup-Rückstände entdeckte ich dabei allerdings keine, was mich zu der Überlegung führte, dass ich in Wahrheit vielleicht gar keinen Ketchup auf der Wange gehabt hatte. Ketchup ist klebrig und zäh, vor allem, wenn er angetrocknet ist. Man konnte so einen Fleck nicht einfach mal eben mit dem Daumen wegwischen. Oder doch? Spontan fasste ich den Entschluss, es zu testen. Wir hatten noch eine angebrochene Flasche Ketchup im Kühlschrank.

Ich flitzte zur Küche und wäre unterwegs um ein Haar mit Bob kollidiert. Er trug in der einen Hand einen vollen Brotkorb und in der anderen sein volles Bierglas. Mit einer für seine bärenhafte Statur erstaunlichen Geschicklichkeit vollführte er einen Schlenker und konnte dadurch gerade noch verhindern, dass ich frontal mit ihm zusammenknallte. So erwischte ich ihn nur seitlich am Arm, aber leider an der Seite mit dem Bierglas. Dessen Inhalt befand sich nach meinem Rempler teils auf mir, teils als Pfütze auf dem Boden, wobei ich eindeutig den größeren Teil abgekriegt hatte.

»Oje, das tut mir leid!«, rief Bob. »Ich bin ein solcher Tollpatsch!« Er sah mich bestürzt an.

Ich sah an meiner triefenden Vorderseite herab. »Nicht so tragisch. Ist ja nur Bier. Außerdem war es meine Schuld, ich hätte nicht so rennen sollen.« Ich rang mir sogar ein Lächeln ab. »Dann geh ich mich wohl mal eben umziehen.«

Die Sache mit dem Ketchup würde ich einfach später ausprobieren.

*

Als ich kurz darauf in Unterwäsche und mit frischen Klamotten unterm Arm aus meinem Zimmer kam, um ins Bad zu gehen, entging ich nur um Haaresbreite dem nächsten Zusammenstoß, diesmal mit Justus Müller, der sich irgendwie ins Obergeschoss verirrt hatte.

»Oh, Entschuldigung, ich wollte nicht stören!«, stammelte er und starrte durch seine dicke Brille krampfhaft auf den Boden, während er sich gleichzeitig zur Treppe zurückzog. »Aber unten war besetzt, da dachte ich, ich könnte hier oben … Aber ich kann ja auch rasch nebenan bei mir daheim …« Bei dem Versuch, rückwärts die Treppe nach unten zu betreten, wäre er fast abgestürzt und konnte sich gerade noch am Geländer festklammern. Ich verschwand unterdessen hastig im Bad und knallte die Tür hinter mir zu. Du liebe Zeit, wie megapeinlich!

Allerdings war das genau die Art von Zusammentreffen, die mir demnächst vielleicht häufiger bevorstanden. Nur nicht mit unserem Nachbarn Justus, sondern mit Bob dem Anwalt, der garantiert heute nicht das letzte Mal hier war. Ich würde es mir wohl wieder abgewöhnen müssen, in Unterwäsche durchs Haus zu laufen, denn man wusste nie, ob unten nicht gerade das Bad besetzt war und daher das hier oben benötigt wurde. Blieb nur zu hoffen, dass Bob wenigstens nicht zu der Sorte Männer gehörte, die morgens nach dem Aufstehen in Boxershorts und Socken in der Küche aufschlugen, weil sie unbedingt eine Tasse Kaffee zum Wachwerden brauchten, bevor sie duschen gingen.

Unwillkürlich schoss mir durch den Kopf, wie es wohl bei Pascal sein würde. Er hatte ein kleines Duschbad im Gästekeller, aber zum Kaffeetrinken würde er hoch in die Küche kommen müssen. Ob er wohl auch vor dem Duschen eine Tasse Kaffee brauchte? Sein Rucksack hatte nicht so ausgesehen, als würde da ein Bademantel reinpassen.

Während ich mir die Unterwäsche abstreifte und mir in der Wanne mit warmem Wasser das Bier vom Körper duschte, stellte ich mir vor, wie er wohl in Boxershorts aussah. Die Socken ließ ich weg. Und nach einer Weile auch die Boxershorts.

Okay, hm, an der Stelle höre ich jetzt besser auf, denn ich fing definitiv an, mich wie eines der verruchten Geschöpfe in Madame Bouviers rotem Salon zu fühlen.

Nur das noch: Die Sache mit dem glühenden Punkt stimmt.

Aus Emmys Tagebuch

Zustand, keinen zum Quatschen zu haben, ist nicht mehr auszuhalten. Muss einfach mit irgendwem über private Dinge reden. Will aber auf keinen Fall Selbstgespräche führen und wie Smeagol enden. Fange deshalb Tagebuch an.
Heute letzter Sonntag und Ende der längsten Ferien, die ich je hatte. Morgen ist es so weit. Bin mittlerweile wirklich aufgeregt, trotz Vorsatz, ganz gechillt zu starten. Rede mir ständig ein, dass alles gut wird: Werde in der neuen Schule Mathe-Ass. Laszlo und seine Komplizen werden geschnappt und mindestens so lange eingelocht, bis ich dreißig bin. Werde Yasemin wiedersehen und mit der alten Stufe Hammerparty feiern.
Und allen die ganze Story erzählen.
Außer vom Ketchup-Experiment. Leute könnten es für gestört halten, sich mit halb voller Ketchupflasche im Zimmer einzuschließen. Und sich Ketchupkleckse ins Gesicht zu schmieren und sie unterschiedlich lange einwirken zu lassen, um verschiedene Trocknungsgrade zu testen. Und dann zu versuchen, sich das Zeug mit dem Daumen wegzustreichen. Klebt alles wie die Pest und geht kaum ab, nur mit viel Wasser und Reinigungs-

milch. Hinterher Flecken wie riesige Masern. Irgendwie fast Ähnlichkeit mit Typen aus *The Walking Dead*. Aber Ergebnis ist klar: Kann auf der Terrasse keinen Ketchup im Gesicht gehabt haben. Muss noch überlegen, was das zu bedeuten hat.

5

Was können Sie uns über Zufallsvariablen sagen, Emma?«, fragte Herr Klüwer vom Lehrerpult aus.

Ich malte Kringel in mein Heft, und erst ein Stoß mit dem Ellbogen von der Seite machte mir klar, dass *ich* Emma war. Auch nach einer vollen Woche Schule hatte ich den Namen noch nicht so weit verinnerlicht, dass ich sofort darauf ansprang. Draußen in unserem beschaulichen Dorf nannten mich alle bei meinem Kindernamen Emmy, das bedeutete keine Umstellung für mich. Aber mit *Emma* war ich in all den Monaten bis zum Schulbeginn letzte Woche vielleicht höchstens ein Dutzend Mal angeredet worden, und da war niemand anderer in der Nähe gewesen, der damit gemeint sein konnte.

»Was?«, fragte ich verdattert.

»Zufallsvariablen«, wiederholte Herr Klüwer hilfreich. Er war ein netter und sehr erfahrener Mathelehrer, man konnte wirklich nichts gegen ihn sagen. Er meinte es nur gut mit allen Schülern. Vor allem mit mir, denn er nahm mich dauernd dran, auch wenn ich mich nicht gemeldet hatte.

Mir war mittlerweile völlig klar, was da ablief: Er befand sich auf einer Mission, denn er war der festen Überzeugung, dass man auf Berliner Schulen nicht viel lernte, vor allem nicht in Mathematik. Deshalb hatte er es sich zur Aufgabe erkoren, mich zu fördern, damit ich im Vergleich zu den hessischen Eliteschülern nicht hoffnungslos hinten runterfiel.

Pascal hatte den Ellbogen wieder eingefahren und sah mich von der Seite an. Er wirkte nicht sehr erfreut. Kein Wunder. Jetzt ging er schon eine volle Woche jeden Tag mit mir zur Schule und gab den Exoten aus dem Outback (ständig war er von irgendwelchen Tussis umringt, die alles über seine Arbeit als Pferdeflüsterer und Schafzuchtexperte erfahren wollten), und ich kriegte es immer noch nicht hin, auf den einfachen Namen *Emma* zu reagieren.

»Äh, also Zufallsvariablen. Die sind ... äh, zufällig. Also ...« Krampfhaft versuchte ich, mich zu erinnern, was Tommy mir darüber erzählt hatte. Wir hatten schon zwei Nachhilfestunden hinter uns, eine davon erst gestern in Stochastik. Ich war bei ihm zu Hause gewesen, und sein Vater Justus hatte uns Waffeln gebacken. Dazu hatte es heiße Kirschen und Sahne gegeben. Ich hatte hinterher mehr am Tisch gelegen als gesessen, weil es so unfassbar gut geschmeckt hatte. Nach einem großen Stapel Waffeln und einem Riesenberg Sahne und Unmengen heißer Kirschen war es nicht leicht gewesen, sich auf Mathe zu konzentrieren. Ich entsann mich nur schwach, dass Tommy mir auf einem Blatt Papier Formeln gezeigt und mir Aufgaben vorgerechnet und erklärt hatte. Dabei war sogar mehrmals der Begriff *Zufallsvariable* gefallen.

Was hätte ich jetzt für ein eidetisches Gedächtnis gegeben! Herr Klüwer hätte bloß Pascal fragen müssen, der hätte alles sofort in perfekter Reihenfolge und hundertprozentig richtig abgespult. Aber Herr Klüwer fragte lieber mich, denn er hatte schon in der ersten Stunde gemerkt, dass Pascal sowieso alles wusste und deshalb die volle Punktzahl abstauben würde. In den Naturwissenschaften konnte er mit seinem Copy+Paste-Gehirn mühelos alles jemals Erarbeitete aus seiner Erinnerung holen und es wie ein Computer anwenden. Schon als er noch richtig die Schule besucht hatte, war das sein unschlagbarer Vorteil gewesen – ganz nebenbei hatte ich in dem Zusammenhang erfahren, dass er eine Klasse übersprungen hatte und deshalb auch in seinem Beruf schon so weit vorangekommen war. Es war, als hätte er in seinem Kopf eine Art Lager, in dem sich riesige Regale voll von jederzeit abrufbarem Wissen befanden.

Doch nicht in allen Fächern funktionierte das so perfekt, besonders, wenn es um Fragen ging, die ihm vorher in dieser Form noch nicht begegnet waren. Beispielsweise in Deutsch, da hatte er in der Oberstufe andere Lektüren durchgenommen. Oder in Englisch, das wir beide als LK gewählt hatten. Er sprach es ziemlich perfekt, aber nicht im bevorzugten klassischen Oxford-Style, sondern eher wie ein rustikaler australischer Landarbeiter, von daher passte es natürlich auch perfekt zu seiner Tarnung.

Davon abgesehen machte er aber keine besonderen Anstalten, irgendwelche Wissenslücken durch Lernen auszubügeln, denn er hatte sein Abi ja schon in der Tasche. Außerdem dauerte sein Einsatz hier sowieso schon länger als geplant, was vermutlich nur meiner Unfähigkeit geschuldet war, mich anzupassen.

Ein leises Kichern irgendwo im Klassenraum riss mich aus meinen Gedanken. Anscheinend wurde immer noch eine Antwort von mir erwartet.

»Eine Zufallsvariable ist eine …«, begann ich tapfer erneut und durchforstete meinen Kopf nach der Definition. Was hatte Tommy noch mal dazu gesagt? »Also sie ist … sie ist eine Variable, die vom Zufall abhängt.«

»Ganz recht. Und wie könnte man es noch genauer definieren?«

Ich dachte intensiv nach, und auf einmal fiel es mir wieder ein. »Eine messbare Funktion des Wahrscheinlichkeitsraums«, schloss ich erleichtert.

»Richtig«, sagte Herr Klüwer. »Und weiter?«

Offenbar war meine Antwort unvollständig. Wieso konnte ich mir diese Dinge nicht besser merken? Ich hatte Stochastik doch schon letztes Jahr in der Schule gehabt! Es war sogar in einer Klausur vorgekommen. Allerdings hatte ich die Aufgabe nicht lösen können, weil ich Σ und Ω nicht auseinanderhalten konnte und auch die Sache mit dem Ereignisbaum nicht verstanden hatte.

»Sie wissen es, Emma«, meinte Herr Klüwer aufmunternd. »Ich sehe es Ihnen an.«

Neben mir raschelte es, diesmal auf der anderen Seite, wo meine Tischnachbarin Caro saß. Sie malte wie zufällig auf einem Blatt Papier herum. Ich schielte auf das, was sie geschrieben hatte. *Waschmaschinentraum?* Nein, Quatsch. Da stand *Wahrscheinlichkeitsraum*. Aber das hatte ich ja schon gesagt. Daneben hatte sie noch ein Wort notiert. Ich konnte es nicht entziffern, sie hatte eine furchtbare Schrift.

Doch auf einmal fiel es mir von allein wieder ein.

»Messraum«, sagte ich erleichtert. »Eine messbare Funktion von einem Wahrscheinlichkeitsraum in einen Messraum.«

»Sehr gut«, lobte mich Herr Klüwer. Mit zufriedenem Lächeln zückte er sein altmodisches kleines Notizbuch und schrieb etwas hinein. Ich registrierte es mit einigem Stolz und dankte Tommy im Stillen für die Unterstützung. Er hätte sich bestimmt gefreut, wenn er es mitbekommen hätte, aber weil er auf das benachbarte Stein-Gymnasium ging, konnte ich ihm erst nach der Schule davon erzählen. Seine Erklärungen schienen irgendeine Barriere in meinem Gehirn durchlässiger gemacht zu haben, denn auf einmal konnte ich sogar die Aufgaben mitrechnen, die Herr Klüwer an die Tafel schrieb.

»Wollen wir Samstag ins Bermudadreieck?«, fragte Caro mich in der Mittagspause. Wir hatten uns in die Mensa gesetzt und aßen Käsebrötchen. Um uns herum herrschte lebhafter Betrieb, die Schüler standen Schlange vor der Essensausgabe. »Du kannst hinterher bei mir pennen, wenn du willst. Pascal natürlich auch, falls er mitkommen will und was trinken möchte. Er kann das Zimmer von meinem Bruder haben, der ist dieses Wochenende nicht da.«

»Ich hab nichts dagegen.«

In der einen Woche seit Schulbeginn hatten wir uns ein bisschen angefreundet. Sie war in fast allen Kursen, die ich auch belegt hatte, und so hatte es sich von Anfang an ergeben, dass wir auch nebeneinandersaßen. Sie rechts von mir, Pascal links. Auch die Pausen und Freistunden verbrachten wir folglich oft zu dritt, vorausgesetzt, Pascal schaffte es, sich seinem üblichen Gefolge zu entziehen. Das bestand aus bildschönen, mindestens eins fünfundsiebzig großen Mädchen, die ihn bei jeder Gelegenheit belagerten. Wo immer sich – wie gerade eben drüben an der Kaffeetheke – eine Gruppe super aussehender, affektiert kichernder Mädels scharte, konnte man sicher sein, dass Pascal im Zentrum der Aufmerksamkeit stand. Caro nannte es respektlos den Hühnerstall.

»Paddy ist wieder im Hühnerstall stecken geblieben«, sagte sie.

»Ich hab's gesehen«, sagte ich.

Ihre Namen fingen komischerweise alle mit *Sa* an. Samantha, Sandra, Sabrina, Saskia. Jedes Mal, wenn sie sich um Pascal versammelten, kam mir automatisch der Gedanke, dass auch seine Kollegin Sarah sich gut in diesem Kreis gemacht hätte, nicht nur wegen des passenden Vornamens, sondern auch optisch. Sie war genauso groß und hübsch wie der Rest vom Hühnerstall.

Mir war schon oft die Frage durch den Kopf gegangen, ob Pascal und Sarah vielleicht was laufen hatten. Natürlich hätte ich ihn auch einfach darauf ansprechen können, aber so was lag mir nicht, dafür war ich zu feige. Und dabei interessierte es mich wirklich brennend, vor allem seit der Sache mit dem Ketchup. Doch was immer ich mir danach eingebildet hatte – es hatte sich nicht wiederholt. Im Gegenteil, ich hatte den Eindruck, dass er seither eine unsichtbare Grenze zwischen uns gezogen hatte, die er um keinen Preis überschreiten wollte. Jedes Mal, wenn wir miteinander allein waren, ging er auf Distanz. Dann wurde er wortkarg, fast stumm. Und falls er doch mal was zu sagen hatte, blieb er sachlich und neutral, als würde er an einer behördlichen Besprechung teilnehmen.

»Also geht es klar mit Samstag?«, fragte Caro.

»Von mir aus gerne.« Höchste Zeit, dass ich wieder ausging, um mit Freunden zu feiern und was zu trinken. Das erste Mal seit Joelles Geburtstagsparty im letzten Frühjahr. Doch bei der Erinnerung an die späteren Ereignisse jener Nacht verkrampfte sich alles in mir.

»Was ist los?«, wollte Caro wissen. »Du bist auf einmal so blass.«

»Ach, es ist nichts.«

Sie musterte Pascal, der mitten im Hühnerstall stand. »Es hat was mit Paddy zu tun, oder? Irgendwas stimmt mit ihm nicht.«

»Wie kommst du denn auf die Idee?«, fragte ich erschrocken.

»Du bist total in ihn verknallt. Das hab ich gleich am ersten Tag gesehen. Und ich bin sicher, dass es ihm genauso geht. Und da frage ich mich natürlich, was mit ihm los ist und warum ihr nicht zusammen seid.«

»Das ist absoluter Quatsch«, sagte ich im Brustton der Überzeugung.

»Ich glaube nicht. Du kriegst vielleicht nicht mit, wie er dich manchmal ansieht, aber ich schon.«

»Wie sieht er mich denn an?«, fragte ich mit klopfendem Herzen.

»Als wärst du für ihn das Wichtigste auf der Welt. Er lässt dich nicht mal dann aus den Augen, wenn die Hühner ihn vollquatschen, so wie gerade eben. Siehst du, er guckt schon wieder zu dir rüber.«

Ich folgte ihren Blicken, und tatsächlich, er sah mich direkt an. Für einen Moment ließ ich mich von seinen goldfarbenen Augen bannen wie von einer unerwarteten, sanften Berührung, aber dann kam ich wieder zur Besinnung.

»Das ist Zufall.«

»Zufall ist was anderes. Beispielsweise, dass die Hühner alle mit *Sa* anfangen.«

»Oh, das ist dir auch aufgefallen. Ich sag's ja: Zufälle haben es an sich, dass sie gehäuft auftreten können. Reine Stochastik.« Ich musste grinsen, und zugleich musste ich sehr an mich halten, ihr nicht zu erklären, dass Pascal mich nicht etwa deshalb ständig beobachtete, weil er was von mir wollte. Besser gesagt, er wollte zwar was von mir, aber nicht das, was Caro dachte. Er passte einfach nur wie ein Habicht auf, dass ich keine Fehler beging, mit denen ich das kostbare Zeugenschutzprogramm gefährdete. Das war ja auch der einzige Grund, warum er überhaupt hier in der Schule war – um ein Auge auf mich zu haben. Aber das konnte ich Caro natürlich nicht verraten.

Es bedrückte mich, dass ich das alles vor ihr geheim halten musste, denn ich mochte sie sehr gern. Caro war unglaublich nett, ich hatte sie auf Anhieb ins Herz geschlossen. In gewisser Weise war sie Yasemin sehr ähnlich. Rein äußerlich hatten sie nicht viel gemeinsam, denn Caro war kaum größer als ich und eher üppig als schmal gebaut. Aber sie glich Yasemin vom Wesen her – beide hatten dieselbe Art von respektlosem Humor. Schon nach wenigen Tagen kam es mir so vor, als hätte ich eine wunderbare neue Freundin gefunden. Es war ein so tolles Gefühl, dass ich deswegen sogar Yasemin gegenüber ein schlechtes Gewissen bekam und ihr in einem langen Tagebucheintrag versprach, dass sich zwischen uns nichts ändern würde. Aber es tat gut, wieder jemanden zu haben, mit dem man über Mädchenkram reden und über Leute lästern oder einfach nur unbeschwert Kaffee trinken konnte.

Und der einem die Wahrheit sagte, die man sich selbst nicht eingestehen wollte, weil man sich davor fürchtete und deshalb nach Kräften vermied, darüber nachzudenken.

Man konnte die Wahrheit anderen gegenüber abstreiten, und man konnte auch versuchen, sie vor sich selbst zu leugnen. Aber wenn sie erst mal ausgesprochen war, wurde sie real, und dann musste man anfangen, ihr ins Auge zu blicken. Und das tat ich in diesem Moment zum ersten Mal, während Caros Worte mit durchschlagender Wirkung in meinem Kopf nachhallten.

Du bist total in ihn verknallt.

Natürlich hatte ich es schon vorher gewusst, denn irgendeinen Grund musste es ja haben, dass ich in seiner Nähe ständig Atemnot bekam und meinen Puls in der Kehle spürte. Aber ich hatte es mir nicht eingestehen wollen.

»Woran denkst du gerade, Emma?«, fragte Caro.

»An Justin Bieber.«

Das stimmte tatsächlich. Soeben hatte ich mich spontan erinnert, dass ich ja nicht zum ersten Mal verliebt war. Ich war ungefähr ein halbes Jahr lang fest mit Justin Bieber liiert gewesen. Natürlich ohne sein Wissen – neben mir hatte er damals schätzungsweise eine Million andere zwölfjährige Freundinnen gehabt. Trotzdem war ich wie eine Blöde in ihn verschossen gewesen, mit denselben Symptomen, unter denen ich derzeit litt. Irgendwann hatte diese pubertäre Geschmacksverirrung von allein aufgehört. Mittlerweile war mir schleierhaft, was ich je an ihm gefunden hatte. Ganz zu schweigen von dem Vermögen, das ich für seine CDs verschleudert hatte.

Nachdenklich biss ich von meinem Käsebrötchen ab. Im

Grunde war es die ideale Lösung. Ich musste mir lediglich vorstellen, Pascal wäre Justin Bieber. Meine Verliebtheit war nichts weiter als eine dämliche, mädchenhafte Schwärmerei. Sie beruhte auf bescheuerten Äußerlichkeiten. Bei Justin waren es die Schmachtsongs und die Haartolle gewesen und bei Pascal die Lederjacke, die Pistole und die ungewöhnliche Augenfarbe.

Ich war einfach nur … hormonell verstrahlt. Das würde bald von selber weggehen. Es ließ sich in einem Satz zusammenfassen: Problem erkannt, Problem gebannt.

Caro sah mich mit großen runden Augen an. »Nee, oder?«, vergewisserte sie sich. »Sag bloß, du stehst auf Justin Bieber?«

»Nicht mehr lange«, erklärte ich entschieden.

*

»Alles gut bei dir?«, fragte Tommy. Er hatte sich ein Bier von der Theke geholt und sprach mit lauter Stimme, um den Lärmpegel zu übertönen. Wir befanden uns im Bermudadreieck – genauer gesagt, in einer Art kleinem Vergnügungsviertel in der Altstadt von Fulda, mit mehreren dicht beieinanderliegenden urigen Kneipen, in denen die Stimmung bombig war, auch in der, die wir aufgesucht hatten. Überall herrschten Gedränge und Feierlaune. Hier musste sich samstagabends niemand langweilen. Ich hatte mir zur Feier des Tages gerade den zweiten Longdrink genehmigt und fühlte mich ziemlich aufgekratzt.

Tommy prostete mir zu. Ich prostete zurück und sah zu Pascal hinüber. Er stand ein paar Schritte entfernt und unterhielt sich mit Caro. Sie schien ihn irgendwas zu fragen, worauf er lachend den Kopf schüttelte.

»Wollen wir morgen vielleicht auch wieder was zusammen unternehmen?«, fragte Tommy. Er war sichtlich guter Laune. Seine Augen leuchteten unternehmungslustig. Das Haar, das bei unserem Aufbruch am früheren Abend noch stylisch zurückgekämmt gewesen war, stand nun in allen Richtungen von seinem Kopf ab, und sein sommersprossiges, jungenhaftes Gesicht war vom Bier und von der Wärme in dem Lokal gerötet.

»Morgen machen wir einen Familienausflug«, sagte ich. »Bob will uns was von der Gegend zeigen. Zuerst ist die Rhön dran. Und nächsten Sonntag stehen der Dom und das Schloss auf dem Plan.«

»Super Idee! Ein bisschen Sightseeing würde meinem Dad vielleicht auch gefallen. Der vergräbt sich die ganze Zeit nur zu Hause und kommt kaum raus.«

»Ihr könntet doch mitkommen«, schlug ich vor. »Wir müssen sowieso mit zwei Autos fahren, weil Horst und Omi auch mit von der Partie sind.«

»Ich frag ihn mal«, sagte Tommy.

Wir tranken einträchtig, er sein Bier und ich meinen Longdrink, und plötzlich freute ich mich auf die nächste Nachhilfestunde. Seine Erklärungen hatten definitiv was bewirkt, und ich war entschlossen, diesen positiven Trend zu verstärken. Wenn ich Stochastik kapierte, war das schon die halbe Miete. In den anderen Fächern lief es ganz gut, vor allem in Englisch, da war ich sogar deutlich besser als letztes Jahr.

Auch Tommy kam an seiner neuen Schule gut zurecht,

was bei ihm allerdings kein Wunder war. Er war unglaublich klug, das hatte ich längst bemerkt. Auch anderen war schon aufgefallen, was er draufhatte: Vor ein paar Tagen hatte er ohne fremde Hilfe ein kompliziertes IT-Problem bei seiner Schulverwaltung gelöst und das System vor dem totalen Datencrash bewahrt. Seitdem galt er bei den Computerexperten der Stein-Schule als eine Art Held. Das hatte ich nicht etwa von ihm selbst erfahren – es war nicht seine Art, sich aufzuspielen –, sondern aus den *Osthessen-News*, wo er in einem Artikel lobend erwähnt worden war, sogar mit Foto.

Mittlerweile hatte ich mir angewöhnt, immer mal wieder auf dieser Nachrichtenseite vorbeizusurfen, denn sie war informativ und gut aufgemacht und brachte die aktuellsten Meldungen aus der Region. Einmal hatte Mama mir über die Schulter geschaut und fröhlich gemeint, wie toll sie es fände, dass ich allmählich hier heimisch würde. Denn nur da, wo man sich zu Hause fühle, hätte man Interesse an lokalen Nachrichten.

Daraufhin hatte ich stumm und trotzig mein Notebook zugeklappt und war nach oben auf mein Zimmer gegangen. Meine Welt war und blieb Berlin! Wie konnte sie so was Doofes sagen!? Trotzdem war ich mir wie eine Verräterin vorgekommen. Wann hatte ich das letzte Mal Berlin-Nachrichten gelesen? In der ersten Zeit hatte ich im Internet ständig Berliner Seiten angesteuert – Zeitungen, Blogs und Szenemagazine. Aber irgendwann war es weniger geworden und hatte dann fast ganz aufgehört. Als ich mir das eingestehen musste, warf ich Osthessen sofort aus meiner Favoritenliste und setzte Berlin wieder ganz nach oben. So leicht würden die Hessen mich nicht kriegen, das schwor ich mir.

Trotzdem freute ich mich auf den Ausflug mit Bob. Ich mochte die Rhön und war gespannt, was er uns alles zeigen wollte. Aber das änderte nichts daran, dass Berlin meine Herzensstadt war, ergänzte ich sofort in Gedanken.

Beim Thema *Herz* musste ich automatisch an mein anderes Problem denken. Mein *richtiges* Problem.

»Alles okay mit dir?«

Erschrocken wandte ich mich um. Wenn man an den Teufel dachte … Er stand dicht hinter mir, in der Hand ein Glas mit irgendwas Alkoholfreiem. Wir waren mit seinem Wagen hergefahren.

Tommy war zu Caro rübergegangen und unterhielt sich mit ihr. Sie sah ihn aufmerksam und mit schräg gelegtem Kopf an, als würde ihr jetzt erst auffallen, was für ein netter Typ er war. Ich hatte die beiden an diesem Abend miteinander bekannt gemacht, und sie schienen sich auf Anhieb zu mögen.

»Ja«, antwortete ich strahlend auf Pascals Frage. »Alles in Ordnung.«

Aber das war gelogen. Mein Justin-Bieber-Plan funktionierte nicht. Stattdessen wurde es immer schlimmer. Doch das würde er nie erfahren. Nicht in hundert Jahren. Außerdem würde er ja binnen kürzester Zeit sowieso wieder weg sein, dann konnte ich anfangen, mich zu entspannen und ihn zu vergessen. Diesmal für immer. Entschlossen trank ich noch ein paar Schlucke von meinem Longdrink. Er war stärker als der davor, und ich merkte, wie mir der Alkohol zu Kopf stieg.

Ich ließ Pascal einfach stehen. Unternehmungslustig spazierte ich durch das Lokal und hielt Ausschau nach bekannten Gesichtern. Pascal machte keine Anstalten, mich zurückzuhalten oder mir zu folgen. Als ich aus dem Gedränge einen Blick zurück wagte, sah ich, dass aus dem Nichts Sandra und Sabrina erschienen waren und wie kichernde Napfschnecken an ihm klebten.

Ich ignorierte beharrlich den Ärger, der mich bei diesem Anblick überkam, und gesellte mich zu zwei Typen aus meinem Sport-GK. Sie hießen Jens und Nils und hatten beide schon ziemlich getankt. Eigentlich konnte ich sie nicht leiden, weil sie den Mädchen aus dem Kurs auf den Hintern und den Busen glotzten und dabei schmutzige Witze rissen, die alle hören konnten. Wie erwartet zogen sie mich sofort ins Gespräch und machten mir alle möglichen plumpen, aber offensichtlich ehrlich gemeinten Komplimente. Jens wollte mir einen Drink spendieren, und Nils bot an, mich nach Hause zu fahren.

»Du hast doch gar keinen Wagen, Alter«, widersprach Jens und brach in wieherndes Gelächter aus.

»Ich nehm einfach deinen«, gab Nils zurück, bevor er noch lauter lachte als Jens.

»Emma, du bist echt das süßeste Mädchen aus der ganzen Stufe«, sagte Jens.

»Danke«, erwiderte ich, während ich mein leeres Glas abstellte. »Ihr könnt mich ruhig Emmy nennen.«

»Sind in Berlin alle Mädels so knuffig und niedlich wie du, Emmy? Komm, das müssen wir mal für die Außenwelt festhalten.« Er legte mir den Arm um die Schulter und zog mich an sich. Ich wollte mich losmachen, aber er hielt mich fest, während er mit der freien Hand sein Handy zutage förderte.

»Ich will auch mit drauf, Alter.« Nils drängte sich von der anderen Seite heran und bewirkte dadurch, dass ich mich nicht mehr von der Stelle rühren konnte.

Vielleicht hätte ich besser nicht so viel getrunken. Der Alkohol hatte meine Reaktionsfähigkeit außer Kraft gesetzt. Ich war nicht mal geistesgegenwärtig genug, den Kopf wegzudrehen. Der Blitz erwischte mich voll, und schon hatte Jens sein Foto.

»Cooles Teil. Darf ich mal?« Von der Seite kam ein Arm in zerknautschtem Leder, und Jens wurde das Smartphone aus der Hand gepflückt. Pascal tippte ein paarmal darauf herum, dann gab er es Jens zurück und lächelte ihn dabei gewinnend an.

»Sorry, ich dachte, es wäre das neueste Modell. Aber es ist ja noch das aus der letzten Serie.«

Während Jens begriffsstutzig zuerst Pascal und dann sein Handy betrachtete, fasste Pascal mich bei der Hand und zog mich von den beiden weg nach draußen und dort noch ein Stück weiter in eine ruhige, menschenleere Seitenstraße hinein.

Sein Gesicht war ungewohnt kantig, seine Stimme hart.

»Wir müssen reden, Emily.«

»Es tut mir leid. Ich konnte nichts machen, die zwei Typen haben mich blockiert.«

»Du hättest gar nicht erst in diese Situation kommen dürfen.«

»Ja, schon klar. Es war meine Schuld, ich hab nicht aufgepasst. Wieder mal.« So, wie ich es sagte, klang es nicht reumütig, sondern frech. Und ein bisschen beschwipst.

»Nein, diesmal war es anders. Du hast es drauf angelegt.«

Er sah mich ruhig an. »Du hast zu viel getrunken, und du hast dich von diesen Idioten befummeln lassen, um mich zu provozieren. So kann es nicht weitergehen, Emily.«

Die unwiderlegbare Wahrheit dieser Feststellung brachte bei mir endgültig das Fass zum Überlaufen.

»Ja, es stimmt«, schrie ich ihn an. »Und was willst du jetzt von mir hören? Soll ich zugeben, dass ich dauernd deine wertvollen und wichtigen Ratschläge missachte? Okay, ich geb's zu. Soll ich mich vor dir auf die Knie werfen und dich um Vergebung anflehen, weil ich das Zeugenschutzprogramm ruiniere? Darauf kannst du lange warten! Wieso bist du überhaupt hier, wenn ich dich so nerve? Ich merke doch, wie sehr dich das alles anpisst.« Ich hielt mich nicht damit auf, den unfeinen Ausdruck zu bedauern, denn ich hatte gerade erst angefangen, ihm endlich an den Kopf zu werfen, was ich von ihm und seiner ganzen Art hielt. »Du wartest doch ständig nur darauf, dass ich Fehler mache! Tag für Tag starrst du mich an wie ein Löwe auf der Lauer, um auch ja keinen einzigen von meinen Ausrutschern zu verpassen. Caro hat sich deswegen sogar schon eingebildet, du wärst in mich verliebt! Hast du schon jemals in deinem Leben so was Absurdes gehört?«

»Emmy, ich …«

»Wollen wir doch mal sehen, was die dumme kleine Emily als Nächstes für einen Mist anstellt.« Ich äffte seinen amtlichen Tonfall nach, mit dem er mich die ganze letzte Zeit auf Distanz gehalten hatte. »Ach, schau an, da haben wir doch schon was: Sie ist immer noch zu doof, um auf ihren neuen Vornamen zu hören, obwohl sie den seit fast fünf Monaten in ihrem Ausweis stehen hat. Oh, und die Sache mit den Selfies hat sie auch noch nicht richtig begriffen, denn nur wer so unfassbar dusselig ist wie sie, lässt sich von diesen Typen da drinnen knipsen. Sie ist halt *wirklich ein bisschen naiv*.« Das waren seine eigenen Worte gewesen. Es verschaffte mir Genugtuung, sie ihm unter die Nase zu reiben, aber meine Wut ging davon nicht weg. Aufgebracht funkelte ich ihn an, konnte ihn aber nicht genau erkennen, weil er auf einmal ganz verschwommen aussah. Da merkte ich, dass ich angefangen hatte zu weinen.

»Es ist nicht absurd«, warf er leise ein.

»Und die Sache mit dem Ketchup-Experiment dürfen wir nicht vergessen«, fuhr ich mit bebender Stimme fort, denn ich konnte mich nicht mehr stoppen. »Etwas so Dämliches hat die Welt noch nicht gesehen. So was bringt wirklich nur die naive kleine Emily fertig.« Ich stockte und starrte ihn an. »W-was hast du gerade gesagt?«

»Es ist nicht absurd«, wiederholte er.

»Ich … äh …« Ich musste innehalten und tief Luft holen. »*Was* ist nicht absurd?«

»Was Caro denkt.«

»Oh … M-meinst du …« Ich bekam es nicht raus. Ich bekam überhaupt nichts mehr raus. Auf einmal war nicht nur meine Fähigkeit zum Denken weg, sondern auch meine Stimme.

Pascal trat auf mich zu und legte mir die Hände auf die Schultern. »Sie hat völlig recht, Emmy.«

Ich konnte nur den Kopf in den Nacken legen und ihn anglotzen wie ein Schaf. Ein stummes Schaf.

»Es fing schon in dieser ersten Nacht in Berlin an. Als ich dich da im Krankenhausflur stehen sah … *Wumm*.« Er ließ meine Schultern los, um sich mit beiden Händen in die Haare zu fahren, eine Geste, die etwas Hilfloses an sich hatte. Dann umfasste er meine Oberarme und sah mir eindringlich ins Gesicht. »So was ist mir noch nie passiert. Das war ... Es war unprofessionell! Was glaubst du denn, warum ich damals den totalen Rückzug angetreten habe? Es war gegen alle Regeln, was ich für dich fühlte!« Erneut ließ er mich los, um sich die Haare zu raufen, und dabei trat er einen Schritt zurück. Doch sofort war er wieder bei mir und hielt mich abermals fest. Diesmal zog er mich zu sich heran, schlang beide Arme um mich und legte sein Kinn auf meinen Scheitel. Ich spürte, wie sein Herz hämmerte.

»Ich hätte gar nicht herkommen dürfen. Das war nur Sarahs Schuld. Eigentlich wäre es ihr Job gewesen, mit dir in die Schule zu gehen, das war schon ausgemacht. Aber sie hatte so einen blöden Fall in München, da wollte sie unbedingt hin, und deshalb hat mein Chef bestimmt, dass ich das hier übernehmen muss. Was hätte ich denn sagen sollen? Dass ich mich in dich verknallt habe und daher für diese Aufgabe ungeeignet bin? Dass ich alles ruinieren werde, weil persönliche Gefühle bei mir im Spiel sind?«

Er hielt inne, und ich merkte, wie er den Kopf schüttelte.

»Ich hab die Klappe gehalten, mein Zeug gepackt und bin hergefahren. Denn in Wahrheit *wollte* ich ja kommen. Ich wollte es die ganze Zeit. So sehr, wie ich lange nichts gewollt habe. Aber ich wollte auch einen guten Job machen. Ohne Fehler. Deinetwegen und für deine Mutter und deine Oma, denn es ist *wichtig*, weil euer Leben davon abhängt. Ich dachte, ich kann beides trennen und die Gefühle ausblenden. Ich dachte sogar, irgendein verdammtes Schicksal will mich auf die Probe stellen. Ob ich dabei versage oder ob ich es schaffe.« Er lachte, aber es klang ziemlich verzweifelt. »Jetzt halte ich dich hier im Arm und hab es dir erzählt, und ich weiß nicht mal, ob ich versagt oder ob ich's geschafft habe! Hast du schon mal so was Verrücktes gehört?«

Ich versuchte, seine Frage zu beantworten, aber das klappte nicht, weil meine Stimme immer noch weg war. Und mit meiner Fähigkeit zu denken sah es momentan auch nicht gut aus.

»Was zum Teufel meintest du eigentlich gerade mit *Ketchup-Experiment?*«, erkundigte er sich.

Auch darauf antwortete ich nicht. Es ging nicht. Ich fühlte mich wie betäubt. Aber auch auf unfassbare Weise wundervoll, von einer unbekannten, süßen Wärme umhüllt, als hätte mich jemand in flüssigen Honig getaucht. Von all den wirren Gedanken, die – passend zu dem Bild – in meinem Kopf herumschwärmten wie aufgescheuchte Bienen, kriegte ich nur einen zu fassen.

Er fühlte genau dasselbe wie ich. Er hatte sich in mich verliebt.

Der Rest war mir im Augenblick völlig egal, denn mehr als diese eine wesentliche Information konnte mein Gehirn derzeit sowieso nicht verarbeiten. Immerhin hatte es aber irgendwie einen automatischen Befehl an meine Arme gesandt, denn ich hielt Pascal ebenso fest umschlungen wie er mich. Wir standen in enger Umarmung da, ich mit meinem Gesicht an seiner Brust, und er mit dem Kinn auf meinem Scheitel, und wenn es nach mir gegangen wäre, hätten wir ewig so stehen bleiben können.

Doch schon im nächsten Augenblick ließ er mich los

und trat einen Schritt zurück. Hinter uns waren zwei angetrunkene Typen aufgetaucht. Sie grölten einen Fußballsong, hielten aber inne, als sie uns erreichten, und bedachten uns mit anzüglichen Bemerkungen, die mir die Schamröte ins Gesicht trieben. Es waren Nils und Jens.

»He, können wir mitmachen?«, lallte Nils.

»Haut ab«, sagte Pascal.

Jens fing an zu pöbeln. »Du hast irgendwas mit meinem Handy gemacht, du Arsch. Alle Bilder sind weg.« Er stieß Pascal mit beiden Händen vor die Brust und schubste ihn gegen Nils. Der schubste ihn ebenfalls. Anscheinend waren die zwei auf Krawall aus.

Pascal machte eine Bewegung, so blitzschnell, dass ich kaum mitkriegte, was er genau tat, aber in der nächsten Sekunde lag Nils mit erstaunter Miene am Boden, und Jens stolperte zurück.

»Mann«, beschwerte er sich. »Was war das denn gerade für ein krasser Move, Alter?«

»Beim nächsten Mal tut's weh«, verkündete Pascal.

Darauf wollten sie es offenbar nicht ankommen lassen. Jens half Nils beim Aufstehen, und gemeinsam zogen sie weiter. Ihre gute Laune war durch den Zwischenfall anscheinend nicht ernsthaft beeinträchtigt worden – schon an der nächsten Ecke fingen sie wieder an zu singen.

Was kam jetzt? Verstohlen suchte ich Pascals Blick, doch er sah nicht mich an, sondern jemanden, der hinter mir stand.

»Hallo, Tommy.«

»Bei euch alles in Ordnung?«, wollte Tommy besorgt wissen.

»Ja, alles klar«, antwortete Pascal. »Wir wollten gerade wieder reinkommen.«

Damit war unsere Aussprache wohl fürs Erste beendet.

*

In dieser Nacht kamen wir nicht mehr zum Reden, denn es war immer irgendjemand in der Nähe, vorzugsweise Sandra und Sabrina. Nach einer Weile tauchte sogar auch noch Saskia auf und vergrößerte die Runde. Pascal machte keine Anstalten, mich ins Gespräch miteinzubeziehen, und er berührte mich auch nicht mehr. Er spielte einfach wieder den lustigen australischen Austauschschüler, der alles Mögliche über Schafe und Kängurus und Aborigines erzählten konnte.

Weil auf der Heimfahrt Tommy mit im Wagen saß, ergab sich auch da keine Gelegenheit, die Unterhaltung fortzusetzen, die wir im Bermudadreieck begonnen hatten. Wobei aus meiner Sicht die folgerichtige Fortsetzung darin bestanden hätte, dass Pascal mich küsste. Das war doch der nächste Schritt, wenn man einer Frau mitteilte, dass man in sie verliebt war, oder?

Aber die Art, wie Pascal beim Fahren stur geradeaus auf die Straße sah und mir höchstens mal aus Versehen einen Blick im Innenspiegel zuwarf (ich saß hinten, Tommy vorn neben ihm), weckte allmählich Zweifel bei mir, ob ein Kuss tatsächlich die notwendige Konsequenz aus seinem Geständnis gewesen wäre. Vielleicht hätte er als Nächstes einfach nur sagen wollen, dass wir stärker als unsere Gefühle sein müssten, um das Zeugenschutzprogramm nicht zu gefährden. Oder dass es gegen die Vorschriften verstieß, wenn ein LKA-Beamter und eine Zeugin sich küssten. Möglicherweise hätte er aber auch einfach nur über das Ketchup-Experiment sprechen wollen, denn nachdem ich es dummerweise erwähnt hatte, schuldete ich ihm wohl noch eine Erklärung dafür.

In dieser Nacht kamen wir allerdings sowieso zu nichts mehr, weder zum Reden noch zum Küssen, denn als wir zu Hause eintrafen, waren Mama und Bob noch auf. Sie kuschelten zusammen auf dem Sofa und sahen sich eine DVD an.

»War es nett in der Stadt? Hattet ihr Spaß?« Mama wollte unbedingt wissen, wo wir überall gewesen waren, und Bob erzählte, wo er in seiner Jugend immer am liebsten hingegangen war. Nach einer Weile war ich so müde, dass ich im Sessel einschlief. Als ich später irgendwann die Augen wieder aufmachte, war Pascal schlafen gegangen, und Mama räumte in der Küche ein paar Gläser in die Spülmaschine. Bob war noch mal kurz mit dem Hund raus, und mir blieb nichts anderes übrig, als ebenfalls ins Bett zu gehen.

Den Rest der Nacht plagten mich grässliche Träume. Immer, wenn ich glaubte, mit Pascal allein zu sein, tauchten von irgendwoher die *Sas* auf. Oder Nils und Jens, die sich mit Pascal prügeln wollten. Und einmal erschien auch seine rothaarige Kollegin Sarah, die noch viel hübscher war, als ich sie in Erinnerung hatte. Sie behauptete, Pascal hätte seine Übungen auf dem Schießstand vernachlässigt, weshalb ihr Chef einen Powercheck befohlen hätte. Mit diesen Worten zog sie ihre Waffe und fing an, auf ihn zu ballern. Zufällig stand ich in der Schusslinie. Ich konnte mich gerade noch zur Seite werfen und landete hart auf dem Boden.

Mit einem schmerzerfüllten Stöhnen wachte ich auf und stellte fest, dass ich aus dem Bett gefallen war. Zum Glück auf einen Klamottenhaufen – ich hatte letzte Nacht einfach alles abgestreift und war sofort ins Bett gesunken.

Ich hätte mich gern noch mal hingelegt, aber es war schon halb zehn, und um zehn wollten wir zu unserem Ausflug aufbrechen. Als ich nach einer raschen Dusche schlapp und übernächtigt nach unten kam, saßen die anderen schon in bester Sonntagslaune um den Frühstückstisch, einschließlich Pascal, der aufsprang und mir den Stuhl zurechtrückte. Dabei achtete er allerdings peinlich genau darauf, mich nicht zu berühren. Und beim Frühstück schien er sein weich gekochtes Ei wesentlich interessanter zu finden als mich.

Ich litt noch unter den Nachwirkungen des späten Zubettgehens und der Albträume, anders ließ sich meine nachfolgende grenzdebile Äußerung nicht erklären.

»Gibt es eigentlich bei polizeilichen Schießübungen so was wie einen Powercheck?«, fragte ich Pascal. Im nächsten Moment hätte ich mich ohrfeigen können. Ich hatte vergessen, dass Bob mit am Tisch saß! Wie hatte mir nur so ein Schnitzer unterlaufen können!

Doch Bob schien es gar nicht zu bemerken, im Gegenteil – er war der Ansicht, ich hätte *ihm* die Frage gestellt.

»Hm, als polizeilicher Fachausdruck ist mir das nicht bekannt. Ich habe als Anwalt zwar oft mit der Polizei zu tun, aber ich kann mich nicht erinnern, das in dem Zusammenhang je gehört zu haben. Du, Liebling?«, wandte er sich an Mama.

Mama schüttelte den Kopf. »Nie gehört oder gelesen, und ich habe weiß Gott schon viele Schriftsätze abgetippt.«

Sie warf mir einen mahnenden Blick zu, den ich mühelos deuten konnte: Wenn *sie* es schon schaffe, unsere Situation vor Bob rund um die Uhr geheim zu halten, sollte ich das doch bitte schön wenigstens für die Dauer des Frühstücks hinkriegen!

Dass ich das Wort zu allem Überfluss nur geträumt hatte, kam noch erschwerend dazu.

Pascal saß neben mir, ich konnte daher nicht sehen, wie er darauf reagierte, und weil ich es auch nicht wirklich wissen wollte, sparte ich mir den Seitenblick.

Omi erzählte was Lustiges über Lucky und Sally, die in ihrer Verliebtheit anscheinend beim Morgenspaziergang versucht hatten, gemeinsam durchzubrennen und dabei eine Schafherde aufgemischt hatten. Der Eigentümer der Herde wollte sich noch bei uns melden, weil sein bester Widder bei der Flucht vor den Hunden im angrenzenden Elektrozaun hängen geblieben war. Daraufhin hatte es im Zaun einen Kurzschluss gegeben, was den Notfalleinsatz eines Elektrikers erfordert hatte, inklusive Anfahrtskosten und Sonntagszuschlag.

»Gut, wenn man für solche Fälle eine Hundehalterversicherung hat«, sagte Bob.

Diesmal war es Mama, die sich beinahe verriet. »Haben wir denn wieder eine?« Ihre Frage klang unsicher und war, genau wie meine vorhin, an Pascal gerichtet.

Diesmal rettete Omi die Situation. »Selbstverständlich«, sagte sie gelassen. »Ich habe vorhin schon die Police rausgesucht.«

Es war klar, dass es so nicht lange weitergehen konnte. Ich meinte, ein leises, resigniertes Seufzen von Pascal zu hören.

Dass Mama sich so bald wieder einen neuen festen Freund zulegen würde – und zwar einen von der Sorte, der das ganze Wochenende bei uns verbrachte –, hatten die Macher des Zeugenschutzprogramms wohl nicht auf dem Schirm gehabt. Über kurz oder lang würde Bob merken, dass irgendwas mit uns nicht stimmte. Er war schließlich alles andere als dumm. Anwälte hatten außerdem schon beruflich die Angewohnheit, ihre Nase in fremde Angelegenheiten zu stecken. Juristen besaßen Erfahrung im Aufdecken von Widersprüchen und Ungereimtheiten und bohrten so lange, bis sie alles herausgefunden hatten.

Mama warf Pascal einen halb zerknirschten, halb verzweifelten Blick zu – vermutlich dachte sie gerade genau dasselbe wie ich.

Keine Frage, Bob würde wohl über kurz oder lang eingeweiht werden müssen. Hoffentlich zog man beim LKA diese Möglichkeit in Betracht. Denn sonst würde er es garantiert auf die eine oder andere Weise von selbst erfahren.

Seltsamerweise sorgte ich mich deswegen nicht allzu sehr. Hatte ich während des Grillabends noch ernsthaft über die Notwendigkeit nachgedacht, Bob vom LKA gründlich durchleuchten zu lassen, war ich mittlerweile absolut von seiner Integrität überzeugt. Pascal hatte es sofort richtig erkannt – Bob war ein netter Kerl. Er war lieb und lustig und zuvorkommend, und all das auf eine Art, die es einem sehr leicht machte, ihn gern zu haben. Wenn er abends nach der Arbeit hereinschneite, hatte er immer ein paar Scherze parat und brachte einen damit zum Lachen. Mit Omi führte er geistreiche Unterhaltungen über alte Kriminalfilme aus den Fünfzigerjahren, und mit mir witzelte er über die seltsamen Angewohnheiten von Juristen mit Smartphones, indem er nachspielte, wie sich Anwälte bei Gerichtsverhandlungen lieber mit den neuesten Börsennews befassten statt mit ihren Klageanträgen.

Mit Pascal sprach er ab und zu über Australien oder über Fußball, der ewige Dauerbrenner bei Männergesprächen. Aber die beiden konnten auch einfach nur ganz einträchtig mit einer Bierflasche in der Hand draußen auf der Terrasse sitzen und den Himmel betrachten.

Auch mit Lucky verstand Bob sich blendend – mein Hund geriet förmlich in Verzückung, sobald Bob draußen aus seinem Wagen stieg. Zwischen den beiden war es quasi Freundschaft auf den ersten Blick gewesen.

Um Mama kümmerte er sich mit rührender Aufmerksamkeit. Wann immer er sie anschaute, strahlte sein Gesicht förmlich vor Liebe, kein Mensch konnte das übersehen. Je öfter man die beiden zusammen antraf, umso mehr verfestigte sich der Eindruck, dass sie schlichtweg füreinander bestimmt waren – ein Gefühl, das ich bei Mamas früheren Beziehungen kein einziges Mal gehabt hatte.

Zum allerersten Mal hoffte ich daher, dass es hielt. Das war eine denkwürdige Premiere. Aber gleichzeitig auch ein Problem, denn je enger die Beziehung der beiden wurde – und sie war jetzt schon *sehr* eng –, desto schwieriger wurde die Geheimhaltung. Noch ein Problem mehr, mit dem Pascal sich herumschlagen musste.

Anscheinend gab es aber noch weitere Probleme, von denen ich nichts ahnte. Als wir im Laufe des Vormittags unter Bobs Führung die Rhön erkundeten, sonderte Pascal sich von der Gruppe ab und fiel ein Stück weit zurück. Dabei gab er mir ein Zeichen, es ihm nachzumachen. Ich tat es, voller Aufregung und in dem Glauben, dass er jetzt endlich mit mir über letzte Nacht reden wollte.

Er beugte sich zu mir, und ich erschauderte unwillkürlich. Ob er mich jetzt küssen wollte?

»Das LKA hat ein Treffen arrangiert«, sagte er leise.

»Was für ein Treffen?«, fragte ich verblüfft.

»Zwischen dir und deiner Freundin Yasemin.«

Ich hielt die Luft an, denn sonst hätte ich einen Freudenschrei ausgestoßen. Das war mindestens so toll wie ein Kuss von Pascal! »Oh mein Gott! Yasemin! Kommt sie nach Fulda? Oder fahre ich nach Freiburg?«

»Weder noch. Das Treffen findet in Frankfurt statt. Wir fahren Freitag nach der Schule zusammen hin.«

Mein Herz wurde ganz weit vor Glück und Begeisterung. Endlich würde ich sie wiedersehen!

»Danke«, sagte ich mit Tränen in den Augen. »Ich danke dir *so* sehr!«

»Nicht so laut. Und verhalte dich ein bisschen unauffälliger, ja?« Er schätzte stirnrunzelnd die Entfernung zwischen uns und den Müllers ab. Justus und Tommy gingen ein Stück vor uns. Wie von mir vorgeschlagen, hatten die beiden sich uns angeschlossen und fuhren im Konvoi mit uns zu den einzelnen Stationen des heutigen Ausflugs. Tommy blickte sich gerade zu uns um und schien sich zu wundern, warum wir so trödelten.

»Okay.« Ich ging weiter und tat so, als würde ich interessiert die Umgebung beobachten. Wir spazierten um ein von Wald und Wiesen umgebenes Gewässer, das den lustigen Namen Guckaisee trug. Laut Bob war der Guckaisee der größte natürliche See in Hessen, was prompt ein wenig Mitleid in mir geweckt hatte, denn er war kaum größer als ein Teich. Wenn man aus Berlin kam, stellte man sich unter einem See eher etwas anderes vor. Trotzdem sah es hier sehr malerisch aus – man konnte in dem teichähnlichen See schwimmen und Ruderboot fahren oder sich auf einer Floßinsel sonnen.

Vor unserem Abstecher zum Guckaisee hatten wir ein Dorf namens Kleinsassen besucht, das am Fuß eines Berges lag, zu dem ein schöner Wanderweg hinaufführte. Den Berg wollten wir uns allerdings für einen anderen Sonntag aufsparen, weil Omi und Horst nicht wirklich Lust auf diesen Aufstieg hatten. Stattdessen besichtigten wir das im Dorf befindliche Kunstforum, eine Art Begegnungsstätte mit Ateliers und Museum sowie einem Skulpturengarten. Man konnte den Künstlern beim Töpfern oder Malen zusehen oder in Workshops zeichnen oder bildhauern lernen und natürlich auch Ausstellungen besuchen. Bob meinte, es sei zwar nicht mit der Museumsinsel in Berlin vergleichbar, aber trotzdem weit über die Grenzen der Rhön hinaus bekannt.

Nach dem Spaziergang um den See wollte Bob noch mit uns in die Hochrhön fahren, ins Schwarze Moor, wo Hessen, Bayern und Thüringen ein Dreiländereck bildeten und wo es frisch vom Grill eine legendäre Bratwurst gab. Bei Bobs ausgiebigen Beschreibungen der köstlichen Wurst hatte mein Magen angefangen zu knurren. Mittlerweile war ich ziemlich hungrig.

Aber in meinem Magen herrschte auch aus einem anderen Grund Aufruhr. Pascal und ich waren allein. Na ja, nicht richtig allein, die anderen befanden sich höchstens dreißig Meter vor uns, und Tommy sah sich ständig zu uns um. Aber wir konnten uns zumindest ungestört unterhalten. Ich zerbrach mir verzweifelt den Kopf, wie ich möglichst elegant zu dem Thema umschwenken konnte, an dem mir besonders lag. Doch während ich noch überlegte, wie ich am besten anfangen sollte, sagte Pascal:

»Wegen letzter Nacht – darüber wollte ich auch noch mit dir sprechen. Das war mein völliger Ernst, Emmy.«

»Meiner auch.« Ich räusperte mich, denn ich hatte den Eindruck, dass ich gleich schon wieder meine Stimme verlieren würde. »Ähm, also ich meine nicht all die Gemeinheiten, die ich dir an den Kopf geworfen habe, sondern das andere.«

»Das andere?« Neben seinem Mundwinkel erschien das Grübchen. »Willst du damit sagen, dass du meine Gefühle erwiderst?«

Ich nickte nochmals, denn ich bekam mal wieder kein Wort heraus. Der Puls in meiner Kehle drückte mir irgendwie die Stimmbänder ab. Meine Halsschlagader war ein einziges wildes Stakkato.

»Ach, Emmy.« Es klang sanft. »Das weiß ich doch. Und das ist ja das Problem.«

Ich fand schlagartig meine Stimme wieder. »Warum ist das ein Problem? Etwa wegen deiner Arbeit?« Von plötzlicher Panik erfüllt, fügte ich hinzu: »Oder hast du eine Freundin?«

»Nein, selbstverständlich nicht. Und das Problem ist tatsächlich meine Arbeit. Wenn wir beide … Man würde mich sofort von dem Fall abziehen. Ich könnte disziplinarrechtliche Schwierigkeiten kriegen. Und das wäre noch das Mindeste.«

Betroffen hatte ich seiner Erklärung zugehört, und auf einmal dämmerte mir, worum sich das Gespräch, das wir am Tag seiner Ankunft über vorschriftswidrige Gefühle geführt hatten, wirklich gedreht hatte. Es war nicht um meine Gefühle gegangen, sondern um seine. Und wenn er denen nachgab, würde er höllischen Ärger kriegen.

»Wenn es rauskäme, würde mir beim LKA niemand mehr abkaufen, dass mein Einsatz hier eine echte dienstliche Notwendigkeit ist. Doch das ist er definitiv. Du machst einfach noch zu viele Fehler.« Er schüttelte den Kopf. »Himmel, ich kann nicht glauben, dass ich dir das alles überhaupt erzähle. Vergiss es am besten ganz schnell wieder. Du bist ja sogar noch minderjährig. Wenigstens einer von uns beiden muss vernünftig sein.«

Bei dem Wort *minderjährig* war meine Aufsässigkeit erwacht. »Ich werde nächsten Samstag achtzehn. Außerdem sind diese ganzen Vorschriften einfach nur … bescheuert.«

Er grinste. »Das lassen wir mal so stehen. Aber jetzt sollten wir zusehen, dass wir noch was von der legendären Bratwurst im Schwarzen Moor abkriegen.«

In den nächsten Tagen benahm Pascal sich so, als hätte es das Gespräch nie gegeben.

*

Am darauffolgenden Freitag war mir schon am Morgen ein bisschen schlecht, und im Laufe des Vormittags wuchs meine Aufregung ins Unermessliche. Ich konnte mich kaum auf den Unterricht konzentrieren, alles rauschte irgendwie an mir vorbei. Endlich würde ich Yasemin wiedersehen!

Das bevorstehende Treffen in Frankfurt kam mir vor wie eine konspirative Aktion unter Geheimagenten. Genau genommen war es das wohl auch, oder zumindest so was Ähnliches, denn alles lief unter dem absoluten Siegel der Verschwiegenheit ab. Für Tommy hatten wir uns eine Ausrede überlegen müssen, denn er fuhr sonst freitags nach der Schule mit uns im Wagen nach Hause. Ich hatte ihm erzählt, dass Pascal in Frankfurt einen guten Kumpel aus Australien treffen würde, und ich wolle mitfahren, um endlich mal wieder richtig shoppen zu gehen. Als Caro davon Wind bekam, fragte sie spontan, ob sie nicht auch mitfahren könne. Sie sei schon ewig nicht mehr in Frankfurt gewesen und *liebe* es, dort zu shoppen. Ich stand ziemlich konsterniert da und musste einen Hustenanfall vortäuschen, der extrem lange dauerte und erst endete, als Pascal kapierte, dass es ein Hilferuf war. Er klopfte mir auf den Rücken, bis ich ihm röchelnd mitteilte, was Caro gesagt hatte.

Caro nickte begeistert. »Es wäre toll, wenn ihr mich mitnehmen könnt. Ich würde gern mal wieder auf die Zeil. Da gibt es super Geschäfte.«

»Das geht leider nicht. Wir haben das Auto schon voll. Zwei Leute über Mitfahrzentrale.«

Damit hatte er sich eine spitzenmäßige Ausrede überlegt, wie ich fand. Trotzdem hatte ich den Eindruck, dass Caro ein bisschen irritiert war. Aber vielleicht war es auch bloß Enttäuschung.

Doch nach der Schule warteten auf dem Schülerparkplatz tatsächlich zwei Leute auf uns, ein Mann und eine Frau. Mir fiel fast die Tasche aus der Hand, als ich sah, wer die Frau war: Pascals Kollegin Sarah Lippmann.

»Hallo, Emily«, begrüßte sie mich, während sie sich wie selbstverständlich neben mir auf dem Rücksitz niederließ und ihr Begleiter vorn auf der Beifahrerseite einstieg.

»Hallo«, erwiderte ich verunsichert. »Pascal hat mir gar nichts davon erzählt, dass du auch mitfährst.«

»Das liegt daran, dass ich es selbst erst heute Vormittag erfahren habe«, sagte Pascal. Er lenkte den Wagen vom Parkplatz und ordnete sich in Richtung Schnellstraße ein.

»Wir wollten uns eigentlich in Frankfurt treffen«, erklärte Sarah. »Aber dann hatte der Zug aus Berlin kurz vor Fulda einen Triebwerksschaden, und da haben wir entschieden, dass wir genauso gut das letzte Stück gemeinsam mit euch fahren können.«

Ich suchte in ihrem hübschen Gesicht nach Anzeichen dafür, dass sie sich diesen Triebwerksschaden nur ausgedacht hatte, bloß um bei uns mitfahren zu können. Pascal war nämlich seit unserer Unterhaltung am Guckaisee weiterhin sorgfältig darauf bedacht, alle Situationen zu vermeiden, in denen er mit mir allein war. Doch ich erkannte bald, wie absurd dieser Verdacht war, denn dazu hätte Pascal ja nicht nur Sarah in seine Gefühle einweihen müssen, sondern auch den Typen, den sie mitgebracht hatte. Und gerade der durfte unter gar keinen Umständen rausfinden, dass Pascal womöglich ein anderes Interesse an dem Fall hatte als ein streng berufliches: Herr Hagemann war nämlich sein unmittelbarer Vorgesetzter. Er war ungefähr Mitte dreißig und bis auf einen leichten Überbiss absolut unauffällig. Und vor allem schweigsam. Während der ganzen Fahrt beteiligte er sich kaum an der Unterhaltung, die sich allerdings sowieso sehr zäh dahinschleppte. Unterm Strich kamen die meisten Gesprächsbeiträge von der Stimme im Navigationsgerät. Pascal war wortkarg wie selten zuvor, und das wollte schon was heißen. Sarah wirkte ziemlich in sich gekehrt und schien in Gedanken meilenweit entfernt, aber einmal merkte ich, dass sie mich unauffällig von der Seite musterte und dann genauso unauffällig Pascal betrachtete. In diesem Moment begriff ich, dass sie was ahnte.

Herr Hagemann merkte davon zum Glück nichts, denn er las und tippte ständig auf seinem Tablet herum. Einmal wollte er von mir wissen, ob es mir auf der neuen Schule gefiel, was ich artig bejahte. Dann sah ich Pascals Blick im Innenspiegel und fügte rasch hinzu, dass alles doch noch sehr neu für mich sei und ich mich deswegen noch ziemlich unsicher fühlte. Herr Hagemann brummte irgendwas und befasste sich wieder mit seinem Tablet. Ich begann, mich zu fragen, wieso er eigentlich unbedingt bei dem Treffen mit Yasemin dabei sein musste, denn ich konnte mir beim besten Willen nicht vorstellen, dass sich dabei eine besondere Gefahrenlage ergab. Nach allem, was ich wusste, wurde Yasemin ebenfalls von einem Beamten begleitet, der sie von Freiburg nach Frankfurt bringen würde. Musste das dann noch extra chefmäßig überwacht werden?

Gerade wollte ich mich dezent danach erkundigen, als wir vor einem ziemlich unfreundlich wirkenden Gebäudekomplex anhielten.

»Sie haben Ihr Ziel erreicht«, sagte die Damenstimme vom Navi. Befremdet betrachtete ich beim Aussteigen die hohen, stacheldrahtbewehrten Mauern.

»Das ist ein Gefängnis«, stellte ich fest. »Ist das nicht etwas übertrieben für mein Treffen mit Yasemin?«

»Yasemin treffen wir später woanders«, klärte Sarah mich auf. »Die Polizei hat zufällig letzte Woche einen der Kerle hier in Frankfurt verhaftet, diesen Gernot Kreppel. Von daher passt es gerade gut – der Typ sitzt hier in U-Haft, deshalb können wir zwei Fliegen mit einer Klappe schlagen. Die Gegenüberstellung in der JVA und hinterher das Treffen mit deiner Freundin. Das findet natürlich nicht hier statt, sondern in einem Restaurant in der Innenstadt.«

Von ihren Erklärungen war nur ein Wort bei mir hängen geblieben. »Eine Gegenüberstellung?«, fragte ich verschreckt. »Mit mir?«

»Ich hab's dir vorher nicht gesagt, weil ich dich nicht unnötig beunruhigen wollte«, sagte Pascal. »Außerdem wollte ich dir nicht die Vorfreude auf Yasemin verderben. Du musst echt keine Angst davor haben. Es ist wie im Film – du sitzt in einem Nebenraum, und er kann dich nicht sehen.«

Vermutlich sollte mich das beruhigen, aber es funktionierte nicht. Verstört folgte ich den anderen in das Gebäude und nahm dabei nur am Rande wahr, wie streng wir beim Passieren der bewachten Ein- und Durchgänge kontrolliert wurden. Irgendwann saß ich in einem abgedunkelten Raum und blickte durch eine große Scheibe in einen von grellem Neonlicht erhellten anderen Raum. Fünf Männer in ganz normaler Straßenkleidung kamen herein und stellten sich nebeneinander auf. Sie waren alle ungefähr gleich alt und von ähnlicher Statur.

Ich musste mich zusammenreißen, um keine Panikattacke zu bekommen, aber ich erkannte Gernot Kreppel sofort wieder. »Es ist der Zweite von rechts«, sagte ich aufgewühlt. »Er war der Mann mit der Borussia-Dortmund-Kappe bei dem Überfall, und er war der Typ, der bei meiner Mutter im Krankenhaus war.«

»Ganz sicher?«, fragte Herr Hagemann.

»Ich kann jeden Eid drauf schwören.«

»Sehr gut. Unser bisher bester Beweis.« Herr Hagemann stand zufrieden auf und reichte mir die Hand. Einen Moment lang dachte ich, er wollte mich zu meiner Tapferkeit beglückwünschen, aber anscheinend hatte er bloß vor, sich vom Acker zu machen. »Ich darf mich an der Stelle schon mal verabschieden, ich habe heute noch dringende Termine.« Und schon war er weg.

Von Pascal schien eine beträchtliche Anspannung abzufallen. Seine Haltung lockerte sich, und er legte mir sogar die Hand auf die Schulter, obwohl er vorher strikt darauf geachtet hatte, immer mindestens zwei Schritte Abstand zu mir einzuhalten.

»Das hast du gut gemacht, Emmy.« Seine Stimme klang rau und … ja, auf unbestimmte Weise zärtlich. Mein Herz machte einen kleinen Doppelhopser.

Sarah warf ihm von der Seite einen wissenden Blick zu, aber sie sagte nichts.

Anschließend musste ich noch ein Protokoll unterschreiben, und dann wurde ich gemeinsam mit Pascal und Sarah unter erneuten Sicherheitskontrollen wieder aus dem Gebäude geführt.

»Hat der Typ schon ausgesagt?«, fragte ich hoffnungsvoll, als wir wieder beim Wagen waren. »Zum Beispiel, wo dieser Laszlo Balasi steckt?«

Sarah schüttelte bedauernd den Kopf. »Kein Wort. Aber wir kriegen ihn schon noch so weit, dass er einknickt. Er weiß genau, was ihm blüht, wenn du im Prozess gegen ihn aussagst.«

Ich erstarrte vor jähem Entsetzen. Mir war plötzlich so übel, dass ich die Luft anhalten musste, weil ich mich sonst übergeben hätte.

Pascal drückte beruhigend meine Hand. »Keine Sorge, du musst ihm bei der Verhandlung nicht persönlich gegenübertreten. Das läuft alles völlig anonym und außerhalb des Gerichtssaals ab. Du tauchst nicht mal in den Akten auf.«

Er konnte nicht wissen, dass mein Schock nichts mit Gernot Kreppel zu tun hatte.

In knapp fünfzig Metern Entfernung stand ein Mann, den ich sofort erkannt hatte. Er lächelte, als er mich sah, und mir wurde klar, dass er hier auf mich gewartet hatte.

Sarah folgte meiner Blickrichtung.

»Verdammt!«, rief sie. »Das ist Balasi! Er ist hier, Pascal!«

Laszlo Balasi hob plötzlich ein längliches dunkles Ding und zielte damit in unsere Richtung. Aus irgendwelchen unerfindlichen Gründen hielt ich es für ein Fernrohr (daran kann man sehen, dass ich *wirklich* naiv bin), aber Sarah ordnete es sofort richtig ein.

»In Deckung!«, schrie sie, während sie mich packte und zu Boden stieß. Pascal warf sich mit einem Hechtsprung zur Seite.

Im selben Moment knatterten Schüsse. Dicht über meinem Kopf, genau da, wo ich eben noch gestanden hatte, schlugen Geschosse mit ohrenbetäubendem Knallen in die Karosserie des Passats.

Ich sah gerade noch, wie Pascal sich auf ein Knie aufrichtete, seine Pistole zog und auf Laszlo anlegte. Sein Gesicht war eiskalt, die zusammengepressten Lippen eine schmale Linie, während er in schneller Folge Schüsse abgab. Im nächsten Moment zerrte Sarah mich hinter den Wagen und deckte mich dabei mit ihrem Körper. »Bleib genau hier neben dem Reifen, und rühr dich nicht von der Stelle!«, befahl sie, bevor sie mit gezogener Waffe zurückrobbte.

Eine weitere Maschinenpistolen-Salve durchlöcherte knatternd das Blech des Wagens. Eines der Geschosse fegte höchstens eine Handbreit an meinem Ohr vorbei, ich spürte den heißen Luftzug. In Todesangst kauerte ich mich noch mehr zusammen und zog den Kopf zwischen die Knie, überzeugt davon, dass wir alle jetzt sterben würden.

Ich hörte, wie auch Sarah schoss, immer wieder, und dann war es plötzlich gespenstisch still, aber nur für einen Moment. Gleich darauf war das Aufheulen eines startenden Motors zu vernehmen, begleitet vom Kreischen durchdrehender Reifen.

»Er haut ab!«, rief Pascal.

Meine Erleichterung darüber, dass er noch lebte, war so gewaltig, dass ich in Tränen ausbrach.

»Emmy?« Er kam um den Wagen herumgesprintet und ging neben mir in die Hocke. »Oh mein Gott, ist alles in Ordnung mit dir?« Fieberhaft tastete er mich von oben bis unten ab und hörte erst auf, als ich weinend beteuerte, dass mir nichts fehlte. Da kniete er sich neben mich und presste mich so hart an sich, dass meine Rippen protestierend knackten. Ich schlang ihm die Arme um den Hals und schluchzte in seinen Kragen.

»Ich rufe Verstärkung und gebe das Kennzeichen zur Fahndung raus.« Sarahs Stimme klang ruhig, als würde sie so was wie gerade eben jeden Tag machen, aber als sie sich neben uns gegen den durchlöcherten Wagen lehnte, konnte ich sehen, dass ihr Gesicht weiß wie Kreide war. Ihre blauen Augen wirkten gläsern und starr.

»Sarah?«, fragte Pascal besorgt.

»Es geht gleich wieder. Ist nur alles ein bisschen … ungewohnt.« Mit einem verunglückten Lachen wandte sie sich an mich. »War das erste Mal, dass jemand auf mich geschossen hat. Ich glaube, ich habe mir gerade vor Angst in die Hose gepinkelt.«

»Ich auch«, sagte ich.

»Ist doch super«, meinte Sarah. »Damit haben wir jetzt für den Rest unseres Lebens was gemeinsam.«

*

Der weitere Verlauf des Tages war ziemlich unspektakulär, jedenfalls, soweit es mich betraf, denn noch bevor die Einsatzkräfte der Polizei eintrafen, brachten Pascal und Sarah mich vom Ort des Geschehens weg. Vorher organisierten sie in Windeseile einen anderen Wagen, denn selbst wenn der Passat noch fahrtüchtig gewesen wäre, konnten wir ihn nicht benutzen – Balasi hätte theoretisch einen Peilsender daran versteckt haben können.

Auf der Fahrt telefonierte Pascal mit Hagemann, der ihm die Order erteilte, in Bewegung zu bleiben, während er selbst sich um alles Weitere kümmerte und uns auf dem Laufenden hielt. So kurvten wir endlos lange im Rhein-Main-Gebiet herum, bis wir erfuhren, dass Laszlo Balasi den Wagen, den er kurz vor dem Schusswechsel gestohlen und dann für seine Flucht benutzt hatte, nur ein paar Straßen von der JVA entfernt stehen gelassen hatte und untergetaucht war. Niemand hatte ihn dabei beobachtet, seine Spur verlor sich wieder mal im Nirgendwo.

Immerhin sollte jetzt veranlasst werden, dass ein zeitnaher Fahndungsaufruf erschien, diesmal in den Onlineausgaben wichtiger überregionaler Medien, um eine breitere Öffentlichkeit darauf aufmerksam zu machen. Sarah zufolge wurden Verbrecher, nach denen auf diese Weise gesucht wurde, deutlich schneller gefasst. Ich war allerdings nicht so sicher, dass es viel brachte, denn bekanntlich konnte man sich mit den einfachsten Mitteln verkleiden. Eine Mütze, ein falscher Bart, eine andere Haarfarbe, eine Brille – kein Mensch würde Laszlo Balasi wiedererkennen, wenn er es nicht wollte. Dass er noch nicht zu solchen Methoden gegriffen hatte, bewies, wie überzeugt er war, die Behörden jederzeit austricksen zu können. Er hatte es bisher einfach nicht für nötig gehalten, sich zur Tarnung ein anderes Äußeres zu verpassen. Als ich Pascal und Sarah meine Meinung dazu sagte, versuchten sie gar nicht erst, mir zu widersprechen, womit klar war, dass ich richtiglag.

Noch nicht abschließend geklärt war die Frage, ob sich durch Balasis plötzliches Auftauchen irgendwas am laufenden Zeugenschutzprogramm ändern musste. Pascal und Sarah hielten es für ausgeschlossen, dass er uns aus Fulda gefolgt war, denn in dem Fall hätte er bestimmt schon dort zugeschlagen. Sie waren sich einig, dass er uns vor dem Gefängnis aufgelauert hatte. Irgendwer musste ihn folglich über die Gegenüberstellung informiert haben, und nach Lage der Dinge kam dafür nur Gernot Kreppel infrage.

»Ich gehe jede Wette ein, dass Gerni in seiner Zelle ein Handy versteckt hat«, sagte Pascal. »Als er zur Gegenüberstellung abgeholt wurde, hat er wahrscheinlich behauptet, er müsse noch mal eben aufs Klo, und während die Beamten vor der Tür warteten, hat er rasch eine Nachricht an seinen Kumpel Laszlo abgesetzt, der sich bestimmt die ganze Zeit schon in Frankfurt aufgehalten hat. Die eine Stunde, die wir gerade drinnen waren, hat ihm gereicht. Er hat seine Uzi eingepackt, ein Auto geklaut und ist zur JVA gebraust. Da musste er dann nur noch warten, bis wir wieder rauskamen und er seinem Lieblingshobby nachgehen konnte – Zeugen abmurksen.«

Tatsächlich hatte man in der JVA nach dem Bekanntwerden des Vorfalls dieselben Schlüsse gezogen und bei der Durchsuchung der Zelle das Handy entdeckt – in einem Loch in der Schaumstoffmatratze. Pascal erklärte mir, dass so was andauernd vorkam. Irgendwie schafften es die Häftlinge immer, sich verbotene Gegenstände in den Knast schmuggeln zu lassen.

Das war der Stand der Dinge, als Pascal und Sarah von Hagemann nach stundenlangem Herumfahren grünes Licht erhielten, mich wieder zurück in die Rhön zubringen. Das Treffen mit Yasemin musste an diesem Tag leider ausfallen.

Aus Emmys Tagebuch

Liebe Yasemin, heute ist mein Eintrag ein Brief an dich. Für den Fall, dass ich dich irgendwann wiedersehe, möchte ich dir nämlich den *richtigen* Brief zeigen können. Den, den ich heute auf der Rückfahrt von Frankfurt auf Pascals Dienstlaptop an dich geschrieben habe und von dem du wieder nur eine amtlich gekürzte Version bekommst. Pascal wird sie mir »der guten Ordnung halber« noch mal zeigen, und es wird wahrscheinlich irgendwas drinstehen wie:

Liebe Yasemin, tut mir leid, dass ich heute nicht da war, aber es gab eine kleine Panne mit dem Wagen.

Den richtigen Brief mit der ganzen Wahrheit habe ich deshalb auf der Fahrt extra noch auf einem Stick gespeichert und vorhin ausgedruckt, damit ich ihn hier einkleben kann. Vielleicht kann ich ihn dir eines Tages doch noch vorlesen, zusammen mit dem Rest dieses Tagebuchs.

Es gibt übrigens noch ein paar Neuigkeiten. Angeblich stehen die Chancen nicht schlecht, dass der verrückte Ungar, der hinter mir und dieser Software her ist, bald geschnappt wird. Das LKA baut darauf, dass sein Komplize im Knast doch noch aussagt. Der hat seine Situation heute ziemlich verschlechtert, jedenfalls prozesstaktisch. Jetzt muss er nämlich mit einer Mordanklage rechnen, zumal er ja auch bei dem Überfall in Berlin dabei war. Pascal meinte, er würde als Mittäter angeklagt, die würden genauso bestraft wie Täter. Und für Mord gibt es nun mal lebenslänglich. Wenn der Typ also aus dieser Nummer noch irgendwie rauskommen will, muss er auspacken, und zwar bald. Sagt Pascal. Allerdings kann bis zum Prozessbeginn noch alles Mögliche passieren, denn dieser Ungar ist nicht nur verrückt, sondern läuft ja auch die ganze Zeit frei herum und kann sich üble Dinge ausdenken.

Beim LKA glaubt man zwar nicht, dass die Gefahrenlage jetzt schlimmer für uns ist als vorher, aber die Sicherheitsmaßnahmen von unserem Zeugenschutzprogramm sind trotzdem vorsichtshalber verstärkt worden. Außer Pascal ist jetzt auch Sarah hier in der Gegend. Sie hat sich ein Zimmer in der Stadt genommen, denn sie soll für eine Weile in Mamas Umfeld die Augen aufhalten. Deshalb geht sie auch nicht mit in die Schule, sondern übernimmt einen Job in dem Coffeeshop gegenüber von der Kanzlei, in der Mama arbeitet. Die wissen in dem Laden noch gar nichts von ihrem Glück, aber das geht garantiert klar, denn das LKA hat wirklich gute Connections – die können einem sogar Schulzeugnisse organisieren. Mir haben sie auch eins besorgt, weil ich ja ein Übergangszeugnis brauchte. Blöderweise haben sie meine echten Noten reingeschrieben. Hab ich leider erst bemerkt, als es schon passiert war, sonst hätte ich bestimmt noch verhandelt.

Jetzt höre ich lieber auf und schlafe eine Runde. Ich bin

total erledigt und liege schon im Bett. Zum Glück ist morgen – nein, heute: gerade eben war Mitternacht! – Samstag, da kann ich wenigstens ausschla-

Es klopfte an der Tür. Ich klappte das Tagebuch zu und schob es schnell unters Kopfkissen.

»Ja?«, rief ich leise.

Die Tür ging auf, und Pascal trat ins Zimmer. Sein Haar war zerzaust, und er trug eine Art Schlafanzug. Jedenfalls nahm ich an, dass er darin schlief, denn außerhalb des Bettes konnte man sich so kaum blicken lassen – es handelte sich um eine schlabbrige graue Jogginghose und ein ausgewaschenes Baumwollshirt, das früher vielleicht mal blau gewesen war. Oder grün, das konnte man bei der schwachen Beleuchtung meiner Nachttischlampe nicht so genau feststellen.

Trotzdem bekam ich bei dem Anblick Schnappatmung, was daran lag, dass das Hemd total eingelaufen war. Es saß knalleng über seiner muskulösen Brust und den durchtrainierten Oberarmen. Und zwischen dem Saum und dem Hosenbund blitzte ein deutliches Stück Waschbrettbauch hervor. Himmel, sah das heiß aus!

»Störe ich?«, fragte er. »Hast du schon geschlafen?«

Ich schüttelte den Kopf und zog gleichzeitig die Bettdecke bis zum Kinn. Wieso hatte ich schon wieder mein allerdämlichstes Nachthemd an? Ich hätte es längst aussortieren sollen, denn so was konnte man höchstens mit elf tragen. Ungefähr um die Zeit hatte ich es tatsächlich bekommen, und seltsamerweise war es all die Jahre irgendwie mitgewachsen. Auf dem Hemd prangte ein grinsender Hase mit enormen Vorderzähnen und einer Möhre in der Pfote. In einer Sprechblase teilte er der Möhre mit, dass er sie zum Fressen gern hatte. Superwitzig.

Pascal zog die Tür hinter sich zu und kam näher. Zögernd blieb er vor meinem Bett stehen. Sein Gesicht lag im Schatten, aber ich konnte erkennen, wie es in seinem Kopf arbeitete. Mein Herz schlug einen Trommelwirbel, und auf einmal gab es viel wichtigere Dinge als mein lächerliches altes Kindernachthemd. Mir wurde beispielsweise bewusst, dass wir zum ersten Mal seit unserem Gespräch am Guckaisee allein waren. *Richtig* allein. Er setzte sich auf die Bettkante und holte einen USB-Stick aus der Tasche seiner Jogging-Schlafhose.

»Dein Brief an Yasemin.« Er legte den Stick auf meinen Nachttisch. »Ich habe ihn ein bisschen bearbeitet und wollte ihn dir der guten Ordnung halber noch mal zeigen, bevor er rausgeht.«

»Ja, schon klar«, sagte ich. Der Brief interessierte mich gerade nicht besonders, vor allem nicht angesichts dessen, was Pascal als Nächstes tat. Er griff nach meiner Hand. Dabei rutschte die Bettdecke runter, und der Hase kam zum Vorschein. Ich tat so, als wäre es völlig normal, aber nachdem ich vorher so krampfhaft versucht hatte, das Teil zu verstecken, musste es Pascal natürlich auffallen.

»Cool«, sagte er mit todernster Miene. »Hat vom Überbiss her leichte Ähnlichkeit mit Hagemann. Der heißt bei uns in der Abteilung intern oft Hasemann.«

Ich musste kichern, wobei es ein Wunder war, dass ich das überhaupt hinkriegte – mit einem Mal hatte ich akute Atemprobleme, denn Pascal hielt immer noch meine Hand.

Und er hatte begonnen, mit dem Daumen sacht über meinen Handballen zu streichen. So wie auf der Feier vorige Woche, als er mir den Ketchupfleck von der Wange gestrichen hatte. Nur dass sich auf meiner Wange ja erwiesenermaßen gar kein Ketchupfleck befunden hatte. Genauso wenig wie jetzt auf meiner Hand.

Die Spannung zwischen uns steigerte sich ins Unermessliche, und während ich noch benommen überlegte, ob man wohl vor lauter Aufregung ohnmächtig werden konnte, nahm Pascal auch meine andere Hand und hielt sie fest. Er hörte auf, mich zu streicheln, und mein Puls beruhigte sich etwas.

»Wie geht es dir?«, fragte er betont sachlich.

Ich wusste, was er damit meinte. Nach der Schießerei war es mir erbärmlich schlecht gegangen, ich hatte minutenlang nur noch geheult und gar nicht mehr aufhören können. Aber Pascal hatte mich die ganze Zeit gehalten und getröstet, das war definitiv sehr hilfreich gewesen. Außerdem hatte es mich angespornt, wie rasch Sarah wieder zur Tagesordnung übergegangen war. So viel Resilienz würde ich nie erreichen, aber ich wollte auch nicht das Weichei vom Dienst sein, also hatte ich mir die Nase geputzt und erklärt, dass alles im Lack sei.

»Es war schlimm, aber nicht mal annähernd so schrecklich wie der Überfall in Berlin. Ich hab's einigermaßen weggesteckt.« Das war die Wahrheit. Ich kam damit klar.

»Gut.« Er fing erneut an, meinen Handballen zu streicheln, und prompt geriet mein Gefühlshaushalt wieder durcheinander. »Okay, dann jetzt zum eigentlichen Anlass, warum ich zu dir hochgekommen bin.«

»Äh – was für ein Anlass?«, fragte ich vorsichtig zurück.

Er lächelte. »Du hast es echt vergessen, oder? Das kann nur bedeuten, dass ich der Erste bin.«

Man *konnte* vor Aufregung ohnmächtig werden. Höchstwahrscheinlich war es bei mir gleich so weit. Ich merkte, wie sich rosa Wirbel vor meinen Augen bildeten.

»Alles Gute zum achtzehnten Geburtstag, Kleines«, sagte Pascal leise. Er beugte sich vor und küsste mich sanft auf die Stirn.

Völlig perplex blickte ich ihn an. Die rosa Wirbel verflüchtigten sich. Er freute sich, der erste *Gratulant* zu sein. Und ich hatte tatsächlich total vergessen, dass heute mein Geburtstag war. Ich war volljährig.

»Ich hab auch ein Geschenk für dich.« Er ließ meine Hände los und zog ein Päckchen aus der Tasche seiner Jogginghose. Es war hübsch in Glanzpapier eingepackt, mit einer professionell gebundenen weißen Schleife. »Ist nur eine Kleinigkeit. Ich hoffe, es gefällt dir. Wenn nicht, kannst du es umtauschen.«

Verlegen nahm ich das Geschenk entgegen. »Danke. Damit hatte ich tatsächlich nicht gerechnet.« Behutsam zupfte ich die Schleife ab und wickelte das Päckchen aus. Es war ein kleines, mit Samt ausgeschlagenes Schmuckkästchen, und darin befanden sich die entzückendsten Ohrstecker, die man sich vorstellen konnte – winzige blau emaillierte Rosen auf Silber.

»Die sind wunderschön!«

»Wirklich?«

»Wirklich!« Begeistert drehte ich sie hin und her und betrachtete sie ausgiebig. »Weißt du, dass ich mir die neulich kaufen wollte? Ich habe sogar im Laden schon davorgestanden!«

»Ich hab dich mit Caro darüber reden hören, als ihr beiden letztens von der Freistunde aus der Stadt zurückkamt. Du meintest, vom nächsten Taschengeld wolltest du dir im *Schneckenhaus* unbedingt die blauen Rosenohrstecker kaufen.« Er grinste leicht verlegen. »Da bin ich dann in den Laden und hab dort blaue Rosenohrstecker gesucht. Als ich diese da sah, wusste ich, dass es die richtigen sind.«

Ich schluckte. »Gibt es keine Vorschriften, die es Zeugenschützern verbieten, ihren Schutzpersonen Schmuck zu schenken?«

»Es gibt eine Menge Vorschriften. Und einige von denen sind einfach nur … bescheuert.« Er beugte sich erneut vor, bis sein Gesicht dicht vor meinem war. Sehr dicht. »Emmy, darf ich dir einen Geburtstagskuss geben?«

Natürlich hätte ich jetzt sagen können: *Hast du doch schon*, aber auf so was Dummes wäre ich nicht im Traum gekommen. Stattdessen verlor ich mich in den Tiefen seiner goldschimmernden Augen und nickte einfach bloß. Sein Mund näherte sich meinem, und gerade, als seine Lippen die meinen berührten und mein Inneres wie warmes Wachs zu zerfließen begann, plingte mein Handy.

Wir fuhren auseinander wie ertappte Sünder.

Caro hatte mir eine Nachricht geschrieben. *Happy Birthday, Emma! Hoffentlich bin ich die Erste!*

Und kaum drei Sekunden später plingte es erneut, diesmal eine Nachricht von Tommy. *Alles Gute zum Geburtstag, Emma! Hoffentlich bin ich der Erste!*

Trotz meiner Nervosität musste ich lachen, und Pascal,

der mitgelesen hatte, stimmte mit ein. Ich stellte den Ton ab und versenkte das Handy in der Nachttischschublade. Pascal war ein wenig zur Seite gerückt, aber nicht aufgestanden.

»Wo waren wir stehen geblieben?«, fragte ich.

Die Heiterkeit wich aus seiner Miene. »Willst du das wirklich, Emmy?«

»Ich bin jetzt volljährig, schon vergessen?«

Er stand auf und ging zur Tür, aber nur, um sie abzuschließen. Und dann nahm er mich endlich in die Arme und küsste mich, als gäbe es kein Morgen.

6

Wir gingen ziemlich weit in dieser Nacht, aber nicht bis zum Äußersten, denn keiner von uns beiden hatte die nötigen Verhütungsmaßnahmen auf dem Schirm gehabt. Davon abgesehen hatte Pascal, nachdem ich ihm eröffnet hatte, dass er auf diesem Sektor *wirklich* der Erste wäre, mit großer Bestimmtheit erklärt, dass wir damit noch warten sollten.

Er meinte, ich sei ihm zu schade für eine heimliche Bettsache. Aber auch ohne Bettsache konnten wir vorläufig nur heimlich zusammen sein, denn er musste nach wie vor damit rechnen, dass Hagemann ihn von hier abziehen würde, sobald er herausfand, dass zwischen uns was lief. Folglich würden wir in der Öffentlichkeit verbergen müssen, dass wir ein Paar waren, denn nur so war sichergestellt, dass Pascal bei mir blieb.

Es war eine Beschränkung, die ich bereitwillig akzeptierte. Eigentlich fand ich es sogar unglaublich aufregend, eine heimliche Beziehung zu haben. Ein bisschen kam ich mir so vor wie eine Hauptfigur in einem von Omis Romanen. Allerdings hatte ich nicht damit gerechnet, wie schwierig es sein würde, sich vor den anderen zu verstellen.

Es fing schon am nächsten Vormittag an, als ich – frisch geduscht und angezogen, aber trotzdem ziemlich übernächtigt – runterging und mit großem Hallo von Mama, Omi, Bob und Lucky empfangen wurde.

Mama hatte wie immer zu meinem Geburtstag liebevoll einen Gabentisch hergerichtet, mit dem üblichen Equipment: eine selbst gekaufte kleine Torte, in der achtzehn Kerzen sowie die obligatorische Lebenskerze steckten, ein paar bunte Luftballons, die unter der Decke schwebten, eine fröhliche Geburtstagskarte mit einer großen Achtzehn darauf sowie mehrere schön eingepackte Geschenke.

»Alles Liebe zum Geburtstag, Schätzchen!« Mama umarmte mich, dann war Omi an der Reihe und nach ihr Bob, dem Tränen der Rührung in den Augen standen. »Meine Güte, was für ein feierlicher Moment! Wie schön, dass ich dir zur Volljährigkeit gratulieren darf, Emmy! Ich hab mir immer eine Familie wie euch gewünscht. Für mich gibt es nichts Größeres, als heute mit euch deinen Geburtstag feiern zu können!«

Lucky fand das offenbar auch, denn er kläffte enthusiastisch. Als ich mich zu ihm runterbeugte, um mir ein paar Knuddeleinheiten zu genehmigen, warf er sich begeistert auf den Rücken.

Pascal hatte ein wenig versteckt hinter den anderen am Tisch gesessen. Sein Haar war noch feucht von der Dusche, und er trug ein neues Hemd, das exakt die Farbe seiner Augen hatte.

Mir blieb die Luft weg, als er auf mich zutrat. Oh Gott, er sah so unwiderstehlich toll aus! Und wenn die anderen jetzt nicht hier gewesen wären, hätte er mich bis zur Besinnungslosigkeit geküsst, das sah ich seinem Blick so mühelos an, als hätte er es mir ausdrücklich gesagt. Meine Ohren fingen an zu glühen, denn ich bemerkte, wie er sie ansah. Ich trug die kleinen blauen Rosenstecker.

Er drückte mich an sich und gab mir einen Schmatz auf die Wange wie ein großer Bruder. »Alles Gute zum Geburtstag, Emmy.«

»Danke«, antwortete ich in möglichst unbeteiligtem Ton.

Dann ging es ans Geschenkeauspacken. Von Mama bekam ich eine Handtasche (ich hatte ihr vorher gesagt, welche ich mir wünschte) und von Bob ein *Cinestar*-Fünfsterneticket nebst einer großen Packung von meinen Lieblingsmarzipanpralinen. Omi überreichte mir ein Päckchen, in dem sich ihre Autoschlüssel und die Papiere von ihrem Wagen befanden, zusammen mit einem kleinen geschnitzten Christophorus, dem Schutzheiligen der Autofahrer.

Überwältigt sah ich sie an. »Du schenkst mir dein *Auto?*«

»Na ja, jetzt bist du achtzehn und darfst allein damit herumgurken. Ich fahre sowieso nicht mehr, und hier im Ort kann ich alles zu Fuß erledigen. Falls ich mal einen Termin in der Stadt habe, kannst du mich ja hinbringen. Oder Horst. Der fährt noch wie ein Weltmeister.« Sie lachte, als ich ihr jubelnd um den Hals fiel. »He, sachte, ich bin eine steinalte Frau!«

»Ich stehe dir natürlich auch gern als Chauffeur zur Verfügung, Gerti«, warf Bob ein. »Falls du abends oder am Wochenende irgendwohin musst.«

»Ich kann dich selbstverständlich auch fahren, wenn es zeitlich passt«, stellte Mama klar. Sie hatte vor ein paar Wochen ein eigenes Auto bekommen, mit dem sie zur Arbeit fuhr. Wie sich herausgestellt hatte, war Bob ihr dabei behilflich gewesen. Er hatte ihr nicht nur die besten Angebote für

Gebrauchtwagen rausgesucht, sondern auch dafür gesorgt, dass man sie beim Kauf nicht übers Ohr haute.

»Jetzt fehlt nur noch Pascal, dann kann Gerti sich den besten Fahrer aussuchen«, meinte Mama lächelnd.

»Ich fürchte, auf mich kann Gerti momentan nicht zählen«, erklärte Pascal bedauernd. »Mein Auto ist in der Werkstatt.«

»Ach«, sagte Omi. »Ich hatte mich heute früh beim Gassigehen schon gewundert, wieso es nicht draußen steht.«

»Was ist denn los damit?«, erkundigte sich Bob.

Das war Pascals Stichwort für die Story, die er sich extra für das Fehlen des Passats ausgedacht hatte. Er konnte ja schlecht erzählen, dass der Wagen nach einer Schießerei wie Schweizer Käse aussah und dass außerdem gecheckt werden musste, ob Balasi ihn verwanzt hatte.

Nach der offiziellen Version hatte gestern ganz plötzlich der Wärmetauscher schlappgemacht (anscheinend war das ein unverzichtbar wichtiges Motorteil, das man nicht mal eben selber ein- und ausbauen konnte). Der Wagen stand jetzt in einer Frankfurter Werkstatt, und wir waren mit dem Zug zurück nach Fulda gefahren. Vom Bahnhof aus hatten wir uns ein Taxi in die Rhön genommen.

Das mit der Werkstatt und dem Taxi stimmte, der Rest war frei erfunden. In Wahrheit hatte Sarah uns am Bahnhof in Fulda abgesetzt und den Wagen, den sie und Pascal in Frankfurt besorgt hatten, in einer Tiefgarage geparkt. Es handelte sich um ein Bereitschaftsfahrzeug der Frankfurter Strafvollzugsbehörde, das auf Anweisung von Herrn Hagemann heute noch zurückzugeben war. Pascal wiederum musste zuerst einen Stapel irgendwelcher amtlich vorgeschriebener Berichts- und Antragsformulare ausfüllen, um einen anderen Dienstwagen zu bekommen. Es sei denn, der zerschossene Passat konnte schneller hergerichtet werden als erwartet, dann musste er diesen wieder benutzen. Momentan war das noch nicht sicher. Man hatte zwar keinen Peilsender entdeckt, aber viele Einschusslöcher. Rückblickend war es wirklich ein Wunder, dass alle Kugeln an uns vorbeigeflogen waren. Mir wackelten immer noch die Knie, wenn ich daran dachte, und ich hoffte, dass weder Mama noch Omi je davon erfuhren. Nachdem alles gut ausgegangen war, gab es keinen Grund, warum sie sich im Nachhinein noch ängstigen sollten, weshalb Pascal und ich auch entschieden hatten, es ihnen nicht zu erzählen.

»Ich habe auch ein Geschenk für dich«, sagte Pascal.

Ich fasste mir unwillkürlich ans Ohrläppchen, wo ich sein Geschenk ja schon stecken hatte, doch dann begriff ich, dass er noch ein offizielles Präsent für mich besorgt hatte, um vor meiner Familie nicht als Stoffel dazustehen.

Es war ein Krimi, der aktuell ganz oben auf der Bestsellerliste stand. Ein nettes, neutrales, unauffälliges Geburtstagsgeschenk. Das hatte er wirklich perfekt ausgesucht.

Ich bedankte mich höflich, sehr zufrieden damit, dass Pascal und ich eine so überzeugende Darbietung abgeliefert hatten.

Aber da lag ich wohl komplett daneben, denn später hörte ich, wie Mama und Bob sich im Garten unterhielten. Ich wollte sie nicht belauschen, sondern nur meine Flipflops holen, die ich am Vortag auf der Terrasse vergessen hatte. Ich bückte mich gerade, um sie aufzuheben, als ich Bob hinter dem Rhododendron sprechen hörte.

»Ehrlich, ich verstehe es nicht«, sagte er zu Mama. »Ein Blinder kann sehen, wie verliebt sie sind. Hast du die Ohrringe gesehen, die sie heute anhatte?«

»Stecker«, verbesserte Mama. »Es waren Stecker.«

»Okay, dann eben Stecker. Auf jeden Fall hat er sie ihr geschenkt. Ich habe im Müll die Reste vom Geschenkpapier und die Packung gefunden.«

»Oh, Bob!« Mama lachte. »Du wühlst in unserem Müll herum?«

Bob lachte ebenfalls, aber es hörte sich ein wenig kläglich an. »Mach dich nur über mich lustig und reib mir unter die Nase, dass ich immer euren Müll rausbringe. Ich *wühle* nicht, ich sehe die Sachen einfach. Vor allem, wenn die Papierkörbe davon überquellen.«

»Wir sind dir sehr dankbar, dass du uns so viel hilfst, Liebster«, sagte Mama. Es klang aufrichtig zärtlich. »Besonders das Müllraustragen ist eine schrecklich undankbare Aufgabe, ich hasse es fast so sehr wie das Bügeln.«

»Mir macht das nichts aus. Ich finde Hausarbeit entspannend. Aber wo wir schon beim Thema sind … Wusstest du, dass Paddy seinen Müll im Wagen mitnimmt?«

»Wie kommst du denn auf die Idee?«

»Ich hab's gesehen. Ist erst ein paar Tage her. Ich war gerade dabei, im ganzen Haus die Papierkörbe und Treteimer leer zu machen, deshalb bin ich kurz runter zu ihm in den Gästekeller und wollte wissen, ob er auch was für die Tonne hat. Da meinte er, nein danke, er hätte seinen Abfall schon rausgebracht. Aber in der Tonne war nur das, was ich reingeworfen hatte. Anschließend hab ich zufällig beobachtet, wie er eine zugeknotete Mülltüte in den Kofferraum seines Wagens getan hat. Das ist doch irgendwie … strange, oder?«

»Woher willst du wissen, dass es Müll war? Vielleicht waren es ja … abgetrennte Körperteile, und Paddy ist in Wahrheit ein Serienkiller.« Mama kicherte, und Bob lachte herzhaft mit.

Ich war voller Bewunderung für meine Mutter. Unglaublich, mit welcher Leichtigkeit sie es schaffte, Pascals Tarnung zu bewahren!

Für Bob war er immer noch ein australischer Austauschschüler namens Paddy. Das Zeugenschutzprogramm lief lückenlos weiter, auch Bob gegenüber. Er hatte keine Ahnung, warum wir wirklich hier waren und was in Berlin passiert war.

Allerdings fand ich selbst es auch ziemlich strange, dass Pascal seinen Müll im Auto mitnahm. Ich beschloss, ihn danach zu fragen.

»Ich schätze, junge Männer tun hin und wieder Dinge in den Müll, von denen sie nicht möchten, dass andere sie sehen«, fuhr Mama fort.

Es klang immer noch belustigt. Ich hatte zwar keine genaue Vorstellung, was sie meinte, aber Bob anscheinend schon. Er lachte abermals. Mama bekam es tatsächlich problemlos hin, die ganze Sache auf nette Art ins Lächerliche zu ziehen.

»Du hast vermutlich recht«, stimmte Bob zu. »Aber eine Sache ist für mich hundertprozentig klar – zwischen Paddy und deiner Tochter läuft irgendwas.«

»Das weiß ich doch, Liebster.«

»Echt?« Bob klang verblüfft.

»Sicher. Man könnte ein Streichholz dranhalten, es würde sofort brennen, so heiß ist die Luft zwischen den beiden.«

»Aber findest du es nicht seltsam, dass sie sich so ... zurückhaltend benehmen? Sie vermeiden es ja geradezu, sich zu nahezukommen!«

»Ich denke nicht, dass es seltsam ist. Ich habe dazu eine Theorie.«

»Wirklich? Was denn für eine?«

»Ich schätze, Paddy hat eine feste Freundin in Australien und möchte zuerst klare Verhältnisse schaffen, bevor er offiziell eine Beziehung mit Emmy anfängt.«

Ich ließ einen meiner Flipflops fallen und hielt erschrocken die Luft an, doch Bob hatte offenbar nichts gehört, denn er sprach mit nachdenklicher Stimme weiter.

»Das wäre ein feiner Zug von ihm.«

»Ja. Paddy ist ein guter Junge.«

»Hm, vielleicht hast du auch in diesem Punkt recht. Obwohl ich häufig ein komisches Gefühl in seiner Gegenwart habe. Als hätte er was zu verbergen. Keine Ahnung, wieso.«

»Das kann ich dir sagen. Du bist in deinem Job zu oft mit Lügnern, Betrügern und Halsabschneidern zusammen.«

Bob seufzte. »Ich weiß. Was soll ich machen? Es ist mein Beruf. Als Strafverteidiger kann man sich seine Kundschaft oft nicht aussuchen. Und jetzt werde ich endlich diesen Rasen mähen, bevor er noch höher wird als der Rhododendron. Wo ist das Kabel? Liegt es noch auf der Terrasse?«

Höchste Zeit, von meinem Horchposten zu verschwinden. Schneller als der Wind flitzte ich zurück ins Haus.

*

Am Montagnachmittag hatten wir ein ungeplantes Krisengespräch, an dem Mama, Omi, Pascal und ich teilnahmen. Komplettiert wurde die Runde von Sarah, die extra aus Fulda in die Rhön gekommen war, und zwar aus einem speziellen Anlass heraus: Mama hatte in ihrer Mittagspause bemerkt, dass ihre einstige Personenschützerin plötzlich in dem Coffeeshop gegenüber arbeitete. Da ihr das komisch vorkam, war sie in den Laden marschiert, hatte sich einen großen Latte macchiato bestellt und Aufklärung verlangt. Und weil Sarah den Grund für ihren neuen Job als *Barista* schlecht vor allen dort anwesenden Kunden herausposaunen konnte, saßen wir jetzt hier bei uns zu Hause und redeten Klartext.

Mama fing an zu weinen, als sie hörte, was am Freitag in Frankfurt passiert war. Omi saß kreidebleich und stumm auf ihrem Stuhl und hatte die Hände fest verschränkt, aber man konnte sehen, wie sehr ihre Finger zitterten.

»Nimmt das denn niemals ein Ende?«, fragte Mama schluchzend. Sie schnäuzte sich in das Papiertaschentuch, das Sarah ihr reichte.

»Wir machen Fortschritte«, sagte Pascal. »Ich hab's noch nicht erzählt, weil ich keine falschen Hoffnungen wecken wollte, aber wir stehen vor einem Durchbruch.«

»Gernot Kreppel hat sich bereit erklärt, gegen Laszlo Balasi auszusagen«, führte Sarah aus. »Er will der Staatsanwaltschaft außerdem umfassende Angaben zu allen nur erdenklichen Schlupfwinkeln liefern. Der Termin für die Aussage steht schon fest.«

»Hoffentlich sitzen bald alle diese Verbrecher im Knast.« Mama schniefte noch ein bisschen, ihre Nase war gerötet, doch immerhin hatte sie aufgehört zu weinen. »Übrigens möchte ich auch was zur Sprache bringen.« Sie atmete tief durch und wirkte plötzlich äußerst entschlossen. »Es geht um das Zeugenschutzprogramm. Ich will Bob alles erzählen. Also die volle Wahrheit.«

Sarah nahm diese Ankündigung mit skeptischer Miene zur Kenntnis. »Ich weiß nicht, ob das wirklich eine gute Idee ist. Sicher, er ist Anwalt und hat gelernt, Schweigepflichten einzuhalten, aber je mehr Leute von diesem Zeugenschutzprogramm erfahren, desto löchriger wird das Ganze.«

»Er ist der Mann, den ich liebe. Er hat mich gefragt, ob ich ihn heiraten will, und ich habe *Ja* gesagt.«

»Oh«, meinte Sarah lahm. »Das ging ja schnell.«

»In meinem Alter hat eine Frau keine Zeit zu verlieren. Wenn einem die Liebe des Lebens begegnet, sollte man nicht zögern. Wir haben sogar schon eine Hochzeitslocation im Auge – das Radom auf der Wasserkuppe.«

Ich war platt. Das klang nach einem wirklich endgültigen Schritt. Merkwürdigerweise fand ich den Gedanken überhaupt nicht schlimm, im Gegenteil. Obwohl ich Bob erst seit kurzer Zeit kannte, kam es mir vor, als gehörte er schon beinahe zur Familie. Außerdem war ich mir sicher, dass er jegliches Verhalten, das unseren Zeugenschutz auch nur im Entferntesten gefährden könnte, strikt vermeiden würde. Eher würde er alle Hebel in Bewegung setzen, um den Schutz mit eigenen Maßnahmen und Hilfestellungen zu verstärken und den Behörden bei der Ergreifung der Täter Beine zu machen.

»Über kurz oder lang würde er es wahrscheinlich sowieso selber rausfinden«, sagte Pascal resigniert. »Ich glaube, er ahnt schon was. Ihr müsstet mal hören, mit welchen Fragen er mich triezt.«

»Ich dachte, ihr redet über Fußball«, meinte ich.

»Nur solange ihr dabei seid. Sobald er mal mit mir allein ist, geht es los. Australien hier, Australien da. Wobei wir über die Kängurus schon lange hinaus sind. Ich glaube, er hat sich zu allen nur erdenklichen australischen Themen extra schlaugemacht, um mich bei einer Ungenauigkeit erwischen zu können. Neulich hatte ich sogar den Eindruck, dass er in meinem Müll rumschnüffeln wollte.«

»Dieser Eindruck hat dich nicht getrogen«, sagte Mama. »Er hat sogar gesehen, dass du deinen Müll in deinen Wagen getan hast.«

»Ach du Schande«, sagte Sarah ehrlich erschüttert. »Was um alles in der Welt hattest du denn da Verdächtiges drin?«

»Das würde ich auch gern wissen«, warf ich ein.

»Ich habe Bob gegenüber angedeutet, es wäre vielleicht etwas … äh, Unanständiges«, erklärte Mama. »Irgendwas typisch Jungsmäßiges.«

Sarah musste kichern. »Ein gebrauchter *Playboy* vielleicht?«

Pascal warf ihr einen strafenden Blick zu. »Also bitte. Wofür hältst du mich?«

»Für ziemlich normal.« Sie grinste.

»Eben. Deshalb war es auch ganz normaler Müll. Eine leere Shampooflasche, ein leeres Deo, eine Hülle von einer Packung Tempos, ein kaputter Kuli, eine leere Packung Zahnseide, eine ausgequetschte Zahnpastatube. So Kram halt.« Er schüttelte entnervt den Kopf. »Glaubt mir einfach, dass nichts von dem dabei war, was mir hier unterstellt wird.«

»Wieso hast du es dann in deinem Wagen versteckt?«, wollte Mama wissen.

Mir kam wie ein Blitz die Erleuchtung. »Weil nichts davon aus Australien stammte. Lauter deutsche Produkte. Die hätte er seit seiner Ankunft unmöglich alle so schnell aufbrauchen können. Bob hätte das bestimmt gemerkt.«

»Ganz genau. Das hast du super durchschaut.« Pascal sah mich lächelnd an, und ich spürte, wie viel Beherrschung es ihn kostete, nicht einfach den Arm um mich zu legen. Ich selbst konnte ebenfalls kaum die Hände bei mir behalten.

Sarah bedachte mich mit einem wissenden Blick, und ich senkte hastig die Augen. Zum Glück klingelte im nächsten Moment ihr Handy und lenkte sie ab. Sie entschuldigte sich und ging zum Telefonieren raus auf die Terrasse.

»Da wäre noch die Sache mit euch beiden«, sagte Mama leise zu mir und Pascal.

Er setzte sofort sein Pokerface auf, doch damit konnte er Mama natürlich nicht täuschen.

»Sie weiß es«, sagte ich ergeben. Seinen vorwurfsvollen Blick deutete ich richtig und fügte rasch hinzu: »Ich hab's ihr nicht erzählt.«

»Mir auch nicht«, meldete Omi sich erstmalig zu Wort. »Ich hab's auch von selber gemerkt. Sylvia und ich haben schon gewettet, wie lange ihr noch braucht.« Sie lächelte mich und Pascal verständnisvoll an. »Es gibt da so ein altes Volkslied: Kein Feuer, keine Kohle kann brennen so heiß, wie heimliche Liebe, von der niemand was weiß.«

Ich spürte, dass ich errötete. Vor lauter Verlegenheit brachte ich kein Wort heraus.

»Bob weiß es übrigens auch«, fuhr Mama fort. »Wobei er sich hauptsächlich die Frage stellt, warum ihr es so krampfhaft verheimlicht. Daraufhin habe ich ihm meine Theorie erläutert, wonach du eine Freundin in Australien hast und mit der erst reinen Tisch machen willst, bevor du offiziell mit Emmy zusammen sein kannst.«

Pascal sah sie entgeistert an, dann stützte er aufstöhnend den Kopf in beide Hände. Ich tat geflissentlich so, als wäre mir diese Information völlig neu gewesen, denn ich hatte ihm absichtlich nichts davon erzählt, weil ich fand, dass er in der letzten Zeit genug Stress gehabt hatte. Und weil unsere Beziehung ja noch ganz am Anfang stand und es verdiente, sich ohne ständige negative Einflüsse von außen weiterzuentwickeln.

»Mit anderen Worten: Es gibt genug gute Gründe, Bob alles zu erzählen«, schloss Mama.

Pascal sah aus, als wäre er von der ganzen Angelegenheit momentan ein wenig überfordert.

»Bob würde dann auch aufhören, dich auszufragen«, warb Mama weiter für ihr Anliegen.

»Und ich könnte endlich wieder hier zu Hause jederzeit frei von der Leber weg diktieren, auch wenn er zufällig in der Nähe ist und es hören kann«, sagte Omi.

Pascal seufzte. »Ich lasse es mir durch den Kopf gehen.«

Mama ließ nicht locker, anscheinend wollte sie das geklärt haben. »Wenn Bob Bescheid weiß, könnten wir auch sofort die Theorie mit deiner australischen Freundin begraben.« Sie machte eine bedeutungsvolle Pause. »Es gäbe dann für dich und Emmy keinen Grund mehr zur Heimlichtuerei. Jedenfalls nicht hier bei uns zu Hause.«

»Den gibt es jetzt sowieso nicht mehr, denn ihr wisst ja eh alle Bescheid«, erklärte ich.

Mama runzelte verdutzt die Stirn und erkannte den

Fehler in ihrer Logik, doch das änderte nichts an ihrem Entschluss. »Ich werde ihn auf jeden Fall einweihen, und niemand wird mich davon abhalten«, sagte sie mit großer Bestimmtheit. »Bob und ich werden heiraten. Das LKA wird ja wohl kaum von mir verlangen, vor meinem eigenen Ehemann geheim zu halten, wer ich wirklich bin.«

Damit war dieser Punkt entschieden.

*

Ehe Sarah am selben Nachmittag wieder nach Fulda zurückfuhr, wollte sie mich und Pascal allein sprechen. Wir gingen rauf in mein Zimmer. Es war peinlich unordentlich, überall lagen Klamotten und Schulsachen herum, aber Sarah schien es kaum zu bemerken. Sie setzte sich auf den Schreibtischstuhl, ich nahm auf der Bettkante Platz, und Pascal blieb stehen. Er hatte eine leichte Abwehrhaltung eingenommen – die Arme vor der Brust verschränkt, die Schultern angespannt. Offenbar erwartete er schlechte Nachrichten. Und die kamen dann auch.

»Ich wollte es vor den anderen nicht ansprechen«, sagte Sarah. »Aber Hagemann weiß Bescheid.«

Pascal stellte sich dumm. »Worüber?«

Sarah wies mit dem Kinn auf mich.

Seine Anspannung verstärkte sich. »Hast du ihm was gesagt?«

Sie schüttelte den Kopf. »Es ist ihm von allein aufgefallen. Sogar ein Blinder kriegt mit, wie es um euch steht. Ich hab's ja auch gesehen, und zwar schon lange vor dieser Romeo-und-Julia-Umarmung letzten Freitag.«

»Na toll.« Seine Schultern sackten ein wenig nach unten. »Will er mich von hier abziehen?«

»Demnächst garantiert. Aber nicht unbedingt aus diesem Grund, sondern weil du woanders dringender gebraucht wirst. Es sind zuletzt ziemlich viele neue Fälle reingekommen, die Einsatzkräfte werden teilweise knapp. Ich hab versucht, die Lage hier wegen der Schießerei am Freitag ein bisschen ernster darzustellen, als sie ist, aber viel Zeit wird dir das bestimmt nicht einbringen. Für deinen Einsatz waren ursprünglich nur ein paar Tage veranschlagt, und jetzt bist du schon über drei Wochen hier.« Sie hob bedauernd die Schultern. »Tut mir leid, Kalli.«

»Hast du ihn gerade *Kalli* genannt?«, fragte ich.

»Klar. Bei uns auf dem Amt nennen ihn alle so.«

»Ich hasse diesen Spitznamen«, stellte Pascal klar.

»Deshalb nennen dich ja auch alle so.« Zu mir sagte sie: »Wir bleiben an der Sache dran, das verspreche ich. Wenn Balasi erst aus dem Verkehr gezogen ist, kommt alles wieder in Ordnung. Ich bin sicher, dass das ganz schnell geht. Dann musst du nicht länger in diesem Kaff versauern und kannst hingehen, wo immer du willst.«

Dorthin, wo auch Pascal ist – das war die eigentliche Botschaft hinter diesem Satz. Doch mir fehlte die nötige Zuversicht, um für ihre aufbauenden Worte dankbar zu sein. Denn eins war mir völlig klar:

Eine Gewissheit, dass alles wieder in Ordnung kommen würde, gab es nicht.

*

Ein Gutes hatte die ganze Sache wenigstens – dadurch, dass auf einmal alle Bescheid wussten, mussten Pascal und ich uns keine schauspielerischen Höchstleistungen mehr abringen, um unsere Gefühle zu verbergen. Wir konnten ganz einfach wir selbst sein, zumindest zu Hause. In der Realität sah das so aus, dass wir jede freie Minute zusammen verbrachten, und zwar auf Tuchfühlung, egal ob händchenhaltend auf dem Wohnzimmersofa oder händchenhaltend auf der Terrasse oder knutschend in meinem Zimmer. Anscheinend hatten wir, was das anging, einen enormen Nachholbedarf, zumal wir ja nicht wussten, wie viel Zeit uns noch zum Zusammensein blieb.

Von Mama hörte ich nie die geringsten Einwände – es kam mir sogar so vor, als sei sie richtig zufrieden mit mir.

»Sie ist einfach glücklich, dass du glücklich bist«, sagte Omi, als ich sie einmal unter vier Augen fragte, ob es wirklich in Ordnung ginge. »Und ich bin es auch. Nichts bewahrt eine Frau besser vor den Kümmernissen des Lebens als die Liebe.«

Der Satz hätte in einem ihrer Romane stehen können, und davon abgesehen schien er hundertprozentig zu stimmen. Wenn Pascal bei mir war und ich seine Nähe spürte, waren alle Ängste und Sorgen auf einmal ganz weit weg. Dann konnte ich sogar manchmal daran glauben, dass wirklich bald alles gut werden würde.

In der Schule verzichteten wir allerdings weiterhin auf Körperkontakt, denn es fehlte gerade noch, dass irgendwer Pärchenfotos von uns machte und sie ins Internet stellte. Die Gefahr, vor der wir uns schützen mussten, lauerte ja nach wie vor im Hintergrund. Trotzdem sprach sich in der Stufe allmählich herum, dass die kleine Emmy aus Berlin schwer in ihren australischen Austauschschüler verliebt war. Anscheinend reichte als Beweis, dass er ständig an meiner Seite blieb und sich auch nicht mehr vom Hühnerstall vollschnattern ließ – sobald sich ihm ein *Sa* auf mehr als drei Meter näherte, wechselte er sofort den Standort.

Vielleicht war es auch die Art und Weise, wie wir einander ansahen. Manches konnte man einfach nicht dauerhaft verbergen.

In der Woche nach dem großen Krisengespräch gingen Pascal und ich zweimal abends aus – einmal ins Kino, um Bobs Gutschein zu verbraten, und einmal in die Stadt zum Pizzaessen. Beide Male waren Caro und Tommy dabei. Vor ihnen hatten wir ebenfalls aufgehört, uns zu verstellen, denn das hätten sie uns sowieso nicht abgekauft, vor allem Caro nicht. Sie freute sich riesig für mich. Voller Begeisterung erklärte sie, Pascal und ich seien *das* Traumpaar überhaupt.

Ein Teil ihrer guten Laune kam sicher daher, dass bei unseren gemeinsamen abendlichen Unternehmungen auch Tommy mit an Bord war. Mir schien, zwischen den beiden könnte sich was entwickeln – vorausgesetzt, Tommy schaffte es irgendwann, seine notorische Schüchternheit abzulegen und ein bisschen öfter den Mund aufzumachen. Während unseres Nachhilfeunterrichts – sonntagnachmittags übten wir weiterhin fleißig Mathe – benahm er sich mir gegenüber inzwischen deutlich souveräner als zu Beginn unserer Bekanntschaft. Vermutlich würde er auch in Caros Gegenwart seine Verlegenheit bald in den Griff kriegen.

Mama hatte Bob noch am Abend nach unserem Krisengespräch reinen Wein über das Zeugenschutzprogramm eingeschenkt. Aber falls sie wirklich geglaubt hatte, er würde anschließend keinen Grund mehr haben, Pascal auszufragen, hatte sie sich gründlich geirrt. Fortan nutzte er erst recht jede Gelegenheit, Pascal mit allen möglichen Fragen zu traktieren – natürlich nicht mehr zu Australien, sondern über das LKA und speziell unseren Fall. Hierzu wollte er sämtliche Einzelheiten erfahren und überlegte sogar, sich als unser Anwalt *zu den Akten zu melden*, wie er es nannte.

»Dann sind die Informationswege kürzer«, erklärte er. »Ach, übrigens – soll ich dich eigentlich weiterhin Paddy nennen?«

»Pascal reicht völlig.«

»Das klingt irgendwie ungewohnt. Und so unpersönlich. Spitznamen sind doch was Nettes. Schau mich an: Für die meisten bin ich Bob, aber viele nennen mich auch Bobby. Warte … Was hältst du von Kalli?«

Pascal überging den Vorschlag einfach. »Die Informationswege sind in diesem Fall auch ohne Anwalt kurz. Sehr kurz sogar. Denn schließlich bin ich hier sozusagen das LKA vor Ort.«

»Solange du noch hier bist, mein Junge. Nur solange du noch hier bist. Und das kann sich jederzeit ändern.«

Damit hatte Bob bei Pascal – und bei mir auch – einen wunden Punkt berührt, denn wir wussten ja bereits, dass unsere gemeinsame Zeit sich dem Ende zuneigte.

Und dann war es plötzlich so weit. Bereits am Freitag derselben Woche wurde Sarah aus Fulda abgezogen, und tags darauf kam die Nachricht, vor der wir uns die ganze Zeit gefürchtet hatten – Pascal war einem neuen Fall zugeteilt worden. Er musste noch am selben Wochenende nach

Berlin, zu einem Einsatz, für den mindestens eine volle Woche veranschlagt worden war. Ich erfuhr darüber lediglich, dass es dabei ebenfalls um Zeugenschutz ging, mit einer Gefahrenlage, die angeblich viel drastischer war als unsere.

Es bestand nicht mal die Aussicht, dass er hinterher zurückkam, denn sobald er bei seinem neuen Fall alles geregelt hatte, würde man ihn woandershin schicken. An einen derzeit noch unbekannten Ort, wo auch immer gerade Leute im Zeugenschutzprogramm des LKA ihr Leben neu einrichten mussten und dafür seine Hilfe benötigten.

Pascal hatte trotzdem vor, an jedem freien Wochenende in die Rhön zu kommen. Und wir wollten zusammen in Urlaub fahren – er hatte noch fast seinen ganzen Jahresurlaub übrig, den wollte er in den Herbst- und Weihnachtsferien aufbrauchen, wenn ich selbst ebenfalls freihatte. Und vor allem wollte er so rasch wie möglich dafür sorgen, dass ein neues Treffen mit Yasemin zustande kam.

Am Abend vor seinem Aufbruch gingen wir ein letztes Mal gemeinsam spazieren. Oben auf der Wasserkuppe schauten wir in die Ferne. Die Sonne ging gerade unter. Der Horizont war wie in Flammen getaucht, die Landschaft lag unter einer Art leuchtendem Schleier.

Pascal legte den Arm um mich, und ich schmiegte mich an ihn. Eine Weile standen wir einfach nur schweigend da.

»Es ist schön hier«, sagte er schließlich.

»Ja, das ist es«, erwiderte ich leise, und es war die reine Wahrheit. Unser Dorf war im Vergleich zu Berlin ein winziges Nest, doch inzwischen mochte ich es und fühlte mich wohl hier.

Sogar die Schule fand ich inzwischen erträglich. Besonders meine Fortschritte in Mathe bauten mich auf, Herr Klüwer lobte mich immer öfter. Tommys Nachhilfe war wirklich der reinste Glücksfall für mich.

Und Fulda war als Stadt gar nicht so übel. Laut einer landesweiten TV-Umfrage galt es sogar als schönste Stadt Hessens, und da schien was dran zu sein. Bob hatte uns ein paar wirklich hübsche Ecken gezeigt, man bekam direkt Lust auf mehr.

Und ja, ich las wieder täglich im Internet die *Osthessen-News*.

Man konnte im Prinzip festhalten, dass wir hier glücklicher waren als früher. Mama und Omi sowieso und Lucky ebenfalls, schon wegen der freien Natur überall, und natürlich wegen Sally, die ihm jedes Mal aufs Neue den Kopf verdrehte.

Aber auch ich war glücklicher. Das hatte jedoch nichts mit der Gegend zu tun, sondern einzig und allein mit Pascal. Er hatte mich aus einem tiefen Tal der Verbitterung und der Einsamkeit befreit. Es war, als hätte er mich geheilt. Ich würde *immer* glücklich sein, solange er bei mir war, das wusste ich plötzlich. Im Grunde war es eine ganz unkomplizierte Sache – wir mussten einfach nur zusammen sein, dann wäre die Welt vollkommen. Aber wie es schien, hatte das Leben andere Pläne.

»Woran denkst du?«, fragte Pascal, den Mund an meiner Schläfe. Sein Atem kitzelte meine Wange.

»An Lucky und Sally. Und wie einfach es für die beiden ist, sich zu lieben.«

»Für uns wird es auch einfach sein. Ich werde dafür sorgen.« Es klang sehr entschlossen. Er drehte mich in seinen

Armen zu sich herum und blickte auf mich herab. Wie immer musste ich den Kopf in den Nacken legen, um ihm ins Gesicht sehen zu können. Seine Augen hatten im Licht der untergehenden Sonne einen hellgoldenen Schimmer angenommen. Es kam mir vor, als würde er bis auf den Grund meiner Seele schauen, und in diesem Moment fühlte ich mich ihm so nah, als wären wir zwei Hälften, die zu einem Ganzen verschmolzen waren. Er hielt mein Herz in seinen Händen, und als er mir sagte, dass er mich liebte, war es wie ein Echo meiner eigenen Gefühle.

Aus Emmys Tagebuch

Jetzt ist er weg. Muss mir neue Tempos besorgen oder aufhören zu heulen. Hab mich immerhin zusammengerissen bis zu seiner Abreise und erst geflennt, als er fort war. So viel Resilienz muss schon sein, sonst droht Image als Heulsuse.
Will auf keinen Fall Heulsuse sein. Heulsuse ist weinerliche, klammernde Person und kann einem den ganzen Tag ruinieren.
Mama klopft an die Tür und will wissen, ob ich Hunger habe. Hatte vorhin noch welchen, aber dann ganze Packung Geburtstagspralinen von Bob gegessen. Hat leider nicht gegen Kummer gewirkt. Dafür jetzt grässliches Bauchweh.
Pascal schickt von unterwegs nette Textbotschaften, zum Beispiel: *Bin jetzt bei Erfurt und denke an dich* oder *Jetzt hinter Leipzig, Passat macht komische Geräusche, frage mich, ob Werkstatt wirklich alle Kugeln rausgeholt hat* oder *Gleich in Berlin, fast geschafft. Du fehlst mir.* Oder, gerade eben, einfach nur eine lange Reihe von Kuss-Smileys. Er tut, was er kann, aber er ist nicht hier. Muss damit jetzt wohl irgendwie klarkommen. Frage mich bloß wie.

Passend zu meinem Herzschmerz fing es im Laufe des Sonntags dann auch noch an zu regnen und hörte nicht mehr auf. Die Welt war ein nasses, graues Jammertal, die Sonne hatte sich verabschiedet – die perfekte Symbolik für meine unterirdische Stimmung.

Außerdem häuften sich den ganzen Tag über kleine, aber tückische Ereignisse, wie zum Beweis, dass der Pessimismus breitflächig auf dem Vormarsch war. Zuerst bekam ich einen hässlichen Pickel an der Nase, quasi binnen Minuten. Innerhalb eines Tages würde ich aussehen wie Pinocchio.

Beim Spazierengehen mit Lucky – ich hatte mich widerwillig dazu aufgerafft, weil Omi vom Regen Rheumaschmerzen bekam und Mama einen großen Korb Bügelwäsche hatte – trat ich dann in einen gigantischen Hundehaufen und stand anschließend eine halbe Stunde würgend im Waschkeller und versuchte, die Bescherung wegzubürsten. Als ich wieder nach oben kam, hatte Lucky das Leberwurstbrot gefressen, das Mama mir gemacht hatte – sie war der Meinung, ich müsse endlich mal was essen. Da mein Hund keine Leberwurst vertrug und umgehend alles wieder auskotzte, konnte ich gleich weiterputzen, in dem Fall die halbe Küche. Dabei fiel mir mein Handy auf die Fliesen. Danach war das Display tot. Es ließ sich nicht mehr aktivieren, obwohl ich alle Tricks anwandte, von denen ich je gehört hatte.

Ich fragte Mama, ob sie mir ihr Handy borgen könne. Sie lehnte es rundheraus ab, weil sie mit Bob in Verbindung bleiben wollte, der auf einem Fortbildungslehrgang war. Vermutlich mochte sie es auch deshalb nicht rausrücken, weil sie anstößige Nachrichten in ihrem Speicher hatte. Solchen Blödsinn hatte sie sich auch mit Jonas schon immer geschrieben.

Zu meiner Überraschung hatte ich trotzdem Verständnis dafür, dass sie mir ihr Handy nicht geben wollte. Ich hätte ihr meines ja auch nicht überlassen, und ich hatte *keine* unanständigen Nachrichten im Speicher.

Omi war leider auch nicht bereit, mir ihr Handy abzutreten, denn sie steckte mitten in einer kreativen Phase und musste noch mindestens drei Stunden diktieren, um ihr Tagespensum zu schaffen. Sie bot mir aber an, in meinem Namen eine SMS an Pascal zu schreiben, damit er wusste, dass mein Handy kaputt war.

Es kam sofort eine Antwort: *Nicht zur Reparatur bringen! Warten, bis es abgeholt wird! Melde mich später.*

Na klasse. Das war die Krönung.

»Warum rufst du ihn nicht einfach vom Festnetz aus an?«, schlug Omi vor.

Es fiel mir schwer, ihr zu erklären, dass ich ihn nicht anrufen, sondern ihm Nachrichten schreiben wollte. Nachrichten konnte man jederzeit schicken. Außerdem musste ich dabei nicht befürchten, ihn bei der Arbeit zu stören – er würde einfach dann antworten, wenn es ihm zeitlich passte.

Ich reduzierte die Erklärung auf den nachvollziehbaren Teil. »Ich kann ihn nicht einfach anrufen, weil er im Einsatz ist.«

»Dann wartest du eben, bis er *dich* anruft.«

»Ja«, sagte ich niedergeschlagen. »Das werde ich dann wohl müssen.«

Omi vertiefte sich wieder in ihren Roman, und ich zog mir die Regenjacke an und ging noch mal mit Lucky raus, denn ich hatte den Verdacht, dass die Leberwurst noch in der entgegengesetzten Richtung durchschlagen würde.

Nebenan brachte Justus Müller gerade den Müll raus.

»Hallo, Emma!«, rief er. »Heute etwas später als sonst? Musst du noch mit dem Hund los? Tommy wartet schon! Und der Waffelteig auch!«

Himmel, die Nachhilfe! Die hatte ich in meiner trostlosen Stimmung total vergessen! Ich antwortete Herrn Müller, dass ich nur noch eine Blitzrunde mit Lucky drehen müsse und mich schon auf die Waffeln freute.

»Sorry, dass ich später komme«, entschuldigte ich mich bei Tommy, als ich kurz darauf lustlos in sein Zimmer kam. »Mein Hund hat Durchfall.«

Als Begründung klang das unfassbar blöd, weshalb ich es etwas abwandelte. »Ich wollte es dir schreiben, aber mein Handy ist kaputt, und ich wusste eure Festnetznummer nicht.«

Dass ich nur zwanzig Meter hätte laufen müssen, um es ihm persönlich zu sagen, kam mir erst nach meiner Erläuterung in den Sinn. Zum Glück schien Tommy diesen Punkt nicht näher ergründen zu wollen. Stattdessen fragte er: »Ist es dir runtergefallen? Zeig mal her. Ich kenne da ein paar sehr gute Tricks.«

Ich zog mein Handy aus der Hosentasche und reichte es ihm. Es war eine ganz automatische Reaktion, ich dachte gar nicht drüber nach. Erst, als er es von allen Seiten begutachtete, bekam ich einen Riesenschreck, denn mir waren gerade wieder die drei eisernen Handyregeln eingefallen.

»Ach, weißt du, ich bring's doch lieber zum Fachmann«, sagte ich hastig.

»Mit dem Modell kenne ich mich super aus. Lass mich nur machen. Ist ein Kinderspiel.«

»Oh … echt?«, stammelte ich, während ich wie rasend überlegte, wie ich aus dieser Nummer wieder rauskam.

»Klar. Du weißt doch – ich bin ein Nerd. Es gibt kein Handymodell, das ich noch nicht zerlegt und wieder zusammengebaut hätte.« Er drückte auf irgendeinen verborgenen Mechanismus, und plötzlich zerfiel das Handy in zwei Teile. Ich hielt entsetzt die Luft an, aber Tommy schien zu wissen, was er tat. Er fummelte im Innenleben des Handys herum, holte was raus, tat es wieder rein und stocherte anschließend noch mit einer Art Nadel darin herum. Dann schob er die beiden Hälften wieder zu einer Einheit zusammen, schaltete das Handy an, tippte darauf herum und reichte es mir.

»Da. Müsste jetzt klappen.«

Tatsächlich, es funktionierte! Schnell öffnete ich der Reihe nach ein paar Anwendungen – es war alles noch da! Meine erste Tat bestand darin, Pascal eine Nachricht zu schicken: *Es geht wieder!!!!*

Überglücklich strahlte ich Tommy an. »Du bist klasse! Danke!«

»Kein Ding«, wehrte er bescheiden ab.

»Doch!« Ich konnte mich kaum bremsen vor überschwänglicher Begeisterung. »Das war meine Rettung! Du kannst dir nicht vorstellen, wie beschissen dieser Sonntag bisher war!«

»Paddy ist heute Morgen abgereist, oder?«

Ich nickte niedergeschlagen. Erklären musste ich zum Glück nichts. Natürlich war Pascal nicht sang- und klanglos verschwunden, denn das hätte ziemlich merkwürdig gewirkt. Also hatte ich mir schon vor seiner Abreise eine plausible Begründung für Caro und Tommy ausgedacht. Demnach war sein Lieblingsopa in Australien ganz plötzlich gestorben, und er musste zur Beerdigung hinfliegen.

Der erfundene Tod eines Menschen war eine Ausrede, die man besser niemals verwendete, denn man konnte nie wissen, ob sie nicht plötzlich wahr wurde – dazu musste man nicht mal abergläubisch sein. Pascal konnte in diesem Punkt allerdings nicht von der Rache des Schicksals erwischt werden, denn seine beiden Opas waren schon vor Jahren verstorben.

Caro und Tommy gingen ganz selbstverständlich davon aus, dass Pascal nach der Beerdigung zurückkam. Von daher musste ich mir noch eine Ausrede überlegen, wenn Pascal zwar demnächst wieder auftauchte, aber keine Lust mehr hatte, in die Schule zu gehen. Er hatte nämlich schon verlautbart, dass ihn da keine zehn Pferde mehr hinbringen würden.

»Danke noch mal für das Handy«, meinte ich, nur um irgendwas zu sagen und damit das Schweigen zu beenden, das sich während meiner deprimierten Gedanken im Zimmer ausgebreitet hatte.

Tommy betrachtete mich mitfühlend. »Du hast echt Kummer, oder? Willst du drüber reden?«

Von unten rief Herr Müller, dass die Waffeln fertig seien.

»Oh, das ist toll, lass uns welche essen!«, sagte ich mit gespielter Begeisterung, obwohl die Marzipanpralinen, die ich in meinem Frustanfall in mich hineingestopft hatte, mir immer noch wie Steine im Magen lagen. Ich war einfach bloß erleichtert, dass ich die Unterhaltung mit Tommy an dieser Stelle abbrechen konnte. Sein freundliches Interesse bewies nur seine Anteilnahme, doch im Moment war mir ein bisschen Distanz lieber. Die Sache mit dem Handy hatte mich ziemlich verstört, weil es ein ganz klarer Regelverstoß war. Aber ebenso belastete mich dieses dauernde, unnatürliche Auf-der-Hut-Sein, das man auch bei guten Freunden nicht ablegen durfte. Es vergiftete jedes Zusammensein durch permanentes Misstrauen und konnte zu einer richtigen Qual werden. Schon aus diesem Grund wünschte ich mir sehnlichst, dass das Zeugenschutzprogramm bald zu Ende ging.

Zusammen mit Tommy und seinem Vater aß ich in der gemütlichen Wohnküche Waffeln mit heißen Kirschen und Sahne. Mehr als eine Portion kriegte ich allerdings nicht runter. Aber Herr Müller nahm es nicht krumm und schlug mir vor, ein paar Waffeln für Mama, Omi und Bob einzupacken.

Er erzählte von seinen Plänen, ein Versicherungsbüro aufzumachen, um die Zeit bis zum Ende der Testamentsklausel besser zu überbrücken. Nebenher wollte er ein Gemüsebeet und einen Gartenteich anlegen.

»Was haltet ihr von einem kleinen Kartenspiel?«, schlug er anschließend vor. »Vielleicht Mau-Mau. Oder Texas Hold'em.«

»Mau-Mau kenne ich, das andere nicht«, sagte ich höflich. »Ich bin nicht so gut im Kartenspielen.«

»Wir gehen lieber hoch und lernen noch was«, erwiderte Tommy, dem offenbar nicht verborgen blieb, dass ich keine Lust auf Mau-Mau hatte. Sein Vater tat mir ein bisschen leid, weil er so oft allein war und sich bestimmt ab und zu nach Gesellschaft sehnte. Vielleicht sollte er sich einen Hund anschaffen.

Ich schlug es Tommy vor, als wir oben waren, worauf er nachdenklich nickte und meinte, dass er darüber auch schon nachgedacht habe.

»Er mag Hunde«, sagte er. »Vielleicht schenke ich ihm einen zu Weihnachten«,

Wir übten noch ein bisschen Mathe, und ich war erstaunt, wie viel vom letzten Mal hängen geblieben war.

»Du machst wirklich gute Fortschritte«, lobte Tommy mich.

»Das liegt nur daran, dass du es so gut erklären kannst.«

Er wurde rot vor Freude und zuckte die Achseln, ganz auf seine liebenswert schüchterne Art. Ich erwog kurz, irgendwie anzudeuten, dass Caro ihn nett fand, weil mir der Gedanke gefiel, dass die beiden zusammenkamen. Aber dann verwarf ich die Idee wieder, denn mit dieser Art von Einmischung konnte man leicht ins Fettnäpfchen treten. Caro würde schon selbst die Initiative ergreifen, wenn es ihr ernst mit ihm war.

Leider war sie bei Jungs nicht gerade der draufgängerische Typ – sie fand sich zu dick und stufte sich auf einer Skala von eins bis zehn höchstens auf einer Fünf ein. Meiner Meinung nach war das totaler Blödsinn, denn ich fand sie sehr hübsch. Sie hatte ein süßes Gesicht und eine tolle Figur, mit lauter Rundungen an Stellen, wo ich auch gern etwas mehr gehabt hätte.

Tommy war eine Sieben, jedenfalls aus ihrer Sicht. Mir hatte sie eine Acht verpasst und Pascal eine glatte Zehn, was nach ihrer eigenen Einordnung der Beweis dafür war, dass zwei Punkte Abstand zum Traummann kein unüberwindliches Hindernis darstellten. Wenn sie wollte, konnte sie sich Tommy also schnappen.

Der Gedanke hätte mich froh stimmen sollen, aber ich wurde davon bloß wieder trübsinnig. Was nützte einem der Traummann, wenn er bei nächster Gelegenheit gleich wieder verschwand?

Ich bedankte mich bei Tommy für die Nachhilfe und bei Justus für die Waffeln, dann ging ich nach Hause und verbrachte den Rest dieses traurigen Sonntags im Bett.

*

Als ich tags darauf zur Schule fuhr, war ich immer noch niedergedrückt. Oder schon wieder, je nach Betrachtungsweise. Das Wetter war immer noch mies, die erste Matheklausur stand an, und Pascal hatte mir nach dem Aufstehen eine Nachricht geschickt, dass er am Wochenende leider nicht kommen könne. Auf dem Schülerparkplatz standen die Autos schon in der zweiten Reihe, völlig ausgeschlossen, da eine Lücke zu finden. Nach längerem Herumkurven musste ich mich mit einem abseits gelegenen gebührenpflichtigen Parkplatz zufriedengeben und fünf Minuten durch den Regen zur Schule latschen. Oh, und nicht zu vergessen: Mein Pickel war zu gigantischen Dimensionen angeschwollen. Es sah aus, als würde mir eine zweite Nase wachsen, die obendrein leuchtete wie eine rote Glühlampe.

In der Sportstunde wurde ich dann auch gleich von Jens und Nils mit dem passenden Witz empfangen.

»Hey, ist schon wieder Red-Nose-Day?«, fragte Jens und lachte sich über seinen eigenen Witz schlapp.

»Sag lieber nichts, sonst wirst du von Crocodile Dundee plattgemacht«, empfahl ihm Nils grinsend.

Zu allem Überfluss rempelten die beiden mich bei dem nachfolgenden Volleyballtraining mehrmals an, natürlich nur dann, wenn der Kursleiter gerade nicht hinschaute. Ich fühlte nach der Stunde überall blaue Flecken heranblühen.

In der großen Pause traf ich mich mit Caro auf einen Kaffee.

»Ist Paddy gestern gut angekommen?«, erkundigte sie sich.

Eine Schrecksekunde lang fragte ich mich, woher sie wusste, dass Pascal einen neuen Einsatz in Berlin hatte. Erst mit Verzögerung fiel mir ein, dass er ja offiziell in Australien war. Heute schien einfach nicht mein Tag zu sein.

»Ja«, sagte ich. »Alles supi.«

Zum Glück wollte sie nicht wissen, wie die Beerdigung gewesen war. Stattdessen schlug sie vor, heute Mittag auf einen Burger zu McDonald's zu fahren, und ich könnte ja vielleicht Tommy fragen, ob er auch Lust hätte mitzukommen.

Eigentlich war ich nicht sonderlich erpicht auf McDonald's, aber dann bemerkte ich das hoffnungsvolle Leuchten in ihren Augen und erkannte, dass es ihr nicht um den Burger ging, sondern um Tommy.

»Klar«, sagte ich. »Ich schreib ihm gleich.«

Die anschließende Matheklausur war der erste Lichtblick des Tages – sie verlief erstaunlich gut. Ich konnte acht von zehn Aufgaben lösen, das war mir noch nie passiert. Und ich hatte sogar das Gefühl, ein paar davon vielleicht richtig zu haben – ebenfalls eine Premiere.

Entsprechend gut aufgelegt fuhr ich anschließend mit Caro und Tommy zu McDonald's.

Die beiden holten sich die volle Junk-Food-Dröhnung an der Theke, während ich mich auf einen Milchkaffee beschränkte. Die Marzipanpralinen vom Vortag hatte ich immer noch nicht ganz verkraftet.

Wir hatten uns gerade an einen Fenstertisch gesetzt, als mein Handy klingelte. Auf dem Display stand als Anrufer *Unbekannt*. Eigentlich gab es niemand Unbekannten, der meine Nummer hatte. Mein früheres Adressbuch war zusammen mit dem alten Handy im Nirwana verschwunden. Die Nummern, die in meinem neuen Adressbuch standen, stammten gemäß der eisernen Handyregeln nur von handverlesenen Leuten – Caro, Tommy, Pascal, Sarah, Bob, die Typen vom LKA, die schon bei uns gewesen waren. Niemand von meinen wenigen Kontakten hatte eine Rufnummernunterdrückung.

»Willst du nicht drangehen?«, fragte Caro. Sie hatte ihren Burger ausgewickelt und biss genussvoll hinein.

Unvermittelt kam mir der Gedanke, dass Pascal vielleicht sein Handy verloren hatte und mich von einem anderen Anschluss aus anrief. Ich drückte daher kurzerhand auf Annehmen. »Ja?«

»Ist da Emily Jensen?«

Sofort war mein Puls auf hundertachtzig. Die Frauenstimme kam mir vage bekannt vor, aber ich wusste nicht, wo ich sie hinstecken sollte.

»Wer ist da?«, fragte ich etwas zittrig zurück.

»Barbara Wattig. Deine Anwältin.«

Meine Erleichterung war so gewaltig, dass ich einen hörbaren Seufzer ausstieß.

»Alles in Ordnung?«, fragte Tommy besorgt.

Ich nickte hastig.

»Kannst du sprechen?«, fragte Barbara Wattig.

»Sekunde.« Ich stand ruckartig auf. Pantomimisch teilte ich Caro und Tommy mit, dass ich mal eben zum Telefonieren rausmusste.

Eilig lief ich ins Freie und suchte mir einen stillen Winkel am Rand des Parkplatzes.

»Jetzt«, sagte ich atemlos.

»Zunächst mal – wie geht es dir?«

»Gut«, sagte ich.

»Deiner Mutter und deiner Oma auch? Und was macht der reizende kleine Hund?«

»Es geht ihnen gut. Der Hund ist jetzt ziemlich groß.«

»Ja, das ist der Lauf der Welt.«

»Woher haben Sie meine Nummer?«

»Von der Polizei.« Ihre Antwort klang erstaunt, als würde sie sich wundern, warum ich eine so dumme Frage stellte. Vermutlich hatte sie sich beim LKA *zu den Akten gemeldet*, so wie es Bob auch vorgehabt hatte. Womit allerdings nicht geklärt war, wieso sie mich überhaupt anrief.

Doch darüber informierte sie mich gleich im nächsten Satz.

»Als deine Opferanwältin ist es meine Pflicht, dich über unangenehme Entwicklungen zeitnah in Kenntnis zu setzen. Vor allem über solche, die die Gefahrenlage verschlimmern können.«

»Was ist passiert?«, fragte ich erschrocken.

»Ich habe eine gute und eine schlechte Nachricht für dich. Welche willst du zuerst hören?«

»Die schlechte«, sagte ich sofort.

»Na gut. Wie es aussieht, kommt dieser Gernot Kreppel in der nächsten Zeit frei.«

Ich war entsetzt, denn das war *wirklich* eine schlechte Nachricht. »Wieso das denn?«

»Es soll eine Kronzeugenregelung für ihn geben. Er hat heute umfassend ausgesagt. Zum Ausgleich wird er auf freien Fuß gesetzt.«

»Aber er war doch dabei, als Laszlo Balasi auf Mama geschossen hat! Er hatte sogar selber eine Pistole in der Hand! Und die Totenkopf-Abziehbilder hat er auch aufgeklebt! Und er hat Balasi von der Gegenüberstellung informiert!«

»Das Prinzip einer Kronzeugenregelung besteht darin, straffrei auszugehen, wenn man für die *richtig* schlimmen Sachen einen Bösewicht liefert«, belehrte Barbara Wattig mich. »Und das hat Gernot Kreppel getan. Er hat alle schlimmen Sachen auf Laszlo Balasi geschoben. Angeblich war er genauso überrascht wie du, als Balasi in jener Nacht anfing zu schießen. Die Pistole, die er selbst in der Hand hatte, war nur eine Spielzeugwaffe. Und er will auch keine Ahnung davon gehabt haben, dass Balasi dir nach der Gegenüberstellung vor dem Gefängnis auflauern würde.«

»Und das kauft man ihm ab?«

»Das ist der Deal«, antwortete Barbara Wattig, und ich konnte förmlich sehen, wie sie am anderen Ende der Leitung ergeben die Schultern hob.

»Und was ist die gute Nachricht?«

»Dass du jetzt nicht mehr vor Gericht gegen Balasi aussagen musst. Und deine Mutter auch nicht. Weil man ja nun Kreppel als Kronzeugen hat.«

Das war tatsächlich eine gute Nachricht. Nach allem, was ich inzwischen wusste, war die Aussage vor Gericht der gefährliche Höhepunkt eines Lebens im Zeugenschutz. Alles drehte sich nur darum. Die Behörden brauchten gerichtsfeste Beweise gegen die Verbrecher, und die Zeugen sollten sie mit ihrer Aussage im Prozess liefern. Das wiederum wollten die Verbrecher verständlicherweise verhindern. Oder, wenn sie das nicht schafften, sich wenigstens hinterher dafür rächen.

»Ich find's zwar nicht gerade in Ordnung, dass sie ihn laufen lassen«, meinte ich. »Aber wenn uns dafür die Aussage vor Gericht erspart bleibt, kann ich damit leben.«

»Im Kern stimme ich dir zu. Allerdings sehe ich auch das Risiko, dass Kreppel sich wieder Balasi anschließen wird, um mit ihm gemeinsam da weiterzumachen, wo sie zuletzt aufgehört haben. Vielleicht hat Balasi sogar selbst Kreppel dazu animiert, gegen ihn auszusagen, weil er ihn lieber draußen als im Knast haben will. Kreppel ist ein Meister im Aufspüren von Leuten, und genau so jemanden braucht Balasi jetzt. Da sowieso mit Hochdruck nach ihm gefahndet wird, kann ihm eine weitere belastende Zeugenaussage egal sein. Lieber verbessert er mit Kreppels Hilfe seine Chancen, sich das Geld zurückzuholen.«

»Sie meinen die Million, mit der dieser Schröder abgehauen ist? Der Informatiker?«

»Ganz recht.«

»Aber der ist doch untergetaucht!«

»Balasi und Kreppel werden Himmel und Hölle in Bewegung setzen, ihn zu finden. Ich meine – eine Million! Nie und nimmer würden sie so viel Geld in den Wind schreiben! Aber in erster Linie wollen sie natürlich was anderes.«

»Superglade X«, flüsterte ich. In meinem Bauch fing es an zu gluckern.

»So ist es. Und laut Kreppels Aussage ist Balasi nach wie vor hundertprozentig davon überzeugt, dass die Software bei euch ist.«

»Aber warum denkt er das?«, rief ich. »Wir haben sie doch nicht! Die Polizei hat schon in Berlin all unsere Sachen auf den Kopf gestellt – da war nichts!«

»Mich musst du nicht überzeugen. Du solltest dich jetzt auch nicht unnötig ängstigen. Es ging mir einzig und allein darum, dich über Kreppels anstehende Freilassung zu informieren. Denn es ist eine traurige Tatsache, dass die Behörden einem Zeugen, den sie eigentlich beschützen sollen, nicht immer alle relevanten Erkenntnisse mitteilen. In solchen Situationen ist es gut, anwaltlich vertreten zu sein. Die Informationswege sind einfach kürzer.«

Genau dasselbe hatte Bob auch gesagt. Wer einen Anwalt hatte, war anscheinend klar im Vorteil. Ich sollte wohl Dankbarkeit empfinden, aber im Moment fühlte ich mich eher wie jemand auf einem Hochseil, der gerade merkte, dass irgendwer unten das Sicherheitsnetz weggezogen hatte. Wobei sich dieses Gefühl allmählich in etwas verwandelte, worunter mein Hund nach dem Verzehr von Leberwurst litt.

»Wie geht es jetzt weiter? Muss ich irgendwas Besonderes beachten?«, fragte ich, schon auf dem Weg zurück ins Restaurant.

»Einfach so weitermachen wie immer. Im Idealfall schnappen sie Balasi bald, dann ist der ganze Spuk vorbei.«

Ich bedankte mich, und dann war nach ein paar kurzen Abschiedsfloskeln das Gespräch zu Ende.

Als ich mit Bauchschmerzen und immer noch verstört an unseren Tisch zurückkehrte, war mein Milchkaffee kalt und Tommy bereits mit dem Essen fertig. Caro schob sich gerade den letzten Bissen ihres Burgers in den Mund.

»Alles in Ordnung?«, fragte Tommy. »Du siehst völlig fertig aus.«

»War das Paddy?«, erkundigte Caro sich besorgt. »Ist irgendwas mit ihm?«

Damit gab sie mir unabsichtlich ein Stichwort, das ich gut ausnutzen konnte. »Ja, leider«, behauptete ich. »Er muss noch mindestens eine Woche länger in Australien bleiben. Sie müssen da noch irgendwas mit einer Erbschaft klären.«

Caro machte große Augen. »Oh, vielleicht hat er ja ordentlich was von seinem Opa geerbt!«

»Bei Erbschaften ist immer irgendwo der Wurm drin«, erklärte Tommy. »Vor allem, wenn es um viel Geld geht.«

»Wieso das denn?«, wollte Caro wissen. »Erben ist doch super! Man kriegt was geschenkt und muss nichts dafür tun!«

»Tja, dann kennst du wohl die Geschichte von unserer Erbschaft noch nicht.«

»Ihr habt geerbt?!« Caros Augen wurden noch runder. »Was denn genau?«

Ich überließ die beiden ihrer Unterhaltung und ging eilig aufs Klo.

*

Pascal hatte mir geschrieben, er wolle versuchen, mich zwischen sechs und sieben Uhr anzurufen, doch darauf wartete ich vergebens. Ich holte ständig mein Handy hervor, aber es gab weder Anrufe in Abwesenheit noch übersehene Nachrichten. Was auch gar nicht möglich gewesen wäre, weil ich den Ton auf höchste Lautstärke gestellt hatte und das Handy in der Hosentasche permanent bei mir trug.

»Du machst einen wirklich nervös mit deinem Gezappel«, sagte Mama, die mit Bob auf dem Sofa saß. Die beiden sahen sich *Das perfekte Dinner* an, und Bob gab dazu witzige Kommentare ab, mit denen er Mama zum Lachen brachte. Unter anderen Umständen hätte ich mitgelacht, aber nach dem, was Barbara Wattig mir heute erzählt hatte, war mein Sinn für Humor etwas beeinträchtigt. Ich hatte lange hin und her überlegt, ob ich Mama und Omi davon erzählen sollte – vielleicht hätte auch Bob irgendwas Kenntnisreiches dazu sagen können, wozu war er Anwalt? –, aber dann hatte ich entschieden, erst mal in Ruhe mit Pascal über die Sache zu reden und seinen Rat einzuholen.

Als er endlich anrief, war es schon fast acht. Im Fernsehen verspeisten die Kandidaten gerade den perfekten Nachtisch. Ich sprang auf und lief mit dem Handy rauf in mein Zimmer, um ungestört mit ihm sprechen zu können.

»Tut mir leid, dass es so spät geworden ist«, sagte er. Es klang erschöpft. »Es gab ein paar unvorhergesehene Schwierigkeiten.«

Mein Ärger über das lange Warten verflüchtigte sich beim wundervollen, samtig-rauen Klang seiner Stimme. Es war ja schließlich nicht seine Schuld, dass er Überstunden schieben musste!

»Was für Schwierigkeiten?«, fragte ich mitleidig.

»Das darf ich dir leider nicht sagen.«

Ein kleiner Rest von meinem Ärger biss sich mit winzigen Zähnchen fest und riss ein paar Löcher in meine verständnisvolle Anteilnahme.

»Schon klar«, meinte ich pikiert. »Es ist ja nicht unser Fall. Wobei es in dem aber anscheinend auch ein paar Schwierigkeiten gegeben hat. Vielleicht nicht so krass wie bei dir in Berlin, aber was ich heute gehört habe, hat mich doch ziemlich gewundert.«

»Was denn?«

»Ach, nichts, was du nicht schon weißt. Zumindest gehe ich davon aus, dass du es weißt. Und der Rest von deiner Abteilung sicher auch. Nur uns habt ihr es nicht erzählt. Aber vielleicht wolltet ihr das ja noch tun.«

»Wovon um alles in der Welt redest du, Emmy?«

»Von Gernot Kreppel. Und davon, dass er freikommen soll. Du *hast* es doch gewusst, oder?«

Eine kurze, schuldbewusste Pause entstand. »Ja, ich wusste es. Kreppels Anwalt hat es irgendwie geschafft, eine Kronzeugenregelung für ihn rauszuschinden, im Gegenzug für eine detaillierte Aussage. Ich hätte es dir schon noch erzählt, Emmy. Aber im Moment habe ich hier unheimlich viel um die Ohren. Wie hast du es überhaupt erfahren?«

Darauf hatte ich ebenfalls eine schnippische Antwort parat. »Manchmal ist es eben nützlich, wenn man einen Anwalt hat, der sich zu den Akten meldet, denn dann sind die Informationswege kürzer.«

»Ich verstehe.« Pascal seufzte. »Und ich verstehe auch, dass du sauer bist. Glaub mir, unsere Abteilung war auch nicht begeistert von dem Deal, aber die Staatsanwaltschaft hat sich von der Möglichkeit schneller Fahndungsergebnisse und einer verbesserten Beweislage locken lassen. Die wollen Balasi.«

»Müssen wir jetzt hier mehr Angst haben als vorher?«, fragte ich ihn geradeheraus. »Ändert sich was an der Gefahrenlage?«

»Nein, um Himmels willen! Ihr seid da draußen so sicher wie nur irgend möglich! Und lass dir bloß von niemandem was anderes einreden. Anwälte machen sich gern ein bisschen wichtig, um ihre Existenzberechtigung unter Beweis zu stellen. Aber man sollte nicht alles glauben, was sie einem erzählen. Das ist gesünder. Die Leute, die direkt im Zeugenschutz arbeiten, haben immer noch den besten Überblick. Wenn ich selbst auch nur den kleinsten Hinweis auf eine höhere Gefahrenlage sähe, wäre ich als Erster vor Ort, um auf euch aufzupassen!«

Ein Gefühl warmer, dankbarer Erleichterung durchströmte mich. Das hatte ich gebraucht!

»Eigentlich halte ich die Gefahr sogar für geringer«, fuhr Pascal fort. »Weil es Balasi nämlich überhaupt nichts mehr nützen würde, euch auszuschalten. Nach der Schießerei vor der JVA wäre das völlig sinnlos, weil er dann noch zwei weitere Belastungszeugen umbringen müsste.«

»Du meinst dich und Sarah?«

»Richtig. Balasi ist zwar vielleicht größenwahnsinnig, aber bestimmt bildet er sich nicht ein, er könnte mal eben zusätzlich zwei LKA-Beamte von der Zeugenliste löschen.«

»Heißt das, er hat vielleicht beschlossen, uns nicht mehr

unbedingt töten zu müssen? Weil er damit eine Mordanklage sowieso nicht mehr verhindern kann?«

»Genau. Wenn er noch was von euch will, dann höchstens die Software.«

Das hatte wirklich Hand und Fuß. Wieso war ich darauf nicht schon selbst gekommen?

»Ich glaube, du hast recht«, pflichtete ich ihm bei.

»Gut. Es hat nämlich überhaupt keinen Zweck, wegen Kreppels Freilassung Stress zu machen, das bringt nur unnötig Unruhe in die Sache. Und Unruhe ist schädlich.«

»Ich bin jetzt nicht mehr unruhig. Was du gerade gesagt hast, war besser als eine doppelte Portion Baldrian.«

Damit war für mich auch klar, dass ich die Sache hier zu Hause besser gar nicht erst zur Sprache brachte. Mama und Omi hätten sich nur wieder schrecklich aufgeregt. Die Schießerei neulich hatte sie schon genug Nerven gekostet.

»Hast du gerade Baldrian gesagt?«, fragte Pascal.

»Ja, wieso?«

»He, fange ich etwa schon an, dich zu langweilen?«

Ich kicherte. »Von Baldrian wird einem nicht langweilig. Es wirkt bloß beruhigend.«

»Wirkt es auch beruhigend auf dich, wenn ich dir sage, dass ich dieses Wochenende doch freikriege und in die Rhön komme?« Seine Stimme hatte einen Unterton, der irgendwo tief in meinem Inneren ein Kribbeln auslöste, aus dem leicht ein ganz spezielles Glühen werden konnte.

»Nein«, flüsterte ich schwach.

Ein leises Lachen tönte an mein Ohr. »Dann bin ich beruhigt.«

*

Wann immer es möglich war, schrieben Pascal und ich uns Handynachrichten, und abends telefonierten wir. Ich sehnte mich schrecklich nach ihm.

Zwischendurch fragte ich mich, wie ich diesen Zustand bis zum Ende der Schulzeit aushalten sollte. Bis zu meinem Abi würden wir uns, wenn überhaupt, nur an den Wochenenden oder im Urlaub sehen können. Pascals Dienststelle war das Landeskriminalamt in Berlin. Dort hielt er sich hauptsächlich auf, wenn er nicht gerade auf irgendwelchen akuten Einsätzen woanders unterwegs war. Er hatte eine kleine Wohnung in Pankow, und Berlin war seine Heimatstadt – so wie es bis zum letzten Frühjahr auch meine gewesen war.

Folgerichtig würde ich nach der Schule dorthin zurückkehren, das war ja sowieso von Anfang an mein Wunsch gewesen.

Es fragte sich bloß, ob ich dann weiterhin unter Zeugenschutz bleiben musste. Doch solange ich mit Pascal zusammen sein konnte, würde ich damit klarkommen, das wusste ich genau.

Abgesehen von diesen Überlegungen gelang es mir, das Gespräch mit Barbara Wattig komplett zu verdrängen und mich einfach nur aufs Wochenende zu freuen. Der ganz normale Alltag half mir, mich wie ein ganz normaler Mensch zu fühlen. Die restliche Woche verflog im Nu. Nach der Mathearbeit standen weitere Klausuren an, für die ich lernen musste, und ich kniete mich mit Feuereifer hinein. Das Schulhalbjahr war kurz, und das nächste Halbjahr erst recht, weil im Frühling schon die Abiturprüfungen losgingen.

Dann kam endlich der Freitagabend und mit ihm Pascal. Als er vor dem Haus aus dem Wagen stieg, gebärdete Lucky sich wie ein Wilder, er sprang verzückt kläffend an ihm hoch und ließ sich kaum beruhigen. Pascal lachte und zauste ihm das Fell, und dann sah er mich in der offenen Haustür stehen und breitete die Arme aus. »Komm her.«

Er packte mich und hob mich hoch, sodass meine Füße ein ganzes Stück weit über dem Boden baumelten, und in dieser Haltung küsste er mich, bis mir die Luft wegblieb und mein Herz lauter schlug als jeder Donner.

Omi stand im Hintergrund, und ich hatte den Eindruck, dass es in ihren Augen verdächtig glänzte. »Ach, manchmal möchte man auch noch mal jung sein.«

Pascal ließ mich los und begrüßte sie, und anschließend gab es ein fröhliches Hallo, als Mama und Bob aus der Küche kamen, wo sie gemeinsam das Abendessen zubereitet hatten. Wir waren wie eine große, harmonische Familie – es war einfach vollkommen. Sogar das Essen schmeckte fabelhaft. Es gab Toskanisches Hähnchen mit Rosmarinkartoffeln und als Nachtisch herrlich luftige Zabaione. Entweder hatte Bob beim *Perfekten Dinner* gut aufgepasst, oder er verstand was vom Kochen, denn Mama hatte es ganz sicher nicht über Nacht gelernt.

Nach dem Essen gingen Pascal und ich mit dem Hund raus. Er hielt meine Hand und schien deswegen keine Sicherheitsbedenken mehr zu haben, und ich hatte nicht vor, das zu thematisieren. Wir spazierten in aufgeräumter Stimmung durchs Dorf und begrüßten die Leute, die uns begegneten. Unterwegs kam uns Horst entgegen und lüpfte freundlich seinen Hut mit dem Gamsbart. Lucky tollte in verliebtem Übermut um Sally herum, und sie ließ es sich mit vornehmer Zurückhaltung gefallen.

Vor der Bäckerei trafen wir Frau Paschulke, die mich an das morgige Fest erinnerte und anschließend Pascal ihr aufrichtiges Beileid aussprach.

»Ich hoffe, der Ärmste musste nicht lange leiden«, meinte sie.

Pascal runzelte die Stirn. »Oh, äh … Nein, er war sofort tot.«

»Der Herr sei seiner Seele gnädig. Ich werde in der Kirche für ihn eine Kerze anzünden.«

»Wen zum Teufel meinte sie?«, fragte er mich, sobald sie außer Hörweite war.

»Ach, deinen Opa in Australien.« Eilig erklärte ich: »Ich weiß, es ist ein bisschen pietätlos, aber irgendwas musste ich den Leuten ja als Grund sagen, wieso du auf einmal nicht mehr da warst. Also habe ich allen erzählt, du bist zur Beerdigung deines Opas nach Australien geflogen.«

Er hob eine Braue. »*Allen?*«

»Nein, natürlich nur Caro und Tommy und ein paar Leuten, die sich nach dir erkundigt haben. Ich habe diese Ausrede bloß benutzt, weil ich wusste, dass deine Großväter sowieso schon tot sind.«

»Das ist in dem Fall natürlich sehr praktisch.« Er grinste. »Und von welchem Fest hat Frau Paschulke gerade gesprochen? Gibt hier irgendwer eine Party?«

»Ja. Das ganze Dorf. Sie nennen es Kirmes.«

*

Die Kirmes in Groppenhausen war eine bunte Veranstaltung mit Trachtenumzug, Dorfkapelle, Tanzveranstaltung und einer Reihe anderer Attraktionen, beispielsweise blumengeschmückten Traktoren, die mit ohrenbetäubendem Geknatter durchs Dorf rollten. Außerdem gab es einen mit Girlanden behängten Kirmesbaum und diverse Stände, an denen man Grillwürstchen und Bier oder örtliche Spezialitäten kaufen konnte.

Es machte Spaß, sich inmitten der übrigen Festbesucher durch die Menge treiben zu lassen. Pascal hatte den Arm um mich gelegt und schien den dörflichen Trubel genauso zu genießen wie ich. Irgendwo waren auch Mama und Bob unterwegs, und vorhin hatte ich noch Omi und Lucky gesehen, die sich Horst und Sally angeschlossen hatten.

Sogar Justus Müller hatte sich auf der Kirmes eingefunden. Er hielt einen Bierkrug in der Hand und nahm mit leicht gequälter Miene die Avancen von Frau Paschulke hin, die pausenlos auf ihn einredete und sich dabei durch ihre frisch ondulierten Löckchen strich. Nur Tommy hatte ich noch nicht gesehen, obwohl er gesagt hatte, dass er sich blicken lassen wollte. Caro hatte sich ebenfalls angekündigt, sie wollte mit dem Bus kommen. Sie war schon auf der einen oder anderen Dorfkirmes gewesen und hatte gemeint, besonders abends könne es da sehr lustig werden, wenn es mit der Kirmesdisco losging.

»Soll ich uns ein Würstchen holen?«, fragte mich Pascal.

»Oh, ja! Bitte mit viel Senf. Und zwei Brötchen. Ich hab richtig Hunger!«

Kurzum, es war der perfekte Tag.

Bis zu dem Moment, als der Anruf kam.

Ab da löste sich mein Leben, das ich gerade wieder schön gefunden hatte, in ein schreckliches Chaos auf.

*

Mein größter Fehler war vermutlich, überhaupt dranzugehen. Vielleicht hätte ich alles, was danach geschah, verhindern können, indem ich einfach auf *Ablehnen* gedrückt hätte. Als mein Handy klingelte, sah ich, dass es wieder ein unbekannter Anrufer war. Also konnte es nur Barbara Wattig sein. Ich sah mich nach Pascal um, doch er war im Gewühl vor dem Bratwurststand verschwunden. Zaudernd betrachtete ich das Handy, dann stellte ich kurzentschlossen die Verbindung her.

»Ja?«

»Emily? Bist du das?«

Ich hatte richtig getippt, es war Barbara Wattig. Ihre Stimme klang äußerst besorgt.

»Ich will es kurz machen«, sagte sie. »Gerade habe ich eine sehr bedenkliche Nachricht erhalten, die unmittelbar dich und deine Familie betrifft. Ihr solltet unbedingt aufpassen, mit wem ihr euch so abgebt. Denn angeblich hält sich ein weiterer Komplize von Laszlo Balasi in eurem näheren Umfeld auf.«

»Was?«, rief ich geschockt. »Wer denn?«

»Das weiß man leider nicht. Aber es muss jemand sein, dem Laszlo Balasi vertraut. Und dem auch ihr vertraut, denn sonst käme er ja nicht an euch ran.«

»Was soll ich denn jetzt machen?«

»Ich empfehle … *krkrkrch* …« Plötzlich war die Leitung

gestört, und dann brach die Verbindung ab. Aber ich kam nicht dazu, über den Anruf nachzudenken, denn in diesem Moment klingelte es erneut. Diesmal war es eine bekannte Nummer – Tommy war dran.

»Emmy, ihr müsst sofort nach Hause kommen. Ich glaube, bei euch ist eingebrochen worden.«

Ich stammelte irgendwas und schrie in der nächsten Sekunde auf, weil auf einmal jemand von hinten seine Hand auf meine Schulter legte.

»Sorry«, sagte Pascal. »Ich wollte dich nicht erschrecken.« Er hielt einen Pappteller in der Hand, auf dem zwei Brötchen und ein Würstchen mit Senf lagen. Mit viel Senf.

Er sah mir ins Gesicht. »Was ist passiert?«

Und wie schon öfter in solchen Krisensituationen kam von mir wieder nur die Reaktion, die ich mir eigentlich dringend abgewöhnen wollte – ich brach umgehend in Tränen aus.

*

Pascal erklärte den Besuch der Kirmes sofort für beendet und beorderte uns alle nach Hause. Von unterwegs rief er alle möglichen Kollegen auf allen möglichen Dienststellen an, weshalb es in unserer beschaulichen Sackgasse in den folgenden Stunden nur so von Polizeikräften wimmelte. Vor dem Wendehammer postierte sich ein Streifenwagen, und zwei Beamte kontrollierten alle Leute, die raus- oder reinwollten, egal ob zu Fuß oder mit dem Wagen. Rund um das Haus herrschte der reinste Polizeiauflauf, und drinnen war es auch nicht besser. Überall liefen Beamte herum. Wir konnten es nur vom Bürgersteig aus beobachten, denn vorläufig durften wir nicht ins Haus, damit die Spurensicherung ungestört arbeiten konnte.

Justus Müller sah das ganze Drama und lud uns spontan ein, auf ein paar Waffeln rüberzukommen.

»Geht ruhig«, sagte Pascal. »Hier könnt ihr gerade sowieso nichts tun. Ich rufe euch, sobald wir fertig sind.« Er wirkte extrem angespannt, sein Gesicht war so hart und kalt, wie ich es lange nicht gesehen hatte.

»Ihr könnt auch mit zu mir nach Fulda in meine Wohnung kommen«, schlug Bob vor, dem nicht entging, dass Mama keine Lust hatte, bei Justus Müller Waffeln zu essen.

»Nein, alle bleiben innerhalb der Sicherheitsabsperrung«, sagte Pascal.

»Gut«, meinte Bob nur. »Dann warten wir eben hier draußen.« Er wirkte wie ein Fels in der Brandung und verhielt sich souverän wie eh und je. Wahrscheinlich war er durch seinen vielfachen Umgang mit allen möglichen Verbrechern ziemlich abgeklärt. Dennoch stand auch ihm die Sorge um uns ins Gesicht geschrieben.

Ich hatte diesmal lange gebraucht, um mit der Heulerei aufzuhören, und auch Mama war am Rande ihrer Nervenkraft. Irgendwann setzte sie sich mit Bob in seinen Wagen. Omi hatte sich Lucky geschnappt und ging mit ihm die Straße auf und ab, um sich selbst und ihn in Bewegung zu halten.

Und ich wartete hilflos am Gartentor auf Informationen. Hin und wieder schnappte ich ein paar Wortfetzen auf, aber viel war es nicht. Die Ermittlungen ergaben zunächst nur das, was Tommy schon festgestellt hatte – jemand hatte bei uns eingebrochen. Toll, das hätte ich auch noch selbst herausgefunden. Die Terrassentür war ausgehebelt worden, und dann hatte man überall im Haus die Schränke und Schubladen durchwühlt. Wir wussten noch nicht, ob was fehlte, weil die Spurensicherung zuerst ihre Arbeit machen musste.

Der Täter war offenbar durch die Haustür abgehauen, so hatte Tommy auch den Einbruch bemerkt – die Tür hatte offen gestanden. Das war ihm komisch vorgekommen, weil er uns vorher alle zur Kirmes hatte gehen sehen. Folglich war er rübergegangen, um nachzusehen, was los war. So hatte er die Bescherung entdeckt.

»Huhu, Emmy!«

Ich schaute hoch. Caro stand oben auf dem Balkon von Tommys Zimmer und winkte mir hektisch zu. Sie musste irgendwann während des ganzen Chaos eingetroffen sein. Mit wilden Gesten signalisierte sie mir, zu ihr und Tommy hochzukommen.

Zögernd blickte ich von ihr zu unserem Haus und wieder zurück. Ich konnte der Polizei nicht bei der Arbeit helfen, und sie wurden auch nicht schneller fertig, wenn ich hier herumlungerte und zuschaute. Außerdem sah Caro so aus, als würde sie gleich platzen vor Mitteilungsdrang.

»Ich geh mal rüber zu Tommy«, sagte ich durch das Fenster von Bobs Wagen zu Mama.

Sie nickte nur stumm. Ihre Augen schwammen in Tränen. Bob hielt fürsorglich ihre Hand, zum Zeichen dafür, dass er sie auf keinen Fall im Stich lassen würde.

Justus Müller öffnete mir auf mein Klingeln hin.

»Du liebe Güte, Emma! Was ist denn bloß los bei euch?« Er senkte die Stimme. »Wurde jemand getötet?«

»Nein, das war bloß ein ganz normaler Einbruch.«

Er sah mich ein wenig skeptisch an, und mir wurde klar, dass der Rummel nebenan nicht wirklich nach einem normalen Einbruch aussah.

»Die nehmen die Verbrechensbekämpfung in der Rhön sehr ernst«, behauptete ich, schon auf dem Weg zur Treppe. »Ich geh dann mal rauf zu Tommy und Caro.«

»Soll ich euch ein paar Waffeln hochbringen?«

»Ich frag die beiden«, sagte ich. »Für mich bitte keine.« Im Moment kam es mir so vor, als könnte ich nie wieder was essen, egal ob Waffeln oder Würstchen.

Caro riss die Tür auf, bevor ich anklopfen konnte. Ich schrak zurück, weil es so unerwartet geschah, doch sie achtete gar nicht darauf, sondern ergriff meinen Arm und zog mich ins Zimmer. Anschließend schlug sie die Tür wieder zu und stellte sich mit dem Rücken davor.

»Endlich bist du da!«, flüsterte sie.

»Was zum …«

»Pst!« Sie legte den Finger auf die Lippen und deutete auf Tommy, der an seinem Schreibtisch saß, vor sich mehrere aufgeklappte Laptops, die allesamt in Betrieb waren. »Stör ihn nicht bei den Ermittlungen!«

Verständnislos sah ich von ihr zu Tommy. »Was zur Hölle macht ihr hier?«

»Na, deinen Fall lösen, was sonst? Das heißt, Tommy löst ihn. Ich bin bloß eine Art Assistentin. Zuständig für die Getränke und Snacks.« Mit verschwörerischer Miene zog sie mich rüber zu dem kleinen Sofa neben dem Schreibtisch und drängte mich zum Sitzen. »Magst du Cola oder Saft?«

»Ich möchte einfach nur wissen, was hier los ist.«

»Das will Tommy ja gerade rausfinden.«

Tommy hob den Blick von den mit bewegten Bildern und Texten gefüllten Monitoren und sah mich an. Sein Haar stand wild zerzaust in alle Richtungen ab. Er hatte ziemlich viel Ähnlichkeit mit dem kleinen Jungen, der er vor nicht allzu langer Zeit noch gewesen war, was man daran erkannte, dass in seinem Regal immer noch frühere Spielsachen herumlagen: ein gewaltiges Legoraumschiff, eine noch größere knallblaue Nerf-Gun, ein abgewetzter Teddybär.

»Tommy, erklär ihr, was du gerade machst«, forderte Caro ihn auf.

»Ich versuche, durch logische Verknüpfungen Zusammenhänge herzustellen und durch Interpolation Lösungen zu finden.«

»Oh«, sagte Caro bewundernd. »Du kannst dich auch bei Interpol reinhacken?«

Er grinste kurz. »Nicht direkt. Aber ich arbeite dran.«

»Erzähl Emmy, was du schon rausgefunden hast!«

»Das war nicht sehr schwer. Du bist in einem Zeugenschutzprogramm, Emmy.«

Ich merkte, wie mir das Blut aus dem Gesicht wich. »Woher weißt du das?«

»Ich sagte doch, das war der einfache Teil.« Er zählte es an den Fingern auf. »Du gehst nie ins WLAN, egal, wo du bist. In deinem Adressbuch stehen kaum Kontakte. Sogar meine Kontakte sind einen halben Kilometer lang, und ich bin ein Nerd und habe nicht viele Freunde.«

»Du hast darin rumgeschnüffelt, als du es repariert hast!«, warf ich ihm entrüstet vor.

Er stritt es nicht ab. »Das hat sich halt so ergeben. Aber ich habe es schon lange vorher gemerkt.« Er fuhr mit seiner Aufzählung fort. »Du hast nie die Fotofunktion von deinem Handy benutzt. Keine Schnappschüsse, keine Selfies. Und du hast dich auch in der Schule nicht von anderen knipsen lassen.«

»Das kannst du gar nicht wissen! Du bist auf einer anderen Schule und warst nicht dabei!«

Ich merkte zu spät, dass ich mich verraten hatte, aber das machte auch keinen Unterschied, denn er hob nur die Schultern.

»Es stimmt aber alles, das musst du zugeben«, meldete Caro sich zu Wort. »Denn *ich* war ja dabei.«

Ich warf ihr einen bitterbösen Blick zu, doch auch sie hob nur die Schultern. »Es bringt überhaupt nichts, das vor uns abzustreiten«, meinte sie friedfertig. »Wir wollen dir doch nur helfen.« Aufmunternd wandte sie sich an Tommy. »Jetzt erzähl ihr noch den Rest. Die Sache mit Paddy.« Sie lächelte mir zu. »Stell dir vor, wie naiv ich war. Ich dachte ernsthaft, du könntest mit Paddy nach Australien fliegen, auf seine Farm oder wo immer er da in Down Under lebt, und ihr könntet euch von seinem Erbe über Wasser halten, bis die Typen, die hier hinter dir und deiner Familie her sind, geschnappt worden sind. Da meinte Tommy, das ginge nicht, weil Paddy in Wahrheit gar kein australischer Austauschschüler oder Erbe ist, sondern dein Zeugenschützer.« Ihr Gesicht nahm einen schwärmerischen Ausdruck an. »Ich finde das so wahnsinnig romantisch!«

Konsterniert sah ich die beiden an und versuchte zu begreifen, wie ich in diese absurde Situation geraten war.

»Jetzt musst du uns erzählen, wieso du im Zeugenschutzprogramm bist«, forderte Caro mich auf. »Damit Tommy rausfinden kann, wo die Leute, die hinter dir her sind, sich gerade aufhalten.«

»Du spinnst echt«, gab ich zurück. »Glaubst du vielleicht, so was kann er hier mal eben mit ein paar Mausklicks checken?«

»Er kann es zumindest versuchen. Tommy ist so unglaublich clever!«

Ich überlegte, ob es die Gefahrenlage wirklich verschlimmerte, wenn ich ihnen von meinem Fall erzählte. Die beiden waren meine Freunde, und nachdem sie schon mein größtes und wichtigstes Geheimnis kannten, spielte der eher unwichtige Rest auch keine besondere Rolle mehr. Und Tommy war wirklich absolut versiert im Herausfinden und Kombinieren, vielleicht konnte er ja wirklich noch etwas entdecken. Warum sollte ich diese Chance nicht nutzen? Schaden konnte es auf keinen Fall.

Also erzählte ich ihnen einfach alles.

Caro saß mit offenem Mund neben mir auf dem Sofa, als ich zum Ende kam, aber Tommy hatte schon während meiner mit emotionaler Stimme vorgetragenen Zusammenfassung wieder angefangen zu tippen. Ich fand das ein bisschen unhöflich, aber er meinte nur kurz über die Schulter: »Ich kann gleichzeitig zuhören und recherchieren. Schreibt dieser Balasi sich mit i am Schluss?«

»Ja. Und Laszlo mit s und z in der Mitte. Er kommt aus Ungarn.«

»Jetzt muss ich mich daran gewöhnen, dass du gar nicht Emma heißt, sondern Emily«, warf Caro ein. »Der Name gefällt mir aber auch sehr gut. Können wir dich trotzdem Emmy nennen?«

Ich nickte ergeben.

»Aber du bist in echt mit Paddy zusammen, oder ist das ein Teil von eurer Tarnung?«

Tommys Vater brachte einen Stapel Waffeln hoch und erzählte, dass er auch welche für die Polizisten gebacken habe, doch die hätten keinen Hunger gehabt.

Draußen wurde es allmählich dunkel. Ich blickte aus dem Fenster. Fast alle Einsatzfahrzeuge waren weg, und von den Beamten waren auch kaum noch welche zu sehen. War das ein gutes oder ein schlechtes Zeichen?

»Hast du schon was gefunden, Tommy?«, fragte Caro.

Tommy schüttelte den Kopf. »Ein paar Sachen könnten etwas bedeuten, aber die bringen mich im Moment nicht weiter, da muss ich erst etwas basteln.«

»Mit *basteln* meinst du sicher hacken, oder?«, wollte Caro wissen. Sie sah ihm mit verklärter Miene bei der Arbeit zu. Keine Frage, auf ihrer Skala hatte er inzwischen mindestens eine Zehn mit Sternchen.

»Tommy, ich glaube, du bist ungewöhnlich intelligent«, sagte sie. »Hast du schon mal dran gedacht, einen Hochbegabtentest zu machen?«

»Wurde damals gemacht, nachdem ich eingeschult worden war.«

»Und was ist dabei rausgekommen?«

»Dass ich hochbegabt bin.«

»Haben sie dir hinterher gesagt, welchen IQ du hast?«

»Nein, erst später, bei dem nächsten Test, als ich das zweite Mal eine Klasse überspringen sollte.«

»Du hast …« Caro richtete sich auf. »Tommy, wie alt bist du eigentlich?«

»Sechzehn«, sagte er, ohne auch nur einen einzigen Moment mit dem Tippen aufzuhören.

In ihrer Miene breitete sich Entsetzen aus, aber dann trat ein Ausdruck von Entschlossenheit auf ihr Gesicht. »Ich bin siebzehn. Das ist kein so riesiger Unterschied. Was ist schon ein Jahr!«

»Wartet mal, hier hab ich was«, murmelte Tommy. Er tippte wie rasend, die Bilder auf seinen Monitoren wechselten in schneller Folge. »Sekunde noch … Da! Das könnte er sein. Laszlo B. aus Budapest, aufgenommen bei einem Prozess in Köln vor zwei Jahren. Freispruch aus Mangel an Beweisen. Der Hauptbelastungszeuge war irgendwie verschwunden.«

»Ja«, sagte ich. »Er hat die Angewohnheit, sie umzubringen.«

»Oh Gott.« Caro schauderte. »Das hat er ja bei dir auch schon versucht. Wenn ich mir vorstelle, wie er mit dem Maschinengewehr auf dich und Paddy geschossen hat!«

»Es heißt Maschinen*pistole*«, korrigierte Tommy.

»Wo ist der Unterschied?«, wollte Caro wissen.

»Ein Maschinengewehr ist riesig. Eine Kriegswaffe. Sehr schwer zu tragen. Meist stellt man es zum Schießen auf eine Lafette.«

Ich beugte mich über seine Schulter, um mir die Website anzusehen, die er aufgerufen hatte. Es waren Bilder aus einem Gerichtssaal. Nicht besonders scharf, aber gut genug, um Laszlo zu erkennen. Auf dem ersten Bild hielt er sich einen Aktenordner vors Gesicht und trug Handschellen, aber auf dem zweiten war er ziemlich deutlich zu sehen. Zwar nur im Profil und mit einem Balken quer über der Augenpartie, aber der taugte nicht mal ansatzweise dazu, dieses Gesicht zu verfremden, das immer wieder in meinen Albträumen auftauchte. Unverkennbar auch die Kleidung – eleganter Anzug, schmaler Schlips. Und diesmal ohne Handschellen, sodass seine teure Uhr sichtbar wurde.

»Das ist er«, sagte ich tonlos.

»Hat er eine Rolex an?«, wollte Caro wissen. Sie beugte sich über Tommys andere Schulter, um die Fotos genauer betrachten zu können.

»*Der 31-jährige Laszlo B. mit seinem Anwalt zu Beginn der Verhandlung sowie danach*«, las Tommy vor. »*Bei der Urteilsverkündung gab es tumultartige Szenen im Gerichtssaal. Die Hinterbliebenen des Opfers Khalil G. (51), die als Nebenkläger am Prozess teilnahmen, wollten die Anklagebank stürmen und konnten nur mithilfe des Wachpersonals zurückgedrängt werden. Die Frau des Zeitungsverkäufers Harry M. (58), der von der Staatsanwaltschaft als Belastungszeuge geführt worden war, erlitt einen Nervenzusammenbruch. Harry M. war aus bisher nicht bekannten Gründen nicht zum Verhandlungstermin erschienen. Laszlo B. verließ den Gerichtssaal daher als freier Mann.*«

»He, der Typ kommt mir bekannt vor«, sagte Caro überrascht.

Ich erstarrte. »Du kennst Laszlo Balasi?«

»Nein, den doch nicht. Den anderen. Der da neben ihm steht. Der Typ in dem schwarzen Mantel.«

»Das ist eine Robe«, erklärte Tommy. »Er ist Balasis Anwalt.«

Jetzt heftete ich zum ersten Mal den Blick auf Laszlos Nebenmann und erkannte ihn sofort. Ein Irrtum war ausgeschlossen.

Es war Bob.

7

»Oh mein Gott«, flüsterte ich.

»Oh mein *Gott!*«, schrie Caro. »Er ist es! Der Typ, der vorhin mit deiner Mutter draußen auf der Straße stand! Was hat das zu bedeuten?«

»Er ist ihr Freund«, antwortete Tommy. »Sein Name ist Bob, und er ist Anwalt. Strafverteidiger, um genau zu sein.«

Übelkeit erfasste mich, und rückblickend war ich froh, dass ich keine Waffel gegessen hatte, denn die hätte ich ganz sicher in diesem Augenblick ausgespuckt.

Es muss jemand sein, dem Laszlo Balasi vertraut. Und dem auch ihr vertraut, denn sonst käme er ja nicht an euch ran.

Jemand, der jeden Abend zu uns nach Hause kam und die Wochenenden bei uns verbrachte. Der andauernd aufräumte, den Müll raustrug und auch sonst bei jeder Gelegenheit in unseren Sachen herumschnüffeln und nach Superglade X suchen konnte.

Tommy fasste meine konfusen Gedanken in Worte. »Scheint so, als hätte dieser Balasi ihn bei euch eingeschleust, um auf diesem Weg an die Software zu kommen.«

»Um Himmels willen, was sollen wir jetzt machen?«, fragte Caro hysterisch. »Wir müssen deine Mutter retten! Was ist, wenn er ihr etwas antut?«

»Wenn er merkt, dass wir ihm auf die Schliche gekommen sind, könnte er vielleicht durchdrehen«, stimmte Tommy zu.

»Oh Gott«, wisperte Caro. »Er könnte Amok laufen!«

Es klingelte an der Haustür.

Von unten waren Stimmen zu hören, dann Schritte auf der Treppe.

Die Tür ging auf, und mein Inneres verwandelte sich in Eiskristalle.

Im Türrahmen stand Bob.

»Na?«, meinte er. »Seid ihr fleißig?«

»Ja, wir lernen!«, schrie Caro. Sie räusperte sich und setzte in normaler Lautstärke hinzu: »Für … Mathe. Tommy gibt uns Nachhilfe. Er ist wahnsinnig schlau.«

»Ja, davon hab ich gehört«, sagte Bob, ehe er sich an mich wandte. »Die Spurensicherung hat ihre Arbeit beendet«, informierte er mich. »Der letzte Einsatzwagen macht sich gerade zur Abfahrt bereit. Wir haben auch schon so weit wieder alles hergerichtet und aufgeräumt. Du kannst jetzt rüberkommen, wenn du willst.«

Tommy klappte seine Laptops zu. Dann startete er den Drucker. »Ich drucke dir die Aufgaben mal aus«, sagte er in beiläufigem Tonfall zu mir. »Du kannst sie gleich mit rübernehmen.«

Ich nickte nur. Wenn ich versucht hätte, irgendwas zu sagen, hätte ich vermutlich nichts herausgebracht. Tommy faltete das Blatt mit dem ausgedruckten Zeitungsartikel zusammen und reichte es mir.

»Schönen Abend noch«, sagte Bob zu Caro und Tommy. »Und viel Erfolg mit Mathe.«

»Danke«, piepste Caro.

»Bis gleich dann«, sagte Bob zu mir, die Türklinke schon in der Hand. »Ich geh schon mal rüber.«

Blicklos starrte ich auf die Tür, die er hinter sich zugezogen hatte. Meine Hände zitterten wie verrückt, ich konnte kaum das Blatt festhalten, das Tommy mir gegeben hatte. Was sollte ich jetzt bloß tun?

»Los!«, stieß Caro hervor. »Über den Balkon und die Feuerleiter durch den Garten. Dann bist du vor ihm da und kannst alle warnen! Schnell!«

Tommy war bereits aufgesprungen und hatte die Balkontür aufgerissen, und ich sprintete los, ohne nachzudenken. Meine Instinkte rissen die Gewalt über meinen Körper an sich. Im Rekordtempo hetzte ich auf den Balkon, nahm bei der gelochten Metallfeuerleiter immer drei Stufen auf einmal, rannte mit riesigen Sprüngen über den im Dunkeln liegenden Rasen und überwand in gestrecktem Galopp den Zaun, der den Vorgarten der Müllers von unserem trennte.

Pascal stand vor der offenen Haustür und redete mit einem der beiden Beamten, die noch da waren. Der andere war gerade im Begriff, in den Streifenwagen zu steigen, der vor dem Haus parkte. Als Pascal mich über den Zaun springen sah, fiel ihm die Kinnlade herunter.

»Wow«, sagte er. »Ich wusste gar nicht, dass du so sportlich bist.«

Das hatte ich selbst auch nicht gewusst, aber im Moment konnte ich mir darüber keine Gedanken machen.

Ich drückte Pascal das Blatt in die Hand. »*Er* steckt dahinter«, japste ich. »Bob. Er ist Laszlo Balasis Anwalt.«

Pascal faltete das Blatt auseinander und betrachtete es im

Licht der Eingangsbeleuchtung. Der Schock der Erkenntnis zeigte sich in seinem Gesicht auf die mir schon bekannte Weise: Seine Züge wurden hart wie Granit, die Augen eiskalt.

»Da vorn kommt er«, flüsterte ich, immer noch keuchend von der ungewohnten sportlichen Höchstleistung.

Bob kam gerade aus dem Nachbarhaus und rief Justus Müller einen Abschiedsgruß zu, bevor er quer über die Einfahrt zum Bürgersteig ging und gemächlich auf uns zukam.

»Geh ins Haus, Emmy«, sagte Pascal durch zusammengebissene Zähne zu mir. »Schnell.«

Ich gehorchte sofort, obwohl ich wahnsinnige Angst um ihn hatte.

»Zugriff«, hörte ich ihn gerade noch zu dem Beamten sagen, der mit ihm draußen stand.

Dann wurde es laut. Es gab eine Menge Geschrei. Befehle wurden gebrüllt, jemand schrie: »Hinlegen! Hände auf den Rücken!«, dann kamen Proteste, natürlich von Bob, der irgendwelche nicht jugendfreien Flüche von sich gab. Danach knallte eine Autotür zu, und es kehrte Stille ein.

Pascal kam ins Haus und fand mich in der Küche, wo ich mir die Nase am Fenster platt gedrückt und gerade noch mitbekommen hatte, wie die beiden Polizisten den mit Handschellen gefesselten Bob in den Streifenwagen drängten.

»Ich fahre jetzt mit denen zum Präsidium.« Pascals Ton ließ keine Emotionen erkennen, ein Zeichen seiner starken Anspannung. Doch dann verlor sein Gesicht den Ausdruck kühler Beherrschung. »Oh verdammt, Emmy! Es tut mir so leid!«, brach es aus ihm heraus. »Komm mal her.«

Er öffnete die Arme. Ich warf mich sofort hinein und schaffte es irgendwie, nicht schon wieder loszuheulen.

»Wo ist Mama? Und Omi?«

»Deine Mutter ist unter der Dusche. Gerti ist mit Lucky zu Horst gegangen.«

»Kannst du nicht hierbleiben?«, flehte ich ihn an.

»Nein, ich muss bei der Vernehmung anwesend sein. Aber du brauchst keine Angst zu haben. Es kommt gleich eine Streife, die das Haus bewacht. Und ab morgen bekommt ihr zusätzlichen Personenschutz, wenigstens so lange, bis klar ist, was Bob mit der Sache zu tun hat und wer hinter dem Einbruch steckt.«

Das war nicht meine größte Sorge. Im Moment hatte ich nur vor einer Sache höllischen Schiss, und zwar davor, wie Mama das alles aufnehmen würde.

Vor allem eine Frage beschäftigte mich in diesem Zusammenhang: Wenn Pascal jetzt wegfuhr – wer sollte ihr dann alles erklären?

Falls es mir da noch nicht klar gewesen war, begriff ich es spätestens in dem Augenblick, als er weg war und Mama im Bademantel runterkam, frisch geduscht und mit einem entspannten Gesichtsausdruck.

»Wo ist Bob?«, fragte sie.

*

Tags darauf befanden wir uns alle immer noch im Ausnahmezustand. Meine Mutter heulte sich die Augen aus dem Kopf und wurde beinahe hysterisch, als man ihr nicht erlauben wollte, Bob zu besuchen. Er war schon dem zuständigen Richter vorgeführt worden und saß in Untersuchungshaft, und sie konnte sich nicht damit abfinden, dass man ihn nicht gegen Kaution freiließ.

Pascal hatte ihr erklärt, dass wegen zu großer Flucht- und Verdunkelungsgefahr keine Kaution infrage kam, aber sie ließ nicht locker. Sie wollte jede Summe bezahlen, notfalls hunderttausend Euro, wobei ich nur Vermutungen darüber anstellen konnte, woher sie das Geld nehmen wollte. Tatsächlich erfuhr ich später, dass Omi ihr angeboten hatte, diesen Betrag zur Verfügung zu stellen – das war seltsamerweise das erste Mal, dass ich mitbekam, was mir vorher nie aufgefallen war: Omi hatte durch ihre vielen Romane einiges auf der hohen Kante, aber die meiste Zeit war es ihr selbst nicht wirklich bewusst, und es war ihr außerdem herzlich egal.

Dass sie allerdings bereit war, für Bob ihre Ersparnisse zu riskieren, wollte schon was heißen. Nicht wegen der Summe, sondern wegen der Tatsache, dass sie ihm offenbar Glauben schenkte. Denn er stritt von Anfang an alles vehement ab.

»Er behauptet, dass alles ein Riesenirrtum ist und dass er Laszlo Balasi noch nie gesehen hat«, meinte Pascal.

»Und wie erklärt er das Foto?«, wollte ich wissen.

»Er sagt, das sei er nicht.«

»Dann muss er wohl einen Doppelgänger haben«, sagte ich ironisch.

»Das hat er auch gemeint.«

Ich lachte nur ungläubig. »Denkt er ernsthaft, irgendwer würde ihm das abkaufen?«

Pascal zuckte die Achseln. »Um das zu klären, bräuchten

wir eine Auskunft aus der Prozessakte – den Namen von Balasis damaligem Anwalt. Das wurde schon angefordert. Aber heute ist Sonntag, dadurch verzögert sich alles.« Er sah übernächtigt und erschöpft aus, weil er nicht geschlafen hatte. Nach der Vernehmung hatte er den Rest der Nacht im Auto verbracht, weil er uns nicht aus dem Schlaf klingeln wollte. Mich hätte er damit nicht gestört, denn ich hatte ebenfalls kaum ein Auge zugekriegt.

»Was passiert denn jetzt als Nächstes?«, fragte ich.

»Nichts. Ich muss mich erst mal ein paar Stunden aufs Ohr hauen. Dann sehen wir weiter.«

Bevor er runter in den Gästekeller ging, fragte er Mama, ob er vielleicht für sie den Kontakt zu einem Traumapsychologen herstellen solle, doch sie fauchte ihn bloß an, dass er sich den Traumapsychologen sonst wohin stecken könne.

»Du *bist* aber traumatisiert, Mama«, mischte ich mich ein. »Es täte dir bestimmt gut!«

Mein Versuch, sie zu überzeugen, kam nicht gut bei ihr an. Sie musterte mich mit wütend zusammengezogenen Brauen.

»Ich bin kein bisschen traumatisiert. Ich kann einfach nur nicht fassen, dass ihr diesen Mist ausgeheckt und einen unschuldigen Mann hinter Gitter gebracht habt!«

»Das ist noch die Phase der Verleugnung«, erklärte ich ihr. »Die setzt nach dem Schock ein. Danach folgt die Trauer und am Schluss die Heilung.«

Pascal musterte mich von der Seite. »Wo hast du das denn her? Aus der *Bravo?*«

Ich hatte es in irgendeiner Frauenzeitschrift gelesen, aber

ich fand es trotzdem nicht besonders nett von ihm, sich darüber lustig zu machen.

»Du kommst bestimmt drüber weg«, tröstete ich meine Mutter. »Du musst bloß zulassen, dass man dir hilft.«

Sie funkelte mich nur zornig an. »Von einem Psychofritzen? Der mir erzählt, dass ich einen Persönlichkeitsdefekt habe, weil ich mich immer wieder zu Verbrechern hingezogen fühle?«

»So was würde der nie sagen«, versicherte Pascal.

»Ganz recht«, schnappte Mama. »Weil es nämlich nicht stimmt.«

»Wir tun unser Bestes, die Wahrheit herauszufinden.«

Vielleicht hätte er das nicht sagen sollen, denn Mama geriet völlig außer sich. »Was weißt du denn schon?«, schrie sie ihn an. »Statt die echten Gangster zu fangen, sperrst du den loyalsten, feinsten, liebenswertesten Menschen ein, den man sich nur vorstellen kann! Du trägst die volle Verantwortung dafür, was man Bob da gerade antut! Begreifst du es denn nicht? Er ist ein angesehener Rechtsanwalt, und das hier ist eine gutbürgerliche, erzkatholische Gegend, in der ein guter Ruf alles ist! Was glaubst du, was von seiner Ehre übrig ist, wenn er wieder rauskommt?« Ihr Gesicht wurde starr, ihre rot geweinten Augen verengten sich zu bösen Schlitzen. »Es wäre mir sehr recht, wenn du nicht länger hier bei uns im Haus bleibst als nötig. Das Zeugenschutzprogramm ist an dieser Stelle beendet.«

»Wie du willst«, sagte Pascal ausdruckslos.

»Das kannst du nicht machen, Mama!«, rief ich fassungslos. »Pascal, du gehst *nicht!*«

»Lass nur«, sagte Pascal. »Im Moment ist das besser so.«

Omi saß stumm in ihrem Sessel, die Hände auf den Knien verschränkt. Sie sagte nichts.

Pascal ging packen. Nach einer Weile tauchte er mit seinem Rucksack auf und verabschiedete sich höflich. Mama schaute nur schweigend an ihm vorbei. Von Omi kam ein leises, trauriges *Tschüss, Pascal.*

Lucky, der vor ihrem Sessel auf dem Boden lag, gab ein kleines Winseln von sich, als würde er die verfahrene Situation spüren.

Ich begleitete Pascal zur Haustür.

»Ich habe eine Zivilstreife bestellt, die mich abholt«, teilte er mir mit. »Den Wagen muss ich stehen lassen, er springt nicht mehr an – er hat schon die ganze Zeit komische Geräusche gemacht. Morgen schicke ich einen Reparaturdienst. Bis dahin checke ich in der Stadt in einem Hotel ein und melde mich so bald wie möglich.«

Meine Gefühle waren ein einziges Chaos, ich war kaum imstande, einen klaren Gedanken zu fassen. Ich schwankte zwischen dem Wunsch, schnell ein paar Sachen zu packen und einfach mit ihm zu fahren, und dem verzweifelten Bedürfnis, Mama zu trösten und ihr zu helfen, die Dinge im richtigen Licht zu sehen. Wie schwer das für sie sein musste, konnte ich nur ahnen. Ich begriff ja selbst kaum, dass Bob der Komplize eines Mörders sein sollte. Er war so mühelos Teil unserer Familie geworden, dass die schreckliche Wahrheit sich wie ein Stich ins Herz anfühlte. Für Mama musste das noch viel grausamer sein, denn sie liebte ihn über alles. Ich versuchte, mich an ihre Stelle zu versetzen und mir vorzustellen, dass jemand mir Beweise vorlegte, denen zufolge Pascal mit Laszlo unter einer Decke steckte. Genau wie

Mama würde ich so eine Unterstellung mit aller Kraft zurückweisen. Man könnte mir hundert belastende Fotos von ihm zeigen, und ich würde es immer noch nicht glauben.

Ich schluckte heftig, als Pascal sanft mit dem Finger mein Kinn anhob, um mir in die Augen zu sehen.

»Zwischen uns beiden ist doch alles in Ordnung, oder?«

»Ja!« Ich schmiegte mich eng an ihn, als er mich umarmte, und auch seinen Kuss erwiderte ich voller inbrünstiger Zärtlichkeit. Als er mich losließ, fragte ich besorgt: »Kann Mama denn einfach so bestimmen, dass das Zeugenschutzprogramm jetzt zu Ende ist?«

»Für sich selbst – ja. Für dich allerdings nicht. Du bist volljährig und entscheidest das selbst.«

»Und was bedeutet das? Wir wohnen doch im selben Haus!«

»So einen Fall hatte ich noch nicht«, räumte er ehrlich ein. »Ich muss das mit Hagemann besprechen. Vorläufig läuft das Programm sowieso weiter, denn deine Mutter denkt vielleicht morgen schon wieder anders darüber. Momentan ist sie so mit den Nerven runter, dass sie das gar nicht klar entscheiden kann. Und bis die ersten Ergebnisse zu dem Einbruch und zu Bobs Rolle in dieser Geschichte vorliegen, wird auch der Personenschutz aufrechterhalten.«

Er deutete auf die seit dem frühen Morgen diskret vor dem Haus parkende dunkle Limousine.

»Und wenn bei den Untersuchungen herauskommt, dass Balasi Bob tatsächlich bei uns eingeschleust hat?« Ich stellte die Frage, obwohl ich die Antwort bereits ahnte.

»In dem Fall weiß er, wo ihr wohnt.«

Die unausweichliche Konsequenz dieser Feststellung erfüllte mich mit Sorge. »Noch ein Umzug bei Nacht und Nebel? Das wird Mama nie und nimmer mitmachen. Und Omi auch nicht.«

»Dann hoffen wir, dass es nicht so weit kommt.«

Eine Zivilstreife fuhr vor, um ihn abzuholen. Beim Wegfahren winkte er mir zu. Als der Wagen um die Ecke bog, hatte ich plötzlich das beklemmende Gefühl, als wäre es ein Abschied für immer.

Aus Emmys Tagebuch

Pascal ist seit einer Stunde weg, und es kommt mir wie eine Woche vor. Wieder mal eine Runde geflennt, auch wegen Bob. Es ist alles so schrecklich! Mama weint auch die ganze Zeit, und wenn sie mal aufhört, dann nur, weil sie wütend ist. Habe vorhin gehört, wie sie mit einem Anwalt telefoniert hat. Wollte sie nicht belauschen, aber sie hat so laut gesprochen, dass es durchs ganze Haus geschallt hat. Sie will Bob mit allen Mitteln rausholen. Würde mir so sehr wünschen, dass er wirklich unschuldig ist!

*

Jetzt zwei Stunden. Denke die ganze Zeit über Variante nach, dass Bob unschuldig ist. Überlege, ob man dazu stochastische Formel aufstellen kann, ist aber zu hoch für mich. Vielleicht kann Tommy das machen, er ist ja ein Genie mit IQ von 180, hat Caro mir vorhin geschrieben. Musste ihr alle Ereignisse seit gestern Abend berichten, habe aber Pascals Rauswurf für mich behalten. Hoffe, dass das alles ganz schnell wieder in Ordnung kommt.
Denke auch ständig darüber nach, wer hier eingebro-

chen hat. Bob kann es ja nicht gewesen sein, da mit uns auf Kirmes. Es wurde nichts gestohlen. Nicht mal Mamas neues iPad. Auch keine DVDs oder CDs, obwohl ja da theoretisch Superglade X drauf sein könnte. Einfach nur Sachen aus Schränken gerissen. Alles seltsam.

*

OMG, eben fällt mir ein, dass ich Pascal noch gar nichts von Barbara Wattigs Anruf erzählt habe! Ob das Einfluss auf Gefahrenlage hat???
Muss ihm sofort Nachricht schicken!

*

»Du hast mit *wem* telefoniert?«, fragte Pascal, als er keine fünf Sekunden später zurückrief.

»Mit meiner Opferanwältin. Aber ich habe nicht mit ihr telefoniert, sondern sie mit mir. Denn sie hat ja mich angerufen, nicht umgekehrt.«

»Und warum hast du es gestern nicht für nötig gehalten, mir das zu erzählen?«

»Weil ich dazu praktisch überhaupt keine Gelegenheit hatte«, verteidigte ich mich. Und das war die reine Wahrheit, denn unmittelbar nachdem das Gespräch mit Barbara Wattig geendet hatte, war ja schon Tommys Anruf wegen des Einbruchs gekommen, und danach war alles drunter und drüber gegangen, bis hin zu Bobs Verhaftung. Von all dem Stress und dem Durcheinander war mein Kopf seither so voll gewesen, dass ich an Barbara Wattigs Anruf überhaupt nicht mehr gedacht hatte. Im Übrigen hatte sich alles, was sie mir über die eingeschleuste Vertrauensperson erzählt hatte, aufs Schlimmste bewahrheitet.

Seltsamerweise schien Pascal das ganz anders zu sehen, denn er reagierte sehr ungehalten. »Hast du sie gefragt, woher sie deine Handynummer hat?«

»Ja«, sagte ich, stolz darauf, dass ich daran gedacht hatte. »Die hatte sie von der Polizei.«

»Von welcher Polizei?«

»Vom LKA, nehme ich an«, meinte ich leicht verunsichert.

Bevor Pascal mir schon wieder vorwerfen konnte, dass ich ihm Informationen vorenthielt, beeilte ich mich, die ganze Sache aufzuklären. »Ich hatte ewig keinen Kontakt mit dieser Frau Wattig. Eigentlich hatte ich sie schon fast vergessen. Damals am Tag nach dem Überfall in Berlin kam sie nur kurz bei uns vorbei und hat mir ihre Karte gegeben. Sie wollte auch zu Mama ins Krankenhaus und sich eine Vollmacht holen. Sie meinte, das wäre eine Routinesache, und sie würde mit den zuständigen Behörden zusammenarbeiten. Danach habe ich sie nie mehr gesehen und auch nicht mit ihr gesprochen. Bis sie mich neulich anrief und mir sagte, dass Gernot Kreppel aus dem Gefängnis freikommt, wegen einer Kronzeugenregelung.«

»Ich dachte, das hätte *Bob* dir erzählt!« Pascal schrie es beinahe, und ich rieb mir irritiert das Ohr.

»Wieso dachtest du das?«, erkundigte ich mich.

»Als ich dich fragte, von wem du es weißt, hast du wortwörtlich zu mir gesagt: *Manchmal ist es eben nützlich, wenn man einen Anwalt hat, der sich zu den Akten meldet, denn dann sind die Informationswege kürzer*«, sagte Pascal, sein eidetisches

Gedächtnis demonstrierend. »Da nahm ich selbstverständlich an, es handle sich um Bob. Weil du exakt *seine* Worte verwendet hast!«

»Dann hast du das missverstanden. Ich hatte Barbara Wattig gemeint. Aber das spielt doch eigentlich keine Rolle, oder?«

Am anderen Ende der Leitung herrschte Schweigen, und ich hatte schon Sorge, dass ich erneut irgendwas falsch gemacht haben könnte. Doch als Pascal wieder sprach, klang seine Stimme ruhig, fast schleppend. »Es spielt eine sehr große Rolle, weil das einer der Gründe ist, warum Bob noch in U-Haft sitzt. Denn aufgrund dieses *Missverständnisses* glaubte ich bis gestern, er hätte sich inzwischen als euer Anwalt zu den Akten gemeldet. Nach seiner Festnahme habe ich das logischerweise überprüft und dabei gesehen, dass es nicht stimmt und dass das LKA ihm folglich nie irgendwas mitgeteilt hat, also auch nichts über besagte Kronzeugenregelung. Was mich wiederum zu dem zwingenden Schluss führte, dass er diese Information direkt von Balasi oder Kreppel erhalten haben musste. Dass in Wahrheit nicht *er* dir davon erzählt hat, sondern eine Barbara Wasweißich, konnte ich ja nicht ahnen.«

»Barbara Wattig«, murmelte ich. Was hatte ich da nur losgetreten!? Wegen meiner blöden, missverständlichen Formulierung war Pascal einem derartig folgenschweren Irrtum aufgesessen! Doch wenigstens in diesem Punkt konnte er Bob jetzt entlasten, das war zumindest ein kleiner Silberstreif am Horizont. Wenn sich jetzt noch herausstellte, dass der Anwalt auf dem Foto ein Doppelgänger von Bob war …

»Und damit kommen wir zu einem sehr entscheidenden

Punkt«, fuhr Pascal fort, und er klang plötzlich ausgesprochen grimmig. »Eine Barbara Wattig ist mir völlig unbekannt. Sie taucht in der Akte an keiner Stelle auf. Ich habe ihren Namen vor dieser Unterhaltung mit dir noch nie in meinem Leben gehört.«

Das traf mich absolut unvorbereitet. Wie gelähmt vor Schreck saß ich da und versuchte, es zu begreifen. »Aber ... dann kann ihr das LKA ja auch nicht meine Handynummer gegeben haben! Woher hat sie die denn dann?«

»Das«, sagte Pascal, »ist wirklich eine sehr gute Frage. Und jetzt erzählst du mir bitte alles über diese Frau, und zwar von Anfang an!«

*

Irgendwo musste ich meine alte Handtasche noch haben, denn ich konnte mich nicht erinnern, sie entsorgt zu haben. Bei unserem Umzug war zwar viel im Müll- und Altkleidercontainer gelandet, aber die Handtasche hatte ich ganz sicher nicht weggeworfen, denn ich hatte sie immer gemocht. Yasemin hatte sie mir vor zwei Jahren zum Geburtstag geschenkt, und ich hatte sie mit mir herumgeschleppt, bis sie speckig wurde. Zuletzt hatte ich sie an dem Tag dabeigehabt, als Barbara Wattig bei uns gewesen war. Bei dem Umzug musste ich sie zusammen mit irgendwelchem anderen Kram in einer der Kisten verstaut haben.

Im Abstellkeller wühlte ich so lange in den dort gestapelten Kartons herum, bis ich sie endlich fand. Sie war ganz steif, weil sie so lange nicht benutzt worden war und zwischen allen möglichen sperrigen, harten Gegenständen gelegen hatte. Aber sie war noch da, das war die Hauptsache. Und das, was zuletzt drin gewesen war, fand ich ebenfalls noch vor – den üblichen Kleinkram, der häufig in unbenutzten Handtaschen herumliegt: eine zerknautschte Packung Papiertaschentücher, einen Conceiler im Seitenfach (den hatte ich schon vermisst), eine zerfledderte Kinokarte, ein paar Kupfermünzen, ein Minipäckchen mit Tampons, einen Taschenkalender, eine verbogene Haarspange, einen Blister mit Kopfschmerztabletten und ein paar einsame Kaugummis.

Und das Allerwichtigste: die Visitenkarte von Barbara Wattig. Außerdem – das hatte ich total vergessen! – entdeckte ich noch den Kuli und den Schlüsselanhänger, versehen mit dem Aufkleber *Barbara Wattig – Ihre Rechtsanwältin für alle Fälle.*

Erleichtert atmete ich aus. Pascal hatte unbedingt die Karte haben wollen. Ich hatte vorsorglich erwidert, ich wisse nicht genau, ob ich sie noch hätte. Falls sie nämlich weg gewesen wäre, hätte er nur noch mehr Grund gehabt, sauer auf mich zu sein. Und *dass* er sauer war, ließ sich leider nicht leugnen. Wobei ich den Verdacht hatte, dass sich ein ziemlich großer Teil seines Ärgers gegen ihn selbst richtete, weshalb ich auch inständig hoffte, die Ermittlungslage mit den zwei unverhofften zusätzlichen Fundstücken noch etwas aufmöbeln zu können.

Vielleicht konnte er damit herausfinden, wer die Frau war. Mittlerweile wusste ich aus dem Internet, dass es zwar in Berlin eine Barbara Wattig gab, die laut ihrer Website zufällig auch Opferanwältin war, aber die hatte keinerlei Ähnlichkeit mit der Frau, die mir ihre Visitenkarte und die billigen Werbegeschenke überreicht hatte. Und natürlich hatte sie auch eine ganz andere Telefonnummer.

Inzwischen war mir klar, wie die falsche Barbara Wattig vorgegangen war – sie hatte sich im Copyshop Visitenkarten und Werbeaufkleber für Kulis und Schlüsselanhänger mit dem Namen der echten Anwältin besorgt. Sie hatte sogar die Profilbeschreibung von deren Website geklaut und sich mir damit vorgestellt:

Es ist meine Aufgabe, mich um Verbrechensopfer zu kümmern und ihre Interessen zu vertreten. Vor Gericht, bei Behörden, privat und wo auch immer. Die Wahrnehmung von Opferrechten ist eine häufig sehr schwierige, aber dennoch dringliche Angelegenheit, die man von Anfang an umfassend wahrnehmen sollte. Schadensersatzforderungen, Vorbereitung der Nebenklage, sozialrechtliche Belange …

So hatte sie mein Vertrauen erschlichen und gleichzeitig dafür gesorgt, dass sie mit mir in Verbindung bleiben konnte.

Seltsam fand ich nur, dass sie mir damals ausdrücklich geraten hatte, mich unter Polizeischutz zu stellen. Um mich an ihre eindringliche Ermahnung zu erinnern, brauchte ich nicht mal Pascals Supergedächtnis.

Die Polizei hat unverzüglich dafür zu sorgen, dass du und deine Familie vor weiteren Nachstellungen dieser Verbrecher geschützt werdet!

Warum hatte sie das gesagt? Wenn sie mit Laszlo Balasi gemeinsame Sache machte, hätte sie mir eher dazu raten müssen, gründlich das Haus auf den Kopf zu stellen und die Software zu suchen.

Ich grübelte über diesen Widerspruch nach, gab es dann aber auf, weil ich es einfach nicht schaffte, ihre Motive zu ergründen. Pascal traute ich in diesem Punkt deutlich mehr zu, obwohl auch er bisher keine Idee gehabt hatte, was sie mit ihren Anrufen bezweckte. Immerhin war er der beruhigenden Meinung, dass wir nicht in unmittelbarer Gefahr schwebten. Trotzdem hatte er angekündigt, heute noch zurückzukommen, egal, ob es Mama passte oder nicht. Denn er musste ja die Visitenkarte holen, da es sich um ein wichtiges Beweisstück handelte.

Die Kontaktdaten auf der Karte waren wahrscheinlich nicht viel wert; Pascal vermutete, dass die falsche Anwältin damals ein Wegwerfhandy benutzt hatte, das schon längst entsorgt war.

Doch wenigstens konnte das LKA alle infrage kommenden Bezugsquellen für Visitenkarten und Werbeaufkleber abklappern und möglicherweise über die Kundendaten ermitteln, wer sie gekauft hatte. Vielleicht hatte sie mit EC-Card bezahlt. Oder die Sachen im Internet bestellt.

Und wenn dabei nichts herauskam, könnte man vielleicht mithilfe von Fingerabdrücken …

Als mir dieser Gedanke kam, fielen mir vor Schreck die Beweisstücke aus der Hand. Offensichtlich war ich gerade im Begriff, den nächsten dummen Fehler zu begehen, indem ich die einzigen verwertbaren Spuren verwischte!

Die Karte flatterte zu Boden. Der Kuli landete deutlich härter, blieb aber heil. Der Schlüsselanhänger dagegen zerbrach auf dem harten Kellerboden in seine Einzelteile. Um davon nichts mehr anfassen zu müssen, rannte ich nach oben und holte eine Pinzette und einen Klarsichtbeutel. Stück für Stück sammelte ich alles vom Boden auf und steckte es in den Beutel. Dabei erwischte ich auch ein

Teil, das aus dem Inneren des Schlüsselanhängers stammte und irgendwie technisch aussah, ein bisschen wie das Innenleben eines Handys, mit winzigen Platinen und Drähten. Vielleicht diente es zur Beleuchtung des Schlüsselanhängers. Doch dazu hätte das Ding eine Art Birnchen haben müssen. Hatte es aber nicht. Oder war es dazu gedacht, Türen per Funksignal zu öffnen, so wie ein Autoschlüssel? Doch an dem ganzen Gehäuse gab es keine einzige Taste.

Ich kniete mindestens eine geschlagene Minute auf dem Fußboden und starrte das Ding an, während sich in meinem Kopf ein Gedanke formte und sich schließlich in gehässiger Monotonie wiederholte wie ein Hämmerchen, das einen spitzen Nagel in meinen Verstand schlug. Der Nagel war ein Wort, und es lautete *Peilsender*.

*

»Klare Sache«, sagte Tommy. Ich war in Windeseile zu ihm rübergelaufen, weil er der einzige eingeweihte Mensch in meiner Nähe war, der mir auf die Schnelle sagen konnte, ob mein Verdacht zutraf. Er hielt das Ding mit der Pinzette unter eine Lupe und begutachtete es von allen Seiten. »Das ist ein GPS-Tracker.«

»Das ist nicht zufällig ein anderes Wort für Schlüsselbeleuchtung, oder?«

»Nein. Es ist ein anderes Wort für Peilsender. Kann sich heutzutage jeder kaufen, gibt es überall. Für Hunde, kleine Kinder, Handtaschen, Koffer, Autos, Schlüssel…«

»Du meinst, man montiert das auch standardmäßig in Schlüsselanhänger?«, fragte ich hoffnungsvoll.

»Nein, ganz sicher nicht. Jedenfalls nicht in Schlüsselanhänger, die man als Werbegeschenke unters Volk bringt. Dafür sind die Dinger ein bisschen zu teuer, vor allem, wenn sie qualitativ hochwertig sind. Der hier sieht zum Beispiel aus, als wäre er *sehr* teuer.«

Damit zerschlug sich meine letzte Hoffnung.

»Kannst du den Sender abstellen?«, fragte ich voller Panik.

»Schon erledigt. Wird aber nichts mehr nützen, denn er hat ja die ganze Zeit gesendet. Davon abgesehen – wenn Balasi durch den GPS-Tracker wüsste, wo ihr seid, hätte er doch schon vor Monaten hier aufkreuzen müssen, oder?«

Ich wusste nicht mehr, was ich denken sollte. Aufgewühlt starrte ich durch die offen stehende Balkontür in den blühenden Garten. Drüben bei den Büschen war Justus Müller dabei, Grünschnitt zu stapeln. Er hatte den Schredder angeworfen, um alles klein zu häckseln. Das Bild zerfloss allmählich, weil sich meine Augen mit Tränen füllten.

»Es ist alles meine Schuld«, stieß ich hervor. »Ich habe einen Fehler nach dem anderen gemacht. Vermutlich bin ich der größte lebende Beweis für Murphys Gesetz.«

»Das ist Blödsinn«, sagte Tommy. »Murphys Gesetz wird immer gern für Fehler und Pannen verantwortlich gemacht, aber meist handelt es sich um selektive Wahrnehmung oder um einen Fall von Entropie.«

Ich hatte keine Ahnung, was er meinte, aber es interessierte mich auch nicht wirklich. Jetzt gab es nur noch eine Möglichkeit, weitere Fehler zu vermeiden: Statt hier herumzusitzen und mir leidzutun, musste ich Pascal anrufen und ihm gestehen, was ich entdeckt hatte. Widerwillig erhob ich mich von dem Sofa, auf dem am Vortag ein anderer

Teil dieses Dramas seinen Anfang genommen hatte. Inzwischen türmten sich die Probleme zu einem solchen Gebirge auf, dass ich das Gefühl hatte, nach allen Seiten in schwindelerregend tiefe Abgründe zu blicken.

»Was hast du jetzt vor?«, wollte Tommy wissen.

»Rübergehen und Pascal anrufen. Ich muss es ihm ja sagen.«

»Ist er denn nicht da?«

»Nein, er hat noch in der Stadt zu tun.« Dass meine Mutter ihn rausgeworfen hatte, behielt ich lieber für mich.

»Aber wieso?«, rief Tommy. »Es ist doch Sonntag! Und sein Wagen steht vor der Tür!«

»Den hat er stehen lassen, weil er nicht mehr anspringt. Er hat sich von einer Zivilstreife abholen lassen.«

Tommy sah mich beunruhigt an. »Heißt das, es ist keiner da, der auf euch aufpasst?«

»Doch, ein Personenschützer. Der Wagen parkt bei uns vorm Haus.«

»Den habe ich gesehen. Von hier aus hat man ja alles im Blick. Vorgarten, Garten, Wendehammer. In dem Wagen sitzt nur ein einziger Typ. Der außerdem pausenlos telefoniert.« Er sprang von seinem Drehstuhl auf und ging zum Fenster. Nervös blickte er hinaus. Draußen dröhnte immer noch der Häcksler, und sein Vater steckte die abgeschnittenen Zweige hinein. Es machte einen Höllenlärm. Eigentlich durfte Justus Müller das Ding sonntags gar nicht laufen lassen. Wenn die Nachbarn sich beschwerten, konnte das Ärger geben. Aber die nächsten Nachbarn waren ja wir. Die anderen Häuser waren deutlich weiter entfernt, wahrscheinlich hörte man da nicht mehr allzu viel.

Ich war sicher, dass weder Mama noch Omi sich daran störten, dass bei Justus Müller der Häcksler lief. In Berlin hatte in der Nachbarschaft ständig jemand Krach gemacht, egal ob unter der Woche oder sonntags. Frau Schachtschneider hatte beispielsweise mit Vorliebe an den Sonntagen ihre Terrasse gekärchert, und Herr Schachtschneider hatte auch schon mal die Kreissäge angeworfen, um Holz für den Kamin klein zu sägen. Dagegen war ein Häcksler geradezu zivilisiert.

»Meinst du, dass Pascal lange wegbleibt?«

»Er wollte heute noch zurückkommen, aber ich weiß nicht, wann.« Ich war gerührt. »Es ist so nett von dir, dass du dir Sorgen machst.«

Tommy wandte sich abrupt ab. Hinter ihm auf einem seiner aufgeklappten Laptops hatte es angefangen zu blinken. Es sah aus wie eine Art Signal, das in immer kürzeren Abständen leuchtete und dann ganz plötzlich zu piepsen begann.

»Was ist das?«, fragte ich.

»Ruf Pascal an«, forderte er mich auf. »Jetzt sofort.«

»Okay«, sagte ich verwundert. Ich wählte Pascals Nummer. »Ist besetzt.«

»Verdammt. Schick ihm eine SMS.«

Ich öffnete das Nachrichtenfeld. »Was soll ich denn schreiben? Die Sache mit dem GPS-Tracker erzähle ich ihm lieber persönlich.«

Tommy nahm mir das Handy aus der Hand und tippte was ein.

»He!«, sagte ich ärgerlich. »Was soll das? Was hast du ihm geschrieben?«

»Nur drei Buchstaben. SOS.«

»Was ist denn los?«, fragte ich entsetzt.

Er wirkte auf einmal nicht mehr nur beunruhigt, sondern regelrecht panisch.

Ich stand auf und trat neben ihn. Der Häcksler lief immer noch, aber etwas war anders als vorher.

Dicht hinter Justus stand eine Frau, die ich kannte.

Es war Barbara Wattig.

Und als wäre das noch nicht genug Horror, gingen zwei Männer quer über den Rasen auf die beiden zu. Ich erkannte sie sofort, denn Laszlo Balasi und Gernot Kreppel sahen genauso aus wie in meinen schlimmsten Albträumen. Laszlo mit Schlips und Anzug, und Gernot mit Kappe.

Ich erwachte aus meiner Erstarrung und holte tief Luft, und als Nächstes hätte ich ohne Frage einen so lauten Schrei ausgestoßen, dass davon vielleicht sogar ein paar Dachpfannen runtergefallen wären. Aber bevor ich auch nur einen Laut von mir geben konnte, traf mich etwas Hartes am Hinterkopf, und alles um mich herum wurde schwarz.

*

Als ich zu mir kam, saß ich auf dem Sofa und kriegte nur schlecht Luft, was daran lag, dass quer über meinem Mund irgendwas klebte, das mich daran hinderte, ihn zu öffnen. Meine Hände konnte ich ebenfalls nicht bewegen, sie waren auf meinem Rücken gefesselt. Mit Klebeband, wie ich als Nächstes konstatierte. Die Schlussfolgerung fiel mir nicht schwer. Tommy, der nach wie vor an der offenen Balkontür stand, hielt die Rolle, von der es stammte, noch in der Hand.

»Hngh«, machte ich wütend.

»Schsch«, sagte er beschwörend. »Es tut mir leid, dass ich das tun musste, aber es war die einzige Lösung. Du hättest geschrien. Und dann wären wir jetzt beide tot.«

Ich schaute an ihm vorbei nach draußen. Dort waren immer noch Justus Müller und Barbara Wattig zu sehen – natürlich die falsche Barbara Wattig –, aber diesmal stand sie nicht hinter Justus, sondern lag in seinen Armen. Er hielt sie fest umschlungen, und sie drückte sich genauso fest an ihn. Es hätte ein Bild verliebter Eintracht sein können, wenn die beiden nicht furchtbar verängstigt ausgesehen hätten. Ich konnte trotz der Entfernung erkennen, dass Barbara weinte.

Laszlo hatte sich vor ihnen aufgebaut. Er fuchtelte mit seinem Maschinengewehr – nein, Maschinen*pistole* – herum und redete mit ihnen. Oder genauer: Er schüchterte sie mit seinem Gebrüll ein. Was er sagte, ging im Radau des Häckslers unter.

Was zum Teufel lief da unten? Wieso umarmte Justus Barbara?

»Ich kann dir alles erklären«, flüsterte Tommy, während er angespannt aus dem Fenster starrte. »Zum Beispiel das mit Barbara. Sie ist Papas Freundin. Und mit dem Peilsender hat Balasi nichts zu tun. Der stammt von Papa, damit wir euch in den Zeugenschutz folgen konnten. Er wollte unbedingt in eurer Nähe wohnen.«

»Hngh?!«, machte ich fassungslos.

»Ja, aus Sicherheitsgründen. Er wollte quasi mit unter euren Schutzschirm. Und immer den neusten Stand der Ermittlungen erfahren. Er hat auf dem Grillabend euer Haus verwanzt.«

»Hngh!«

»Ich erzähle dir alles, großes Ehrenwort! Aber bitte versprich mir, dass du still bist!«

»Hngh!«

»Heißt das, du versprichst es?«, fragte er zweifelnd.

Ich nickte heftig, und er kam zögernd näher. Dabei blickte er mehrmals über die Schulter zurück, hinunter in den Garten, wo Laszlo Balasi immer noch mit Justus debattierte.

Tommy riss mir mit einem Ruck das Klebeband vom Mund, und ich unterdrückte nur mühsam den Schrei, der mir entweichen wollte, weil es wirklich scheußlich wehtat. Auf dieselbe Art wurde ich auch die Handfesseln los.

»Wieso hast du meine Hände gefesselt?«, wollte ich flüsternd wissen, während ich mehrmals ausspuckte, um den widerlichen Geschmack von dem Klebeband loszuwerden.

»Damit du nicht versuchst, mit mir zu kämpfen.«

»Was glaubst du, wer ich bin? Lara Croft?«

Er wurde rot und zuckte mit den Schultern, dann lugte er wieder nach draußen, wo Balasi zu härteren Methoden übergegangen war: Er hielt Barbara Wattig den Lauf der Maschinenpistole an die Schläfe, worauf Justus mit entsetzter Miene beide Hände hob und gestenreich sein Einverständnis signalisierte, zu was auch immer. Gernot Kreppel stand nur da und glotzte in der Gegend herum. Die ganze Situation erinnerte mich stark an die schreckliche Nacht in Berlin.

Jetzt rannte Justus ins Haus, und gleich darauf war unten im Wohnzimmer gedämpftes Poltern zu vernehmen.

»Ich hab's bestimmt gleich gefunden!«, hörte ich ihn schreien. »Es muss hier irgendwo sein!«

Draußen bedrohte Balasi weiterhin die falsche Barbara mit der sehr echten Maschinenpistole.

Ich kapierte überhaupt nichts mehr. »Was macht dein Vater denn da unten?«, wisperte ich.

»Er hofft, dass ich die Polizei gerufen habe, und tut jetzt so, als würde er die Software suchen, um ein bisschen Zeit zu gewinnen.«

»Superglade X?«, fragte ich entgeistert, und schlagartig begriff ich, was hier lief. Es war, als hätte jemand in meinem Kopf eine Tausendwattbirne angeknipst.

»Ihr heißt gar nicht Müller, sondern Schröder«, entfuhr es mir. »Und dein Vater ist Informatiker, und ihr seid mit Balasis Million abgehauen. Und jetzt ist Balasi hier und will sein Geld. Und Superglade X.«

Tommy nickte ruckartig. Er war kreidebleich. »Balasi wird darauf bestehen, es gleich zu testen. Wir können versuchen, ihn reinzulegen. Aber es wird nicht klappen. Er wird uns töten. Er wird uns *alle* töten!« Über seine Wangen zogen sich Tränenspuren. Anscheinend war er in wirklich kritischen Situationen genauso eine Heulsuse wie ich. Aber eine Heulsuse mit einem ziemlich festen Schlag. Ich betastete vorsichtig die schmerzende Beule an meinem Hinterkopf, dann tippte ich hastig noch eine SMS an Pascal und fand dabei, dass etwas mehr Details zur Gefahrenlage nicht schaden konnten.

Bring Waffe und Verstärkung mit. Balasi und Kreppel mit Uzi hinten im Garten bei Tommy.

Ich musste zweimal nachkorrigieren, weil das Textprogramm zwar *Laszlo* kannte (es schrieb sogar ohne mein Zutun *László*), aber *Uzi* unbedingt in *Uhu* verwandeln wollte.

Im Stillen betete ich darum, dass Mama und Omi nebenan von dem ganzen Drama nichts mitkriegten – keine Macht der Welt hätte sie drüben im Haus gehalten, wenn sie wussten, dass ich mich hier in Lebensgefahr befand.

Tommy und ich kauerten nebeneinander auf dem Fußboden und lauschten, doch außer dem Lärm des Häckslers war nichts zu hören.

Dann vibrierte mein Handy. Eine Nachricht von Pascal.

Wo bist du?

In Tommys Zimmer.

Bleibt ruhig. Bin auf dem Weg. 10 min.

»Pascal kommt«, flüsterte ich Tommy zu. »Alles wird gut!«

Ich wollte wirklich daran glauben, aber die Angst lauerte mir im Nacken wie ein großes, böses Tier, das nur darauf wartete, mich mit seinen Klauen zu zerfetzen.

Tommy schien es nicht anders zu ergehen. Ich spürte, dass er zitterte. Tröstend ergriff ich seine Hand und drückte sie. Er schluckte hart, und dann brach auf einmal die ganze Geschichte aus ihm heraus, ziemlich unzusammenhängend und außerdem so leise, dass ich nicht mal die Hälfte verstand, weil draußen immer noch der Häcksler dröhnte. Doch was ich nicht richtig mitbekam, konnte ich mir ganz gut selbst zusammenreimen, denn nachdem erst der Anfang gemacht war, ergab sich der Rest fast wie von allein.

»Es fing alles damit an, dass meine Mutter uns verlassen hat. Dann kam der Umzug von Hannover nach Berlin, neue Stadt, neuer Job, aber Papa hat die Scheidung nicht verkraftet. Zuerst kamen die Spielautomaten und dann Onlinepoker, dann hat er Barbara kennengelernt und sich neu verliebt, aber da hatte er schon die ganzen Schulden am Hals.« Er hielt kurz inne, um Luft zu holen. »Papa und Jonas kannten sich noch vom Studium. Anfang des Jahres trafen sie sich mal wieder, und weil sie beide pleite waren, haben sie überlegt, womit man Geld machen kann, und da kamen sie auf Superglade X. Papa hat ja in dieser Patentkanzlei gearbeitet. Ein Klient wollte es da als Erfindung anmelden. Die Software war natürlich Schrott, und Papa wusste es. Der Klient war ein Spinner. Kein Mensch kann sich vorstellen, wie viele Leute sich einbilden, was erfunden zu haben. Aber Papa dachte, er könnte Balasi bescheißen. Er wusste ja nicht, was für ein Typ das ist.«

Beklommen hörte ich ihm zu und wartete auf weitere Enthüllungen, aber nachdem Tommy all das ohne Punkt und Komma hervorgestoßen hatte, hielt er abrupt inne und sprang auf. »Oh Gott!«

Die Szenerie im Garten hatte sich wieder verändert. Justus Müller (der in Wahrheit Schröder hieß) war wieder aus dem Haus gekommen und streckte mit demütiger Geste etwas in Laszlo Balasis Richtung. Der Gegenstand spiegelte das Sonnenlicht wider, und ich konnte sehen, dass es eine DVD war. Das musste Superglade X sein! Balasi ließ die Maschinenpistole sinken und packte Barbara Wattig (die in Wahrheit Barbara Butterbaum oder so ähnlich hieß, den Namen hatte ich wegen des Häckslers nicht richtig verstanden) brutal bei den Haaren. Er zerrte sie in Richtung Haus und trieb dabei Justus mit drohend erhobener Waffe vor sich her. Gernot stellte rasch den Schredder aus, dann folgte er den dreien ins Haus, wobei er sich immer wieder sorgenvoll nach allen Seiten umsah.

»Es geht los«, flüsterte Tommy in die plötzlich entstandene Stille hinein. »Jetzt ist es so weit.«

Oh mein Gott. Was genau meinte er? Würden die Kerle raufkommen? Wir konnten über den Balkon abhauen, das hatte ich ja schon mal gemacht. Das Problem war nur, dass die Feuerleiter unten direkt neben der Terrassentür endete. Balasi konnte uns bequem vom Wohnzimmer aus erschießen.

Tommy huschte zur angelehnten Zimmertür und zog sie weit auf; gleichzeitig legte er beschwörend den Finger auf die Lippen und sah mich flehend an. Ich nickte zum Zeichen, dass ich verstanden hatte: kein Ton mehr.

Von unten waren Stimmen zu hören.

»Dein Laptop ist hochgefahren, Boss«, sagte Gernot. »Ich brauch nur noch das WLAN-Passwort fürs Internet.«

»Sag es ihm!«, schrie Laszlo Justus an.

Justus nannte eine Folge aus Ziffern und Zahlen.

»Ich bin drin«, sagte Gernot. »Die DVD hat das Programm geladen. Es kann losgehen.«

Laszlo Balasi brüllte Justus an. »Los, fang an. Und wehe, es funktioniert nicht! Dann knall ich als Erstes deine Alte ab. Und hinterher hole ich ein Messer und schneide dir nacheinander alle beweglichen Teile ab. Mit der Nase fange ich an. Und danach die, die du *wirklich* vermissen wirst. Also ran an die Tasten.«

Als hätte der Befehl nicht Justus, sondern Tommy gegolten, setzte der sich nun vor seine Laptops und fing wie ein Wilder an zu tippen.

Ich schaute ihm über die Schulter und sah eine Menge Zahlen und Codes, die mir nichts sagten. Doch es schien so, als wüsste er ganz genau, was er tat. Es musste irgendwie mit dem zusammenhängen, was sein Vater gerade unten machte. Im nächsten Augenblick begriff ich, was los war – sie hatten beide gleichzeitig Superglade X in Betrieb gesetzt. Tommy hier oben und Justus unten im Wohnzimmer. Sie legten Laszlo Balasi rein, indem sie ihm vorspielten, mithilfe der Software auf verschlüsselte, fremde Verbindungen zugreifen zu können. In Wahrheit hatte Tommy sich im selben Augenblick, als Laszlos Rechner über das WLAN online ging, mit ihm vernetzt. Gernot hatte wahrscheinlich eben mit der DVD unwissentlich alle möglichen trickreichen Anwendungen auf Laszlos Rechner gespeichert, mit deren Hilfe man Geldflüsse vorgaukeln konnte, die nie stattfanden. Herausfinden würde Laszlo das erst, wenn er versuchte, etwas von dem Fantasiegeld abzuheben.

»Das war gerade eine Million«, hörte ich Justus sagen. »Direkt auf Ihr Konto. Damit sind wir quitt. Jetzt haben Sie Ihr Geld zurück.«

»Quitt?« Laszlo Balasi lachte höhnisch. »Das waren nur die Zinsen! Und mit der Bezahlung der Strafe haben wir noch gar nicht angefangen! Ihr seid mit meinem Eigentum abgehauen und verschwunden. Dachtet ihr etwa, das vergesse ich einfach?«

»Bitte!«, flehte Barbara ihn an. »Sie haben doch jetzt zusätzlich zu dem Geld auch die DVD mit der Software!«

»Natürlich habe ich die. Schließlich gehört sie mir. Ich habe ja dafür bezahlt. Sie ist mein Eigentum. Und deshalb muss ich auch dafür sorgen, dass ihr die Software nicht noch an andere Leute vertickt.« Seine akzentgefärbte Stimme hatte einen bösartigen Unterton angenommen. Jedes Wort war deutlich zu hören, weil er praktisch genau unter uns stand – das Wohnzimmer war über eine offene Treppe und eine Galerie mit dem Obergeschoss verbunden.

Dummerweise funktionierte die Geräuschübertragung in beide Richtungen. Tommy war bei Laszlos letzten Worten ein Schreckenslaut entschlüpft, worauf Laszlo unten prompt fragte: »Was war das?«

»Wo?«, fragte Gernot.

»Oben. Da war ein Geräusch, oder?«

»Ich hab nichts gehört«, sagte Gernot.

»Ich auch nicht«, erklärte Justus.

»Da war nichts«, pflichtete Barbara ihm bei.

Hätte ihre Stimme nicht so hysterisch geklungen, hätte Balasi es vielleicht dabei bewenden lassen, aber so schien sein Misstrauen erst richtig geweckt.

»Da war eindeutig was«, sagte er.

Oh Gott. Jetzt war alles zu spät. Ich tauschte einen panischen Blick mit Tommy.

»Gerni, geh nachschauen«, befahl Laszlo.

»Vielleicht war es unsere Katze«, sagte Justus hastig.

»Ihr habt eine Katze?«, fragte Gernot.

»Ja«, behauptete Barbara. »Sie heißt Miezi.«

»Ich hab eine Katzenallergie, Boss.«

»Mit Allergien ist nicht zu spaßen«, erklärte Barbara eifrig. »Ich habe zum Beispiel eine Hundehaarallergie. Sobald ich näher als fünf Meter an einem Hund vorbeigehe, kriege ich Erstickungsanfälle.«

Ich wusste zufällig, dass das stark übertrieben war. Sie hatte Lucky ja sogar gestreichelt, als sie damals in Berlin bei uns gewesen war.

»Das kenn ich«, erklärte Gernot. »Geht mir auch so. Wenn da oben wirklich eine Katze ist, gehe ich lieber nicht hoch, Boss.«

»Verdammt, dann sehe ich eben selbst nach. Hier, pass solange auf die beiden auf.«

»Ich kann mit so einem Maschinengewehr nicht umgehen«, protestierte Gernot.

»Das ist eine Maschinen*pistole*«, korrigierte Laszlo ihn. »Du musst einfach nur auf den Abzug drücken, es ballert von ganz allein.«

»Das würde einen Wahnsinnskrach machen, Boss.«

»Man würde es in kilometerweitem Umkreis hören«, stimmte Justus zu. Seine Stimme zitterte heftig, es war klar, dass er fast umkam vor Angst um seinen Sohn.

»Sei nicht immer so ein Weichei, Gerni«, kam es von Laszlo.

Tommy schob nahezu lautlos die Tür bis auf einen winzigen Spalt zu. Als er anschließend auf Zehenspitzen zu seinem Regal schlich und seine leuchtend blaue Nerf-Gun rausnahm, dachte ich zuerst, er hätte vor lauter Angst und Stress den Verstand verloren. Man konnte schwer bewaffnete Gangster doch nicht mit Schaumstoffpfeilen aus einer Nerf-Gun bekämpfen!

Aber das wollte er anscheinend auch gar nicht. Er schoss durch die offene Balkontür nach draußen. Nicht nur einmal, sondern in schneller Folge alles, was er im Magazin hatte. Die Pfeile zischten einer nach dem anderen hinaus.

Als Nächstes packte Tommy mich und schob mich zum Bett. Mit wilden Gesten bedeutete er mir darunterzukriechen. Ich tat es und verging dabei fast vor Todesangst.

»Das war jetzt aber *wirklich* ein Geräusch«, stellte Laszlo fest, direkt vor der angelehnten Zimmertür.

Die Tür wurde aufgestoßen, und von meinem Versteck

aus sah ich Laszlos Füße, die in eleganten schwarzen Halbschuhen steckten.

Von Tommy sah ich ebenfalls nur die Füße. Er stand vor der offenen Balkontür.

»Wen haben wir denn da?«, fragte Laszlo.

»Jedenfalls keine Katze«, sagte Tommy.

»Du hast eine ziemlich große Klappe. Willst du mich etwa mit dieser Kinderpistole erschießen?«

»Nein, du Spacko«, sagte Tommy und warf Laszlo die Nerf-Gun vor die Füße. »Fang mich doch!« Mit dieser Aufforderung flitzte er raus auf den Balkon und von dort die Feuerleiter runter. Ich sah seinen zerzausten Schopf verschwinden und hatte den Eindruck, dass er mindestens doppelt so schnell war wie ich bei meiner Flucht vor Bob.

Laszlo machte sich jedoch nicht die Mühe, Tommy zu folgen, sondern rannte auf die Galerie hinaus und von dort nach unten. »Knall ihn ab, Gerni!«, schrie er wutentbrannt.

Ich hielt die Luft an, aber es wurde nicht geschossen. Stattdessen hörte ich Gepolter und ein paar dumpfe Schreie, und dann jammerte Gernot: »Ich hab doch *gesagt*, dass ich mit dem Ding nicht umgehen kann, Laszlo.«

»Das ist auch besser so, denn sonst hätte ich Sie leider erschießen müssen«, sagte eine Stimme, bei deren Klang wie von der Berührung eines Zauberstabs alle Furcht von mir abfiel. »Das gilt übrigens auch für Sie, Herr Balasi«, fuhr Pascal fort. »Keine Bewegung, und schön die Hände auf den Rücken, damit mein Kollege Ihnen Handschellen anlegen kann.«

Laszlo fluchte aus Leibeskräften, doch die Details konnte ich nicht verstehen, weil es auf Ungarisch war.

»Ich hab ihn«, sagte eine fremde Männerstimme.

Barbara schluchzte zum Steinerweichen, und Justus stammelte immer wieder: »Ist ja gut, Liebes! Ist ja gut! Jetzt sind wir in Sicherheit!«

Eine andere unbekannte Männerstimme: »Ich würde wirklich gern wissen, wer diese ganzen Spielzeugpfeile auf mein Auto geschossen hat.«

»Das war ich«, antwortete Tommy. »Damit Sie mal aufhören zu telefonieren und uns helfen. Aber Gott sei Dank kam ja auf den letzten Drücker noch Paddy.« Und dann rief er laut: »Emmy! Hier ist alles geregelt! Du kannst jetzt runterkommen!«

Aus Emmys Tagebuch

Seltsam, dass jetzt alles vorbei ist. Keine Gefahrenlage mehr. Kein Versteckspiel mehr. Keine Angst mehr, Adressliste mit neuen (und alten!) Telefonnummern zu bestücken oder Messenger zu benutzen. Sogar im Gruppenchat. Bisher erst einen aufgemacht, mit Sarah und Pascal, aber wenigstens ein Anfang. Nächste Woche will ich mal sehen, was die alten Freunde bei FB so machen. Und heute im Laufe des Tages auf alle Fälle noch Yasemin anrufen!
Aber erst mal etwas erholen. Hat diesmal sehr lange gedauert, bis mit meinen Nerven wieder alles im Lack war. Nein, ich habe nicht geflennt. Jedenfalls nicht anfangs. Da war ich ganz einfach nur stumm. Und irgendwie ... apathisch. Es fing damit an, dass ich nicht selber unterm Bett hervorkriechen konnte. Pascal musste mich rausholen. Dann kam ein Arzt mit einer Spritze, von der ich mich entspannt habe und eingeschlafen bin.
Seit dem Aufwachen am nächsten Tag – also heute Morgen – aber wieder ziemlich fit. Gewöhne mich jetzt allmählich daran, nicht mehr unter Zeugenschutz zu stehen. Bob meinte, vor Laszlo Balasi muss ich nie wieder Angst haben. Er kriegt auf jeden Fall lebensläng-

lich und anschließend Sicherheitsverwahrung, weil er total durchgeknallt ist.
Der liebe Bob. Kann immer noch nicht fassen, dass er mir und Pascal nicht böse ist. Er behauptet sogar, er hätte genau dasselbe gemacht, wenn er an Pascals Stelle gewesen wäre, denn für Menschen, die man liebt, tue man nun mal alles. Aus demselben Grund hat er sogar Tommy verziehen, obwohl er seinetwegen zwei Tage in U-Haft war.
Der Anwalt auf dem Foto war nicht Bobs Doppelgänger. Sondern einfach bloß eine Bildmontage mit Fotoshop. Tommy bereut es wirklich, dass er das getan hat, so wie ihm auch der ganze Rest furchtbar leidtut. Und weil er deswegen so durch den Wind ist, werde ich auch keinem Menschen – nicht mal Pascal – von dem Schlag auf den Kopf und dem Klebeband erzählen. Tommy hat schon genug Ärger, und wenn er das auch noch erklären muss, wird es nicht besser.
Bob ist sich aber sicher, dass er höchstens zu Sozialstunden verdonnert wird, wenn überhaupt. Ich glaube, das wird Caro sehr freuen.

Aus den Vernehmungsprotokollen

Justus

Eigentlich bin ich ein Mensch, dem Sicherheit über alles geht. Ich weiß natürlich, dass es schwierig ist, in sicheren Verhältnissen zu leben, wenn man spielsüchtig ist. Aber das habe ich im Griff.

Ich habe übrigens eine sehr gute Entwöhnungsmethode gefunden und plane, ein Sachbuch darüber zu schreiben. Statt beim Pokern um Geld zu spielen, kann man als Einsatz beispielsweise Waffeln verwenden.

Auf Nachfrage: Nein, nicht Waffen, sondern W-A-F-F-E-L-N. Meine Theorie ist, dass der hohe Gehalt an Zucker, Fett und Protein eine ähnliche Ausschüttung von Glückshormonen im Körper bewirkt wie ein Royal Flush oder ein Full House.

Auf Nachfrage: Die Million, die ich von Herrn Balasi erhalten habe, ist leider weg. Aber ich habe nicht alles verspielt. Von dem Rest habe ich das Haus in Groppenhausen gekauft. Immobilien sind eine dauerhafte Wertanlage. Ich glaube, damit bin ich auf einem guten Weg.

Auf Nachfrage: Ich habe das Auffinden meiner Person durch Herrn Balasi und Herrn Kreppel absichtlich herbeigeführt. Meine Vorgehensweise war dabei die, dass ich auf einer Pokerseite unter meinem Echtnamen gespielt habe in dem Wissen, dass dies mein Auffinden zur Folge haben würde.

Auf nochmalige Nachfrage: Ich wollte, dass Herr Balasi mich findet. Das war auch der Wunsch meines Sohnes, dem sehr daran lag, dass Emily und ihre Familie wieder ein normales und ungefährdetes Leben führen konnten. Der Vorfall vor dem Untersuchungsgefängnis hat ihn schwer belastet.

Auf Nachfrage: Erfahren haben wir von diesem Schusswechsel durch Abhörgeräte. Diese hatte ich auf einem Grillabend im Haus meiner Nachbarn installiert und konnte daher Gespräche abhören, aus denen hervorging, was geschehen war.

Auf Nachfrage: Herrn Balasi habe ich ebenfalls überwacht. Als ich ihm Anfang des Jahres in Berlin eine Demoversion von Superglade X vorführte, habe ich heimlich ein Programm auf seinem Laptop installiert. Damit konnte ich anhand seiner Onlineaktivitäten seinen ungefähren örtlichen Einwahlradius feststellen und an einen Signalgeber bei mir zu Hause koppeln.

Dieser zeigte mir an, wann Herr Balasi sich meinem eigenen Standort näherte.

Auf Nachfrage: Mein Plan sah vor, dass Herr Balasi und Herr Kreppel bei ihrem Auftauchen sofort von der Polizei geschnappt werden. Durch mehrere gebündelte Maßnahmen wollte ich dafür sorgen, dass zu diesem Zeitpunkt ein Maximum an Polizeiaufgebot vorhanden ist.

Auf Nachfrage: Die Maßnahmen bestanden darin, dass ich meinen Sohn veranlasst habe, bei den Nachbarn einen Einbruch vorzutäuschen, und Barbara hat auf mein Geheiß eine weitere Gefährdung vorgetäuscht, indem sie Emily weisgemacht hat, es gebe einen Komplizen von Herrn Balasi in ihrem Umfeld. Begleitend dazu hat mein Sohn auf meine Anordnung hin das falsche Foto hergestellt und Emily übergeben.

Auf Nachfrage: Alle diese Handlungen geschahen allein auf meine Veranlassung hin, um das Polizeiaufgebot vor Ort zu maximieren, damit ich selbst bei Herrn Balasis Auftauchen von dem verbesserten Schutz profitieren konnte.

Auf nochmalige Nachfrage: Der komplette Ablauf war ausschließlich von mir erdacht und geplant. Mein Sohn ist für keines dieser ganzen Ereignisse verantwortlich. Dasselbe gilt für meine Verlobte Barbara.

★

Das Ganze war allein meine Idee. Ich habe mir alles selber ausgedacht und umgesetzt. Mein Vater hat nichts damit zu tun.

Auf Nachfrage: Es ist richtig, dass ich das teilweise einschränken muss. Die Sache mit Superglade X war sein Projekt. Und auch alle Überwachungs- und Abhörsachen und dass wir in die Rhön ziehen mussten. Aber alles andere ist allein auf meinem Mist gewachsen. Zum Beispiel das mit der Erbschaft und der Pokerseite und dem Einbruch und der Fotomontage und Barbaras Anrufen.

Auf Nachfrage: Ich wollte, dass der Ungar kommt, damit er endlich geschnappt werden kann und der ganze Mist aufhört. Und dass nebenan der Zeugenschutz verstärkt wird, damit genug Polizei da ist, wenn er auftaucht. Mein Vater wusste nichts davon, das habe ich ihm erst hinterher erzählt. Auch wenn mein Vater etwas anderes ausgesagt hat, bleibe ich bei meiner Darstellung. Mein Vater darf auf keinen Fall für alles allein verantwortlich gemacht werden.

Auf Nachfrage: Ich hatte Barbara überzeugt, dass mein Plan die beste Methode ist, den Ungarn zu schnappen, damit sie anschließend mit meinem Vater ein glückliches gemeinsames Leben führen kann und Frau Paschulke aufhören muss, ihn anzugraben. Der Zustand, dass sie uns nur heimlich besuchen durfte, weil Emily sie sonst wiedererkannt hätte, hat ihr nicht gefallen. Deshalb fand sie meinen Plan gut.

★

Barbara

Als Beschuldigte sowie als Verlobte des Beschuldigten Justus Schröder erkläre ich, dass ich von meinem Zeugnisverweigerungsrecht Gebrauch mache.

★

Gernot

Ich bin wirklich froh, dass alles vorbei ist. Ein Leben auf der Flucht liegt mir nicht. Im Grunde bin ich nicht der kriminelle Typ. Ich konnte ja nicht mal dem kleinen Hund was tun. Und der Frau im Krankenhaus auch nicht.

Auf Nachfrage: Laszlo wollte, dass ich harte Maßnahmen ergreife. Also gegen den Hund und gegen die Frau. Er weiß nicht, dass ich bloß Abziehbilder benutzt habe. Es wäre mir sehr recht, wenn man diese Information vertraulich behandelt. Nur für den Fall, dass wir zufällig ins selbe Gefängnis kommen und er denkt, ich hätte seinen Befehl falsch ausgelegt.

Wenn ich ehrlich sein soll, war ich schon bei meiner ersten Verhaftung erleichtert. Aber Laszlo wollte unbedingt, dass ich wieder freikomme. Er hat mir eine heimliche Nachricht in den Knast geschrieben, dass ich den Kronzeugen machen soll. Er hat sogar dazugeschrieben, in welcher Pension er sich gerade aufhält. Da war er dann nach meiner späteren Aussage natürlich nicht mehr, aber die Pensionswirtin konnte bezeugen, dass er tatsächlich dort gewohnt hatte. Damit hatte ich meinen Teil des Deals erfüllt und kam auf freien Fuß. Dass ich dann wieder zurück zu Laszlo bin und ihm beim Aufspüren von Schröder behilflich war, ist nur ein Beweis dafür, in welchem krankhaften Angst- und Abhängigkeitsverhältnis ich zu ihm stand. Das sagt auch mein Anwalt.

Wenn Laszlo sich was in den Kopf gesetzt hat, kann ihn keiner mehr stoppen. Im Gegenteil - wenn man versucht, ihn von seinen Plänen abzubringen, riskiert man bloß, dass er einen abknallt. Deshalb habe ich mich auch nie getraut, mit ihm über meine Meinung zu Superglade X zu reden.

Auf Nachfrage: Natürlich war mir klar, dass Superglade X ein Fake war. Ich meine - wer glaubt so einen Schwachsinn, dass man mit einer Software in fremde SSL-Verbindungen eindringen kann, ohne direkten Zugriff auf den Server oder den Provider zu haben? So was kann höchstens die NSA. Aber mit solchen Infos hätte ich Laszlo niemals kommen dürfen. Der hätte mich gekillt.

Meine Zukunft sehe ich so, dass ich im Knast eine Umschulung mache. Vielleicht irgendwas mit Wolle. In der U-Haft habe ich Stricken gelernt. Sehen Sie diesen Borussia-Dortmund-Schal? Selbst gestrickt. Und die Socken hier auch. Strick ist in. Ich kann mir sehr gut vorstellen, eines Tages als Inhaber eines kleinen Wollfachgeschäfts neu durchzustarten.

Weihnachten

Von Tommy war eine Karte gekommen – wenn man sie aufklappte, sang einem ein Rentier mit großen Glupschaugen ein fröhliches Weihnachtslied vor. Daneben hatte er in seiner etwas ungelenken Schrift ein paar nette Zeilen an mich geschrieben – er wünschte mir frohe Weihnachten und alles Gute im neuen Jahr, und vor allem jede Menge Power für das Abi im kommenden Frühjahr. Unterschrieben war das Ganze mit *Viele Grüße, Tommy*.

Die Karte in den Händen zu halten schnitt mir ein bisschen ins Herz, denn ich ahnte, dass Tommy gerade eine ziemlich schwere Zeit durchmachte. Er war zu einer Tante in den Harz gezogen und musste folglich schon wieder auf eine neue Schule gehen. Nicht, dass ihm das Probleme bereitet hätte – er würde überall ein Einser-Abi hinlegen. Aber ein ständiger Wechsel des sozialen Umfelds war nicht gut für einen Jungen wie ihn. Er hing wahnsinnig an seinem Vater und vermisste ihn bestimmt schrecklich. Deshalb hoffte ich, dass Bobs Einschätzung stimmte, wonach Justus schon in einigen Monaten wegen guter Führung vorzeitig freikommen könnte.

Unter günstigeren Umständen hätte Justus vielleicht mit einer Bewährungsstrafe rechnen können, so wie Barbara. Aber das Gericht hatte es als strafverschärfend gewertet, dass er Tommy in seine Machenschaften hineingezogen hatte. Tommy war mit seinem Versuch, einen Teil der Schuld auf sich zu nehmen, vollständig gescheitert – der Richter hatte ihm nicht geglaubt. Man hatte das Verfahren gegen ihn sogar eingestellt, weil er mehr oder weniger ebenso zum Opfer geworden sei wie meine Familie. Sein Anwalt hatte einen Gutachter aufgeboten, der das Gericht davon überzeugt hatte, dass Tommy sich in einer psychischen Ausnahmesituation befunden hatte und unter keinen Umständen für sein Handeln verantwortlich gemacht werden konnte.

Ich selbst wusste nicht, wie es wirklich gewesen war. Aber auch wenn es stimmte, was er in seiner Aussage behauptet hatte – es wäre mir völlig egal gewesen. Er hatte mich unter sein Bett geschoben und vor einem Mörder beschützt. Ohne zu zögern hatte er sein eigenes Leben für mich riskiert. Weil er mein Freund war.

Das war letztlich alles, was zählte.

Zu erwähnen wäre vielleicht noch, dass er mir zu einem Acht-Punkte-Schnitt in Mathe verholfen hat, was besonders Caro unermüdlich betont. Aber zum echten Helden war er für mich durch den todesmutigen Einsatz seiner Nerf-Gun geworden. Dieses Bild wird mir unauslöschlich in Erinnerung bleiben.

Yasemin hatte in einem unserer zahlreichen Telefonate erst neulich scherzhaft gemeint, ich hätte wahrscheinlich ein Faible für bewaffnete Männer. Vielleicht war da sogar was dran. Aber natürlich betraf das nur die richtigen Männer – die guten.

Speziell den einen, der seine Pistole unter einer abgewetzten Lederjacke trägt und Augen hat, in deren Tiefen ich für den Rest meines Lebens versinken möchte.

Ich lauschte nach draußen, ob vielleicht schon das Schlagen einer Autotür zu hören war. Sein Eintreffen würde garantiert nicht unbemerkt bleiben, denn Lucky würde sofort zur Haustür flitzen und das ganze Haus zusammenkläffen. Daran würde ihn nicht mal Sally hindern, die mit Horst zum Weihnachtsessen gekommen war. Omi und Horst deckten bereits gemeinsam den Tisch. In der letzten Zeit kam er immer öfter zu Besuch. Omi und er saßen dann gemütlich beisammen. Sie diktierte die amourösen Abenteuer junger englischer Ladys, und er hörte ihr aufmerksam zu.

Aus der Küche zogen verheißungsvolle Essensdüfte durchs Haus. Mama und Bob kochten zusammen unser Weihnachtsdinner. Es sollte eine Überraschung werden, aber ich tippte auf Wildschweinkeule, weil Horst erst vor ein paar Tagen eine mitgebracht hatte, aus eigener Jagd.

Bob war übrigens nicht nur als Küchenmeister ein Gewinn, sondern (er selbst hatte über meine flapsige Anspielung am lautesten lachen müssen) auch als Baumeister. Den neuen Kamin im Wohnzimmer hatte er eigenhändig gemauert – es war sein Weihnachtsgeschenk für uns alle.

Mama hatte er noch ein zusätzliches Geschenk gemacht und ihr damit Tränen des Glücks entlockt – eine vierwöchige Hochzeitsreise rund um die Welt. Im Mai sollte es losgehen. Vorher wollten sie natürlich noch heiraten. Der Termin im Radom auf der Wasserkuppe stand schon fest.

Mein Weihnachtsgeschenk für Pascal hatte auch was mit der Wasserkuppe zu tun. Dort lief die Wintersaison auf Hochtouren, also hatte ich einen Gutschein für einen gemeinsamen Snowboardkurs besorgt. Er hatte irgendwann mal erwähnt, dass ihm so was Spaß machen würde, und ich wusste ja, dass es das in Berlin höchstens als Indoorvariante gab.

Unten fing Lucky an zu kläffen, und ein paar Sekunden später klingelte es. Ich raste die Treppe runter, immer zwei Stufen auf einmal nehmend, damit ich als Erste an der Haustür war. Mit Schwung riss ich die Tür auf und warf mich in seine Arme, so wie immer, wenn er uns besuchen kam. Er hob mich hoch und presste mich an sich, während meine Füße in der Luft baumelten und einer meiner Hausschuhe runterfiel. Lucky schnappte ihn sich und umkreiste uns schwanzwedelnd, und Pascal flüsterte mir ins Ohr, dass er mich vermisst hatte und mich liebte.

Und dann küsste er mich, bis mir schwindlig wurde.

Damit ist die Geschichte eigentlich erzählt. Hinter mir lag die aufregendste, schrecklichste, verrückteste Zeit meines Lebens. Niemand konnte vorhersagen, was in der Zukunft noch alles geschehen würde. Doch einige Dinge standen für uns schon fest: Wir wollten uns nach meinem Abi in Berlin eine gemeinsame Wohnung suchen. Ich wollte mich dort für ein Studium einschreiben. Im Januar wollten wir Yasemin und Jannik in Freiburg besuchen. Im April zusammen in Urlaub fahren.

Manchmal dachte ich daran, dass ich im letzten Frühjahr schon einmal voller Pläne gesteckt hatte und dass dann plötzlich alles ganz anders gekommen war. Irgendwo habe ich mal einen dazu passenden Spruch gehört: Leben ist das, was passiert, während du gerade dabei bist, andere Pläne zu machen.

Aber ich persönlich glaube daran, dass das Schmieden von Plänen nichts anderes ist als der Versuch, Träume wahr werden zu lassen.

Und was wäre unser Leben ohne Träume?

ENDE

NACHWORT

Viele Leser finden es langweilig, wenn Autoren sich im Nachwort bei allen möglichen Leuten bedanken, aber manchmal ist das einfach ein echtes Herzensanliegen, so wie in diesem Fall: Danke an das tolle Team von ONE bei Lübbe. Euer Enthusiasmus und eure Begeisterung für das neue Projekt haben für mich das Schreiben dieses Buchs von Anfang an zu etwas Besonderem gemacht.

Meiner Familie bin ich sowieso immer dankbar, aber erwähnen möchte ich es trotzdem wieder: Ohne euch ist alles nichts.

Zu der Geschichte selbst auch noch ein paar Worte – sämtliche Personennamen sind frei erfunden, eventuelle Ähnlichkeiten wären rein zufällig. Dasselbe gilt auch für Superglade X, wobei man natürlich nicht wissen kann, ob nicht irgendwer mal wirklich so was erfindet.

Die Abläufe im Zeugenschutzprogramm sind bis auf ein paar reale Basics dem Bedarf des Romans angepasst. Und der ist, wie alle anderen Romane, kein Fachbericht, sondern Fiktion.

Auch der Name des Dörfchens, in dem ein Teil der Geschichte spielt, existiert nicht. Einige andere Orte in der Umgebung allerdings schon, denn ein bisschen Lokalkolorit muss sein. In jedem Fall kann ich aber voller Überzeugung sagen, dass der Werbespruch, den sich irgendwer schon vor vielen Jahren ausgedacht hat, hundertprozentig zutrifft: Die Rhön ist schön.

Kommt doch mal vorbei.

Ein turbulentes Liebeschaos in Manhattan

Eva Völler
KISS & CRIME - KÜSS MICH BEI TIFFANY
Band 2

ISBN 978-3-8466-0163-1

Frisch verliebt wollten Emily und Pascal eigentlich zusammen Urlaub machen. Doch Pascals Polizeidienststelle macht ihm einen Strich durch die Rechnung, und schickt ihn zu einer Fortbildung nach New York. Statt eines tränenreichen Abschieds am Flughafen hat Emily aber eine Überraschung für Pascal. Oma Gerti spendiert ihr die Reise, und ist selbst auch mit von der Partie. Während sich Emily auf dem Hinflug schon viele romantische Momente im Big Apple ausmalt, hat das Schicksal mal wieder anderes mit ihr vor. Ein paranoider Filmemacher, ein vertauschter Koffer, gestohlene Diamanten und ein stinkwütender Mafiaboss lassen ihre Reise plötzlich eher zu einem Krimi- als ein Liebesabenteuer werden ...

ONE